中华传世藏书

【图文珍藏版】

谚语歇后语大全

赵然⊙主编

大全

第二册

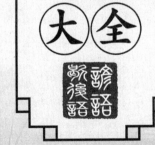

线装书局

十、生活起居类谚语

锄头一响,不愁吃穿

释义 勤锄地可以使庄稼长得好,这样全家人的吃穿就不用愁了,指出了劳动创造财富的道理。

例句 "锄头一响,不愁吃穿。"勤劳的双手可以帮我们创造富足的生活。

冬忌生鱼,夏忌狗肉

释义 冬天寒冷不要吃性凉的生鱼,夏天炎热不要吃性暖的狗肉,否则对身体有害。

例句 "冬忌生鱼,夏忌狗肉。"大冬天的,就不要去吃生鱼片了,我们换别家饭馆吃吧!

饭食要吃暖,衣服要穿宽

释义 指吃饭要吃热的,衣服要穿宽松一点儿的,这样才有益身体健康。

例句 "饭食要吃暖,衣服要穿宽",这也是一种养生之道。

一带当三衣

释义 指腰上系根带子,使身体的热量散失减缓,等于加上三件单衣。

例句 我看上这件大衣完全是因为它有一条既漂亮又实用的腰带,俗话说"一带当三衣",冬天穿起来一定很暖和。

衣贵洁,不贵华

释义 华:华丽。指穿衣要整洁,而不在于它是否华丽。

例句 我上学时总要与同学比谁的衣服高档、漂亮,老师经常语重心长地教导我:"'衣贵洁,不贵华',心灵美才是真的美。"

大葱蘸酱,越吃越胖

释义 指葱有杀菌作用且刺激食欲,黄豆酱富含蛋白质、脂肪,吃了对身体有好处。

例句 葱可杀毒,更能刺激食欲,所以"大葱蘸酱,越吃越胖"。

冬吃萝卜夏吃姜,不劳医生开药方

释义 冬天常吃萝卜可以理气通便,夏天常吃姜对身体有好处。也作:冬吃萝卜夏吃姜,不用医生开处方|冬吃萝卜夏吃姜,小病小灾一扫光。

例句 "冬吃萝卜夏吃姜,不劳医生开药方。"有益身体的食物也要按季节来吃。

豆腐配海带,常吃除病害

释义 豆腐和海带一起吃,有利于身体健康。

例句 "豆腐配海带,常吃除病害。"这不阿姨刚做好豆腐海带汤,你快来尝尝。

穿衣戴帽,各有所好

释义 指每个人的爱好和审美观点都不一样。

例句 "穿衣戴帽,各有所好。"有人爱钓鱼,有人爱下棋。(冯蜂鸣《团圆酒》)

衣不差寸,鞋不差分

释义 寸:旧制长度单位,十分等于一寸。指衣服的长短肥瘦不能有一寸之差,否则就会不合身;鞋子的大小不能有一分之差,否则就会不合脚。

例句 "衣不差寸,鞋不差分",既然试着不大合适,就不要买了,我们再逛逛吧!

吃药忌嘴,不喝凉水

释义 不能就着凉水吃药。

例句 "吃药忌嘴,不喝凉水。"你现在用冷水服药对疾病的治疗没好处。

一生身体强,烟酒不要尝

释义 人们要想保持身体健康,就不要抽烟喝酒,一旦沾染上抽烟喝酒的习惯,就会伤害身体。

例句 "一生身体强,烟酒不要尝",亲爱的朋友啊,请你赶紧戒掉抽烟、喝酒的坏习惯吧!

戒酒戒头一盅,戒烟戒头一口

释义 盅:没有把儿的杯子。指要想戒绝烟酒,关键在于第一次,只要坚持控制自己,就可以成功。也比喻万事开头难。

例句 虽说"戒酒戒头一盅,戒烟戒头一口",但更重要的是有持之以恒的决心啊!

好茶一杯,精神百倍

释义 茶中含有能使人兴奋的物质,因而喝一杯好茶会使人精神振奋。

例句 我又犯困了,赶紧喝了一杯龙井茶,顿时感觉头脑清醒了,真是"好茶一杯,精神百倍"。

吃萝卜,喝热茶,大夫改行拿钉耙

释义 指常吃萝卜、常喝热茶有益于身体健康。

例句 小弟看着一盘炒萝卜丝皱眉头,妈妈说:"'吃萝卜,喝热茶,大夫改行拿钉耙'。天天吃肉会导致营养失衡,萝卜中含有多种维生素,快吃吧!"

茶水喝足,百病可除

释义 茶水中含有多种对人体健康有益的物质,多喝茶可以预防癌症、高血压等疾病,所以说经常喝茶可以除"百病"。

例句 "茶水喝足,百病可除",老年人应多喝茶水,以延年益寿。

蔬菜是一宝,赛过灵芝草

释义　指多吃蔬菜有益身体健康。

例句　小孩子应该多吃各种有营养的蔬菜,"蔬菜是一宝,赛过灵芝草"嘛!

心急吃不了热豆腐

释义　比喻人做事过于急躁,反而导致事情办不好,达不到预期目的。

例句　主任对小李说道:"这件事,你从中吸取教训吧,'心急吃不了热豆腐'啊!"

抱着蜜糖罐,忘了黄连苦

释义　黄连:根状茎含小檗碱、黄连碱,味极苦,可做药。比喻人一过上甜蜜的生活,就忘记了过去艰苦的生活。一般用来批评那些发迹后忘本的人。

例句　你真是"抱着蜜糖罐,忘了黄连苦"。想当初他是怎样欺辱你的? 现在他见你有用了,给你点儿好处,你就忘乎所以了!

包子有肉不在褶上

释义　褶:捏合包子时上面形成的褶皱。包子以肉、菜或糖做馅儿,收口时有褶,但是包子馅儿的好坏、肉多肉少,不表现在褶上。比喻一个人有没有学问、才能以及财富,不表现在外表上。

例句　别看他一副穷酸样,其实家里可有钱了,这就叫作"包子有肉不在褶上"。

囫囵茄子不进油盐

释义　囫囵:整个儿,全部。茄子皮质地紧密又较厚,油盐不易进去。比喻性格倔强的人什么话也听不进去。

例句　这孩子脾气一来简直就是"囫囵茄子不进油盐",谁的话都听不进去。

三分吃药,七分调理

释义　治疗疾病时,更重要的在于调养身体。

例句　你是带病之身,不要熬夜了,"三分吃药,七分调理",一定要注意生活小节。

夜饭少吃口,活到九十九

释义　晚饭要少吃,才有益于健康。

例句　俗话说"夜饭少吃口,活到九十九",每天晚上千万别吃太饱,否则有损健康。

天天吃醋,年年无灾

释义　醋有预防疾病的功效,每天喝一点儿有益于身体健康。

例句　我每天吃醋是有原因的,常言道"天天吃醋,年年无灾",我是为我的健康着想。

吃得慌,咽得忙,伤了胃口伤了肠

释义　狼吞虎咽地吃东西,食物不容易被消化吸收,人也就容易患肠胃方面的疾病。

也作:狼吞虎咽伤胃肠。

例句 看着弟弟狼吞虎咽的样子,父亲说:"'吃得慌,咽得忙,伤了胃口伤了肠。'吃饭要细嚼慢咽,也没人跟你抢,急啥?"

不干不净,吃了生病

释义 吃了不干净的东西容易生病。强调在日常生活中应注意饮食卫生。

例句 二小子正要把刚买回来的桃子往嘴里送,小军大喊:"'不干不净,吃了生病。'快拿来我给你洗一下吧!"

百治不如一防

释义 百治:多次治疗。一防:指一次预防。劝人们在日常生活中应注重预防疾病的侵害。

例句 "百治不如一防",入冬啦,大家一定要多穿衣服,以防感冒。

一夜无眠,九夜睡不尽

释义 一个晚上不休息,会影响很多天的睡眠。强调作息要有规律。

例句 前一段时间,我为了赶工作进度,熬了两夜,这几天每天睡九个小时还是困。真是"一夜无眠,九夜睡不尽"。

瞌睡没根,越睡越深

释义 告诫人们,尽管睡眠是人体所必需的,但也不能嗜睡成性。

例句 "'瞌睡没根,越睡越深。'你越是爱睡懒觉,就越起不来床,这是恶性循环,懂不?"她对舍友说。

吃饭少一口,睡觉不蒙首

释义 吃饭不要吃得太饱,睡觉的时候不要用被子蒙头。

例句 "吃饭少一口,睡觉不蒙首。"很多生活常识都是由古人的经验累积而来的。

骑马坐轿,不如扳倒睡觉

释义 人劳累困乏时,睡觉最舒服。

例句 常言道,"骑马坐轿,不如扳倒睡觉"。他现在累得不行了,就想找张舒服的大床美美地睡上一觉。

不起早,病来找

释义 指没有良好的生活规律,身体就容易生病。

例句 古代人都是按照自然的规律作息的,认为"不起早,病来找"。看来,早睡早起对身体健康很重要。

不要饥极而食,不要渴极而饮

释义 不要在十分饥饿的时候吃饭,也不要在非常口渴的时候饮水,否则会对身体有害。

例句 我们要注意保养自己的胃，不能暴饮暴食，也不要饥极而食，不要渴极而饮。

生看衣衫熟看人

释义 意谓初次见面是从穿着上来判断人的身份，熟悉后则是从人品上来评价一个人。

例句 李英儒《还我河山》："生看衣衫熟看人，咱这一身穿罩儿，土里土气的，怕不合适。"

佛要金装，人要衣装

释义 意指人的服饰打扮很重要。亦作"佛是金装，人是衣装"。

例句 《醒世恒言·两县令竞义婚孤女》：常言道："佛是金装，人是衣装。"世人眼孔浅的多，只有皮相，没有骨相。

好人还得好衣装

释义 意谓长相好的人还得有好的衣服来打扮才能显出美。

例句 《宋宫十八朝演义》：俗语说得好，好人还得好衣装。小刘贵妃穿着新衣装后，越发成了天人。

衣是人之威，钱是人之胆

释义 意谓衣着使人有威仪，钱财使人有胆量。

例句 元·刘唐卿《降桑葚》：秀才言者当也。便好道"衣是人之威，钱是人之胆"。

三分人才，七分打扮

释义 意谓穿着打扮对人的整体形象极为重要。

例句 秦兆阳《说媒》：虽然他外表上比不上树花以前的两个男人，可是，三分人才，七分打扮，只要给他换上两件好衣裳，也就并不难看。

男要俏，一身皂

释义 意谓男子穿一身黑衣服会显得十分俊俏。

例句 《小五义》：俗言：男要俏，一身皂。这品貌与五爷相似。

一白遮九丑

释义 意谓人皮肤白皙可以遮掩其他的缺陷。亦作"一白遮百丑"。

例句 清·李光庭《乡言解颐》：俗云，一白遮九丑，而谢白面得襄墨之谤，泽门之哲，不如邑中之黔。谓耳白于面者名满天下，而黑王相公亦声闻四夷。

一俊遮百丑

释义 比喻一个优点能遮盖很多缺点。

例句 刘兰芳等《岳飞传》：牛通虽然长得丑，可是心眼好，能力不错，至今未成亲，又无三兄四弟。我牛二爷老夫妻俩为人忠厚,家境不错,如令爱不嫌弃,不如将凤仙小姐许给牛通……这叫一俊遮百丑。

十个麻子九个俏,没有麻子不风骚

释义 风骚,举止轻佻。意指麻面人大都比较俊俏,并多喜好卖弄风骚。

例句 明·冯梦龙《黄山谜·夹竹桃》:小阿姐必定是个大麻脸。……谚云:"十个麻子九个俏,没有麻子不风骚。"

丑人多作怪

释义 意谓相貌丑陋,可偏要梳妆打扮,四处露脸。也喻指并无本事的人到处卖弄。

例句 茅盾《腐蚀·九月十五日》:"丑人多作怪",不怕人家见了作呕,也该自己拿镜子照一照呀。

呆里奸,直里弯

释义 意谓表面憨厚、正直,实际奸诈、阴险。亦作"呆里撒奸"。

例句 元·无名氏《渔樵闲话》:呆里奸,直里弯。虚头科范,颠倒说,有为作善能公干。

十一、行为心理类谚语

不见可欲,使心不乱

释义 意谓不见到自己所希望得到的东西,心绪就不会纷乱。

例句 元·郑光祖《㑇梅香》:"我见小姐容仪,远视而威,近视而美,端的可为贵人之妻。老子云:'不见可欲,使心不乱。'信有知也!"

眼不见,心不烦

释义 意谓看不见令人心烦的事,心里就平静。亦作"眼不见为净"。

例句 《红楼梦》:"几时我闭了眼。断了这口气,任凭你们两个冤家闹上天去,我'眼不见,心不烦',也就罢了。"

见鞍思马,睹物思人

释义 意谓见到离去的人所留之物而引发了对他的怀念。亦作"见鞍思马,见物思人"。

例句 《初刻拍案惊奇》:[小娥]看见旧时船中掠去的锦绣衣服,宝玩器具等物,都在申兰家里,正是"见鞍思马,见物思人"。

吃了河豚,百样无味

释义 意谓河豚肉极为鲜味,吃过之后任何东西都变得无味。比喻得到过最好的,对其他的都不会感到满意。

例句 《孽海花》:"'吃了河豚,百样无味',你嫁过了金状元,只怕合得胃口的丈夫就难找了。"

叫亲了的娘,住亲了的房

释义 意谓房子住久了,跟人相处久了,就会产生亲切和依恋之感。多指物品用久了,就产生了感情。

例句 李英儒《上一代人》:现在给她家东大院半个院四大间,比她家宽多了,但她忽然改口说:"叫亲了的娘,住亲了的房,窄就窄点吧,不挪动了。"

病急乱投医

释义 意谓病情危急时就会胡乱找医生诊治。比喻事情危急时乱找办法解决。

例句 《红楼梦》:宝玉笑道:"阿弥陀佛!宁可好了罢!"紫鹃笑道:"你也念起佛来,真是新闻!"宝玉笑道:"所谓病急乱投医了。"

看的破,忍不过

释义 意谓虽能透彻地认识某事,但情感上忍受不住。

例句 《儿女英雄传》:"看的破,忍不过。九兄,你只细细地体会我这六个字去,便晓得我心里的苦楚了!"

倚酒三分醉

释义 比喻借喝醉酒闹事。

例句 《红楼梦》:贾琏见了人,越发"倚酒三分醉"逞起威风来,故意要杀凤姐儿。

丑媳妇怕见公婆

释义 比喻因做了亏心事而怕见人。

例句 《金瓶梅词话》:"你过来亲自告诉你爹,你只顾躲着怎的?自古丑媳妇怕见公婆。"

大者不伏小

释义 意指人不愿向辈分或地位比自己低的人服输认错。

例句 清·蒲松龄《聊斋志异·邵女》:细察渠稍悔之,但不肯下气耳,谚云:"大者不伏小。"

瓜田不纳履,李下不整冠

释义 意谓在瓜田中不拔鞋,在李树下不整理帽子,以避免偷摘瓜李的嫌疑。喻指行为小心,以免引起误会。

例句 《古乐府·君子行》:君子防未然,不处嫌疑间,瓜田不纳履,李下不整冠。

心安茅屋稳

释义 意谓内心宁静,居住在茅屋里也感到安稳满足。形容安贫乐道的闲适心情。

例句　明·杨慎《升庵经说》:谚云:"心安茅屋稳"也。……邵子安乐窝,义取于此。

坐得船头稳,不怕浪来颠

释义　比喻拿定主意,就不怕别人说长道短。亦作"坐得船头稳,不怕浪打头"。

例句　清·李渔《玉搔头》:他们有变我无变,坐得这船头稳,不怕浪来颠。

佛在心头坐,酒肉腑肠过

释义　意谓修行极为虔诚的人,吃荤喝酒也没关系。

例句　《醒世恒言·薛录事鱼服证仙》:"人人修善,全在自己心上,不在一张口上。故谚语有云:'佛在心头坐,酒肉腑肠过。'……难道吃了这个鱼,便坏了我们为同僚的心?"

今朝有酒今朝醉

释义　意谓只顾眼前。

例句　唐·罗隐《自遣》诗:得即高歌失即休,多愁多恨亦悠悠。今朝有酒今朝醉,明日愁来明日愁。

醉翁之意不在酒

释义　比喻本意不在此而在彼。

例句　《民国演义》:"松坡果乐此不倦,我可也高枕无忧,但恐醉翁之意不在酒,只借此过渡,瞒人耳目呢。"

酒在肚里,事在心头

释义　意谓喝酒不能解决问题。亦作"酒在心头,事在肚里"。

例句　元·杨文奎《儿女团圆》:"我醉了,酒在肚里,事在心头。听的你把那十三年前的事说起来,我不与婶子一个娃娃。"

酒不醉人人自醉,色不迷人人自迷

释义　意谓酒色本身并不迷乱人,是因为人自己去接近,迷恋于其中,才造成麻烦的。亦作"酒不醉人人自醉"。

例句　《初刻拍案惊奇》:争奈"酒不醉人人自醉,色不迷人人自迷"。才有欢爱之事,便有迷恋之人;才有迷恋之人,便有坑陷之事。

烦恼不寻人,人自寻烦恼

释义　意谓烦恼都是人自己找来的。

例句　明·沈受先《三元记》:"烦恼不寻人,人自寻烦恼。哥,你往哪里去?"

天下本无事,庸人自扰之

释义　意谓天下本来安宁无事,可平庸的人却自己找麻烦。

例句　《儿女英雄传》:古人的话再不错! 说道是"天下本无事,庸人自扰之"。据我说书的看来,那庸人自扰倒也自扰的有限。

日有所思,夜有所梦

释义 意谓白天想什么夜里就会梦见什么。

例句 琼瑶《雁儿在林梢》:为什么会做这样的梦呢? 为什么? 只因为"日有所思而夜有所梦吗"?

梦随心生

释义 意谓梦是因心中有所思而产生的。

例句 《封神演义》:"常言'梦随心生',只因你思想他,便有许多梦魂颠倒,不必疑惑。"

心去意难留

释义 意谓人想走,硬留是留不住的。

例句 《封神演义》:"贤弟乃奇男子,岂无佳配,何必苦苦留恋他。常言道:'心去意难留。'勉强终非是好结果。"

树怕伤根,人怕伤心

释义 意谓人最感痛苦的是情感受到伤害。

例句 水运宪《祸起萧墙》:人说树怕伤根,人怕伤心,不用说,一定有什么事伤在他心里了。

忍字头上一把刀

释义 意谓为人处世,凡事要能忍耐。亦作"忍字头上一张刀"。

例王 少堂《武松》:足见人以忍为佳,"忍"字头上一把刀。

兔子不吃窝边草

释义 喻指坏人不在家附近干坏事。

例句 罗旋《南国烽烟》:"人家说,兔子不吃窝边草,你对本房人都不能手下留情吗?"

莫替古人担忧

释义 意谓不要为不相干的人或事烦恼担心。

例句 《西游记》:"他伤的是他的子民,与你何干! 且来宽衣服睡觉,'莫替古人担忧'。"

宁走十步远,不走一步险

释义 意谓宁可多费力也不要去冒险。

例句 《三侠五义》:"咱们与其涉险,莫若绕远。俗语说得好:'宁走十步远,不走一步险。'"

有钱买马，没钱置鞍

释义　比喻舍得在大处破费，却舍不得在小处花钱。

例句　《醒世姻缘传》："你看这'有钱买马，没钱置鞍'的事么！有本儿开铺子，倒没有橱柜了！"

十二、人生命运类谚语

人无千日计，老至一场空

释义　意谓人若没有长期打算，到老就会一无所有。

例句　明·徐复祚《投梭计》：人无千日计，老至一场空。见物若不取，休嫌命里穷。

穿不穷，吃不穷，算盘不到一世穷

释义　意指不会计划着过日子就会一世贫困。

例句　王少堂《武松》：唉，算盘不可不打，穿不穷，吃不穷，算盘不到一世穷。

人有千算，天只一算

释义　意谓人即使非常能谋算，也难以违抗天意。亦作"人算不如天算"。

例句　明·吾邱瑞《运甓记》："指望他做个皇帝，我就是开国元勋。谁想人有千算，天只一算，弄得事体七八停当，竟呜呼了。"

谋事在人，成事在天

释义　意谓人可以谋划事情，但成败与否是由天意来决定的。

例句　《三国演义》：不期天降大雨，火不能着，哨马报说司马懿父子俱逃去了。孔明曰："谋事在人，成事在天。不可强也！"

死生有命，富贵在天

释义　意谓人的生死富贵是由命运或天意决定的。

例句　《红楼梦》：黛玉叹道："'死生有命，富贵在天'，也不是人力可强求的。今年比往年反觉又重了些似的。"

心比天高，命比纸薄

释义　意谓人虽心怀大志，但因运气不佳而难以实现理想。

例句　郭元升《冲天将军》："贤弟且休烦恼，此亦命也！常言说，心比天高，命比纸薄，岂能与命相争？"

狼行千里吃肉，猪行万里装糠

释义　比喻每个人的命运福分不同。

例句　陈登科《顾祝同外传》:嘿! 狼行千里吃肉,猪行万里装糠,他不是抽香烟的料子。

耕牛无宿草,仓鼠有余粮

释义　比喻辛苦劳作却一无所有,不费力气却生活富裕。

例句　元·杨文奎《儿女团圆》:"耕牛无宿草,仓鼠有余粮。……我如今泼天也似家私,无边际的田产物业,争奈尺男寸女皆无。"

一不积财,二不积怨,睡也安然,走也方便

释义　意谓人不积蓄钱财,不招惹怨恨,就能生活得平安、自由。

例句　《济公全传》:"你等说那是宝物,要我看那是无用之物。只可惹祸招灾,不能长生不老。古人常说有几句:'一不积财,二不积怨,睡也安然,走也方便。'"

日食三餐,夜眠七尺

释义　七尺,指人睡的地方。意指人在生存方面的基本需求很少很简单。也指人生过多的物质追求都是没有意义的。

例句　明·顾起元《客座赘语》:南都闾巷中常谚,往往有粗俚而可味者,……曰:日食三餐,夜眠七尺,无量寿佛。

知足者常乐

释义　意谓知道满足的人能经常保持愉快的心情。亦作"知足常乐""知足身常乐"。

例句　郭元升《冲天将军》:"唉,老弟呀,知足者常乐! 你我比上不足,比下有余,总的说还算不错哩!"

靠山吃山,靠水吃水

释义　意指依靠所处的自然条件或既有的条件生存生活。

例句　明·沈鲸《双珠记》:"靠山吃山,靠水吃水。我做禁子,不过靠这几个犯人养家活口,若依你说,我妻子靠谁?"

做一日和尚撞一日钟

释义　本指撞钟是和尚的职责。现多比喻不求进取,得过且过地混日子。亦作"做一天和尚撞一天钟"。

例句　《西游记》:那道人道:"拜已毕了,还撞钟怎么?"行者方丢了钟杵,笑道:"你哪里晓得,我这是'做一日和尚撞一日钟'的。"

官不修衙,客不修店

释义　衙,衙门,旧时官员办公的机关。比喻苟且度日,无长远计划。

例句　张之《红楼梦新补》:[妙玉]乃环顾屋内,笑道:"这可真是官不修衙,客不修店。这般房屋如何住得? 速回金陵为是!"

不如意事常八九，可与人言无二三

释义 意谓人生称心如意的事很少，可跟人谈的不多。亦作"人生不如意事常八九"。

例句 元·高明《琵琶记·两贤相遘》：不如意事常八九，可与人言无二三。奴家嫁蔡伯喈之后，见他常怀忧闷，费尽心机去问他，他又不说。

人无千日好，花无百日红

释义 喻指好景不可能常在。

例句 《水浒传》：那汉道："'客官'，'客官'！我初来时也是'客官'，也曾相待的厚。如今却听庄客搬口，便疏慢了我，正是'人无千日好，花无百日红'。"

日有阴晴，月有盈亏

释义 比喻人的境遇变化多端，时好时坏。

例句 元·萧德祥《杀狗记》：日有阴晴，月有盈亏。算人无久富长贫。……想孙荣当初在家时，丰衣足食，何等奢华，如今在此窑中受这般苦楚，如何是了。

月满则亏，水满则溢

释义 亏：指月缺。比喻物极必反。

例句 《红楼梦》："常言'月满则亏，水满则溢'……如今我们家赫赫扬扬，已将百载，一日倘或'乐极生悲'，若应了那句'树倒猢狲散'的俗话，岂不虚称了一世诗书旧族了？"

人生但讲前三十

释义 但，只。意谓一个人有无作为只需看他三十岁前如何。

例句 《廿载繁华梦》："不是这样说。俗语'人生但讲前三十'，若待他后来发达，然后得个诰命，怕女儿早已老了。"

人到中年万事休

释义 意谓人过中年，就难以有所作为。

例句 元·关汉卿《蝴蝶梦》："月过十五光明少，人到中年万事休……孩儿也，几时是那峥嵘发迹的时节也呵！"

人生一世，草生一秋

释义 意谓人生短暂。

例句 《水浒全传》：阮小七说道："人生一世，草生一秋，我们只管打鱼营生，学得他们过一日也好！"

运至时来，铁树花开

释义 意谓人运气好的时候，再困难的事也能办成功。

例句 《廿载繁华梦》：自古道"运至时来，铁树花开"。那一年既是驻洋钦差满任之期，自然要换派驻洋的钦使。

十三、做事处事类谚语

射人先射马，擒贼先擒王

释义 比喻做事要抓住关键才能成功。

例句 《东欧女豪杰》：因为京师乃系政治上一个最紧要的机关，又是平民公敌所在，论起"射人先射马，擒贼先擒王"，正应该在那里着手。

宁吃仙桃一口，不吃烂杏一筐

释义 意谓应采取少而精的原则。

例句 老舍《我怎样写短篇小说》：用长材料写短篇并不吃亏，因为要从够写十几万字的事实中提一段来，当然是提出那最好的一段。这就是宁吃仙桃一口，不吃烂杏一筐了。

耽迟不耽错

释义 意谓做事宁可慢一点也不要出错。

例句 清·李渔《奈何天》：只因西北路上，响马最多，这银子不比别样东西，时时要防盗贼。俗语道得好："耽迟不耽错。"宁可早宿晏行，多走几个日子。

好事不在忙里

释义 意谓不在匆忙间促成好事。

例句 宋·无名氏《张协状元》：[生]没盘缠怎生得去？[旦]休烦恼须待时至。[合]常言道好事不在忙里。

慢工出细货

释义 意谓精细的产品是慢慢地做出来的。亦作"慢工出细活"。

例句 胡考《上海滩》：《杨贵妃》不出笼，急煞我唐明皇。现在吴旦的《失足恨》下来以后，摄影棚里就没有事做了。你这个慢工出细货，能不能稍微粗一点，不要太细好不好。

磨刀不误砍柴工

释义 比喻做准备工作所用的时间不影响工作进度。

例句 李存葆《山中，那十九座坟茔》：整天龙山工地全面停工学习。抓石头先抓人头，磨刀不误砍柴工嘛！

天晴不肯走,只待雨淋头

释义 比喻人不识时务,结果自讨没趣。

例句 《封神演义》:"黄老儿,你'天晴不肯走,只待雨淋头'!……吾手中斧无眉少目,万一有伤,把老将军一生英明置于乌有!"

金刚怒目

事宽则圆

释义 意谓从容地处理事情可以获得较为圆满的结果。亦作"事缓则圆"。

例句 《醉醒石》:自古道:事宽则圆。且回去访个实落,再来和他说话。

金刚怒目,不如菩萨低眉

释义 意谓处理问题像菩萨那样凝神冷静,其效果要比怒目横眉更好。

例句 鲍昌《庚子风云》:"金刚怒目,不如菩萨低眉"。黑脸汉子并没有丝毫惧色,他戳立在那里,只用森冷逼人的目光凝视着这群打手。

礼有经权,事有缓急

释义 意谓讲究礼节要区分经常和权宜的情况,处理事情要分清平时和紧急的情况。

例句 《古今小说·陈御史巧勘金钗钿》:"我儿,礼有经权,事有缓急。如今尴尬之际,不是亲去嘱咐,把夫妻之情打动他,他如何肯上紧?"

大处着眼,小处着手

释义 意谓办事既要目光远大、胸有全局,又要踏踏实实地从小事做起。

例句 柳杞《战争奇观》:大丈夫做事要当机立断,要快刀斩乱麻,要大处着眼,小处着手。

宽打窄用

释义 意谓制订计划时应留有余地,执行计划时应严格控制。

例句 王少堂《武松》:"这一下子呀,时间大也是一下子,时间小也是一下子。我有个说法,我们宽打窄用,以三天为限。"

看菜吃饭,量体裁衣

释义 比喻照实际情况处理问题。

例句 毛泽东《反对党八股》:俗话说:……"看菜吃饭,量体裁衣。"我们无论做什么事都要看情形办理,文章和演说也是这样。

君子防患未然

释义 意谓有远见的人在灾祸发生前就已做好了防范的准备。

例句 《官场现形记》:"到那时候,你自己想想,上算不上算? 古语说得好:'君子防患未然。'我现在就打的是这个主意。"

打破盆只论盆

释义 喻指发生了什么事就处理什么事,不与其他事纠缠。亦作"打了盆说盆,打了罐说罐"。

例句 元·无名氏《神奴儿》:"你恰才入门来,说你嫂嫂不曾还你的礼,如今可要家私! 你打破盆只论盆,休的要缠麻头续麻尾。"

丁是丁,卯是卯

释义 丁,天干第四位;卯,地支第四位。比喻办事认真不马虎。

例句 《红楼梦》:"我看你利害,明儿有了事,我也是'丁是丁,卯是卯'的,你别抱怨。"

有例不兴,无例不废

释义 意谓一切照惯例办事。

例句 《官场现形记》:"'有例不兴,无例不废。'这两句俗语料想师老爷是晓得的。……但求师老爷还是按旧账移交过去,免得后任挑剔,小的们就感恩不浅!"

先说断,后不乱

释义 意谓先将事情说定了,以后就不会出现问题。

例句 《金瓶梅词话》:官人在上,不当老身意小,自古先说断,后不乱。

若要好,大做小

释义 意谓如果想要办事顺利,必须学会忍让。

例句 《西游记》:行者道:"若要好,大做小。"沙僧道:"怎么叫作大做小。"行者道:"若要全命,师作徒,徒作师,方可保全。"

大事化小,小事化无

释义 意谓尽量缩小事态。亦作"大事化小,小事化了"。

例句 《官场现形记》:再加派去的委员并不是吃素的,万太尊斟酌些送,他再借些,自然是大事化小,小事化无了。

万事俱备,只欠东风

释义 比喻一切都已准备就绪,只缺少一个起决定作用的条件。

例句 《三国演义》:孔明所密书的十六字:欲破曹公,宜用火攻,万事俱备,只欠东风。

解铃还是系铃人

释义 比喻谁招惹来的事,还是由谁去解决。

例句 《红楼梦》:心病虚心药治,解铃还是系铃人。

无盐不解淡

释义 意谓只有盐才能解决淡的问题。喻指只有抓住事物的关键,问题才能迎刃而解。

例句 《活地狱》:"俗语说的,无盐不解淡,不是我帮着他,看来老板是多少要破费两个了。只当是行个好,看顾他便了。"

一把钥匙开一把锁

释义 比喻用不同的办法解决不同的问题。

例句 周立波《山乡巨变》:罗家河的这一位贫农,如果不是叫他的好朋友去劝,会劝不转的。这叫作一把钥匙开一把锁。

死店活人开

释义 喻指应灵活办事。

例句 《歧路灯》:"死店活人开,你我三人一路,怕些什么?"

天上无云不下雨,地上无人事不成

释义 意谓要办成事必须靠人的力量。

例句 《歧路灯》:程公道,"保债不是易事,他两家借这银两,你是何所图而作保?"白兴吾道:"天上无云不下雨,地上无人事不成。"

走三家不如坐一家

释义 意谓奔波多家求助不如坐守一家求助有效。亦作"走千里不如坐一家"。

例句 《西游记》:那老者道:"实不瞒你说,我家老小六七口,才淘了三升米下锅,还未曾熟,你且到别处去转转再来。"行者道:"古人云,走三家不如坐一家。我贫僧在此等一等吧。"

现钟不打打铸钟

释义 现钟,已有的钟。铸,待铸的钟。比喻舍近求远、舍易求难。亦作"现钟不打去炼铜"。

例句 《西游记》:"说什么乱话!'现钟不打打铸钟'?你现揭了榜文,教我们寻谁!不管你!扯了去见主上!"

要吃烂肉,别恼着火头

释义 火头,厨房的负责人。比喻欲达到某一目的,便不能触犯关键性的人物。

例句 《醒世姻缘传》:"二位爷,深更半夜又来做什么?是待'打背弓'呀?'要吃烂

肉,别恼着火头'。怎么倒瞒起我来了!"

吃烧饼还要赔唾沫

释义　喻指办事总免不了花费点钱财。

例句　《醒世姻缘》:"吃烧饼还要赔唾沫,你合人打官司,就不使个钱儿?"

人是铁,饭是钢

释义　意谓人必须吃饱了饭才有力气去做事。

例句　浩然《金光大道》:人是铁,饭是钢,吃饱肚子才有劲儿闹生产。

三分匠人,七分主人

释义　意谓被雇者要听从雇主的意见。

例句　《儿女英雄传》:那师爷见不是路,果然不愿意;但是三分匠人,七分主人,无法,只得含含糊糊的核了二三百的钱粮报了出去。

作舍道边,三年不成

释义　意谓在路边造屋,和人商量,三年也造不成功。比喻众说纷纭,难以成事。亦作"作舍道旁,三年不成"。

例句　《西洋记》:作舍道旁,三年不成。这如今事在呼吸存亡之倾,那顾得这些叫声!

一不做,二不休

释义　意指不顾后果地把事情做到底。亦作"一不做,二不休,扳倒葫芦洒了油"。

例句　《红楼梦》:薛蟠急得跺脚说:"罢哟,罢哟! 看人听见笑话。"金桂意谓一不做二不休,越发泼喊起来了。

头醋不酸,二醋不酽

释义　酽,形容汁味浓厚。比喻第一次事没办好,以后的事就更不容易办。亦作"头醋不酸,二醋不辣";"头醋不酽彻底薄"。

例句　元·无名氏《气英布》:"那濯足的盛情,咱已领了。常言道头醋不酸,二醋不酽,咱还待他个甚的。"

远路没轻担

释义　意谓倘若路远,即使担子很轻,也会觉得沉重。亦作"百步没轻担"。

例句　《西游记》:八戒道:"'百步没轻担。'请我驮人,有甚造化。"

行百里者半于九十

释义　意谓一百里的路,走完了九十里只能算走了一半。比喻做事越接近尾声,越应充分估计到它的困难性,谨慎对待。

例句　《战国策·秦策五》:"行百里者半于九十"。此言末路之难。

一心不能二用

释义 意谓做事必须全神贯注,不能分心。亦作"心无二用"。

例句 柳青《创业史》:"你看我哪里有功夫哩？俗话说得好:一心不能二用。"

既来之,则安之

释义 意谓事已至此,就应安下心来面对。

例句 《西厢记》:"既来之,则安之,请书房内说话。"

求人不如求己

释义 意谓请求别人帮助,不如依靠自己。

例句 宋·张端义《贵耳集》:宋孝宗幸灵隐,见观音像手持数珠,问曰:"何用?"僧净辉对曰:"念观世音菩萨。"问:"自念则甚?"对曰:"求人不如求己。"

十四、言谈举止类谚语

老王卖瓜,自卖自夸

释义 卖自己的瓜,自己去夸奖。比喻对于自己或者自己的东西过分吹嘘。

例句 你天天吹嘘你家的鸟有多么聪明,真是"老王卖瓜,自卖自夸"。

力微休负重,言轻莫劝人

释义 指力气小就不要承担重担,说话不被人重视就不要规劝别人。

例句 张奶奶明白"力微休负重,言轻莫劝人"的道理,张王两家求她的事情她只好去求助李村长来解决了。

话是开心的钥匙

释义 一番语重心长的谈话能启迪人,解开人心中的疙瘩,使人豁然开朗。也作:话是开心药|话是开心钥匙。

例句 "话是开心的钥匙。"别人一句善意的劝阻与开导,能让我们的内心豁然开朗,阴云消散。

话未说前先考虑,鸟未飞前先展翅

释义 指说话前一定要经过仔细考虑,这就像鸟在要飞前先要展一展翅膀一样。也作:话未说前先思考,鸟未飞前先展翅。

例句 常言道,"话未说前先考虑,鸟未飞前先展翅"。我们做任何事之前都要考虑周全,做好准备。

含血喷人,先污自己口

释义 恶语伤人,首先是玷污自己的清白,也是自取其辱。

例句　你不要胡编乱造，污我清白，要知道"含血喷人，先污自己口"。

言巧不如理真

释义　花言巧语掩盖不住真理。

例句　尽管你强词夺理，巧舌如簧，但"言巧不如理真"，到头来是非自有公论。

蛇毒在牙齿，人毒在舌头

释义　蛇之所以毒，因其牙齿附近的毒腺充满毒液；人之所以狠毒，是因为说话不讲方式，语出伤人。

例句　"蛇毒在牙齿，人毒在舌头"，王婆子说话真歹毒，想把罪责推到刘二牛身上。

一言能惹塌天祸，话不三思休启口

释义　一句话可能招来天大的灾祸，话要经过反复考虑再开口说。

例句　"一言能惹塌天祸，话不三思休启口"，大臣们在皇帝面前谨小慎微，真是伴君如伴虎哇！

宁吃过头饭，莫说过头话

释义　比喻说话要把握分寸，不说不切实际的话。

例句　"你们如果造一条河，奶奶饭不吃，一口气把它喝干！""奶奶啊，'宁吃过头饭，莫说过头话'。"（刘澍德《同是门前一条河》）

说话要真，喝水要清

释义　说话要说实话，犹如喝水要喝清水一样。

例句　大丈夫"说话要真，喝水要清"，你整天胡话连篇，累不累呀？

三人六样话

释义　强调同一件事，每个人说法不一，彼此各有各的说法。

例句　不必再问了，"三人六样话"，最终的主意还是得你自己拿。

驴唇不对马嘴

释义　比喻两个人说的话没有关联之处。也作：牛头不对马嘴。

例句　课堂上小明对老师提出的问题，回答得"驴唇不对马嘴"，一下子就把同学们逗笑了。

偶然犯错叫做过，存心犯错叫作恶

释义　偶然做错了事情是过失，故意做错事情是作恶。也作：偶然犯错误叫做过，存心犯错误叫作恶。

例句　"偶然犯错叫做过，存心犯错叫做恶。"他属于哪种人，我相信大家都看在眼里了。

问路先施礼，少走十来里

释义　问路的时候有礼貌，就会得到人们真诚的指点，少走冤枉路。

例句 "问路先施礼,少走十来里。"不过一句简单的客套话,往往就可以帮我们少走很多冤枉路。

坐有坐相,睡有睡相,睡觉要像弯月亮

释义 指坐姿、睡姿都要正确,睡觉的时候身体为弯月的形状。

例句 "坐有坐相,睡有睡相,睡觉要像弯月亮。"生活习惯要正确,做事也要讲究章法。

但行好事,莫问前程

释义 指劝人多做好事,不要考虑个人的得失。也作:但知行好事,莫要问前程。

例句 助人且为乐,就让我们"但行好事,莫问前程吧"!

火候不到不揭锅

释义 提示人们,当时机不成熟的时候一定不要急于求成。

例句 做事情就像是家里煮饭,"火候不到不揭锅",只有时机成熟才会事半功倍。

救人须救急

释义 救助人应当在人危急之时。

例句 "常言道,'救人须救急'。他现在正在危难关头,作为朋友你理当伸出援手。"妻子对他说。

伸手不打笑脸人

释义 说明自知理亏又赔以笑脸的人是可以谅解的,用不着惩罚。指宽以待人,方可化解矛盾。也作:伸手不打笑面人。

例句 "伸手不打笑脸人。"他已经诚恳道歉,不如原谅他吧。

君子不夺人所好

释义 品德高尚的人不会夺取别人喜好的东西。也作:君子不夺人之好|君子不夺他人之爱。

例句 "'君子不夺人所好。'这件根雕既然是您的宝贝,我自然是不会贪求的,只求一观而已。"他笑着说。

君子千言有一失,小人千言有一当

释义 指地位高的人说话多了难免失当,地位低的人说话也不是全无道理。

例句 "君子千言有一失,小人千言有一当。"他虽然是刚考进来的小科员,可是正因为如此他才真正了解现在大学生就业的情况,所以在这个问题上我们也得多听听他的意见。

刀利割手,话利伤心

释义 刀子太锋利就会割破手指,话语太犀利会伤害别人的心。

例句　为人处世，一定要注意说话方式，"刀利割手，话利伤心"，不要因为一句话而伤了别人的感情。

衣长碍足，语多失言

释义　衣服过长有碍走路，话说得太多可能会有不当的地方。

例句　儿子要去相亲，母亲千叮咛万嘱咐："'衣长碍足，语多失言'，你去人家家里时，尽量少说话。"

看其面不如听其言，听其言不如察其行

释义　要想正确认识一个人，看他的外表不如听他说的话，听他说的话不如观察他的行为。

例句　"看其面不如听其言，听其言不如察其行。"一个人怎么说不重要，怎么做才最重要，行动最能表现他的内心。

看碗知酒量，看伴知德行

释义　看一个人的酒杯就能知道他的酒量，看一个人的朋友就能知道他的品德如何。

例句　俗话说，"看碗知酒量，看伴知德行"。看他平时交往的朋友，都是知书达理的人，他一定也很讲理，你就再跟他谈谈吧！

靠人不如靠己

释义　靠别人不如靠自己。劝告人们，不要有依赖思想，要自力更生，发愤图强。也作：靠人不如靠自己。

例句　"俗话说，'靠人不如靠己'。与其在这里等他们回信，还不如我自己去看看。"他心里这么想着，便走出了大门。

撩蜂吃蜇

释义　提示人们，不要自找麻烦，自讨苦吃。

例句　人尽皆知，他是有名的无赖，你竟然去管他的事情，这根本就是"撩蜂吃蜇"。

好话要说在点子上，烤肉必须穿在签子上

释义　比喻说话做事要抓住要害，这样才能起到关键性作用。

例句　出事那天晚上，刘麻子到底去哪儿了？"好话要说在点子上，烤肉必须穿在签子上"，要想赢这场官司，我们必须找到刘麻子当时在出事地点的证据。

两人打架，不怪一人

释义　比喻出了事情或者有了矛盾，不能单怪其中一方。

例句　"两人打架，不怪一人。"这次小张和小强打架的事情他们都是有责任的，以后咱们还是好好教育自己的孩子吧！

路在嘴边

释义 行路不熟悉时,要随时向人问路,这样就不会迷路。

例句 一个人去陌生的地方,只要记得'路在嘴边',你就永远不会迷路。

己所不欲,勿施于人

释义 提示人们,不要把自己不喜欢的东西施加在别人身上。

例句 "既然你不喜欢被人起外号,那你也不要给别人起外号,这就叫'己所不欲,勿施于人'。"语文老师解释说。

笑口常开,青春常在

释义 指保持乐观愉快的情绪,可永葆青春。

例句 姐姐生日的时候,我对她说:"祝你'笑口常开,青春常在'。"

实话驳不倒,谎话怕追究

释义 真实的话,谁也无法把它驳倒;谎话一追究就会暴露。劝诫人要讲实话。

例句 "实话驳不倒,谎话怕追究",只要我们放出风去,一定追查到底,他们自会惊慌失措,露出马脚的。

是非只因多开口,烦恼皆因强出头

释义 话说得太多会招惹是非,强出头会带来烦恼。

例句 小昆仑郭顺听和尚说话不通情理,自己有心翻脸,后又一想:"'是非只因多开口,烦恼皆因强出头',我何必跟他为仇作对!"(《济公全传》第二百二十二回)

闲话不御寒,空话不抵饿

释义 御:抵挡。闲言碎语或者空谈无法解决实际问题,起不了关键性作用。

例句 跟大伙儿谈话的时候,一定要抓住重点,"闲话不御寒,空话不抵饿",没用的话说多了,就会引起大家的反感。

大水没有杂音,贤人没有狂言

释义 比喻贤德的人从不口出狂言。

例句 "大水没有杂音,贤人没有狂言",周博平时为人正派,一定会言出必行的。

言出如山

释义 指话一旦说出去,就不能改变。

例句 "言出如山",你怎么还反悔?

君子一言,重于九鼎

释义 九鼎:青铜器的名称,传说为夏禹所铸。比喻话说出来,就不能随意更改。

例句 "君子一言,重于九鼎",岂有反悔之理?

学老牛勤耕田，莫学鹦哥尽练嘴

释义　比喻做人要踏实肯干，不能只讲空话。

例句　年轻人要"学老牛勤耕田，莫学鹦哥尽练嘴"，脚踏实地地做事才是硬道理。

莫说得天花乱坠，莫做得分文不值

释义　说话要符合实际，不可捕风捉影；做事要踏踏实实，不可敷衍塞责。

例句　不论你是做什么的，"莫说得天花乱坠，莫做得分文不值"，否则你将信誉全无。

一人传虚，万人传实

释义　原本没有的事情，一个人说出来令人质疑，多个人说就让人信以为真了。

例句　俗话说："一人传虚，万人传实。"王主任本来只是出差了，被人们一传十、十传百地说成是调走了。

人到百年的少，话留千年的多

释义　人活到百岁的很少，但流传千古的话却很多。

例句　"人到百年的少，话留千年的多"，古人为我们留下了无数至理名言。

光说不练假把式，光练不说傻把式

释义　光说不练的不是真正的行动者，光练不说的人不是聪明人。

例句　"'光说不练假把式，光练不说傻把式。'在职场中，你不仅要实干，还要学会推销自己。如果你不发光，没人知道你是金子。"爷爷对刚入职场的小王说。

谣言腿短，理亏嘴软

释义　指谣言不会流传太久，自知理亏说话便会心虚。

例句　那个生意人搞缺斤短两的把戏，终于被顾客察觉，平时伶牙俐齿的他，憋得满脸通红，哑口无言。真是"谣言腿短，理亏嘴软"。

人不求人一般大，水不下滩一样平

释义　比喻做人只要自立就能有尊严。也作：人不求人一般大，水不下海一样平。

例句　直到不得不向人低头哈腰，他才体味到"人不求人一般大，水不下滩一样平"的道理。

观其外，知其行；观其友，知其人

释义　对一个人，通过观察他的外在能够了解他的行为；通过观察他的朋友能够知道他的品格。

例句　"'观其外，知其行；观其友，知其人。'如果你真想了解他的为人，看看他身边的朋友就行了。"表姐对我说。

观棋不语真君子，举手无悔大丈夫

释义　棋场中的价值观，指棋场外观棋不语的是真君子，棋场中落棋不悔的是大丈

夫。也作：观棋不语真君子,落子无悔大丈夫。

例句 "俗话说,'观棋不语真君子,举手无悔大丈夫'。您这么大岁数了,怎么还跟小孩子一样？悔棋可不行！"他连忙拉住爷爷,把棋子放回了原位。

和事不丧理,让人不为低

释义 调解矛盾和争端,不是丧失真理;谦让他人,不是低三下四。

例句 生活中的我们应该切记"和事不丧理,让人不为低"。化解矛盾、谦让他人并不代表我们弱小,而是代表我们有风度。

会做的不如会算的

释义 指计划好一件事比做事的过程更重要。

例句 俗话说,"会做的不如会算的"。只有把事情计划好,做到胸有成竹,才能使事情进展顺利。

若要人不知,除非己莫为

释义 指干坏事总会有人知道。

例句 他窃取了别人的网络银行信息,提取了大量现金,自觉天衣无缝,但要知道"若要人不知,除非己莫为",警方最后还是根据他的作案痕迹将他一举抓获。

同行不揭短,揭短砸人碗

释义 指从事同类工作的人不能相互揭露对方的老底和短处,否则会造成损害,就好比砸了人家的饭碗。

例句 他恪守"同行不揭短,揭短砸人碗"的规矩,面对孩子们那好奇的眼神,他始终不肯透露这个传统魔术的奥秘。

十五、亲情家庭类谚语

家家都有一本难念的经

释义 指每个家庭都有各自的难处,只是程度不同而已。

例句 "家家都有一本难念的经。"哭声,又是谁家的哭声,随着秋风,伴着败叶,悲悲戚戚地传来。

家和万事兴

释义 指一家人和和气气,家业自然会兴盛。

例句 大凡一家人家,过日子,总得要和和气气。从来说:"家和万事兴。"(吴趼人《二十年目睹之怪现状》八七回)

家不和,被人欺

释义 指家庭内部不和睦,家庭成员便会受到外人的欺负、凌辱。

例句 古语说:"家不和,被人欺。"我俩应是同舟共济。(陈登科《淮河边上的儿女》)

知子莫若母

释义 最了解子女的人是母亲。

例句 "知子莫若母",老七的形迹,你老人家也未尝不看了一些出来。(张恨水《金粉世家》)

最亲莫过母子,最爱莫如夫妻

释义 指母子是天底下最亲的,夫妻是天下间最恩爱的。

例句 "最亲莫过母子,最爱莫如夫妻。"小夫妻之间的争吵是常有的事情,没必要非得闹离婚。

孩子嘴里讨实话

释义 指孩子不会说谎话,可以从孩子的话里知道真实情况。也作:孩子嘴里无瞎话。

例句 "孩子嘴里讨实话。"有时候,童言最能告诉我们事情的真相。

兄弟如同手足

释义 两兄弟就像手和脚一样是分不开的。形容兄弟间感情特别亲密融洽。

例句 "兄弟如同手足",兄弟间互敬互爱,家庭才能和睦幸福。

当家才知柴米价,养子方晓父母恩

释义 没有亲自持家,不知道生活的艰辛;只有自己生养了子女,才能体会父母对子女的恩情。比喻凡事自己只有经过亲身体验,才能懂得其中的酸甜苦辣。

例句 丁一意味深长地对他的儿子说道:"你现在还不理解爸爸妈妈的苦心,等你做了爸爸后就会明白。俗话说得好,'当家才知柴米价,养子方晓父母恩'啊!"

莫求金银堆成山,但愿子孙都成才。

释义 金银珠宝只是物质上的富有,子孙后代都成为有用之才才是最宝贵的。强调父母望子成龙、望女成凤的迫切愿望。

例句 天下父母哪个没有"莫求金银堆成山,但愿子孙都成才"的心愿? 可无奈的是有的孩子偏偏不争气呀!

儿不嫌母丑,狗不嫌家贫

释义 孩子不会嫌弃母亲长得丑陋,就像狗不会埋怨主人家里贫穷。

例句 俗话说,"儿不嫌母丑,狗不嫌家贫"。你别看他平时为人老实,别人要说他母亲半点儿不好,他绝不答应。

儿是冤孽女是愁

释义 孩子是父母担在肩上的责任。父母千辛万苦把孩子养大,还时常惦记着孩子,只要孩子有一点儿事就放心不下。

例句 虽然"儿是冤孽女是愁"这句老话放在当今有点儿不合时宜,但为人父母,教育子女的确不易,我们都该孝顺自己的父母。

儿孙自有儿孙福,莫为儿孙做马牛

释义 子孙后代自有他们处理问题、存活于世的方法,做父母的不必事事为他们铺垫好,不要像他们的牛马一样为他们操劳一生。也作:儿孙自有儿孙福,莫与儿孙做马牛 | 儿孙自有儿孙计,莫与儿孙做马牛。

例句 疼惜晚辈也要有个度,"儿孙自有儿孙福,莫为儿孙做马牛"。

儿大当娶,女大当嫁

释义 男的长大了娶妻是理所应当的,女孩长大了嫁人也是理所应当的。

例句 她刚大学毕业,父母就操心起她的婚事来,整天念叨着"儿大当娶,女大当嫁"。

积善之家,必有余福;积恶之家,必有余殃

释义 旧时认为多做好事的人家能造福子孙,多做坏事的人家会祸及后代。

例句 "'积善之家,必有余福;积恶之家,必有余殃'。对我们个人而言,就是要多做好事,不做坏事。"爷爷对闯了祸的孙子说。

爹有娘有,不如己有;哥有嫂有,不敢伸手

释义 意为凡事要依靠自己,不能依赖父母,父母之外的人更是依赖不住的。

例句 "爹有娘有,不如己有;哥有嫂有,不敢伸手。"小王听从了兄长的教诲,不再依靠父母,努力工作,很快就成家立业了。

丑妇家中宝

释义 指丑媳妇大多能安分守己,不惹是非。也作:丑妻家中宝。

例句 "丑妇家中宝",别看她其貌不扬,但料理家事却是井井有条。

打在儿身,疼在娘心

释义 子女遭受不幸,最伤心的是他们的母亲。

例句 听着"啪啪啪……"的一阵耳光声,母亲已是泣不成声,"打在儿身,疼在娘心"呀!父亲见状也不忍心打下去了。

父子不和家不旺,邻里不和是非多

释义 父子不和睦家庭难以兴盛,邻居之间不和睦会生出许多是非。

例句　众乡亲都劝爷爷："您老就别和儿子怄气了，'父子不和家不旺，邻里不和是非多'，一切以和为贵嘛！"

父不记子过

释义　指父亲不把子女的过错放在心上。

例句　爸爸认真地说："只要你能谨记教诲，重新做人就好了，'父不记子过'，你以后还是爸的好儿子。"

一家安乐值千金

释义　全家人平安快乐地生活，是最难能可贵的。

例句　莫道荣华富贵，升官发财。"一家安乐值千金"，只要能与全家人在一起幸福地生活，比什么都强。

家贫显孝子，国难识忠臣

释义　在困境或危难中才能看出一个人的品质。

例句　"'家贫显孝子，国难识忠臣。'要不是公司里出了事，我还真不知道他是个这么讲义气的人！"他显然对公司新来的会计有了好感。

藕发莲生，十指连心

释义　藕：比喻父母，莲：比喻子女。指父母和子女之间的感情是最深的。

例句　两位老人家，人们说："藕发莲生，十指连心。"儿女都是父母心上的肉啊！

家无读书子，官从何处来

释义　意为读书是当官的主要途径。

例句　"家无读书子，官从何处来。"以前老百姓之所以千方百计送孩子去读书，就是希望他们可以做官，光宗耀祖。

家无主，屋倒竖

释义　家中没有主妇，家里就会乱得像屋子倒过来一样。说明一个家庭不能缺少管理家务的主妇。也指一个集体必须有一个主事的人。也作：家无主心骨，扫帚颠倒竖。

例句　"常言道，'家无主，屋倒竖'。我们要尽快选出一位新村长才行！"妇女主任在讲台上大声说道。

家养母鸡三只，不愁油盐开支

释义　鸡蛋可以卖钱，家里养了母鸡，就不愁没有钱花。

例句　"家养母鸡三只，不愁油盐开支。"以前在农村，谁家里要是有几只母鸡，一家人的油盐花销就不用愁了。

家有百棵桑，全家有衣裳

释义　家里种植很多桑树，养的蚕就有食物吃，全家人就不怕没有衣服穿了。

例句 古人云:"家有百棵桑,全家有衣裳。"所以在古代,人们都会在房前屋后种植桑树。

家有常业,虽饥不饿;国有常法,虽危不亡

释义 家里人都有固定的职业收入,虽遇饥荒年也不会挨饿;国家有固定的法律法规,虽遇危难也不会灭亡。

例句 "'家有常业,虽饥不饿;国有常法,虽危不亡。'一个企业要发展壮大,也必须有明确的规章制度。"王教授说。

家有老,是个宝

释义 意为老人是儿女宝贵的财富,有老人操持家务,可以减轻儿女的负担;老人经验阅历丰富,有老人教诲,儿女能少走弯路。也作:家有一老,黄金活宝|家有一老,强似活宝|家有一老,犹如一宝。

例句 "'家有老,是个宝'。你应该知足,要是没有老太太,你能回家就吃上热气腾腾的饭菜?"妈妈劝解李阿姨说。

家有千金,不如日进分文

释义 家中即便有千金财富,坐吃也会吃尽,倒不如靠劳动谋生,哪怕每天只有微薄的收入也是好的。

例句 常言道,"家有千金,不如日进分文"。只要保证日有进项,这日子就过得下去。

巧妇难为无米之炊

释义 为:做。炊:烧火做饭。再巧的媳妇,没有米也烧不成饭。指不具备基本条件,再聪明能干的人也难办成事。

例句 什么是苦呢? 院里设备不全,药品不全,"巧妇难为无米之炊",这便是苦。(茅盾《锻炼》)

河深海深,最深莫过父母恩

释义 指父母的养育之恩比河、海还深,儿女难以报答。

例句 "河深海深,最深莫过父母恩。"无论我们为父母做多少事情,也难以报答父母的养育之恩。

家有一心,有钱买金;家有二心,无钱买针

释义 指全家人团结一心就能致富,如果心不齐,就会穷得连针都买不起。

例句 "老人们都说'家有一心,有钱买金;家有二心,无钱买针'。一家人过日子,要的不就是个齐心协力嘛!"二叔抽了一口烟说。

前三十年父养子,后三十年子养父

释义 意为孩子小的时候是父母抚养孩子,孩子长大之后就是孩子孝敬父母。

例句 "俗话说,'前三十年父养子,后三十年子养父'。你的儿子也不小了,你不能整天像哄小孩一样顺着他!"张爷爷说。

天下无不是的父母

释义 原指父母总是对的,做儿女的不得反对。现多指父母做事一般都是为了儿女考虑。

例句 明·陆采《怀香记》:"天下无不是的父母,……事之有无,情之虚实,孩儿不敢再辩。"

只有痴心的父母,难得孝敬的儿郎

释义 意谓疼爱子女的父母多,但孝顺父母的儿女却很少。

例句 任光椿《戊戌喋血记》:"他过武汉,不来省亲,可能是车船不便,或另有原因;也可能是根本不想见面,这有什么好着急的?常言道:'只有痴心的父母,难得孝敬的儿郎。'"

虎毒不吃儿

释义 比喻狠毒的人不会伤害自己的骨肉。亦作"虎毒不食子"。

例句 明·吴承恩《西游记》:行者自忖思道:……还打的是,就一棍子打杀,师父念起那咒,常言道:"虎毒不吃儿。"凭着我巧言花语,嘴灵舌便,哄他一哄,好道也罢了。

打在儿身,痛在娘心

释义 意谓子女遭受不幸是父母最为痛心的事。

例句 张友鸾《秦淮粉墨图》:怎奈那些言语,取瑟而歌,句句是"打在儿身,痛在娘心"。

河里孩儿岸上娘

释义 形容母亲眼看子女遭受痛苦而焦急无奈的心情。

例句 元·王仲文《救孝子》:做儿的上法场,做娘的痛着忙,抵多少河里孩儿岸上娘。

走尽天边是娘好

释义 意谓世界上待自己最好的人是母亲。亦作"吃尽味道盐好,走遍天下娘好"。

例句 清·王璋《吴谚诗抄》:走尽天边是娘好,诸亲百眷莫轻求。

在家敬父母,何用远烧香

释义 意谓孝敬父母才是最重要的,不必去远处拜神求佛。

例句 清·文康《儿女英雄传》:从来说得好:"在家敬父母,何用远烧香!"人生在世,除了父母,这是尊佛,那里再寻佛去?

身体发肤,受之父母

释义 意谓身体上的一切都是父母给的,爱护身体就是孝顺父母。

例句　明·沈鲸《易鞋记》："自古道：'身体发肤，受之父母。'你今日暂时出家，岂可把父母遗体轻弃？"

女婿有半子之劳

释义　俗谓女婿是半个儿子，故女婿应尽相应的责任。

例句　清·石玉昆《三侠五义》：郑新便向我说："女婿有半子之劳，唯恐将来别人不服，何不将周字改个郑字，将来也免得人家诋赖。"

知子莫若父

释义　意谓父亲是最了解儿子的。

例句　林汉达《前后汉故事新编》：皇上要更改太子，骨肉之间，知子莫若父。我们虽有一百多人反对，看来也没有什么用处了。

有其父必有其子

释义　意谓有什么样的父亲肯定有什么样的儿子。

例句　元·白朴《东墙记》："想你父亲，也不曾弱了。常言道：有其父必有其子。孩儿，你着志者，秀英便收拾行装，送文辅上朝取应去。"

小儿犯罪，罪坐家长

释义　坐，连坐。意谓小孩子犯罪，应该惩罚家长。

例句　元·无名氏《神奴儿》："我有什么词因？小儿犯罪，罪坐家长。"

无冤不成夫妻，无债不成父子

释义　意谓夫妻之间存在着矛盾，父子之间存在着责任，这都是极为正常的事。

例句　清·王有光《吴下谚联》："无冤不成夫妻，无债不成父子。"世间恩爱夫妻，称为冤家欢喜；反目夫妻，称为欢喜冤家。父负子，人谓其子讨债块；子负父，人谓其子还债货。此谚语也，亦以谚解之。

子用父钱心不痛

释义　意谓因所花费的不是自己的钱所以不知节俭。

例句　谢觉哉《不惑集·勤俭持家与勤俭建国的关系》：不勤的人"子用父钱心不痛"，是大少爷，不知俭为何事？

父债子还

释义　意谓父亲欠的债应由儿子来偿还。

例句　《后西游记》：娘娘道："你既是他的儿子，俗话说父债子还，却也饶你不得。"

父子无隔宿之仇

释义　隔宿，隔夜。意谓父子间的分歧是很容易消除的。

例句　《西游记》："'父子无隔宿之仇'！你伤害我师父，我怎么不来救他？"

儿孙自有儿孙福,莫与儿孙作马牛

释义 意谓子孙都有他们自己的生活,做父母的不必为他们过于操劳。

例句 元·无名氏《渔樵记》:月过十五光明少,人到中年万事休,儿孙自有儿孙福,莫与儿孙作马牛。

儿大不由娘

释义 意谓孩子长大了,他的事就由不得父母来作决定。亦作"儿大不由爷""儿大不由母"。

例句 清·西周生《醒世姻缘传》:"你汉子娶妾不娶妾,别说我是他妗子,我就是他娘,他'儿大不由娘',我也管不得他!"

久病床前没孝子

释义 意谓久病卧床不起,连孝子也没耐心伺候了。亦作"百日床前无孝子"。

例句 清·缪莲仙《梦笔生花》:久病床前没孝子,情人眼里出西施。

有钱难买子孙贤

释义 喻指好后代难能可贵。

例句 元·郑廷玉《冤家债主》:人心不足蛇吞象,世事到头螳捕蝉。无药可延卿相寿,有钱难买子孙贤。

自古妻贤夫祸少,应知子孝父心宽

释义 意谓妻子贤惠,丈夫灾难就少;儿子孝顺,父亲就感到宽慰。

例句 明·凌蒙初《初刻拍案惊奇》:若是殷家女子贤惠时,劝她丈夫学好,也不到得后来惹出这场大事了。自古妻贤夫祸少,应知子孝父心宽。

种田不熟不如荒,养儿不肖不如无

释义 意谓子女的品行如果不好还不如没有子女。

例句 明·冯梦龙《醒世恒言·施润泽滩阙遇友》:县令看了文契,对过善道:"这都是你儿子借的,须赖不得。"……过善被官府断了,怎敢不依。只得逐一清楚,心中愈加痛恨。到以儿子死在他乡为乐,全无思念之意。正是:种田不熟不如荒,养儿不肖不如无。

老蚌出明珠

释义 喻指年老的父母生出了才貌出众的子女。

例句 《初刻拍案惊奇》:[唐卿]在舟中密密体察光景,晓得是船家之女。称叹道:"从来说'老蚌出明珠',果有此事!"

鸦窝里出凤凰,粪堆上产灵芝

释义 比喻寻常人家出了优秀人物。亦作"鸦窝里出凤凰"。

例句 元·杨文奎《儿女团圆》:粗壮腰肢,却生得这般俊秀的孩儿,敢则是鸦窝里出凤凰,粪堆上产灵芝。这言语信有之。

龙生龙,凤生凤,老鼠养儿会打洞

释义 意谓子女的秉性特点是从父母那里遗传来的。亦作"龙生龙,凤生凤"。

例句 《石点头·王本立天涯求父》:龙生龙,凤生凤,有那不思家乞丐天涯的父亲,定然生这个不顾母亲流落沟渠的儿子。

一龙九种,种种各别

释义 传说龙生九子,各有所好。比喻同一祖宗的后代好坏不一。

例句 《红楼梦》:原来这学中虽都是本族人丁与些亲戚的子弟,俗语说得好:"一龙九种,种种各别。"未免人多了,就有龙蛇混杂,下流人物在内。

千朵桃花一树儿生

释义 比喻一母所生的兄弟姊妹,血脉相连。

例句 明·兰陵笑笑生《金瓶梅词话》:要打看娘面,千朵桃花一树儿生。

兄弟如同手足

释义 形容兄弟关系的亲密。

例句 元·无名氏《冻苏秦》:"可不道兄弟如同手足,手足断了再难续。你和苏秦两个指头儿般兄弟,你怎便忍的看他去了!"

打断骨头还连着筋

释义 意谓亲人之间即使出现了分歧,但亲情仍是割不断的。

例句 田东照等《龙山游击队》:"老实说,我要收拾你,十个八个也早收拾了,还用等到今天吗?为什么?因为咱们是亲戚,打断骨头还连着筋哪。"

打虎还得亲兄弟,上阵须教父子兵

释义 意谓完成生死攸关的大事,最可靠的合作者是自己的血亲。亦作"打虎不过亲兄弟,上阵无如父子兵"。

例句 《西游记》:"自古道:'打虎还得亲兄弟,上阵须教父子兵。'望兄长且饶打,待天明和你同心勠力,寻师去也。"

兄弟谗阋,侮人百里

释义 阋,争吵。意谓亲兄弟间虽有争吵,但仍能共同抵抗外侮。

例句 《国语·周语中》:古人有言曰:"兄弟谗阋,侮人百里。"周文公之诗曰:"兄弟阋于墙,外御其侮。"

树大分叉,人大分家

释义 意指兄弟成年后,都要分立门户地过日子。

例句 周立波《山乡巨变》:树大分叉,人大分家。亲兄嫡弟,也不能一生一世都在一口锅里吃茶饭。

家有千口，主事一人

释义 意谓家中人口再多，只能有一个当家的。

例句 《廿载繁华梦》：可不是家有千口，主事一人？家内人没了，不告太太，还告谁去？

当家人疾老，近火的烧焦

释义 意谓当家人辛苦，衰老得快，就像靠近火的东西容易烧焦。

例句 元·郑延玉《金凤钗》："我待打呵，教人道管不的恶父欺亲子，教人道近不的瓜儿揉马包。常言道：当家人疾老，近火的烧焦。"

当家三年狗也嫌

释义 意谓当家时间长了就会遭到家人的厌恶。

例句 《金瓶梅词话》：西门庆道："接着，我的儿，常言道：当家三年狗也嫌。"

家家都有一本难念的经

释义 比喻每家人家都有各自的难处。

例句 浩然《金光大道》：以心比心，以情比情，家家都有一本难念的经，谁也不能替别人念呀！

家私不论尊卑

释义 意谓家中的财产，每个成员都有份。

例句 《古今小说》："自古道：'家私不论尊卑。'母亲何不告官审理？厚薄凭官府判断，到无怨心。"

清官难断家务事

释义 形容家务事外人难以插手。

例句 《红楼梦》：正是俗语说得好，"清官难断家务事"，此时正是公婆难断床帏的事了。

家和万事兴

释义 意谓家庭和睦，万事才能兴旺顺利。亦作"家和万事成"。

例句 清·吴趼人《二十年目睹之怪现状》：大凡一家人家过日子，总得要和和气气，从来说"家和万事兴"。

一家安乐值钱多

释义 意谓最可贵的是全家人的安乐。亦作"一家安乐值千金"。

例句 明·王衡《郁轮袍》：[外]幸会逢，堪称贺。[旦]一家安乐值钱多。

一般树上两般花，五百年前是一家

释义 意谓同姓本是一家人。亦作"五百年前是一家"。

例句 元·李致远《还牢末》:你也姓李,我也姓李,道不的一般树上两般花,五百年前是一家。

皇帝也有草鞋亲

释义 喻指地位显贵的人家也有贫贱的亲戚。亦作"朝廷还有三门子穷亲""天子门下有贫亲"。

例句 清·李渔《连城璧·乞儿行好事,皇帝做媒人》:皇亲国戚虽然荣贵,还有官无职,与临民治国的不同。自古道"皇帝也有草鞋亲",就下贱些也无碍。

是亲三分向

释义 意指亲戚遇事总有些偏袒。亦作"是亲三分向,是火热过炕"。

例句 王占君《大漠恩仇》:是亲三分向,借马总不至于碰钉子吧!

是一亲,挂一心

释义 意谓事关亲人,总是牵挂在心的。

例句 崔复生《太行志》:"古人留下的话错不了,'是一亲,挂一心',咱是连襟亲戚哩,以后可不能见怪俺云英妹妹了。"

一事到官,十室牵缠;一人入狱,一家尽哭

释义 意谓一家涉及诉讼或一个人入狱会牵连许多亲人吃苦。

例句 清·杨潮观《吟风阁杂剧·夜香台持斋训子》:"咳!你只晓得自家骨肉要团聚的。常言道:'一事到官,十室牵缠;一人入狱,一家尽哭。'你知道不知道?"

一子出家,九祖升天

释义 九祖,整个家族的祖辈。意指一个人修行得道,全家族人因此升入天堂。亦作"一人成佛,九族升天"。

例句 《金瓶梅词话》:"今我超脱了他去,做了徒弟。常言:'一子出家,九祖升天。'你那夫主冤愆解释,亦得超生去了。"

六亲合一运

释义 六亲,六种亲属,泛指所有的亲属。意谓亲属之间命运相关。亦作"六亲同运"。

例句 《醒世恒言·施润泽滩阙遇友》:俗语说得好:六亲合一运。那朱恩家事也颇长起。二人不时往来,情分胜如嫡亲。

一损俱损,一荣俱荣

释义 意谓一人或一家受到损害,与之有关的人或家庭全都受到损害;一人或一家得到荣耀,与之有关的人或家庭全都得到荣耀。

例句 《红楼梦》:"四家皆连络有亲,一损俱损,一荣俱荣,今告打死人之'薛',就是'千年大雪'之'薛'。"

凤不离窠,龙不离窝

释义 喻指不可离开自己居住的地方。

例句 《万花楼》:"谚云:'凤不离窠,龙不离窝。'今陛下离廊庙而履疆场险地,岂不危乎?"

金窝银窝,不如自家的草窝

释义 意谓别处条件再好,也比不上在自己家里舒服自在。亦作"金窝银窝,不如自己的穷窝儿"。

例句 罗旋《梅》:"那时娘的心不开窍,舍不得丢下那个家,总以为'金窝银窝,不如自家的草窝'。"

儿不嫌母丑,狗不怨主贫

释义 意谓人不会嫌弃、怨恨对自己有养育之恩的人。亦作"儿不嫌母丑,狗不嫌家贫"。

例句 明·徐㮚《杀狗记》:"曾闻古人言:'儿不嫌母丑,狗不怨主贫。'我员外不知为何把小官人赶将出去。"

穷家难舍,故土难离

释义 形容对故乡家园极为眷恋的感情。

例句 金敬迈《欧阳海之歌》:"依我看到四班来最合适:……'穷家难舍,故土难离'嘛!"

在家千日好,出门一时难

释义 意谓离家外出,即便时间很短也不如在家方便舒适。亦作"在家千日好,出门片时难"。

例句 《隋唐演义》:岂不知在家千日好,出门片时难。六月里山东赶到长安,兵部衙门挂号守批回,就耽误了两个月,到八月十五才领了批。

人行千里,处处为家

释义 意谓远离家乡的人,到处都可作为自己的家。

例句 王厚选《古城青史》:老人道:"说哪里话头!你们又不是坏人,还怕进老百姓的屋子?俗话说,人行千里,处处为家嘛!甭客气,请屋里坐!"

长安虽好,不是久恋之家

释义 意谓外地再好也不是久留之处。亦作"长安虽好,不是久恋之乡""梁园再好,不是久恋之家"。

例句 《西游记》:八戒挑着担,努着嘴道:"放了现成茶饭不吃,清凉瓦屋不住,却要走什么路。"三藏骂道:"泼孽畜,又来抱怨了!常言道:'长安虽好,不是久恋之家。'"

倦鸟知还

释义　比喻久居在外的游子想回故乡。

例句　元·马致远《岳阳楼》："你何不早回看，直到落日桑榆暮景残，方才道：'倦鸟知还'。"

树高千丈，叶落归根

释义　比喻在外久居的人，终究要回到故土。

例句　《醒世姻缘传》："可说是'树高千丈，叶落归根'。你明日做完了官，家里做乡宦。"

亲不亲，故乡人

释义　意谓虽不是亲戚，但在异乡遇到同乡人，总感特别亲近。

例句　《西洋记》："亲不亲，故乡人。你去探望他一番，有何不可！"

富贵不压乡里

释义　意谓人富贵、有了权势不应欺压自己的乡亲。

例句　《醒世恒言·张廷秀逃生救父》："富贵不压乡里。你便做得这个蚂蚁官儿，就是这等轻薄。"

说谎不瞒当乡人

释义　意谓在当地人面前说谎是要被戳穿的。意同"知底莫过当乡人"。

例句　《西游记》："常言道：'说谎不瞒当乡人。'就来弄虚头，捣鬼！怎么说降了妖精，就抬轿来送师父，却又来叫战，何也？"

要破东吴兵，还得东吴人

释义　比喻要办成一件事，必须由熟悉内情的本地人参与。

例句　刘江《太行风云》："要破东吴兵，还得东吴人。我看把这桩事情，给全叔好了。"

十六、爱情婚姻类谚语

男大当婚，女大当嫁

释义　意谓男女到了一定的年龄应当结婚。

例句　《水浒传》：鲁智深呵呵大笑道："男大须婚，女大必嫁。"这是人伦大事，五常之礼，何故烦恼？

男子无妻财没主，妇女无夫身落空

释义　形容男女不结婚的苦衷。

例句　《西游记》:"郎君啊! 常言道:'男子无妻财没主,妇女无夫身落空!' 你昨天进朝认亲,怎不回来?"

花对花,柳对柳,破畚箕对折笤帚

释义　比喻结亲的男女双方各种状况相当。

例句　《石点头》:拣一个日子,便好进门,这方是田庄小家礼数,有何不可。正是:花对花,柳对柳,破畚箕对折笤帚。

男当下配,女望高门

释义　意谓男女婚嫁,男方的各方面条件应该优于女方。

例句　李纳《刺绣者的花》:杜祝军不忍拒绝爱子的要求,便找古人说的"男当下配,女望高门"作依据;况且又听说姑娘人才出众,灵巧聪明,就托人去说亲了。

大家闺女小家妻

释义　意谓没出嫁的姑娘自然是出身于大户人家的好,但选择妻子则是出身于小户人家的女子好。

例句　刘江《太行风云》:常言道,大家闺女小家妻。找上个洋学生,有吃有喝不舒心,找上个土巴生,少吃没喝也有感情。

会嫁的嫁对头,不会嫁的嫁门楼

释义　意谓女人结婚应选择与自己趣味相投的人,不应看门第。

例句　《醒世恒言·张廷秀逃生救父》:"常言道:会嫁的嫁对头,不会嫁的嫁门楼。我为这亲事,不知拣过多少子弟,并没有一个入眼。"

高门不答,低门不就

释义　本指女子择偶攀高不成,也不愿往低迁就,左右为难。后也用指选择职业。亦作"高不凑,低不就";"高门不来,低门不就"。

例句　元·王实甫《破窑记》:"妾身姓刘,小字月娥,长年一十八岁。为因高门不答,低门不就,因此上未曾成其配偶。"

月里嫦娥爱少年

释义　意谓美女爱年轻的男子。亦作"自古嫦娥爱少年"。

例句　《红楼梦》:"'自古嫦娥爱少年',他必定嫌我老了,大约他恋着少爷们。"

痴心女子负心汉

释义　意谓痴情的女人遇到了薄情的男人。

例句　元·王实甫《西厢记》:小生救了人,反被害了。自古人云:痴心女子负心汉,今日反其事了。

癞蛤蟆想吃天鹅肉

释义　比喻一味幻想不能实现的事情。多喻指男子想得到所爱恋的女人。

例句　《红楼梦》:"'癞蛤蟆想吃天鹅肉',没人伦的混账东西,起这样念头,叫他不得好死!"

落花有意,流水无情

释义　比喻一方有情意,而另一方却无反应。

例句　《醒世恒言·卖油郎独占花魁》:谁知朱重是个老实人,又且兰花醒醌丑陋,朱重也看不上眼。以此落花有意,流水无情。

癞蛤蟆想吃天鹅肉

强拧的瓜儿不甜

释义　意谓用强迫手段办不成好事,多指婚姻。亦作"强摘的瓜不甜"。

例句　梁斌《红旗谱》:孩子们自然会选择自己的道路,打着鸭子上架不行,强拧的瓜儿不甜。

有情何怕隔年期

释义　意谓双方若是有情,不怕等待一年的约期。亦作"有情谁怕隔年期"。

例句　元·李好古《张生煮海》:[张生云]即蒙小娘子俯允,只不如今夜便成就了,何等有趣,看小生几时等到八月十五也……[正旦云]常言道:"有情何怕隔年期。"这有甚等不得哪!

情人眼里出西施

释义　西施,春秋时越国的美女。意谓自己所钟情的人,总是最漂亮的。

例句　《红楼梦》:宝玉忙道:"……这姑娘可好? 你们大爷怎么就中意了?"香菱笑道:"一则是天缘,二来是'情人眼里出西施。'"

佳人有意郎君俏

释义　意谓女子总认为她所钟情的男子是漂亮的。亦作"佳人有意村夫俏,红粉无心浪子村"。

例句　元·曾瑞卿《留鞋记》:常言道得好,佳人有意郎君俏。可知姐姐看上他来。

风流茶说合,酒是色媒人

释义　意谓饮茶喝酒是男女风情的媒介。

例句　《水浒传》:只因宋江千不合,万不合,带着张三来他家里喝酒,以此看上了他。自古道:"风流茶说合,酒是色媒人。"正犯着这条款。

姻缘五百年前定

释义　俗谓男女婚姻早在五百年前上天已做了决定。亦作"五百年前结下缘"。

例句　《笔生花》:常言道:"姻缘五百年前定",岂是勉强得来。

千里姻缘一线牵

释义　传说月下老人能将两个相隔千里的男女用红线联结起来,成为夫妻。常用指男女双方的婚姻是命中的缘分所决定的。

例句　《红楼梦》:自古道"千里姻缘一线牵"。管姻缘的有一位月下老儿,预先注定,暗里只用一根红线把这两个人的脚绊住,凭你两家哪怕隔着海呢,若有姻缘,终究有机会作成了夫妻。

妻大两,黄金日日长;妻大三,黄金积如山

释义　意谓妻子比丈夫年长,家业兴旺。亦作"女大三,抱金砖"。

例句　《金瓶梅词话》:西门庆道:"原来长我两岁。"薛嫂在旁插口道:"妻大两,黄金日日长;妻大三,黄金积如山。"

丑妇家中宝

释义　意谓丑陋的妻子是家中的宝物,可免去许多是非。

例句　清·王有光《吴下谚联》:"丑妇良家之宝。"嗟乎! 妲己若盐女,何至大白之悬;西子设为东施妇,焉有吴宫之沼。

表壮不如里壮

释义　比喻丈夫出色不如妻子贤惠来得好。

例句　《水浒传》:"我哥哥为人质朴,全靠嫂嫂做主看觑他,常言道:'表壮不如里壮',嫂嫂把得家定,我哥哥烦恼做什么?"

巧妻常伴拙夫眠

释义　意谓能干漂亮的女人嫁的丈夫通常是笨拙无用的。

例句　《黄绣球》:我们中国风俗,只把男女婚姻大事任着父母做主……十人有九成为怨偶,倒把什么巧妻常伴拙夫眠的话,归到缘分上去。

一夜夫妻百夜恩

释义　意谓一旦结成夫妻就有深厚长久的恩爱感情。亦作"一夜夫妻百日恩"。

例句　刘江《太行风云》:人常说,一日夫妻百日恩,百日夫妻一辈子亲。三嫂一听是三孩的声音,一扑棱从炕上翻起来,问道:"啊? 真的是你? 根顺爹?"

夫妻无隔宿之仇

释义　意谓夫妻之间的分歧很容易消除。亦作"夫妻无隔夜之仇"。

例句　《儒林外史》:"'夫妻无隔宿之仇',我怪你怎的?"

夫妻是打骂不开的

释义 意谓夫妻吵架是常事,不易分离。

例句 《醒世恒言·李玉英狱中讼冤》:常言:夫妻是打骂不开的。过了数日,只得差人去接焦氏。

要暖粗布衣,要好自小妻

释义 意谓粗布衣服最暖和,年轻时成婚的妻子最恩爱。

例句 刘江《太行风云》:"自古人常说,要暖粗布衣,要好自小妻。伙计,作了寡妇这号人,又没个好东西,三九天里冰,寡妇老婆心,又冷又硬。"

青梅竹马,两小无猜

释义 形容幼年时代男女在一起天真无邪游戏的情形。

例句 鲍昌《庚子风云》:两个孩子虽然住在同一镇上,却难得见上几面,没有过所谓"青梅竹马,两小无猜"的时光。

少年夫妻老来伴

释义 意指老年夫妇相濡以沫,感情深厚。

例句 刘士俊《留在人间的笑声·滚烫的心》:两口子到五十多岁以后就更知道体贴,越过越有味啦。真是少年夫妻老来伴,一天不见问三遍。

公不离婆,秤不离砣

释义 形容夫妻关系密切,形影不离。

例句 罗瑞卿《忆往事书赠治平》:我们之间时日愈久,相知愈深,感情愈厚!公不离婆,秤不离砣,水乳交融,牢不可破,此谓也。

恩爱夫妻不到头

释义 意谓感情很好的夫妻却难以白头偕老。

例句 《后红楼梦》:李纨……想起从前贾珠的性情,……合着两句俗语说:"恩爱夫妻不到头",又说是"不是冤家不到头"了。

一张床上说不出两样话

释义 意谓夫妻俩对事情的看法和态度一致。

例句 《孽海花》:"俗语说得好,一张床上说不出两样话。你们听,爱林的话不是句句护着孝琪吗?"

枕边告状,一说便准

释义 意谓丈夫通常听信妻子的一面之词。

例句 《初刻拍案惊奇》:又道是:"枕边告状,一说便准。"那老子信了婆子的言语,带水带浆的羞辱毁骂了儿子几次。

贫贱夫妻百事哀

释义 原指夫妻共患难的每一件往事都令人感慨悲伤,后多指身处贫贱之中的夫妻,应付什么事情都困难。

例句 里汗《新绿林传》:俗话说,贫贱夫妻百事哀。到头来,那头牛牯还是没法儿保下来!

夫妻本是同林鸟,大限来时各自飞

释义 大限,命中注定的日期,喻指灾难。意谓大的灾难来临时,即使是夫妻也只能各自逃命。

例句 元·无名氏《冯玉兰》:"正是夫妻本是同林鸟,大限来时各自飞。我也只保自己性命,保不得你了。"

宁拆三座庙,不破一家婚

释义 意谓决不可破坏别人的婚姻。亦作"宁拆十座庙,不破一门婚"。

例句 张峻《擒龙图》:"没人味的东西!旧社会还讲'宁拆三座庙,不破一家婚'哩。"

一世破婚三世穷

释义 意谓破坏人家的婚姻要受到三世穷困的报应。

例句 明·刘宗周《人谱类记》:谚云:一世破婚三世穷,盖有意破坏,是最惨毒之行,宜受此恶报者。

毛头姑娘十八变,临到结婚变三变

释义 意谓女孩子的外貌、思想变化很多。亦作"女大十八变"。

例句 《清平山堂话本·花灯轿莲女成佛记》:这莲女渐渐生长得堪描堪画。从来道:"女大十八变。"。

千金难买一笑

释义 意谓要获得美女的一笑是极为困难的。

例句 《红楼梦》:晴雯笑着,倚在床上,说道:"我也乏了,明儿再撕罢。"宝玉笑道:"古人云:千金难买一笑,几把扇子,能值几何?"

自古红颜多薄命

释义 意谓自古以来漂亮的女子都不幸运。亦作"红颜薄命"。

例句 《西游记》:一片心,只忆着朱紫君王;一时间,恨不离天罗地网。诚然是:自古红颜多薄命,恹恹无语对东风!

男人无刚,不如粗糠

释义 意谓男人如无志气就连粗糠都不如。

例句　姜树茂《渔港之春》：真是"男人无刚，不如粗糠"，连点骨气都没有。

男不与女斗

释义　意谓男子不应和女人争斗。

例句　《醒世姻缘传》：他这不贤惠泼恶的名声，人所皆知，受了他骂，何是为辱？胜了他，那里便见得刚强？"男不与女斗"，天下皆然。

英雄难过美人关

释义　意谓有才能的人很难拒绝美色的诱惑。

例句　丁玲《太阳照在桑甘河上》：英雄难过美人关……李子俊那老婆可是个两面三刀，是个笑面虎，比他男人厉害。

儿女情长，英雄气短

释义　意谓沉湎于男女私情的人，其雄心壮志势必被消蚀。

例句　《黑籍冤魂》：这平生的大志，都被这娇妻美妾消磨尽了。常言道："儿女情长，英雄气短。"

十七、年龄岁月类谚语

长江后浪催前浪，一辈新人赶旧人

释义　意谓新一代的人替换或超过前人是规律。亦作"长江后浪推前浪，世上新人赶旧人"；"长江后浪催前浪"。

例句　《小五义》：蒋爷一听，连连点头说："人有什么意思，长江后浪催前浪，一辈新人赶旧人。"

初生牛犊不怕虎

释义　犊，小牛。比喻刚涉世的年轻人勇敢无畏。亦作"初生犊儿不怕虎"。

例句　《镜花缘》："阿妹为何只长他人志气，却灭自己威风？我倒是个初生犊儿不怕虎，将来到彼，我就同你前去，难道我们两个还敌不住他一个吗？"

秤锤虽小压千斤

释义　比喻年龄小但能起大作用。

例句　《西洋记》：刘荫道："这等一个小番，胡敢放开这大口，敢说这大话？"王堂道："秤锤虽小压千斤，我和你也要提防他些。"

嘴上无毛，办事不牢

释义　指年轻人办事情往往不牢靠。

例句　《官场现形记》："你们几位都是上了岁数的人。俗语说道：'嘴上无毛，办事

不牢。'像你诸位一定是靠得住,不会冤枉人的了。"

三人同行小的苦

释义 意谓一起出行办事年轻一点的人总较辛苦。

例句 《西游记》:"常言道'三人外出小的苦'。你况是父辈,我等俱是弟子……等我老猪去。"

黄泉路上无老少

释义 黄泉,指阴间。意指无论老年或是青年都有死亡的可能。

例句 清缪莲仙《梦笔生花》:黄泉路上无老少,公门里面好修行。

花有重开日,人无再少年

释义 意谓人们应珍惜青春年华。

例句 元·关汉卿《裴度还带》:花有重开日,人无再少年,休道黄金贵,安乐最值钱。

青春易过,白发难饶

释义 意谓人们应珍惜青春年华。

例句 元·谷子敬《城南柳》:"想人生'青春易过,白发难饶',你两个年纪小小的,则管里被这酒色财气迷着,不肯修行办道。"

入田观稼,从小看大

释义 比喻从征兆可预测出结果。

例句 明·李梦阳《空同集·族谱·大传》:孟章弟为儿时业,自言火蒸蒸自丹田起,冲脑眩。乃后恒病热,猝死。彼谚之之曰:"入田观稼,从小看大。"言有兆必先也。

三岁至老

释义 意谓一个人从三岁就可以判断出他年老时的状态。

例句 清·翟灏《通俗编·时序》:三岁至老。王文禄《沂阳子》引谚云。

人老性不改

释义 意谓年岁大了,习性却难以随之改变。

例句 明·佚名《倒浣沙》:"自古人老性不改,闻他武艺高强,使得宣花大斧,他若是劈柴一般,劈将下来,叫我如何招架。"

甘蔗老来甜,辣椒老来红

释义 比喻人到老年思想成熟,经验丰富。

例句 罗旋《南国烽烟》:"大伯果然是甘蔗老来甜,辣椒老来红。"

生姜是老的辣

释义 喻指老年人经验丰富,处理问题手段高强。亦作"姜是老的辣、人老精,姜老辣"。

例句　王少堂《武松》:哪晓得生姜是老的辣,四个伙计之中有个年纪大的老头子过来啦:"兄弟呀,把她抓过来哟! 还卖老命呢! 你卖把老爹,老爹买你的!"

不听老人言,吃亏在眼前

释义　意谓不听从老人的意见,马上就会有挫折。亦作"不听老人言,吃苦在眼前"。

例句　马烽《刘胡兰传·奶奶的女儿经》:不听老人言,吃亏在眼前。将来出嫁了看谁受制。

若要好,问三老

释义　三老,泛指有经验的长辈。意谓要把事情办好,必须多向有经验的老人请教。

例句　明·康海《中山狼》:"俺救了您,倒要吃俺。世上有这奇事吗? 常言道:'若要好,问三老。'俺与您去寻着三个老的问他,道是该吃俺也不该吃。"

老不以筋骨为能

释义　意谓老年人应量力而行,不能再凭筋骨逞能。

例句　元·杨梓《敬德不服老》:"老将军,你那时……弓开得胜,马到成功。今日年纪高大了,便好道'老不以筋骨为能',只怕你也近他不得了。"

人怕老来贫

释义　意谓人到老年遭受贫困就十分凄惨。

例句　明·徐复祚《红梨记》:正因为老年人设计度饔餐,采将来卖几文,卖得来换米薪,常言道:"人怕老来贫。"

剑老无芒,人老无刚

释义　意谓宝剑旧了就失去了锋芒,人衰老后就没有了刚毅。

例句　《东周列国志》:桓公虽然是个英主,却不道剑老无芒,人老无刚,……自然昏惰了。

人老无能,神老无灵

释义　意谓人老了能力就差了,就像神仙老了没有了灵性一样。

例句　清·李渔《怜香伴》:"罢罢罢! '人老无能,神老无灵'。自家懵懂,难怪别人。让你们去完聚罢。"

树老招风,人老招贱

释义　意指人到老年招人轻视。

例句　《警世通言·俞仲举题诗遇上皇》:上皇叹口气道:"'树老招风,人老招贱。'朕今年老,说出来的话,都没人作准了。"

有钱四十称年老,无钱六十逞英雄

释义　意谓有钱的中年人到四十岁就自称年老,而没钱的老人到六十岁还要谋生干活。

例句　周立波《山乡巨变》："崽顶大的,今年还只有十五,才进中学,等他出力时,我的骨头打得鼓响了。""那不至于,你还很英雄。""这还不是正合一句老话所说的:有钱四十称年老,无钱六十逞英雄。"

五十不造屋,六十不种树,七十不制衣

释义　意谓人进入老年后不必做长远打算。

例句　清·曾廷枚《古谚闲谈·种树谚》:谚云:五十不造屋,六十不种树,七十不制衣。宋章申公父银青公逾年七十,集亲宾为庆会。有饷柑者,食之而甘,嘉其种,即令收核,种之后圃,坐人窃笑,意谓不十年不着子,恐不能待也。后公甘柑,十年而终。

六十不借债,七十不过夜

释义　意谓人至老年,朝不保夕,不宜向人借债或留宿在外。

例句　何卓云《乡亲》:"李二嫂多年不见她,一定要留她在家里住几天,可沈大妈说啥也不肯,说六十不借债,七十不过夜,我还是回去好。"

人生七十古来稀

释义　古时认为人能活到七十岁是很难得的。

例句　《古今小说·滕大尹鬼断家私》:"人生七十古来稀,父亲今年七十九,明年八十齐头了,何不把家事交卸与孩儿掌管。"

太公八十遇文王

释义　比喻人到老年还会遇上知己,有机会显示才能。

例句　《西洋记》:干姜有枣,越老越好。……太公八十遇文王。

十八、灾祸福运类谚语

人望幸福树望春

释义　意谓追求幸福生活是每个人的愿望。

例句　李茂荣《人望幸福树望春》:"人望幸福树望春,我家四口人,全心全意申请入高级社。"

人在春风喜气多

释义　形容人得意时喜气洋洋的样子。

例句　明·汤显祖《紫钗记》:他口儿不应心儿可,可道人在春风喜气多。

福至心灵

释义　意谓好运降临时,人也变得聪明了。

例句 《官场现形记》:自古道,"福至心灵",三场完毕,没有出岔子,等到出榜,居然高高的中了。

一人有福,带挈一屋

释义 意谓一人有福气,周围的人都沾光。亦作"一人有福,托带满屋"。

例句 《西游记》:"二哥说哪里话!常言道:'一人有福,带挈一屋',我们在此合药,俱是有功之人。只管受用去,再休多话。"

一福能消百祸

释义 意谓一次幸运可以消除制服许多祸患。

例句 《飞龙传》:"古云:圣天子有百灵护佑,大将军八百威风;一福能消百祸,一正能消百邪。依臣下之见,殿下可备祭礼祀之,或者仗殿下威福,保全一郡生灵,也未可定。"

人间五福,惟寿为先

释义 五福,指长寿、富贵、康宁、德望、善终。意谓世上五福之中,长寿是第一位的。亦作"人间五福寿为先"。

例句 《盛明杂剧·同甲会》:"孩儿窃闻'人间五福,惟寿为先'。今二亲同偕暮景,孩儿又各青年,农事告成,乐事当举,愿与双亲上寿一杯。"

牛吃青草鸡吃谷,各人自有各人的福

释义 意谓每个人的福气各不相同。

例句 姜树茂《渔港之春》:"得靠运气,靠能耐。牛吃青草鸡吃谷,各人自有各人的福。"

痴人自有痴福

释义 意谓傻人有傻人的福气。

例句 明·冯梦龙《古今谭概》:俗语说:……好心弗得好报,痴人自有痴福。

穷人无灾即是福

释义 意谓平安无事对于穷人来说就算是有福气。

例句 王少堂《武松》:"都头,我们有什么好呀,穷人无灾即是福,托庇草草平安。"

宁为太平犬,莫作乱离人

释义 意谓不愿过乱世的生活,企望太平安宁。亦作"宁为太平犬,不做乱离人"。

例句 明·无名氏《幽闺记》:[生]乱乱随迁客,纷纷避祸民。……[合]宁为太平犬,莫作乱离人。

祸与福为邻

释义 意谓祸与福可以相互转化。

例句　《东周列国志》："孤闻'祸与福为邻'。先生下吊,孤之福矣,请闻其说。"

人有旦夕祸福,天有不测风云

释义　意谓人生的祸福像天气变幻一样难以预测。

例句　《三国演义》:孔明曰:"连日不晤君颜,何期贵体不安!"瑜曰:"'人有旦夕祸福',岂能自保。"孔明笑曰:"'天有不测风云',人又岂能料乎?"

闭门家里坐,祸从天上来

释义　比喻飞来横祸。

例句　《醒世恒言·陆五汉硬留合色鞋》:[太守]起签差四个皂隶速拿张荩来审。那四个皂隶,飞也似去了。正是:闭门家里坐,祸从天上来。

天与不取,反受其咎

释义　咎,灾祸。不接受上天所恩赐的,反会遭到灾祸。意谓坐失良机将遭不利。

例句　《史记·淮阴侯列传》:"盖闻天与不取,反受其咎;时至不行,反受其殃。愿足下孰虑之。"

打蛇不死,反受其害

释义　喻指除害不彻底,给自己留下祸害。亦作"打蛇不死,自遗其害""打蛇勿死终有害"。

例句　《醒世恒言·张淑儿巧智脱杨生》:"打蛇不死,自遗其害。"事已如此,无可奈何!

兔死因毛贵,龟亡为壳灵

释义　比喻人因具有某些优点而招致灾祸。

例句　《石点头》:人人看见,谁不喝彩道:"这是哪里来的女娘,生得这般标致!"怎知为了这十分颜色,反惹出一场大祸事来。正是:兔死因毛贵,龟亡为壳灵。

一句虚言,折尽平生之福

释义　意谓一句不真实的话,会损害一辈子的幸福。

例句　明·姚舜牧《药言》:经目之事,犹恐未真,闻人暧昧,决不可出诸口。"一句虚言,折尽平生之福",此语可省也。

酒色祸之媒

释义　意谓饮酒和女色是灾祸发生的因素。亦作"色为祸媒"。

例句　明·沈鲸《双珠记》:酒色祸之媒,险些儿做出来。酒不醉人人自醉,方知好色惹非灾。遭他毒手,仇深如海。

色上有刀

释义　意谓好色会使人丧命。

例句 《后汉演义》：[评]董卓之死也，衅由妇人；操之不死于妇人之手，盖亦仅耳！谚云："色上有刀。"诚哉是言。

动了太岁头上土，无灾也有祸

释义 喻指触犯了有权势的人会遭祸。

例句 《后水浒传》："常言道：'动了太岁头上土，无灾也有祸。'他今虽不在家，终有日回来。故此劝公子不去动这块土吧。"

福无双至，祸不单行

释义 意谓好运不会双双到来，灾祸却不止一个地降临。

例句 《水浒传》：宋江听罢，扯定两个公人说道："却是苦也！正是'福无双至，祸不单行'。"

浓霜偏打无根草，祸来只奔福轻人

释义 意谓灾祸总发生在毫无依靠、没有福运的人身上。

例句 《初刻拍案惊奇》：谁知浓霜偏打无根草，祸来只奔福轻人。那老母原是兵戈扰攘中看见杀儿掠女，惊坏了再苏的，怎当夜来这一惊，可又不小！

凶事不厌迟，吉事不厌近

释义 意谓坏事发生得越晚越好，好事则来得越早越好。

例句 《石点头》：正是凶事不厌迟，吉事不厌近，选定九月初二行聘，十三日天德黄道不将日成亲。

天作孽，犹可违；自作孽，不可活

释义 意谓天造成的灾祸还可以抵抗，自己造成的罪孽却无法逃避。

例句 《西洋记》："自古圣人道：'天作孽，犹可违；自作孽，不可活。'这是他自取其罪，与别人不相干的。"

破财是挡灾

释义 俗谓损失了钱财可以避免灾祸降临。

例句 《廿载繁华梦》："俗语说'破财是挡灾'，耗耗就罢了。且这几万银子，纵然不拿来办矿，究从哪里向姓梁的讨回？"

忍事敌灾星

释义 意谓遇事忍耐可避免灾祸。

例句 宋·吕居仁《官箴》：书曰：必有忍，其乃有济，此处世之本也。谚曰："忍事敌灾星。"

吉人自有天相

释义 相，帮助。意谓善良的人有运气得到上天的助佑。

例句 《醒世恒言·独孤生归途闹梦》：自古道"吉人自有天相"。遐叔正在帅府门前叹气，旁边忽转过一个道士……"君子既在穷途，若不嫌粗茶淡饭，只在我观中权过几时。"

大难不死，必有后程

释义 意谓灾难中的幸存者，日后一定会有前程。

例句 元·关汉卿《裴度还带》："皆是先生阴德太重，救我一家之命，因此大难不死，必有后程，准发迹也。"

十九、贫富钱财类谚语

财动人心

释义 意谓钱财能打动人心。

例句 元·石君宝《秋胡戏妻》："常言道，'财动人心'，我把这一饼黄金，与了这女子，他好歹随顺了我。"

白酒红人面，黄金黑世心

释义 意谓钱财能使人心变坏。

例句 《初刻拍案惊奇》：元来人心本好，见财即变。自古道得好："白酒红人面，黄金黑世心。"

财上分明大丈夫

释义 意谓在钱财问题上行为正派的是真正的男子汉。

例句 元·石君宝《秋胡戏妻》："你个富家郎惯使珍珠，倚仗着囊中有钞多声势，岂不闻财上分明大丈夫。"

亲兄弟，明算账

释义 意谓即使关系亲如兄弟，在钱财往来上也要账目清楚。

例句 张友鸾《秦淮粉墨图》："你我兄弟，银钱上原不应该分什么彼此的。可是，'亲兄弟，明算账'，话不能不先交代明白。"

说着钱，便无缘

释义 意谓说及借贷的事，亲戚朋友间便没了缘分。意即不愿与人有钱财方面的瓜葛。

例句 《警世通言·杜十娘怒沉百宝箱》：公子出了院门，来到三亲四友处，假说起身告别，众人倒也欢喜。后来叙到路费欠缺，意欲借贷。常言道："说着钱，便无缘。"亲友们就不招架。

钱可通神

释义 意谓金钱的魔力巨大。

例句 元·无名氏《鸳鸯被》:"钱可通神,法难纵你。"

有钱神也怕,无钱鬼亦欺

释义 形容金钱万能。

例句 《初刻拍案惊奇》:卫朝奉只是着人上门坐守,甚至以恶语相加,陈秀才忍气吞声。正是有钱神也怕,无钱鬼亦欺。

贫居闹市无人问,富在深山有远亲

释义 意谓疏远贫贱,奉承富贵。

例句 《平妖传》:看看穷得褴褛,走去求告旧时相识,在家里的,只说不在。平常里认得的,只做不认得。街上撞着他,把扇儿遮脸,只当不看见。自古道:贫居闹市无人问,富在深山有远亲。

贫不学俭,富不学奢

释义 意谓贫困时不想节俭也会节俭,富裕时不想奢侈也会奢侈。指环境条件决定了一个人的生活作风。

例句 《旧唐书·马周传》:且帝子何患不富贵,身食大国,封户不少,好衣美食之外,更何所须? 而每年加别优赐,曾无纪极。俚语曰:"贫不学俭,富不学奢",言自然也。

重赏之下,必有勇夫

释义 意谓重金悬赏,必定有人勇于出来干事。

例句 《英烈传》:"重赏之下,必有勇夫。臣举二人,可以退敌,不知殿下用否?"

一文钱难倒英雄汉

释义 意谓小小的一枚铜钱,也会使英雄感到为难。极言金钱的重要。亦作"一文钱难死英雄汉"。

例句 《儿女英雄传》:天下事只怕没得银钱,便是俗语说的"一文钱难倒英雄汉"。

火到猪头烂,钱到公事办

释义 意谓只要有钱,事情就能办成功。

例句 《醒世恒言·勘皮靴单证二郎神》:自古道好:"火到猪头烂,钱到公事办。"凭你世间稀奇作怪的东西,有了钱,哪一件做不出来?

一钱不落虚空地

释义 意谓钱绝不会白花。

例句 《文明小史》:首县因为太尊面前不好再说,只得自己暗地里送了金委员一千两银子。好在一钱不落虚空地,将来自有作用。

有银出银,无银出力

释义　意谓没有钱财只能靠劳动生存。亦作"有银用银,无银用力"。

例句　《醒世恒言·刘小官雌雄兄弟》:刘奇道:"公公,常言道得好,有银用银,无银用力。小子这样穷人,还惜得什么辛苦!"

人穷当街卖艺,虎瘦拦路伤人

释义　意谓人穷了上街卖艺为生,就如饿瘦了的老虎会在路上伤人那样。

例句　《济公全传》:"人穷当街卖艺,虎瘦拦路伤人。这位也不是久惯卖艺的,在我们店里住着,困住了。"

人穷志短,马瘦毛长

释义　意谓人处逆境时行为往往会变得缺乏志气。

例句　浩然《艳阳天》:"好吧,我是人穷志短,马瘦毛长,不能张嘴了。你家有多余的,没别的,多少先匀一点给我,我们一家老小好度命。"

穷人有个穷菩萨

释义　喻指穷有穷的解决问题的办法。

例句　王少堂《武松》:"大嫂,我嘛穷人有个穷菩萨。哎——早上起来,不怕大嫂笑,煨莲子吃不起了,吃什么东西呐? 四十颗蚕豆瓣子,虽是粗物,抓一大把白糖,倒也是清补的。"

在家不是贫,路贫贫杀人

释义　意谓在家时如经济拮据尚能克服,但出门在外手头紧就会毫无办法。亦作"家贫不是贫,路贫愁煞人"。

例句　《西游记》:"古人云:'在家不是贫,路贫贫杀人。'你是住家儿的,何以言贫? 像我们这行脚僧,才是真贫哩。"

穷家富路

释义　意谓居家过日子可以节俭,但出门在外时则要准备充足的费用。

例句　《三侠五义》:"此银也是我相好借来的,并无利息;纵有利息,由我一面承管。再者银子虽多,贤弟只管拿去。俗话说得好,穷家富路。"

人穷穷在债里,天冷冷在风里

释义　人穷是因为负债,天冷是因为刮风。

例句　陈学昭《工作着是美丽的》:人穷穷在债里,天冷冷在风里。在刮风的日子,会带来最厉害的寒冷。

怕见的是怪,难躲的是债

释义　意谓债是躲避不掉的。

例句 《初刻拍案惊奇》：见说卫家索债，心里没做理会处，只得……回说："不在家，待归时来讨"。又道是"怕见的是怪，难躲的是债"。是这般回了几次，他家也自然不信了。

欠字压人头

释义 意谓债务给人的压力很重。

例句 王少堂《武松》："且慢打官司，老爷差我那些钱先把我！哪块来呢？我当当也来不及呀。'欠字压人头！'这个事情不能玩。"

无债一身轻

释义 意谓不欠债，感到非常轻松。

例句 浩然《金光大道》："常言说，无债一身轻，我要尝一尝这是啥滋味，让自己的浑身上下，来一个彻底的松开。"

爹有妈有，不如自己有

释义 意谓钱财方面，自己有比父母有更方便。亦作"爹有弗如娘有，娘有弗如老婆有，老婆有还要开开口，弗如自有"。

例句 清·范寅《越谚》：谣诼之谚：……爹有弗如娘有，娘有弗如老婆有，老婆有还要开开口，弗如自有。越中围俗子女往往羡荫贪衾，卒自怠弃，此振而作之，而父严、母慈、妻爱之情，言外如绘。

爷有娘有，也要开口

释义 意谓别人的东西不能随便取用。

例句 清·王有光《吴下谚联》："爷有娘有，也要开口。"此戒人看得钱物容易而发。我之所有，则我为政。人之所有，则人为政……即使亲如父母，不吝其所有者也，亦须怡色柔声，缓颊告假，乃给发于尔。

宁可无了有，不可有了无

释义 意谓宁可由贫变富，而不能由富变贫。

例句 《初刻拍案惊奇》：俗话两句说得好："宁可无了有，不可有了无。"专为贫贱之人，一朝变泰，得了富贵，苦尽甜来，滋味深长。若是富贵之人，一朝失势，落泊起来……光景着实难堪了。

由俭入奢易，由奢入俭难

释义 意谓应养成节俭的习惯，奢侈浪费成为习惯后很难改变。

例句 宋·袁采《袁氏世范》：日入之数，多于日出，此所以常有余。……有不之悟者，何以支持乎？古人谓"由俭入奢易，由奢入俭难"，盖谓此尔。

家有千金，不如日进分文

释义 意谓家有千金财富，也比不上每天有微小的收入好。亦作"家有万贯，不如日

进分文"。

例句 元·秦简夫《东堂老》:"又道是家有万贯,不如日进分文。你孩儿想来原是旧商贾人家,如今待要合人做些买卖去。"

家有千万,小处不可不算

释义 意谓即使家中极为富裕,小处也要盘算。

例句 《盛明杂剧·一文钱》:"我一生钱癖在膏肓,阿堵须教绕卧床,便称柴数米亦何妨。古人道得好:'家有千万,小处不可不算。'"

力能胜贫,谨能胜祸

释义 意谓勤劳能战胜贫困,谨慎小心能避免灾祸。

例句 北魏·贾思勰《齐民要术·序》:古语曰:"力能胜贫,谨能胜祸。"盖言勤力可以不贫,谨身可以避祸。

面软的受穷

释义 意谓拉不下面子的人只能受穷。

例句 《歧路灯》:"俗语说,'面软的受穷',谭爷能在钱字上硬了面皮吗?"

一日不识羞,三日不忍饿

释义 意谓为了吃饱饭而顾不得羞耻。亦作"一日不害羞,三日吃饱饭"。

例句 《古今小说·木绵庵郑虎臣报冤》:"你不晓得我穷汉家事体:一日不识羞,三日不忍饿。却比不得大户人家,吃安闲茶饭。"

早知三日事,富贵几千年

释义 意谓如能预测未来的事,便能得到长久的利益。

例句 唐人《蒋后主秘录·新愁往恨无穷》:"听常人说:'早知三日事,富贵几千年。'的确,就连三天这样短时间的事我们却无法预知,那么更长久的三十天、三百天的事我们又怎能预知呢?"

拗气损财

释义 意谓赌气能使人损失钱财。

例句 王少堂《武松》:"哥哥你何苦,跟武松赌了下子气,玩掉三百六十五,我们弟兄合的一份差使,一人一半,还摊我一百八十二个半,这叫拗气损财呀。"

但添一斗,不添一口

释义 意谓只愿增加一斗米,不愿增加一口人。

例句 《儿女英雄传》:"就眼前算算无端的就添了七八口人了。俗话说得好。'但添一斗,不添一口',日子不可长算,此后只有再添人的,怎生得够?"

咽喉深似海

释义 通过咽喉吃下去的食物无限。意谓只是坐吃,再多的钱财也将耗尽。

例句 《醒世恒言·十五贯戏言成巧祸》:"坐吃山空,立吃地陷。咽喉深似海,日月快如梭。你须计较一个常便!"

坐吃山空,立吃地陷

释义 比喻只吃不做,再大的家产也会耗尽。

例句 元·秦简夫《东堂老》:"自从俺父亡过,十年光景,只在家里死气沉沉地闲坐,那钱物只有出去的,无有进来的,便好道:'坐吃山空,立吃地陷。'"

要饭三年懒支锅

释义 比喻懒散成了习惯,什么都不想干了。

例句 鲍昌《庚子风云》:年岁越大些,王士中干活越粘缠。俗话说:"要饭三年懒支锅。"他总想贪点轻松,觅点外快。

刻薄成家,理无久享

释义 意谓靠刻薄待人聚敛成的家产,当然不会长久地享用。

例句 《黑籍冤魂》:不知不义之财,总有恶贯满盈之日。常言道:"刻薄成家,理无久享。"

偷得爷钱没使处

释义 意谓以不正当手段获得的钱财因怕人发现而不敢使用。

例句 《二刻拍案惊奇》:廉访拐了这注横财到手,有些毛病出来。俗语道:"偷得爷钱没使处。"心心念念要拿出来兑换钱钞使用,争奈多是见成器皿。

浊富莫如清贫

释义 意谓富得卑鄙丑恶不如穷得清白高尚。

例句 《儿女英雄传》:十三妹道:"既不为此,想来是你嫌我这妹妹穷?"安公子道:"更非也。自古'浊富不如清贫';我夫子也曾说过:富贵贫贱皆须以道得之。"

贴人不富自家穷

释义 意谓资助别人,不能让人富裕起来,自己却因此变得穷困。

例句 《古今小说·汪信之一死救全家》:"什么没廉耻的光棍,非亲非眷,不时到人家蒿恼!各人要达时务便好,我们开茶坊的人家,有甚大出产?常言道:'贴人不富自家穷。'"

羊毛出在羊身上

释义 比喻所用的钱物出自使用人自己。

例句 《醒世姻缘传》:"媒人打夹账,家人落背弓,陪堂讲谢礼,那'羊毛出在羊身上',做了八百两银子,将珍哥娶到家内。"

好处安身,苦处用钱

释义 意谓出门在外,遇到好的地方赶快安下身来,碰到要吃苦的地方就花钱解决。

例句　《西游记》:把四众捉将进去,⋯⋯三藏苦痛难禁,只叫:"悟空,怎的好!"行者道:"他打是要钱哩。常言道:'好处安身,苦处用钱。'如今与他些钱,便罢了。"

钱用在刀口上

释义　意谓钱应该用在最出效果的地方。

例句　《官场现形记》:钱用在刀口上才好;若用在刀背上,岂不是白填在里头?

使的憨钱,治的庄田

释义　意谓宁可多费一点钱,以置下能长期属于自己享用的田产。

例句　《金瓶梅词话》:"我家做官的既治产业,还与他原价。"⋯⋯"何爷说的,自古使的憨钱,治的庄田。千年房舍换百主,一番拆洗一番新。"

田是主人人是客

释义　意谓从长远观点看田地的产权是会变化的。

例句　明·谈修《呵冻漫笔》:"谚云:'田是主人人是客。'自天地开辟以来,彼田此地卖者买者不知曾经几千百人而后传至于我,我今得之,子孙纵贤而能守,能必其世世相承千百年而不失乎?"

有千年产,没千年主

释义　意谓产业固定不变,但业主却常常在更换。也作"千年田地八百主"。

例句　《醒世恒言·杜子春三入长安》:"我既穷了,左右没有面孔在长安,还要这宅子怎么? 常言道:有千年产,没千年主。不如将来变卖,且作用度,省得靠着米囤却饿死了。"

二十、过失错误类谚语

人非圣贤,孰能无过

释义　圣贤,圣人贤人。意谓人难免要犯错误的。

例句　《三侠五义》:大丈夫做事,焉有弃正道,愿归邪党的道理? 然而人非圣贤,孰能无过。

人无完人,金无足赤

释义　足赤,足金。意谓没有完美无缺的人,应该宽容待人。

例句　陆地《瀑布》:人无完人,金无足赤,对人何苦求全责备?

百密未免一疏

释义　意谓筹划得再周密,也免不了有一点疏漏。

例句　《唐史演义》:百密未免一疏。不死还是大幸。

常在河边走,难免打湿鞋

释义 意谓常处在某个环境中,难免不受诱惑。

例句 崔为工《绿宝石》:"常在河边走,难免打湿鞋。想当初,我们单位有个财务,他贪污公款可有办法哩!"

马上摔死英雄汉,河中淹死会水人

释义 比喻本领高强的人往往会因疏忽大意而招致灾祸。

例句 罗旋《南国烽烟》:"老兄这次败就败在有勇无谋,骄气太盛。俗话说,'马上摔死英雄汉,河中淹死会水人',恃勇必败,骄兵必败。"

聪明一世,糊涂一时

释义 意谓一向聪明但也有糊涂的时候。

例句 老舍《骆驼祥子》:六十九岁的人了,反倒聪明一世,糊涂一时,教一群猴王八蛋给吃了。

聪明反被聪明误

释义 意谓聪明人认为自己聪明,结果反而让自己受到损害。

例句 遇罗锦《春天的童话》:所谓"聪明反被聪明误,"其实误他的并非是聪明,而是缺乏自知之明的"愚蠢"。

当局者迷,旁观者清

释义 意谓当事人糊涂,但旁观的人却看得很清楚。

例句 《金瓶梅词话》:正是当局者迷,旁观者清。虽故席上众人,到不曾看出来,却被他向窗隙灯影下,观得仔细。

铁怕落炉,人怕落套

释义 意谓人落入圈套就难以逃脱,就如铁落进炉子里必然会被熔化一样。

例句 《醒世恒言·独孤生归途闹梦》:怎禁这班恶少,哪管什么宦家良家。任你喊破喉咙,也全不做准。推的推,拥的拥,直逼入龙华寺去赏花。这叫作铁怕落炉,人怕落套。

大意失荆州

释义 荆州,三国时蜀国的政治、军事重镇,曾因关羽镇守不严而被孙权部队袭取。比喻因疏忽大意而遭受重大损失。

例句 陈登科《淮河边上的儿女》:"快走吧!不要大意失荆州,我们不靠圩边走,奔南河底去!"

书三写,鱼成鲁,帝成虎

释义 "鱼"和"鲁""帝"和"虎"字形相近。意谓书籍经过几次抄写,容易把字写错。

例句　唐马总《意林》四卷引《抱朴子》:谚云:"书三写,鱼成鲁,帝成虎。"亦如神符,今用少验。

忙中多有错

释义　意谓匆忙中往往会有差错出现。

例句　《古今小说》:谁知忙中多有错,一时失于检点,两幅词笺都封了去。

三人误大事,六耳不通谋

释义　意谓三个人在一起秘密策划,易泄露机密而延误大事。

例句　元·关汉卿《蝴蝶梦》:百般的拷打难分诉。岂不闻"三人误大事,六耳不通谋"。

机不密,祸先招

释义　意谓机密泄漏,就会招致祸害。亦作"机事不密祸先行"。

例句　《醒世恒言·张廷秀逃生救父》:兄弟商议停当,央人写下状词,要往镇江去告状。常言道:机不密,祸先招。这样事体,只宜悄然商议。

些小不补,直至尺五

释义　比喻小的缺陷不及时补救,就会发展成大的祸害。

例句　明·李梦阳《河南省城修五门碑》:故其城若门,虽大势巍壮,而中损蚀者不少矣。嘉靖元年,太监吕公来镇兹土,登城蹑楼,俯仰者久之,乃慨然而叹曰:"谚有之曰:些小不补,直至尺五,是城也。"

临崖立马收缰晚,船到江心补漏迟

释义　比喻已到了无法挽回的境地。

例句　《醒世恒言·张孝基陈留认舅》:过迁渐渐自怨自艾,懊悔不迭。正是:临崖立马收缰晚,船到江心补漏迟。

一分醉酒,十分醉德

释义　意指饮酒时微醉仅是醉酒,大醉就会导致品德损害。

例句　《古今小说》:司户道:"酒已过醉,不能复饮。"司理道:"一分醉酒,十分心醉。"司户道:"一分醉酒,十分醉德。"

酒乱性,色迷人

释义　意谓酒色会使人迷乱。

例句　《水浒传》:那妇人一则有心,二乃酒入情怀。自古道:"酒乱性,色迷人。"那妇人三杯落肚,便觉有些朦朦胧胧上来。

失之毫厘,差以千里

释义　比喻极小的差错也会酿成大错。亦作"差之毫厘,失之千里""失之毫厘,谬以千里"。

例句　《史记·太史公自序》：春秋之中，弑君三十六，亡国五十二，诸侯奔走不得保其社稷者不可胜数，察其所以，皆失其本也。故《易》曰："失之毫厘，差以千里。"

一步走错，步步走错

释义　意谓关键的一步做错，之后的一切都会错下去，难以挽回。

例句　曹禺《雷雨》：傻孩子，你不懂，妈的苦多年是说不出来的，你妈就是年轻的时候没有人来提醒——可怜，一步走错，就步步走错了。

一着不慎，满盘皆输

释义　一着，指下棋时下的一子或一步。比喻关键的问题未能慎重处理而招致全局性的失误。亦作"一着不到处，满盘皆是空""一着走错，满盘皆输"。

例句　毛泽东《中国革命战争的战略问题》：说"一着不慎，满盘皆输"，乃是说的带全局性的，即对全局有决定意义的一着。

不知者不做罪

释义　意谓不应怪罪因不了解情况而犯错误的人。亦作"不知者不为过"。

例句　《红楼梦》：冯紫英和蒋玉菡等还问他缘故，云儿便告诉了出来，蒋玉菡忙起身赔罪。众人都道："不知者不做罪。"

一是误，二是故

释义　意谓犯同样的错误，第一次可能是疏忽，第二次就可能是故意的。

例句　明·无名氏《白兔记》："院子过来。一是误，二是故。这庙官不致诚，请张庙官出来。"

搬起石头打自己的脚

释义　比喻存心害人，结果反而害了自己。亦作"自搬砖头自打脚"。

例句　毛泽东《在苏联最高苏维埃庆祝伟大的十月社会主义革命四十周年会议上的讲话》："搬起石头打自己的脚"，这是中国人民形容某些蠢人的行为的一句俗话。各国反动派也就是这样的一批蠢人。

吃不了，兜着走

释义　意谓出了问题，要承担一切后果。

例句　《红楼梦》："不可拿进园去，叫人知道了，我就'吃不了，兜着走'了。"

打了牙往自己肚里咽

释义　比喻吃了苦头不往外说。亦作"打落牙齿往肚里咽"。

例句　《何典》：那女眷吃了亏，只得打落牙齿往肚里咽，再也不敢响起。

胳膊折了往袖子里藏

释义　比喻自家人出了问题，加以袒护。亦作"胳膊曲了往里弯"。

例句　《红楼梦》："要往祠堂里哭太爷去，那里承望到如今生下这些畜生来！每日家偷狗戏鸡，爬灰的爬灰，养小叔子的养小叔子，我什么不知道？咱们'胳膊折了往袖子里藏！'"

前人洒土，迷了后人的眼

释义　比喻上一辈人不明事理的行为连累了后辈。

例句　《儿女英雄传》："谁家保的过常常无事？也不要'前人洒土，迷了后人的眼'哪。"

上回当，学回乖

释义　意谓吃一次亏，就会学得更精明细致。意同"吃一堑，长一智。"

例句　王少堂《武松》："大老爹，我上回当，学回乖呀，下一次我再也不和他吃酒啦，你老人家放心。"

惑者知返，迷道不远

释义　比喻有了过失的人知道改正，不会再出大错。

例句　《吴越春秋·勾践入臣外传》："惑者知返，迷道不远。愿大王察之。"

千金难买回头看

释义　意谓回顾、总结以往，得益匪浅。

例句　古华《芙蓉镇》：千金难买回头看。"四人帮"倒台后，人都在重新认识自己啊。

苦海无边，回头是岸

释义　本为佛家语。比喻罪孽深重，但只要悔改，就有生路。

例句　马烽等《吕梁英雄传》："只要你们改邪归正，绝不杀害你们。苦海无边，回头是岸呀！你们为什么不反正呢？"

浪子回头金不换

释义　浪子，品行不端的年轻人。意谓浪子改邪归正就如同金子一样难能可贵。

例句　刘波泳《秦川儿女》：常言说，浪子回头金不换。他也就很想看着他这个二叔能走上"金不换"的路。

一失足成千古恨，再回头是百年身

释义　百年身，指人死。意谓人一旦犯了大错会抱恨终身，想改过已经为时太晚。

例句　《二十年目睹之怪现状》："这件事本来是我错在前头，此刻悔也来不及了。古人说的：'一失足成千古恨，再回头是百年身'。我也明知道对不住人，但是叫我也无法补救。"

二十一、友谊朋友类谚语

在家靠父母,出外靠朋友

释义 意谓人离家在外要依靠朋友的帮助。旧时走江湖的人常用以向人求助。

例句 郭明伦《冀鲁春秋》:本来嘛,在家靠父母,出外靠朋友;一个朋友一条路,一个冤家一堵墙;江湖上讲究的就是这种义气。

多个朋友多条路,多个冤家多道墙

释义 意谓朋友越多越方便,冤家越少障碍也越少。亦作"多个朋友多条路,少个对头少堵墙""多一个朋友多一条道"。

例句 刘操南等《武松演义》:"一是爱慕你的武艺,将来能为本守出力,二是想给你和蒋门神解怨释结。俗话道:'多个朋友多条路,多个冤家多道墙。'我们做人心胸总要豁达。"

叫花子也有三个穷朋友

释义 意谓任何人都会有些朋友。

例句 李准《黄河东流去》:俗话说:叫花子也有三个穷朋友,李甲子虽然是个瞎子,可是他会说山南海北,为人也正直,赤杨岗一般穷人都喜欢他。

不打不成相识

释义 意谓不经过冲突或较量,彼此间不可能建立感情。

例句 《水浒传》:李逵道:"你也淹得我勾了。"张顺道:"你也打得我好了。"戴宗道:"你两个今番却做个至交的弟兄,常言道:'不打不成相识。'"

打不断的亲,骂不断的邻

释义 意谓亲戚邻居即使有过冲突,但也不会断绝往来。

例句 《西游记》:"我们与他亲家礼道的,他便不好生怪。常言道:'打不断的亲,骂不断的邻。'大家耍子,怕他怎的?"

一遭生,两遭熟

释义 意谓第一次见面感觉生疏,再次见面就熟悉了。

例句 《醒世姻缘传》:也做了好些品物,携到店尽后一层楼上,寻了一大瓶极好的清酒,请过狄员外来白话赏雨。真是"一遭生,两遭熟",越发成了相知。

交人交心,浇树浇根

释义 意谓交朋友必须真诚相待。

例句 浩然《艳阳天》:交人交心,浇树浇根。人不能不讲良心,也不能不识抬举。

路遥知马力,日久见人心

释义 意谓时间长了才会了解一个人品质的好坏,就像走的路长了才可知道马的耐力一样。

例句 陈学昭《工作着是美丽的》:只要活着,人总能凭自己的行为来证明自己是怎样一个人! 路遥知马力,日久见人心。

一死一生,乃知交情;一贵一贱,交情乃见

释义 意谓唯有在生死关头或贵贱变易时方能看出友情的真假。

例句 《明珠缘》:一生一死,乃见交情;一贵一贱,交情乃见。若他是个贪婪不法的匪类,就是他势焰熏天,与他绝交何妨?

同病相怜,同忧相救

释义 意谓有相同遭遇的人互相同情,相互帮助。

例句 《吴越春秋·阖闾内传》:子胥过河上歌曰:同病相怜,同忧相救。

同声相应,同气相求

释义 比喻志趣相同的人相互呼应,情投意合。

例句 《醒世恒言·大树坡义虎送亲》:常言"同声相应,同气相求",自有一班无赖子弟,三朋四友,和他擎鹰放鹞,驾犬驰马,射猎打生为乐。

惺惺惜惺惺,好汉惜好汉

释义 惺惺,指聪明人。意谓各方面相类似的人互相同情、敬重。

例句 《水浒传》:惺惺惜惺惺,好汉惜好汉。史进道:"你们既然如此义气深重,我若送了你们,不是好汉。"

四海之内,皆兄弟也

释义 意谓天底下的人都是兄弟。亦作四海皆兄弟。

例句 《警世通言·杜十娘怒沉百宝箱》:公子道:"萍水相逢,何当厚扰?"孙富道:"说哪里话! 四海之内,皆兄弟也。"

相识满天下,知心能几人

释义 意谓结交的人很多,但知心的朋友却极少。亦作"相交满天下,知音能几人"。

例句 《西洋记》:张守成道:"相识满天下,知心能几人。"佛爷道:"张大仙,你还是有相识的? 你还是有知心的?"

万两黄金容易得,知心一个也难求

释义 意谓知心朋友是极难找到的。

例句 《红楼梦》:"姑娘是个明白人,没听见俗语说的,'万两黄金容易得,知心一个也难求'?"

有缘千里来相会，无缘对面不相逢

释义 意谓人与人相逢相识都因为缘分所致。

例句 《清平山堂话本·董永遇仙记》：岂不闻古人云："有缘千里来相会，无缘对面不相逢。"此亦是缘分，何必生疑！

酒逢知己千杯少，话不投机半句多

释义 钟，酒杯。①意谓彼此观点不同，谈话难以进行。②意谓知己相逢，以痛饮为快事。

例句 ①明·徐畈《杀狗记》：手足之亲两不和，忠言逆耳奈如何，酒逢知己千杯少，话不投机半句多。

②清·艾衲居士《豆棚闲话·范少伯水葬西施》：俗话说："酒逢知己千杯少，话不投机半句多。"可见饮酒也要知己。

久旱逢甘雨，他乡见故知

释义 比喻碰到意想不到的高兴事。

例句 宋·洪迈《容斋四笔·得意诗失意诗》：旧传有诗四句诵世人得意者云：久旱逢甘雨，他乡见故知，洞房花烛夜，金榜挂名时。

白头如新，倾盖如故

释义 倾盖，一见如故称倾盖。意谓有的人相识多年像新朋友，但有的人初次见面却像老朋友一样。

例句 《史记·鲁仲连邹阳列传》：臣闻比干剖心，子胥鸱夷，臣始不信，今乃知之。愿大王孰察，少加怜焉。谚曰："有白头如新，倾盖如故。"何则？知与不知也。

衣是新底好，人是旧底好

释义 意谓新交不如旧谊。

例句 清·翟灏《通俗编·服饰》：衣莫若新，人莫若故。《晏子春秋》语。又窦元妻诗：衣不厌新，人不厌故。……今俚语云：衣是新底好，人是旧底好。同一说。

先亲后不改

释义 意谓先前形成的亲密关系以后不可能改变。

例句 《儿女英雄传》："哦，我错了，露着你们先亲后不改，欺负我老迈无能！"

先有亲，后有邻

释义 意谓邻居关系与亲戚关系同样重要。

例句 清·金恭溥《朱子家训说略》：乡邻犹如唇齿，彼此相依。……所以俗语云："先有亲，后有邻。"恰是至言。

千钱买邻，八百买舍

释义 意谓好邻居比屋舍更重要。

例句　元·高明《琵琶记》："自古道：'千钱买邻，八百买舍。'老汉既忝在邻居，你但放心前去。若是宅上有些小欠缺，老汉自当应承。"

邻居好，赛金宝

释义　意谓邻居和睦相处非常重要。亦作邻居好，一片宝。

例句　王少堂《武松》："好哇！武二爷！邻居好，赛金宝哩！"

远亲不如近邻

释义　意谓邻居比远方亲戚关系更为密切。亦作金乡邻，银亲眷。

例句　《水浒传》："你明白倘或再去做时，带了些钱在身边，也买些酒食与他回礼；常言道：远亲不如近邻，休要失去了人情。"

远亲近邻，不如对门

释义　意谓住在对门的邻居比远亲近邻更重要。

例句　元·无名氏《冻苏秦》：常言道远亲近邻，不如对门。哥也着小生一言难尽。

人在人情在，人亡两无交

释义　意谓人活着，他的情面就还保留着；人一旦去世了，彼此的交情就断了。

例句　《三侠五义》：后来秦凤自焚身死，秦母亦相继而亡。所有子孙不知娘娘是何等人。所谓"人在人情在，人亡两无交"。娘娘在秦宅存身不住，故此离了秦宅，无处栖身。

二十二、分工协作类谚语

单丝不成线，独树不成林

释义　比喻个人力量微弱，办不成大事。

例句　《红楼梦》：史湘云说他："你放心闹罢，先是'单丝不成线，独树不成林'，如今有了个对子，闹急了，再打狠了，你逃走到南京找那一个去。"

千金之裘，非一狐之腋

释义　意谓价值千金的皮袍不是用一只狐腋毛皮缝成的。喻指大业成功需要众多人的智慧。

例句　《史记·刘敬叔孙通列传》：语曰："千金之裘，非一狐之腋也；台榭之榱，非一木之枝也；三代之际，非一士之智也。"信哉！

牡丹虽好，全仗绿叶扶持

释义　比喻人即使能力很强，也需要别人的帮助。

例句　《隋唐演义》：牡丹虽好，全凭绿叶扶持，难道史大奈在顺义村打了三个月擂

台,也不曾有敌手,孤身就做了这一个好汉。

一个巴掌拍不响

释义 比喻一个人办不成大事。也比喻矛盾不是单方面引起的。

例句 姚雪垠《李自成》:"我来谷城,不是来求你帮助,只是要跟你商议商议咱们今后应该如何干。一个巴掌拍不响,两个巴掌就拍得响。"

一个篱笆要打三个桩,一个好汉要有三个帮

释义 比喻一个人再有能耐,也需要别人的帮助。亦作"一个篱笆三个桩,一个好汉三个帮"。

例句 毛泽东《在中国共产党全国代表会议上的讲话》:人是要有帮助的。荷花虽好,也要绿叶扶持。一个篱笆要打三个桩,一个好汉要有三个帮。

二人同心,其利断金

释义 比喻同心协力,就能无坚不摧。

例句 《封神演义》:"既贤弟亦有此心,正所谓'二人同心,其利断金',只吾辈无门可入,奈何?"

三个臭皮匠,顶个诸葛亮

释义 比喻人多智慧多。

例句 王厚选《古城青史》:"小寺她娘说得对! 人多见识广。俗话说,'三个臭皮匠,顶个诸葛亮'嘛!"

人多力量大,柴多火焰高

释义 意谓团结起来力量大。

例句 周立波《山乡巨变》:办起社来,人多力量大,柴多火焰高,将来大家都会过舒服日子。

众心成城,众口铄金

释义 意谓万众一心,坚如城墙;众口一词,可熔化金属。比喻心齐力量强,舆论影响巨大。

例句 《国语·周语三》:"今财亡民罢,莫不怨恨,臣不知其和也……故谚曰:'众心成城,众口铄金。'"

诸葛亮

千槌打锣,一槌定音

释义 比喻众人议论纷纷之时,由一人

做出决定。

例句 姜树茂《渔港之春》："宝根,千槌打锣,一槌定音;船在险滩,掌舵一人。鱼放在舱里,咱伙计大眼瞪小眼靠着,不是个章程,现在就等你当组长的拿主意了。"

一个红脸,一个白脸

释义 红脸、白脸,传统戏曲中以不同色彩的脸谱来显示角色的不同性格。"红脸"喻指敢于严声厉色、直言不讳的人,"白脸"喻指和事佬或伪装公正的人。意指两人相互配合所采用的软硬兼施的手段。亦作"一个唱红脸,一个唱白脸"。

例句 《文明小史》："你听见他们的口音吗? 一个红脸,一个白脸,都是串通好了的。"

一个和尚挑水吃,两个和尚抬水吃,三个和尚没水吃

释义 比喻人少办事效率高,人多相互推诿办事无效率。

例句 《鲁迅书信集·致曹聚仁》："办小刊物,我的意见是不要贴大广告,却不妨卖好货色;编辑要独裁,'一个和尚挑水吃,两个和尚抬水吃,三个和尚没得水吃',是中国人的老毛病。"

一不扭众

释义 意谓一个人难以改变大多数人的意见。

例句 《儿女英雄传》:玉凤姑娘此时被大家你一句我一句说的心里乱舞莺花,笑也顾不及了……料是一不扭众,只得低头应允。

二十三、利益得失类谚语

利之薮,怨之府

释义 意谓利益汇集之处,就是众人怨尤集中的地方。

例句 《黑籍冤魂》:常言道,"利之薮,怨之府"是一些也不差。

吃亏人常在

释义 意谓愿意吃亏的人可一直站得住脚。

例句 西戎《赖大嫂》:享利就得受些害,吃亏人常在嘛!

吃一分亏,受无量福

释义 佛家以为,与人相处吃一点亏,会得到很多回报。

例句 《警世通言·王安石三难苏学士》:所以佛家劝化世人,吃一分亏,受无量福。

吃明不吃暗

释义 意谓宁可吃明亏,不愿吃暗亏。

例句　元·秦简夫《东堂老》："您孩儿商量做买卖，到那榻房里，不要黑地里交与他钞。黑地里交钞，着人瞒过了。常言道：'吃了明不吃暗。'"

买静求安

释义　意谓宁可吃些亏，以求得平安无事。

例句　《醒世恒言·卖油郎独占花魁》：做小娘的……不论好歹，得嫁便嫁，买静求安，藏身之法，这谓之没奈何的从良。

长痛不如短痛

释义　比喻为了避免长期麻烦，宁愿忍受眼前的痛苦。

例句　谢觉哉《不惑集·学习长谈》："长痛不如短痛。"自己向自己猛攻一下，割去疮疖，遍体清凉。改过——丢掉包袱，也是一样。

听人劝，吃饱饭

释义　意谓听人劝告，会有很大的收获。亦作"听人劝，得一半"。

例句　冯志《敌后武工队》："你不要执迷不悟，认为有日本鬼子仗势，……抗日政府给你们记着账哪！有一天，八路军会找你算账的，老百姓会找你报仇的。常说，听人劝，吃饱饭。"

舍不得孩子，套不住狼

释义　比喻不付出高的代价，就得不到大的收益。

例句　张友鸾《秦淮粉墨图》：萧一彪笑道："你怕我不肯出钱吗？我早算过了，'舍不得孩子，套不住狼'，这笔交际费是不会少花的，只求不至于倾家荡产就是了。"

没有梧桐树，引不得凤凰来

释义　比喻没有优越的条件，出众的人不会来。亦作"没有梧桐树，引不到凤凰来"。

例句　戴宏森《抢三关》：俗话说，没有梧桐树，引不得凤凰来。单雄信在洛阳落住脚，就能把瓦岗英雄都引来。

小钱不去，大钱不来

释义　意谓如果不愿付出小的代价，就不可能得到大的利益。亦作"小钱去，大钱来"。

例句　清·李渔《十二楼·萃雅楼》：小钱不去，大钱不来。领官府的银子就像烧丹炼汞一般，毕竟得些银母才变化得出，没有空烧白炼之理。门上不用个纸包，他如何肯替你着力。

放长线钓大鱼

释义　喻指从长计议，以求更大的收获。

例句　李晓明等《平原枪声》：郑敬之这个杀人不见血的汉奸，他决不会放过我的，我要早做准备，看来他还想放长线钓大鱼，真是妄想！

行下春风望秋雨

释义　比喻做了好事希望有回报。

例句　元·白朴《墙头马上》:"我本是好人家孩儿,不是娼人家妇女,也是行下春风望秋雨。"

早晨栽下树,到晚要乘凉

释义　比喻希望早点得到收益。

例句　元·无名氏《刘弘嫁婢》:为什么开这解典库?常言道:早晨栽下树,到晚要乘凉。可不道吃酒的望醉,放债的图利,也则是将本图利来。

各人洗面各人光

释义　意谓各人做事各人自己受益。

例句　《儿女英雄传》:这烧香可是神佛儿的事情,"公修公德,婆修婆德",咱"各人洗面各人光。"

佐酒得尝

释义　比喻在旁边出力的人会得到好处。

例句　明·周履靖《锦笺记》:[丑]这等那春芳姐好造化。[老旦]自古道:"佐酒得尝"也非戏。

行动有三分财气

释义　意谓只要做事,总会有些收益。

例句　《西游记》:览毕,满心欢喜道:"古人云:'行动有三分财气。'早是不在馆中呆坐,即此不必买甚调和。且把取经事宁耐一日,等老孙做个医生耍耍。"

宁叫做过,莫叫错过

释义　意谓宁可去做某件事,以免日后因没做,错过机会而后悔。

例句　《冷眼观》:贾钧之也道:"是马也有三分龙骨,何况他是出洋在医学校毕过业的人,你我宁叫做过,莫要错过呀!"

过了这个村儿,没这个店儿

释义　比喻好机会错过了,就不会再有了。

例句　梁斌《红旗谱》:什么金的玉的呢?比他好的人儿多着呢!又不是过了这个村,没这个店儿……

天上的仙鹤,比不上手中的麻雀

释义　比喻凡事要讲究实际。

例句　李英儒《上一代人》:"真妮儿也罢,假妮儿也罢,你老铁手里有吗?拉出来瞧瞧!天上的仙鹤,比不上手中的麻雀——我的意思是多谈实对实的。"

骑马寻马

释义　比喻已经有所获益,再继续去另寻收益。

例句　《官场现形记》:如果收了我的实收,他自然照应我。彼时间骑马寻马,只要弄到一笔大大的银款,赚上百十两扣头,就有在里头了。

来得早不如来的巧

释义　意谓早来的不如赶上好机会的。亦作"来得早不如来得巧"。

例句　姜树茂《渔港之春》:"真是来得早不如来得巧,快坐下听听洪主任的宏伟计划。"

得趣便抽身

释义　意谓得到了好处应该马上脱身,不可沉湎其中。

例句　《西洋记》:王明心里想道:"古人说得好,得趣便抽身,莫待是非来入耳,从前恩爱反为仇。"

得意不可再往

释义　意谓曾经得到过好处或达到过愿望的地方,不可再去。

例句　《官场现形记》:"我总恐怕地方上的百姓不知进退,再有什么话说,弄恼了那洋人,那可万万使不得! 俗语说得好,叫作'得意不可再往'。"

贪多嚼不烂

释义　喻指贪多反而没有好处。

例句　《红楼梦》:虽说是奋志要强,那功课宁可少些,一则贪多嚼不烂,二则身体也要保重。

人心不足蛇吞象

释义　意指人贪得无厌,就如蛇想吞食大象那样。

例句　《警世通言·桂员外穷途忏悔》:人心不足蛇吞象,当初贫困之日,低门扳高,求之不得;如今掘藏发迹了,反嫌好道歉起来。

吃着碗里,看着锅里

释义　形容人贪婪的心态。亦作"吃着碗里,瞧着锅里"。

例句　《红楼梦》:那薛大爷也是"吃着碗里,瞧着锅里"的,这一年来的时候,他为香菱儿不能到手,和姑妈打了多少饥荒。

这山望见那山高

释义　比喻总不满足已有的,企盼获得更多的东西。

例句　《冷眼观》:他那个人叫作今日不谈明日事,这山望见那山高;睡在树下等枣子,掩着耳朵咬核桃。

得了金马驹,还想要它娘

释义　形容人贪心没有满足的时候。

例句　单田芳等《明英烈·取襄阳》:沈万三是个"得了金马驹,还想要它娘"的贪狼。他一听才一千两,心说:这哪行啊,打了我的人,伤了我的面,往少说也得勒他个万八千的。

快刀不削自己的柄

释义　比喻不可能自己损害自己。

例句　《荡寇志》:众人看了,尽皆骇然道:"怎么外感症好吃这种大补药? 算来快刀不削自己的柄,一定是他昏了,开错的,须接位高明先生来评评看。"

肥水不过别人田

释义　比喻自己的利益不让别人沾得。亦作"肥水不落外人田"。

例句　《廿载繁华梦》:"既是这个库书把来卖过别人,贵外甥不肯留在那里,这也难。只是老兄这会短收五万两,实差得远。俗语说得好:'肥水不过别人田。'"

肉烂在汤锅里

释义　比喻没有损失,利益仍然存在。

例句　《冷眼观》:怎么算都不要紧,好在是肉烂在汤锅里,多也是他的,少也是他的。

大家马儿大家骑

释义　比喻大家共有的财产应该共同享用。

例句　《儿女英雄传》:这庙里是个"大家马儿大家骑"的地方,让大家儿热闹热闹眼睛,别招含怨!

便宜不过当家

释义　当家,本家族的人。意谓利益不能落到没关系的人手里。

例句　《红楼梦》:"将姐姐请来! 要乐咱们四个大家一处乐! 俗语说的,便宜不过当家,你们是哥哥兄弟,我们是姐姐妹妹,又不是外人,只管上来!"

占小便宜吃大亏

释义　意谓为贪小利而遭受了大的损失。

例句　梁斌《播火记》:"怎么心眼这么小? 自古道:'占小便宜吃大亏。'"

羊肉不曾吃,空惹一身膻

释义　比喻好处未得到,却惹上了坏名声。亦作"羊肉没吃着,倒惹一身骚"。

例句　《儒林外史》:若是同人合伙,领了人的本钱,他只要一分八厘行息,我还有几厘利钱;他若是要二分开外,我就是"羊肉不曾吃,空惹一身膻"!

使碎自己心,笑破他人口

释义　意谓费尽心机,却被他人作为笑柄。

例句 元·朱凯《黄鹤楼》:"他那里得我这支令箭来呵?我想起来了也,他祭风时,问我要枝令箭镇坛,我又中这懒夫之计也。我正是使碎自己心,笑破他人口。"

医得眼前疮,剜却心头肉

释义 比喻不顾一切地解救眼前的困难。

例句 唐·聂夷中《伤田家》诗:二月卖新丝,五月粜新谷。医得眼前疮,剜却心头肉。

竹篮打水,劳而无效

释义 比喻徒劳无功。亦作"竹篮打水一场空"。

例句 《金瓶梅词话》:有《山坡羊》为证,叫一声青天,你如何坑陷了奴性命……来的竹篮打水,劳而无效,叫一声痛肠的娇生,奴情愿和你阴灵路上,一处儿行。

太公钓鱼,愿者上钩

释义 传说姜太公在渭水边用无饵直钩放在水面上钓鱼,并自语道:负命者上钩来。后即用指事出自愿,心甘情愿受损失。

例句 清·孔尚任《桃花扇》:[副净]我老汉多年病衰,也不望什么际遇了。今日我要躲过,求二位遮盖一二。[外]这有何妨?太公钓鱼,愿者上钩。

人见利而不见害,鱼见食而不见钩

释义 意指人贪图眼前利益而不顾后果。

例句 《镜花缘》:每见世人惟利是趋,至于害在眼前,那里还去管他。所以俗语说的:"人见利而不见害,鱼见食而不见钩。"

人为财死,鸟为食亡

释义 人为谋取钱财而死,如鸟为寻食而亡一样。意谓人生在世一切都是为了钱财。

例句 李晓明等《平原枪声》:人为财死,鸟为食亡。她自小生在穷人家,眼界小;来到这里好吃好喝,别说她才十来岁,就是八十岁的老头也不愁她的心转不过来。

有奶便是娘

释义 比喻谁给利益,就投靠、奉承谁。亦作"有奶便为娘"。

例句 茅盾《腐蚀·十二月二十二日》:这一班家伙就靠捣鬼混日子,朝三暮四,有奶便是娘。

竖起招军旗,就有吃粮人

释义 比喻只要显示出诱人的条件,自然能吸引人前来。

例句 张长弓等《边城风雪》:"有了粮食,哈哈,你就是当个司令也是手到擒来!俗话说:竖起招军旗,就有吃粮人嘛!"

人不为己，天诛地灭

释义　意谓人不为自己打算，就为天地所不容。

例句　黎汝清《万山红遍》：人活着，为了什么？对这个问题的回答是多么的不同啊。"人不为己，天诛地灭"，这就是剥削阶级的极端自私的人生观。

义动君子，利动小人

释义　意谓君子被仁义之事所吸引，小人接受利欲的诱惑。

例句　汉·王充《论衡·答佞》：利义相伐，正邪相反。义动君子，利动小人。

二十四、对立冲突类谚语

人无害虎心，虎没伤人意

释义　比喻人不犯我，我不犯人。

例句　《西游记》："'人无害虎心，虎没伤人意'。他不弄火，我怎肯弄风？"

往日无仇，近日无冤

释义　意谓从来没有过什么冤仇。

例句　元·纪君祥《赵氏孤儿》："你和公孙杵臼往日无仇，近日无冤，你因何告他藏着赵氏孤儿？你敢是知情吗？"

同行是冤家

释义　喻指同一行业的人之间因彼此竞争会产生矛盾冲突。

例句　鲍昌《庚子风云》："小伙子，不是因为'同行是冤家'，我才说同行的坏话，实情是咱卫里的几家荐头行，干的不是正经买卖。"

冰炭不同炉

释义　比喻双方互不相容。亦作"水火不相容"。

例句　王少堂《武松》：她自从和武大郎配为夫妻，当然是冰炭不同炉：一个是绝色的美人，一个是满脸的麻子，而年龄又不相当，心里怨恨极了。

躲得了初一，躲不了十五

释义　比喻无论如何躲避不了。意同"躲得和尚躲不得寺""跑了和尚跑不了庙"。

例句　马忆湘《朝阳花》：癞蛤蟆躲端午，躲得了初一，躲不了十五。砸了你们的骨头熬成油，也得清账。

仇人相见，分外眼红

释义　意谓仇人见了面，会觉得特别的愤恨。

例句 梁斌《播火记》：当他看出那并不是别人，正是冯老兰的时候，他祖辈几代的仇恨，一下子从心里涌上来，冲红了脖子脸。仇人相见，分外眼红。

人无害虎心，虎有伤人意

释义 比喻我不犯人，人却要犯我。

例句 《西湖二集·觉阇黎念错投胎》："史弥远大惊，暗暗的道："风不吹不响，树不摇不动。人无害虎心，虎有伤人意。这样光景，断难两存；不是他，就是我。""

害人之心不可有，防人之心不可无

释义 意谓不可蓄意害人，但要防范他人加害自己。

例句 马国超等《马本斋》：出门在外，尤其是生活在这种环境里，凡事都要多长几个心眼儿，老人们常说，害人之心不可有，防人之心不可无呀！

明枪易躲，暗箭难防

释义 意谓公开的袭击容易对付，暗地里的算计难以预防。

例句 《平妖传》：看正狐身飕地射去，叫声："着！"正是明枪易躲，暗箭难防，正中了狐的左腿。

冤有头，债有主

释义 意指冤仇或债务是有其对象的。

例句 明·无名氏《时真人四圣锁白猿》：今日个冤有头，债有主，来日将天罗地网周围布。

打的丫鬟，吓的小姐

释义 比喻惩罚一个人以警告另外的人。

例句 王少堂《武松》："你不要以为你们苦主这边的人我就不敢冒犯，哼，今日对不住，打个满堂红！这叫打的丫鬟，吓的小姐。"

打人不过先下手

释义 意谓冲突时应先发制人。

例句 《封神演义》：常言："打人不过先下手"……把手中杵在空中一晃，后边三千乌鸦兵一声喊，行如长蛇之势。

先下手为强，后下手遭殃

释义 意谓先发制人可获得主动权，否则就会吃亏。

例句 元·纪君祥《赵氏孤儿》：那穿红的想道：先下手为强，后下手遭殃。暗地遣一刺客，唤作钮麂，藏着短刀，越墙而过，要刺杀这穿紫的。

打得一拳去，免得百拳来

释义 意谓先重击一下对方，以免他再来挑衅。

例句 王少堂《武松》："哎,凡事打得一拳去,免得百拳来。他不过十几岁的小孩子,我最好不过扎扎实实把他一打,他就永远不敢上我的门了。"

打人一拳,防人一脚

释义 意谓防备冲突对方的突然回击。

例句 《三侠五义》:那人忙中有错,忘了打人一拳,防人一脚,只听"拍"面上早已着了石子,"哎哟"了一声,顾不得救他的伙计负痛逃命去了。

打一巴掌揉三揉

释义 比喻软硬兼施,先使其受挫折,随后表示抚慰。

例句 老舍《骆驼祥子》:她撇开嘴,露出两个虎牙来。"不屈心,我真疼你,你也别不知好歹!跟我犯牛脖子,没你的好儿,告诉你!""不……"祥子想说,"不用打一巴掌揉三揉",可是没有想齐全。

打人休打脸,骂人休揭短

释义 意谓与别人发生冲突时应顾及对方的脸面。

例句 《金瓶梅词话》:"你打人休打脸,骂人休揭短……有势休要使尽了,赶人不可赶上!"

天不打吃饭人

释义 意谓发脾气也应看时机和对象。

例句 鲁迅《彷徨·肥皂》:"'天不打吃饭人',你今天怎么尽闹脾气,连吃饭时候也是打鸡骂狗的。他们小孩子们知道什么。"

来者不善,善者不来

释义 意谓来的人不怀好意。

例句 刘兰芳等《岳飞传》:"'来者不善,善者不来',依为臣之见还是议和为好。"

留情不举手,举手不留情

释义 意谓动手就意味着彼此之间没有情面可讲了。

例句 《西游记》:"常言道:'留情不举手,举手不留情。'你外公手儿重重的,只怕你挨不起这一棒!"

相骂无好言,相打无好拳

释义 意谓双方对骂时没有好话,两人打架时不会留情面。亦作"相骂没好口,相打没好手"。

例句 《醒世姻缘传》:"奶奶,你骂我也罢。'相骂没好口,相打没好手'。只许你百声叶气的骂俺爷吗?"

拳头上无眼

释义 意谓动手打人时常会使对方受伤。

例句　元·杨显之《酷寒亭》:因带酒路见不平,拳头上无眼,致伤人命。

白刀子进,红刀子出

释义　意指用刀子动武。也喻指说话爽直,单刀直入。

例句　《红楼梦》:"不和我说别的还可;再说别的,咱们白刀子进去,红刀子出来。"

针尖对麦芒

释义　比喻针锋相对。

例句　鲍昌《庚子风云》:你越呆,我越反;杀一千,反一万,针尖对麦芒,铁杆对钢花。

半斤逢八两

释义　八两,旧制半斤等于八两。喻彼此没有什么差异。意同"针尖对麦芒"。

例句　明·无名氏《白兔记·逼书》:公元前日不识人,山鸡怎逐凤凰群?又没家舍又身贫,却不如马力共牛筋,那些个半斤逢八两门,傍人恁般行径。

以毒攻毒,以火攻火

释义　意谓用厉害的手段来对付凶猛的对方。亦作"以毒攻毒"。

例句　《红楼梦》:凤姐儿道:"正是养的日子不好呢:可巧是七月初七日。"刘姥姥忙笑道:"这个正好,就叫作巧姐儿好。这个叫'以毒攻毒,以火攻火'的法子。"

一物降一物,卤水点豆腐

释义　降,降伏,制伏。意谓世界上的事物是相互制约的,就像卤水点豆腐那样,一样东西总有另一样东西可来制服它。

例句　刘兰芳等《岳飞传》:这叫一物降一物,卤水点豆腐。连环马再厉害,见着钩镰枪拐子队,立刻成了废物。

小小石头,打坏大缸

释义　喻指小能胜大。

例句　《狮子国》:这一个二百余年无人敢敌的大国,居然又给他打败了。俗话所谓"小小石头,打坏大缸",真真不错半分。

过河卒子扫千军

释义　卒子,象棋中最小的一个子。意谓勇往直前的小兵战斗力很强。

例句　鲍昌《庚子风云》:"用我的兵!"曹福田的口气很坚决,"过河卒子扫千军。我要是起手闹事,看我不拉出几万兵卒才怪。"

棋高一着,缚手缚脚

释义　着,下棋时走一步或下一子称一着。意指与技艺略高的敌手对阵,感觉比较被动。

例句　《二刻拍案惊奇》:[妙观]勉强就局,没一子下去是得手的,觉是触着便碍。

正所谓棋高一着,缚手缚脚。

好手不敌双拳,双拳难敌四手

释义 意谓即使一个人本领高强,也寡不敌众。

例句 《西游记》:他自家独力难撑,正是"好手不敌双拳,双拳难敌四手"。

鸡蛋碰不过石头

释义 比喻弱者斗不过强者。亦作"鸡蛋碰不过石头,胳膊扭不过大腿"。

例句 马烽等《吕梁英雄传》:有几个年轻后生说:"怎么办? 搬上走嘛! 管他巡查不巡查,走了再说。"有几个老汉说:"不行,鸡蛋碰不过石头,要硬搬吃亏呀!"

恶龙不斗地头蛇

释义 意谓外乡人很难与当地的恶势力抗衡。亦作"强龙不压地头蛇"。

例句 《醒世恒言·钱秀才错占凤凰俦》:"大官人休说满话! 常言道:恶龙不斗地头蛇。你的从人虽多,怎比得坐地的,有增无减。"

穷不与富斗,富不与官斗

释义 意谓穷人斗不过富人,富人斗不过官府。

例句 《隋唐演义》:自古道:"穷不与富斗,富不与官斗。"况在途路之中,众人只得隐忍,自行收拾。

君子报仇,十年不晚

释义 意谓有谋略的人等待时机成熟才进行报复。

例句 张孟良《儿女风尘记》:"孩子,'君子报仇,十年不晚'! 你把这笔账,牢牢地记在心里!"

君子动口,小人动手

释义 意谓发生冲突时,应讲理,而不应动武。亦作"君子动口不动手"。

例句 《官场现形记》:"俗话说得好:'君子动口,小人动手。'怎么你二位连这两句话都不晓得吗?"

君子争礼,小人争嘴

释义 意谓有品德的人讲究礼貌,品行低下的人喜欢争吵。

例句 《醒世姻缘传》:"俺还说他:'你这么争嘴,不害羞吗?'他说:'君子争礼,小人争嘴。情上恼人呢。'"

君子不跟牛使气

释义 意谓品格高尚的人不跟粗鲁的人发生冲突。

例句 郭明伦等《铁血丹青》:"师弟,今天是大喜的日子,不要被这等小人败兴。俗话说得好,君子不跟牛使气嘛。"

一打三分低

释义 意谓动手打人,就亏了三分理。

例句 《西游记》:"不用打! 不用打! 常言道:'一打三分低。'"

杀人不过头点地

释义 意谓对方已经低头服软,就应宽恕,不宜做得太过分。

例句 梁羽生《云海玉弓缘》:"武林中有句话:杀人不过头点地,若是他肯悔罪,我也希望你能饶恕他。"

两虎相斗,必有一伤

释义 比喻强手与强手相争,必定有一方受伤。

例句 《三国演义》:吾今提兵取川,全仗汝二人之力。今两虎相斗,必有一伤,须误了我大事。吾与你二人劝解,休得争论。

杀人一万,自损三千

释义 意谓战争中胜方同样有损失。

例句 《元史·洪君祥传》:谚云:杀人一万,自损三千。愿勿废国力,攻夺边城。

一日干戈动,十年不太平

释义 意谓一旦有战事,就会不得安宁。

例句 元·高文秀《渑池会》:"将军,可不道'一日干戈动,十年不太平'!"

冤家宜解不宜结

释义 意谓有矛盾或结怨的双方应尽可能地解决彼此间的问题而不宜继续加深矛盾。

例句 《醒世恒言·张廷秀逃生救父》:生事事生何日了? 害人人害几时休? 冤家宜解不宜结,各自回头看后头。

大水冲了龙王庙,一家人不认识一家人

释义 龙王管水,庙却被水所冲。喻指自家人之间发生误会或冲突。

例句 《儿女英雄传》:妇人道:"我们大师傅请你来的? 请你来做什么?"女子笑道:"请我来帮你劝他呀。"那妇人听了,这才裂着那大薄片嘴笑道:"你瞧,'大水冲了龙王庙,一家人不认识一家人'咧! 那么着,请屋里坐。"

二十五、言语评论类谚语

口是心苗

释义 意谓心里的想法往往从口中流露出来。

例句 明·无名氏《罗李郎》:任凭他把铜斗儿家私使尽了,常言道:"口是心苗。"

物不平则鸣

释义 意谓有不公平的事发生,就会有人出来反对。

例句 《红楼梦》:"怨不得芳官! 自古说:'物不平则鸣。'他失亲少眷的在这里,没人照看;赚了他的钱,又作践他! 如何怪得!"

三句话不离本行

释义 意谓人在谈话时,总会涉及与自己行业有关的话题。

例句 茹志鹃《出山》:"你看我三句话不离本行,说来说去,说到我本行的业务上来了。"

话是开心斧

释义 意谓语言能沟通人的情感,打开人的心扉。

例句 姚雪垠《李自成》:话是开心斧,木不钻不透。我一定用话开导,解开他们心中疙瘩。

大路生在嘴边

释义 意谓不认识路,只要开口问便能解决问题。也喻指依靠嘴巴谋生。亦作"路出嘴边"。

例句 《荡寇志》:真是大路生在嘴边,腾蛟赔着小心,见人就问,随湾转湾,到了高平山。

长话不如短说

释义 意谓开门见山直接地说。亦作"长话短说"。

例句 秦纪文《再生缘》:"长话不如短说,几时动身?"

巧言不如直道

释义 意指说话应直截了当,不绕弯子。

例句 《隋唐演义》:"我们倒不与姓王的相熟,那姓王的倒与老哥相熟了,巧言不如直道,那卖马的就是秦叔宝。"

巧诈不如拙诚

释义 意谓转弯抹角蒙哄人抵不过诚恳真挚拙于言辞。

例句 《韩非子·说林上》:故曰:"巧诈不如拙诚。"乐羊子以有功而见疑,秦西巴以有罪而益信。

明人不用细说

释义 意谓对于明白人不需要解释得很详细。

例句 《万花楼》:"你是我的心腹厚交,今日圣上差你到边关,古言明人不用细说。"

话说三遍淡如水

释义 意谓说话重复过多,使人感到乏味。

例句 金沙水《补偿》:"常言说,话说三遍淡如水。有时候我只是出于礼貌,才有耐性听他讲光荣的革命经历。"

宁吃过头饭,不说过头话

释义 意谓话不可以说得超过了限度。

例句 刘澍德《同是门前一条河》:"你们如果造一条河,奶奶饭不吃,一口气把它喝干!""奶奶啊,宁吃过头饭,莫说过头话。"

流言止于知者

释义 知,通智。意谓流言蜚语到了智者那里就不再流传了。

例句 《荀子·大略》:语曰:流丸止于瓯臾,流言止于知者。……度之以远事,验之以近物,参之以平心,流言止焉,恶言死焉。

一言既出,驷马难追

释义 驷马,古代用四匹马拉的车子,为当时最快捷的交通工具。一句话说出口,四匹马拉的车子也追不上。意指说出口的话难以收回。亦作"君子一言,驷马难追""一言既出,如白染皂"。

例句 《说唐》:"大丈夫一言既出,驷马难追。我有本事,等那秦叔宝来,一并拿你三人。"

逢人且说三分话,未可全抛一片心

释义 意谓对人不可将心中的话和盘托出,而要保留一些。亦作"逢人且说三分话"。

例句 《警世通言·杜十娘怒沉百宝箱》:说话之间,宜放婉曲。……正是:"逢人且说三分话,未可全抛一片心。"

休将我语同他语,未必他心似我心

释义 意谓不要把自己心里的话随便告诉别人。

例句 元无名氏《抱妆盒》:休将我语同他语,未必他心似我心。那寇承御这小妮子,我差他干一件心腹事去,他去了大半日才来回话。说已停当了。我心中还信不过他。

巧中说话,巧中有人

释义 意谓背后说的话正巧被有关的人听见。

例句 王少堂《武松》:"我这个骂是在气头上呀,以为没得人呀。嗯,才巧哩!巧中说话,巧中有人。我正骂着,有个人在我背后听鬼话。"

说到曹操,曹操就到

释义 比喻谈及某人,恰巧某人来到。

例句　《孽海花》:赤云一壁看一壁笑着道:"无巧不成书! 说到曹操,曹操就到,职道才和美菽在裁判所里,遇见陈千秋,正和美菽讲哩。"

言者无心,听者有意

释义　意谓说话人是无意的,听话人却误会是成心在说他。亦作"无心人对着有心人"。

例句　梁羽生《云海玉弓缘》:谷之华大为奇怪,心想:"难道她和这幅画有什么关系?"正是:言者无心,听者有意。

冷汤冷饭好吃,冷言冷语难听

释义　意谓冷言冷语让人最难忍受。亦作"冷饭好吃,冷语难受"。

例句　黎汝清《海岛女民兵》:"俗语说:'冷汤冷饭好吃,冷言冷语难听。'我一回到家,泪珠就沿着腮帮子往下滚。"

甜言美语三冬暖,恶语伤人六月寒

释义　意谓善意的言辞让人感到温暖,恶意的话语令人心寒。亦作"一句好话三冬暖,一句恶语恼人心"。

曹操

例句　《金瓶梅词话》:"常言:'甜言美语三冬暖,恶语伤人六月寒。'你两个已是见过话,只顾使性儿到几时?"

刀伤好治,舌伤难医

释义　意谓舆论产生的后果是不易清除的。

例句　蒋子龙《乔厂长后传》:"石敢同志,你舌头上的伤口似乎已经长好了,说话很灵便嘛。可是你忘了有句古话:'刀伤好治,舌伤难医。'我们都尝过舆论的苦头,你们现在又成了舆论的中心。"

屋倒压不杀人,舌头倒压杀人

释义　意指流言可毁坏人的声誉。

例句　《金瓶梅词话》:常言要好不能够,要歹登时有一篇;屋倒压不杀人,舌头倒压杀人,听者有,不听者无。

病从口入,祸从口出

释义　意谓饮食不小心要生病,说话不留神会惹祸。

例句　马烽《自古道》:"病从口入,祸从口出",唉,为人处事可不容易啊! 处处要小心在意!

舌为利害本,口是祸福门

释义 意谓言语关系到人的利害得失,必须谨慎。

例句 《醒世恒言·卢太学诗酒傲王侯》:不想因这句错话上,得罪了知县,后来把天大的家私,弄得罄尽,险些儿连性命都送了。正是:舌为利害本,口是祸福门。

人生丧家亡身,言语占了八分

释义 意谓造成家破人亡的主要原因是说话不谨慎。

例句 明·席文與《畜德录·处世》:言语最要谨慎,交游最要审择。又云:"人生丧家亡身,言语占了八分。"

蚊虫遭扇打,只为嘴伤人

释义 意谓说话刻薄的人必然会遭到别人的攻击。

例句 《西洋记》:这矮贼人儿虽小,嘴其实尖。"蚊虫遭扇打,只为嘴伤人。"我如今先把你这个贼鬼嘴割将下来。

路上行人口似碑

释义 碑,镌刻着史迹的石碑。比喻事情是隐瞒不住的,人们会加以评论。亦作"路上行人口是碑"。

例句 《封神演义》:传与中外,人人共信,正所谓"路上行人口似碑"。

人嘴两张皮

释义 意谓爱怎么说就怎么说。亦作"人嘴两层皮"。

例句 《济公全传》:王安士也不知外甥李修缘,是上哪里去了。人嘴两张皮,就有说李修缘自己走的,就有说是王安士把外甥逼走了的。

凤凰飞在梧桐树,自有傍人话短长

释义 意谓有异常的情况出现,自然会遭人议论。

例句 元·关汉卿《陈母教子》:"你这等人,和你说出什么来……你去时人前夸大口,还家只得探花郎。凤凰飞在梧桐树,自有傍人话短长。"

美服人指,美珠人估

释义 比喻令人注目的事物会招致各种议论。

例句 明·张居正《送大曹长旸谷南先生赴留都考功序》:嗟君乃复此行。里谚云:"美服人指,美珠人估。"言责之者备矣。其君谓哉!

好事不出门,恶事传千里

释义 意谓好的事情不易被人了解,坏的事情却很容易传播出去。亦作"好事不出门,丑事传千里"。

例句 《水浒传》:[潘金莲]和西门庆做一处,恩情似漆,心意如胶。自古道:"好事

不出门,恶事传千里。"不到半月之,街坊邻舍,都知得了,只瞒着武大一个不知。

一人传虚,万人传实

释义 意谓原本没有的事经多人传说就变为真有其事了。用指以讹传讹,人言可畏。亦作"一人传虚,百人传实"。

例句 宋·释普济《五灯会元·临济玄禅师法嗣》:僧问:"多子塔前,共谈何事?"师曰:"一人传虚,万人传实"。

一犬吠形,百犬吠声

释义 吠,狗叫。一只狗看到某样东西叫起来,其他的狗听见了也随即叫了起来。比喻不辨事物的真伪,随声附和。

例句 汉·王符《潜夫论·贤难》:此鲍焦所以立枯于道左,徐衍所以自沉于沧海者也。谚云,"一犬吠形,百犬吠声",世之疾此,固久矣哉。

因无背后眼,只当耳边风

释义 意谓不把别人的背后议论放在心上。

例句 《醒世恒言·张孝基陈留认舅》:过善一来是爱子,二来料他没银使费,况说话与小厮一般,遂信以为实然,更不提起。正是:因无背后眼,只当耳边风。

人有人言,兽有兽语

释义 比喻好人和坏人说的话不一样。

例句 《小五义》:"智爷说'人有人言,兽有兽语'。哥哥看看有诈否?"

人言未必真,听言听三分

释义 意谓传言未必都是真实的,故不能全信。

例句 明吕得胜《小儿语》:人言未必真,听言听三分。还要虚心审察,不可听说便行。

良药苦口利于病,忠言逆耳利于行

释义 意谓别人的批评、劝告听起来尖锐、令人不愉快,但对于自己行为是很有好处的。亦作"良药苦口,忠言逆耳"。

例句 元·高明《琵琶记·牛相派人接伯喈家眷》:儿女话堪听,使我心疑惑。暗中思忖觉前非,有个团圆策。[白]良药苦口利于病,忠言逆耳利于行。

水平不流,人平不言

释义 意谓办事公平,人们就没有议论。

例句 《醒世恒言·张孝基陈留认舅》:常言道:水平不流,人平不言。这班闲汉替过迁衙门打点使钱,亦是有所和而为之……因有手避脚慢的,眼看别人赚钱,心中不忿,却去过老面前搬嘴。

小孩儿家口没遮拦

释义　意谓小孩说话真实,没有忌讳。意同"小孩嘴里出真言"。

例句　元·王实甫《西厢记》:小孩儿家口没遮拦。一迷的将言语摧残。

酒后吐真言

释义　意谓喝酒后能说出自己的真心话。亦作"酒后道真言"。

例句　曹禺《王昭君》:王龙喝醉了,酒后吐真言,他说,三个月前单于在长安求亲的时候,长安朝廷原来是想扣押单于的。

使口如鼻,至老不失

释义　像用鼻子一样用你的嘴,到老都不会有失误。意谓言语谨慎,就能避免错误。

例句　《艺文类聚》卷十七引三国魏杜恕《体论》:束脩之业,其上在于不言,其次莫如寡知也。故谚曰:"使口如鼻,至老不失。"

言语传情不如手

释义　意谓手能弹奏乐器、绘画等,在一定条件下,比语言更能传达思想感情。

例句　明·陈与郊《昭君出塞》:常言道:"言语传情不如手。"伤情并入琵琶唱。

二十六、权势官职类谚语

侯门深似海

释义　侯门,指显贵人家。意谓显贵人家居住的传统住宅庭院深深,门禁森严,普通人难以进入。

例句　《红楼梦》:刘姥姥道:"哎哟! 可是说的了:'侯门深似海',我是个什么东西儿! 他家人又不认得我,去了也是白跑。"

十谒朱门九不开

释义　朱门,红漆大门,指旧时的官邸和官员的宅院。意指进入官府之艰难。

例句　元·无名氏《看钱奴》:眼见的一家受尽千般苦,可什么十谒朱门九不开,委实难挨。

官情如纸薄

释义　意指官场上人情淡薄。亦作"官情纸薄"。

例句　《醒世恒言·李玉英狱中讼冤》:常言道:官情如纸薄。总然极厚相知,到得死后,也还未必。何况素无相知? 却做恁般痴想!

官大一级压死人

释义　意指权力大的人压服权力小的人。

例句　管建勋《云燕》:自古道,官大一级压死人。他刘培雨是公社的大社长,李云燕是个村支部书记,刘培雨管着李云燕,当然是刘培雨说话硬嘛。

瞒上不瞒下

释义　意谓真相不让上级知道,对下级却无所顾忌。

例句　《儒林外史》:"方才有几个教亲,共备了五十斤牛肉,请出一位老师父来求我。说是要断尽了,他们就没有饭吃,求我略松宽些。叫作'瞒上不瞒下'。"

一日为官,强似千载为民

释义　意谓做一天官胜过做千年老百姓。

例句　元·无名氏《飞刀对箭》:我老汉老了也,拂掉了土满身,梳掠起白髭鬓。这的是"一日为官,强似千载为民"。

寿不压职

释义　意谓年龄大的地位不能压住官职高的地位。

例句　元·宫天挺《范张鸡黍》:"免礼免礼。小官欲待还礼来,一了说:'寿不压职。'"

一岁主,百岁奴

释义　意谓主人与奴仆的地位与年岁无关。年幼的主人终是主人,年长的奴仆毕竟是奴仆。亦作"一岁主,千岁奴"。

例句　《儿女英雄传》:一笔写不出俩主儿来,主子的亲戚也是主子。"一岁主,百岁奴。"

宰相家人七品官

释义　意谓大官僚的手下也握有相当大的权力。亦作"宰相家奴七品官"。

例句　清·洪昇《长生殿》:君王舅子三公位,宰相家人七品官。

一人得道,鸡犬升天

释义　意谓用以喻指一个人得了权势,与其有关的人也跟着发达。

例句　姚雪垠《李自成》:"这事一成,你就一步登天,你们一家人的日子也马上苦尽甘来。古语说得好:'一人得道,鸡犬升天。'"

官不容针,私可容车

释义　意指官场中办事没有任何通融的余地,人们私下交涉变通的可能却极大。亦作"官不容针,私通车马"。

例句　《敦煌变文集·燕子赋》:"官不容针,私可容车。"叩头与脱,到晚衙不相苦。

衙门八字开,有理无钱莫进来

释义　意指打官司如不行贿,就无法胜诉。亦作"八字衙门朝南开,有理无钱莫进来"。

例句 《九命奇冤》:"此刻世界上只要有钱,谁还讲理呢!这是家母的话,我也再三想过,俗语说得好,'衙门八字开,有理无钱莫进来'。"

天大的官司倒将来,磨大的银子罨将去

释义 罨,压,覆盖。意谓在旧时官司再大,都可以通过钱财了结。

例句 《醒世姻缘传》:但俗语说得好:"天大的官司倒将来,使那磨大的银子罨将去。"怕天则甚?只是人心虽要如此,但恐天理或者不然。

三年清知府,十万雪花银

释义 清,清廉。知府,明清两代称比县高一级行政机构的长官。意谓标榜清廉的官员,实际上极为腐败贪婪。

例句 张友鹤《官场现形记附录》:至于知府,除了本身的收入外,还要由所辖的各州、县"孝敬",实际就是分赃,自然所得也更多,因而有"三年清知府,十万雪花银"的说法。

纱帽底下无穷汉

释义 纱帽,借指当官。意谓当官的没有是穷人。

例句 清·王有光《吴下谚联》:纱帽底下无穷汉。……粮制巨斛,饷勒浮收,词讼通节,馈送索门包,肉食罗绮,挟妓呼卢,无所不至,故曰"无穷汉"。

官清司吏瘦

释义 意谓当官的廉洁,其下属也清廉。

例句 元·岳伯川《铁拐李》:他这新官倚俸禄,俺这旧吏靠窠巢。他这官清司吏瘦,俺这家富小儿娇。

清官难出猾吏手

释义 意谓廉洁的官员难以不受狡猾吏役的蒙骗。

例句 《何典》:他做官只是一清如水,只是才具浅促些。那伙提草鞋公人,见本官软弱,便都将嘴骗舌头的来弄怂他。……正是"清官难出猾吏手"。

上梁不正下梁歪

释义 比喻长辈或上级不正派,晚辈或下级也仿效他们变坏。

例句 《金瓶梅词话》:传出去休说六邻亲戚笑话,只家中大小把你也不着在意里。正是:上梁不正下梁歪!

上人不好,下人不要

释义 好,喜欢。意谓地位在上的人不喜欢的东西,他的下属就不会去寻求。

例句 《东周列国志》:俗谚云:"上人不好,下人不要。"因懿公偏好那鹤,凡献鹤者皆有重赏,弋人百方罗致,都来进献。

公人见钱,如蝇子见血

释义 公人,旧时衙门的吏役。形容吏役贪婪成性。亦作"公人见票,牲口见料"。

例句 《水浒传》:婆惜道:"可知哩! 常言道:公人见钱,如蝇子见血。他使人送金子与你,你岂有推了转去的?"

阎王好见,小鬼难当

释义 比喻对付下属比应付他的上级困难得多。亦作"阎王好见,小鬼难缠"。

例句 张友鸾《秦淮粉墨图》:这回只是疏通了首都警察厅和分局局长,却没有打点巡官以下。"阎王好见,小鬼难当"。他们因此找麻烦来了。

县官不如现管

释义 意谓掌管某项具体事务的官员,其权力比比他地位高很多的官员更大。

例句 古立高《隆冬》:虎不离山,龙不离海,做官也要做地方官,县官不如现管。

天高皇帝远

释义 意谓地处偏远,中央政令权力行使不到。

例句 《醒世姻缘传》:因临清是马头所在,有那班油光水滑的光棍,真是"天高皇帝远",晓得怕些什么。奸盗豪横,无日无天。

龙不离海,虎不离山

释义 意谓不可离开自己的权位或势力范围。亦作"龙不离滩,虎不离山"。

例句 《残唐五代史演义传》:"龙不离海,虎不离山。陛下安居大位,岂可远离乎?"

一朝天子一朝臣

释义 朝,朝代。一个朝代的皇帝有一个朝代的臣子。喻指新上台者都使用自己的心腹作下级。

例句 郭沫若《少年时代·反正前后》:中国旧式的交替是"一朝天子一朝臣",跟着严先生已经来了不少的新教职员。

朝里无人莫做官

释义 意指如果没有靠山,就很难做官。

例句 《醒世姻缘传》:常说"朝里无人莫做官"。又说"朝里有人好做官"。凡做官的人,若没有个倚靠……也没处显你的善政。

新官上任三把火

释义 比喻人新负责一项工作时态度积极热情。

例句 段少舫等《朱元璋演义》:现在的徐达可不是当初的张玉,咱们跟人家没交情,事事都得多加小心。人家这叫"新官上任三把火"嘛!

上台容易下台难

释义 意指上任容易,但卸任时有好的业绩却不容易。亦作"上场容易下场难"。

例句　张友鸾《秦淮粉墨图》:若说半途而废,助选团先就不答应,这叫作"上台容易下台难",使得他心下十分踟蹰。

树倒猢狲散

释义　比喻为首的人倒台,依附他的人马上散伙。

例句　曹禺《北京人》:"'树倒猢狲散',房子一卖,你带你的儿子媳妇一齐去过也好,或者带你的宝贝愫妹过也好,我一个人到城外尼姑庵一进。"

势败奴欺主,时衰鬼弄人

释义　形容人失势倒霉时的处境。亦作"势败奴欺主"。

例句　《初刻拍案惊奇》:你女儿的痘子,本是没救的了,难道是我不接得郎中,断送了他? 不值得将我这般毒打……正是:势败奴欺主,时衰鬼再人。

无官一身轻

释义　意谓没有官职感到非常轻松。

例句　宋·苏轼《贺子由生第四孙》诗:无官一身轻,有子万事足。

公门里好修行

释义　公门,衙门。意谓在衙门里做事行善容易。

例句　元·高文秀《黑旋风》:人道公门不可入,我道公门好修行。若将曲直无颠倒,脚踢莲花步步生。

安不可忘危,治不可忘乱

释义　指国泰民安时不要忘记潜在的危险,国家安定了也不要忘记还可能出现战乱。

例句　现在我们虽然欣逢盛世,但"安不可忘危,治不可忘乱",千万不可放松警惕。

安乐须防患难时

释义　指国家在安宁平静的日子里,需要防备潜在的困难和危险。告诫人民始终要有居安思危的意识。

例句　天有不测风云,"安乐须防患难时",此乃明智之举。

不怕头断身裂,爱国志坚如铁

释义　强调爱国之心如钢铁般坚固,为了祖国的利益不惜牺牲自己的性命。

例句　无数革命烈士做到了"不怕头断身裂,爱国志坚如铁",他们将永垂不朽。

存不忘亡,安不忘危

释义　生存时不忘死亡,安定时不忘灾难。告诫人们身处太平盛世也要防备不测风云。

例句　大到一个国家,小到一个家庭,都应懂得"存不忘亡,安不忘危",以防患于未然。

得人心者得天下

释义 得到民心的人才能得到天下。现在也指做事只有赢得人心，才能获得成功。

例句 俗话说得好："得人心者得天下。"你在处理这件事时，一定要顺乎民心。

得贤者昌，失贤者亡

释义 指能得到贤人的辅佐，国家必定繁荣昌盛；反之，国家就会逐渐衰亡。

例句 周瑜说："自古'得贤者昌，失贤者亡'。当今之计，须求高明远见之人为辅，才可定江东。"

听传言，失江山

释义 流言蜚语会使人蒙受重大损失。也作：听传言失落江山。

例句 "听传言，失江山。"对未经证实的街谈巷议，千万不可相信。

千金难买天下稳

释义 人民安居乐业，是金钱买不到的。

例句 常言道，"千金难买天下稳"。在当前的形势下，稳定对国家来说是大事，安居对百姓来说也是大事，马虎不得。

国正人心顺，官清民自安

释义 国家执法严明，人心才能顺服；官员清正廉洁，老百姓自然能安居乐业。

例句 钦差正襟危坐，厉声说道："国正人心顺，官清民自安。你管辖的范围内，百姓叫苦连天，你这个官是怎么当的？"县官听了，不由得双腿瑟瑟发抖。

民之多幸，国之不幸

释义 幸：侥幸。如果老百姓中心存侥幸的坏人多了，国家就要遭受不幸。

例句 常言道，"民之多幸，国之不幸"。现在咱们老百姓都勤勤恳恳，不心存侥幸，我们的祖国一定会繁荣富强的。

水涨船就高，国富民自强

释义 比喻事物随着它所凭借的基础的提高而提高，正如船随着水的升高而升高，国家富裕了，人民自然就强大了。

例句 "水涨船就高，国富民自强。"国民经济水平提高了，人民的生活自然会变得富足起来。

天下大势，分久必合，合久必分

释义 旧时认为，国家政权统一时间久了，矛盾就会激化，国家就会分裂；国家分裂时间长了，也自然会得到统一。

例句 中国古代，和平时代与战乱时代总是交替出现的，因而古人形成了"天下大势，分久必合，合久必分"的观念。

天下官管天下人

释义　官吏要负责管理百姓。

例句　"天下官管天下人。"我们身为警察，就更应该时刻留意社会治安问题。

天下人管天下事

释义　人世间的事，人人都能管。

例句　"天下人管天下事。"如果有人刻意损害公众利益，其他人当然有资格指责他。

天下兴亡，匹夫有责

释义　对于国家的兴衰，每个普通老百姓都有责任。

例句　爷爷虽然从小没读过什么书，但他懂得"天下兴亡，匹夫有责"的道理。外敌来犯时他毅然参军，为保家卫国尽自己的一份力。

天子犯法，与庶民同罪

释义　庶民：平民，百姓。法律面前人人平等。

例句　"天子犯法，与庶民同罪"，一个没有特权阶级的社会才是一个真正理想的社会。

国不可一日无君，军不可一日无帅

释义　国家不能一天没有君主，军队不能一天没有将帅。

例句　"俗话说，'国不可一日无君，军不可一日无帅'。现在我们就集体推选出一位厂长来。"他站在台上对工人大声说。

为国者不顾家

释义　一心为了国家事业的人，容易忘记照顾自己的家。

例句　"为国者不顾家。"领导人往往心系国家大事而忽略了对小家的照顾，他们的付出和牺牲都是为了祖国更加昌盛，人民更加富裕。

位卑未敢忘忧国

释义　地位虽然低下，却不敢忘记为国担忧。

例句　虽然学生的力量渺小，但是"位卑未敢忘忧国"，这些热血青年毅然加入救灾一线。

凤凰落地不如鸡，老虎离山不如狗

释义　比喻官吏失去了权势还不如一般的百姓。也作：凤凰落架不如鸡。

例句　他如今是"凤凰落地不如鸡，老虎离山不如狗"。被罢免后，之前阿谀奉承他的人都渐渐对他疏远起来。

安在得人，危在失士

释义　有贤士相助，江山便可以稳固；如失去了贤士，江山将面临危险。

例句　学校的运动会就要召开了,二班的长跑健将却转到我们班了。"安在得人,危在失士",二班的班主任都急成什么样了!

手中有粮,心中不慌

释义　说明只要有粮食储备,人心里就踏实。强调粮食对国计民生的重要性。

例句　"手中有粮,心中不慌。"一个国家要想稳定,就要确保百姓丰衣足食。

衣食足而后礼义兴

释义　老百姓衣食丰足之后,才会去崇尚礼义。

例句　我国有句古话:"衣食足而后礼义兴。"精神文明的发展离不开物质基础。

天高皇帝远,有冤无处申

释义　旧时偏僻的地方,土豪官吏把持一方,正义得不到伸张,人们即使有冤屈也无处申诉。

例句　自从妈妈去外地出差,每天晚上爸爸都不让他看电视,这可真叫"天高皇帝远,有冤无处申",难受得他天天盼着妈妈回家。

官风正,民风清

释义　指当官的廉洁,社会风气就会清正。

例句　"俗话说,'官风正,民风清'。我们政府官员一定要洁身自好,为群众做好榜样。"他在廉政建设会议上说。

官以民为本,民以食为天

释义　当官的要以老百姓的利益为根本,而老百姓的根本问题是吃饭。

例句　"'官以民为本,民以食为天。'我们不仅要解决老百姓的吃饭问题,还要让他们吃得饱、吃得好。"在扶贫会议上,他对各级官员说道。

湖广熟,天下足

释义　湖广地区土地广阔、肥沃,运输方便,如果这些地区获得了丰收,全国的粮食就充足了。

例句　"湖广熟,天下足。"这话说得一点儿没错,今年湖广地区的收成这么好,国家粮库肯定又囤积得满满的。

铁打的衙门,流水的官

释义　衙门:旧时官吏办公的地方,官署。衙门好像铁打的一样,长期存在;官员却像流水一样,时常更换。也作:铁打的营盘,流水的兵。

例句　三年以来,局里的干部已换了好几茬,这真是"铁打的衙门,流水的官"啊!

二十七、世态人情类谚语

识破人情便是仙

释义 意谓能洞察世人心态的就是非常高明的。

例句 《冷眼观》:什么玲珑心不玲珑心,俗话说得好:"识破人情便是仙。"我昨晚既不肯认作中立国,他们今日自然要生出别项法子来待你了。

人情大似圣旨

释义 意谓情面的作用比皇帝的命令还大。

例句 《西游记》:"'人情大似圣旨'。你去说我老孙的名字,他必然做个人情,或者连井都送我也。"

人情大于法度

释义 意谓人情的作用超过了法律。

例句 明·郑之珍《目莲救母·七殿见佛》:[净]老爹今日顺了你这等大人情,……[丑]皆赖班头之力,古人云:"人情大于法度。"

人情似纸张张薄,世事如棋局局高

释义 形容人情淡薄,世事易变。亦作"人情似纸张张薄,世事如棋局局新""人情比纸薄""世情如纸"。

例句 明·佚名《升仙记》:我看你人生枉徒劳,东涂西抹无宁止,空设下计千条。人情似纸张张薄,世事如棋局局高。

钱亲人不亲

释义 意谓认钱不认人。

例句 明·无名氏《冻苏秦》:"哥哥你请坐。受我几拜咱,我须是钱亲人不亲。"

钱聚如兄,钱散如奔

释义 意谓钱多时像待兄长似的尊敬你,没钱时见你就逃掉。

例句 元·无名氏《来生债》:谁待殷勤,颇奈钱亲。钱聚如兄,钱散如奔。

贵易交,富易妻

释义 意谓地位一显贵立刻就抛弃了老朋友,钱一多马上就另结新欢。

例句 《古今小说·单符郎全州佳偶》:单司户先与郑司理说知其事,司理一力撺掇,道:"谚云:贵易交,富易妻。今足下甘娶风尘之女,不以存亡易心,虽古人高义,不过是也。"

人心不似水长流

释义　意谓人心是会变化的。

例句　元·关汉卿《窦娥冤》：须知道人心不似水长流……俺婆妇每都把空房守，端的个有谁问有谁瞅。

易长易退山溪水，易反易复小人心

释义　意谓品格低下的小人一般是反复无常，多变的。

例句　明·郑之珍《目连救母·议逐僧道》：易长易退山溪水，易反易复小人心。当初僧道尼姑老身待他甚厚，岂容前日皆出狂言相讥。

柴米夫妻，酒肉朋友，盒儿亲戚

释义　盒儿，指礼物。意谓不同的人际关系要靠不同的钱物来维系。

例句　明·顾起元《客座赘语》：闾巷中常谚往往有粗俚而可味者，如曰："柴米夫妻，酒肉朋友，盒儿亲戚。"此言虽俚，然于人情世事，有至理存焉。

见了菩萨烧炷香

释义　比喻见到有利害关系的人就送礼请求关照。

例句　方之《内奸》："我路路通，如今出门，心眼要活，手要松，见了菩萨烧炷香，一个不能卯。我手边还有几样硬梆梆的东西，你们只管放心！"

礼下于人，必有所求

释义　意谓向人行礼，肯定有事求人。

例句　王少堂《武松》：他见面就下我一礼，礼下于人，必有所求。

无事不登三宝殿

释义　三宝殿，泛指佛殿。比喻没事不登门造访。

例句　《金瓶梅词话》：那陶妈妈便道："小媳妇无事不登三宝殿，奉本县正宅衙内吩咐，说咱宅上有一位奶奶要嫁人，讲说亲事。"

闲时不烧香，急来抱佛脚

释义　比喻平时不努力，面临困难时才匆忙应付。

例句　《古今小说》：这伙三党之亲，自从倪太守亡后，从不曾见善继一盘一盒，岁时也不曾酒杯相及，今日大块银子送来，正是"闲时不烧香，急来抱佛脚"，个个暗笑，落得受了买东西吃。

用人靠前，不用人靠后

释义　意谓待人接物的态度十分功利。亦作"用你朝前，不用你靠后"。

例句　《醒世姻缘传》："这样'用人靠前，不用人靠后'的事，孩儿，你听我说，再休做他。"

未去朝天子，先来谒相公

释义 还没朝见国君，要先去拜见宰相。意谓要想见地位高的人，应先疏通他左右的人。

例句 《醒世姻缘传》："未去朝天子，先来谒相公"，你要结识官府，先要与那衙役猫鼠同眠，你兄我弟，支不得那相公架子，拿不出那秀才体段。

入山擒虎易，开口告人难

释义 告，请求。意谓开口求人帮助比入山擒虎还难。亦作"进山打虎易，开口求人难"。

例句 《警世通言·万秀娘仇报山亭儿》：铁僧道："今日听得说，万员外底女儿万秀娘死了夫婿，带着一个房卧，也有数万贯钱物，到晚归来，欲待拦住万小娘子，告他则个。"大官人听得道是："入山擒虎易，开口告人难。"

别人求我三春雨，我去求人六月霜

释义 意谓别人向我求助容易，我向他人求助困难。

例句 《警世通言·桂员外途穷忏悔》：桂迁送至门外，举手而退。正是：别人求我三春雨，我去求人六月霜。

只有锦上添花，哪有雪中送炭

释义 意谓人们通常只肯做好上加好的事，而不愿帮助有急难的人。喻指世态炎凉，人情冷暖。亦作"只有锦上添花，哪肯雪中送炭"。

例句 《初刻拍案惊奇》："只有锦上添花，哪有雪中送炭。"只这两句言语，道尽世人情态。

千穿万穿，马屁不穿

释义 马屁，指阿谀讨好的行为。意指人们通常乐意接受奉承讨好自己的行为。

例句 金庸《射雕英雄传》：常言道："千穿万穿，马屁不穿！"这一首小曲儿果然教那樵子听得心中大悦。

阿谀人人喜，直言个个嫌

释义 意谓奉承拍马总能使人高兴，直言相告通常令人讨嫌。

例句 《警世通言·苏知县罗衫再合》：黄顾二人，口中还不干净，……那先生只求无事，也不想算命钱了。正是：阿谀人人喜，直言个个嫌。

千求不如一吓

释义 意谓多次请求不及吓唬一次有效。

例句 元·王实甫《破窑记》：[寇准云]好无礼，有你父母，你认了则者。你认便认，你不认便罢了，你怎么教我认了去，他是我的爷娘？更待干罢。则今日写本申朝，不道的饶了你哩也！[正旦云]看伯伯的面，认了他便了。[寇准云]正是"千求不如一吓"。

十访九空,也好省穷

释义　意谓多次向人借贷,虽常常落空,但总会得到一些救助。

例句　《醒世恒言·独孤生归途闹梦》:"俗谚有云:'十访九空,也好省穷。'我想公公十年宦游,岂无几个门生故旧在要路的?你何不趁此闲时,一去访求?倘或得他资助,则三年诵读之费有所赖矣。"

吃人家碗半,被人家使唤

释义　意谓吃了人家的饭,就要受人支配。

例句　《金瓶梅词话》:单管黄猫黑尾,外合里差,只替人说话。吃人家碗半,被人家使唤。

一年长工,二年家公,三年太公

释义　意谓雇工在主人家做事的时间长了,态度就会日渐轻慢。

例句　《警世通言·乔彦杰一妾破家》:古人云:"一年长工,二年家公,三年太公。"不想乔俊一去不回,小二在大娘家一年有余,出入房室,诸事托他,便做乔家公,欺负洪三。

又吃纣王水,又说纣王无道

释义　纣王,商代最后一个君王,暴虐凶残。意谓既要依靠某人生活,又要说他的坏话。

例句　《金瓶梅词话》:"他就便吃两盅,敢恁七个头,八个胆,背地里骂爹,又吃纣王水,又说纣王无道,他靠哪里过日子?爹你不要听人言语。"

一家饱暖千家怨

释义　意谓一户人家比较富裕会引起许多人家的嫉妒。亦作"一家富贵千家怨"。

例句　《二刻拍案惊奇》:常言道:"一家饱暖千家怨"。江老虽不咋的富,别人看见他生意从容,衣食不缺,便传说了千金、几百金家事,有那等眼光浅,心不足的,目中就着不得,不由得不妒忌起来。

一人难趁百人意

释义　意谓一人做事很难使大家都称心满意。亦作"一人难称百人心"。

例句　浩然《金光大道》:我的心到了,力到了。一人难趁百人意,众口难调哇!

只怕睁着眼儿的金刚,不怕闪着眼儿的佛

释义　喻指怕硬不怕软。

例句　《金瓶梅词话》:你不知道,不要让了他,如今年世,只怕睁着眼儿的金刚,不怕闪着眼儿的佛。

大鱼吃小鱼,小鱼吃虾米

释义　比喻强者欺凌、吞并弱者。

例句 老舍《方珍珠》:那时候,你也跟我们一样受上头的剥削、压迫呀!那叫作"大鱼吃小鱼,小鱼吃虾米"。

官向官,民向民,和尚向的是出家人

释义 意指处境、地位或志趣相同的人相互偏袒。

例句 袁静《淮上人家》:"官向官,民向民,和尚向的是出家人"。自己吃了苦,受了委屈,总要到大妈家里去诉诉。

道不同不相为谋

释义 意谓观念、主张不一致的人不会相互交流谋划。亦作"道不合不相为谋"。

例句 《史记·老子韩非列传》:世之学老子者则绌儒学,儒学亦绌老子。"道不同不相为谋",岂谓是邪?

多一事不如省一事

释义 意谓少做事就少麻烦。亦作"多一事不如少一事"。

例句 《红楼梦》:"多一事不如省一事。我明日家去,和妈妈说了,只怕燕窝我们家里还有,与你送几两。"

怕鬼有鬼

释义 意谓越是害怕的东西,越是容易碰上。

例句 《镜花缘》:我最恶的是出名,他偏要钻出来。真是"怕鬼有鬼"。

枪打出头鸟

释义 比喻领头的人常是首先被打击的对象。

例句 王蒙《风息浪止》:哼!所谓人怕出名猪怕壮,树大招风,枪打出头鸟,说穿了不过是嫉妒二字!

先进寺门一日大

释义 意谓先进门的人应排行在先,受到尊敬。亦作"先进山门为大"。

例句 《平妖传》:他先进寺门一日大,你又是单身,除非别去。

新箍马桶三日香

释义 形容人对新事物或新人格外热情。

例句 《何典》:形容鬼也不等断七,就把活死人领了回去。醋八姐看见,也未免"新箍马桶三日香","弟弟宝宝"的甚是亲热。

住久人心淡

释义 意谓在别人家住久了,相互间的感情就淡薄了。

例句 《金瓶梅词话》:金莲道:"住久人心淡,只顾住着怎的!也住了几日了,他家中丢着孩子,也没人看,我教他家去了。"

世情看冷暖,人面逐高低

释义 意谓世间人情势利,有钱有势的受人巴结,失意无钱的遭受冷落。

例句 元·郑廷玉《金凤钗》:我得官也相庆相贺;剥落也不追随。正是世情看冷暖,人面逐高低。

二十八、劝恶扬善类谚语

饱暖生闲事,饥寒发盗心

释义 意谓人的生活太优裕就会去干无聊的事,处在饥寒之中则难免会产生偷盗的念头。

例句 《金瓶梅词话》:与他几两银子,教他信信脱脱,远离他乡,做买卖去。……放他在家里,……自古道:"饱暖生闲事,饥寒发盗心。"他怎么不胡生事儿?

锄一恶,长十善

释义 意谓铲除一个恶人,就是做了十件好事。

例句 《宋史·毕仲衍传》:给事张问居里中,谓仲衍曰:谚云"锄一恶,长十善"。君之谓也。

救人一命,胜造七级浮图

释义 浮图,佛塔。意谓救人的生命超过了建造七层佛塔所建下的功德。亦作"救人一命胜造七级浮屠"。

例句 元·郑光祖《伲梅香》:救人一命,胜造七级浮图。不索多虑。

饶人不是痴

释义 意谓宽恕别人的行为并不笨,日后会有好运。亦作"饶人不是痴,过后得便宜""饶人是福,欺人是祸"。

例句 元·马致远《岳阳楼》:今世饶人不是痴,天生下,这顽皮。

一善足以消百恶

释义 意谓以善心待人可消除对方许多恶感。

例句 《西湖二集·徐君宝节义双圆》:一善足以消百恶。随他怎么絮聒,我只是一心孝顺,便是泥塑木雕的也化得他转。

从善如登,从恶如崩

释义 登,登山。喻指学好困难学坏容易。

例句 《国语·周语下》:水火之所犯,犹不可救,而况天乎?谚曰:"从善如登,从恶如崩。"

上贼船易，下贼船难

释义 意谓与坏人相交容易，从他们中间脱离出来困难。

例句 朱剑《青石堡》：不干！能行吗？上贼船易，下贼船难啊！你不想干坏事，又不跟坏人翻脸、决裂，怎么能不再犯罪？

苍蝇不钻没缝儿的蛋

释义 比喻本身如果没有缺点，坏人就无法下手使其变坏。亦作"苍蝇不叮无缝蛋"。

例句 《金瓶梅词话》："你没借银，却向你讨？自古苍蝇不钻那没缝儿的蛋，快休说此话。"

苍蝇

害人终害己

释义 意谓损害人最终结果是损害自己。

例句 《说唐》：本章呈上，高祖展开一看，方知屈杀了刘文静，龙颜大怒，即传旨将马百良碎割凌迟，一门皆斩。正是：害人终害己，报应最公平。

多行不义必自毙

释义 意谓多做不义之事必定是自取灭亡。

例句 梁羽生《云海玉弓缘》："多行不义必自毙，这句话真是一点不错。胜男，你今日报了大仇。"

逆风点火自烧身

释义 比喻干了违背情理的事而自食其果。

例句 明·梁辰鱼《浣溪沙》：我平日怀害人肚肠，具杀人手段，……不道暗地损人，轮到我逆风点火自烧身！苏台烧了，吴宫破了，主公走了。

千人所指，无病而死

释义 意谓受到众人的指责，不生病也要垮台。

例句 《汉书·王嘉传》：今贤散公赋以施私惠，一家至受千金，往古以来贵臣未尝有此，流传四方，皆同怨之。里谚曰："千人所指，无病而死。"臣常为之寒心。

鬼怕恶人

释义 喻指凶恶的人害怕比自己更恶的人。亦作"鬼也怕恶人"。

例句 《醒世姻缘传》：他也不免有些鬼怕恶人，席上有他内侄连赵完在内，那个主子一团性气，料得也不是善茬。

铜盆撞了铁扫帚，恶人自有恶人磨

释义 意指恶人自然会有恶人来收拾他。

例句 《醒世恒言·一文钱小隙造奇冤》:看的人随后跟来,观看两家怎的结局。铜盆撞了铁扫帚,恶人自有恶人磨。

刻薄不赚钱,忠厚不折本

释义 意谓为人忠厚老实不吃亏。

例句 《醒世恒言·卖油郎独占花魁》:那些和尚们也闻知秦卖油之名,他的油比别人又好又贱,单单作成他。所以一连这九日,秦重只在昭庆寺走动。正是:刻薄不赚钱,忠厚不折本。

日间不做亏心事,夜半敲门不吃惊

释义 意谓没做过什么违背正理的事,心地坦荡,夜间有人敲门也不害怕。

例句 《二刻拍案惊奇》:日间不做亏心事,夜半敲门不吃惊。大凡做贼的见了做公的,就是老鼠遇了猫儿,见形便伏。

平生不做亏心事,世上应无切齿人

释义 意谓一辈子不做亏心事,不会让人痛恨。

例句 《警世通言·王娇鸾百年长恨》:自此周廷章无行之名,播于吴江,为衣冠所不齿。正是"平生不做亏心事,世上应无切齿人"。

放下屠刀,立地成佛

释义 佛家语,劝人改恶从善。今喻指干过坏事的人,只要悔改,弃旧图新,就能成为好人。

例句 马烽等《吕梁英雄传》:"大家不要害怕,人常说:放下屠刀,立地成佛,只要大家改邪归正,八路军是欢迎的!"

人发善愿,天必从之

释义 意谓人有善良的心愿,上天一定会成全他。亦作"人有善愿,天必从之"。

例句 《敦煌变文集·惨山远公话》:故知俗彦(谚)云有语:人发善愿,天必从之;人发恶愿,天必除之。

当世做人当世现

释义 意谓做人善恶今世即有报,不用等待来世。

例句 清·王有光《吴下谚联》:"当世做人当世现"。积善余庆,不善余殃。言报在本身有未尽者,必且波及……谚为揭出"当世做人当世现",若曰此不待子孙也,不待来世也。

前人栽树,后人乘凉

释义 比喻前一辈人创业,使后一代人有福可享。

例句 《黄绣球》:俗语说得好,"前人栽树,后人乘凉"。我们守着祖宗的遗产,过了一生。后来儿孙自有儿孙之福。

种瓜得瓜,种豆得豆

释义 意谓做了什么样的事,就会得到什么样的结果。比喻事物的结果是由其种下的原因引起的。

例句 《醒世恒言·施润泽滩阙遇友》:正是:种瓜得瓜,种豆得豆。一切祸福,自作自受。

善有善报,恶有恶报

释义 意谓做了好事或恶事都会有所报应。

例句 元·无名氏《冤家债主》:果然善有善报,恶有恶报,如同影响,分毫不错。

人间私语,天闻若雷,暗室亏心,神目如电

释义 意谓人们私下说的话,上天听得如打雷似的清楚,暗中所干的亏心事,神的眼睛像闪电一样看得分明。

例句 元·无名氏《看钱奴》:这等人轻视贫乏,不恤鳏寡,天生下一种奸猾,将鬼神都瞒諕。常言道:"人间私语,天闻若雷,暗室亏心,神目如电。"信有之也。

众生好度人难度

释义 众生,指人以外的各种动物。度,佛家语,超度脱离苦难。意谓人心险恶,常有恩将仇报之举,故救人不如救动物。

例句 元·无名氏《桃花女》:常言道众生好度人难度,你前日救了彭大公的性命,他把这桩亲事报答你哩。

人善有人欺,马善有人骑

释义 意谓善良老实的人会被人欺侮,就像马性驯良成为人的坐骑一样。亦作"人善得人欺,马善得人骑"。

例句 浩然《艳阳天》:人善有人欺,马善有人骑,不给他们一点厉害,总觉得我们光宽大,不严惩。

良善被人欺,慈悲生患害

释义 意谓人过于善良慈悲,反会被人欺负,招致祸患。

例句 《金瓶梅词话》:西门庆道:"你不知休要惯了他。"妇人道:"爹说的是,自古良善被人欺,慈悲生患害。"

人恶人怕天不怕,人善人欺天不欺

释义 意谓上天是公正的,不偏袒恶人也不欺负善人。

例句 《初刻拍案惊奇》:杀人竟不偿命,不杀人则要偿命,死者生者,怒气冲天,纵然官府不明,皇天自然鉴察……所以说道:"人恶人怕天不怕,人善人欺天不欺。"

二十九、事理训诫类谚语

砌墙千朝,拆屋一日

释义 喻指毁坏容易建设困难。

例句 林笑龄《济公传·济公斗蟋蟀》:俗话说,砌墙千朝,拆屋一日。瓦木匠七手八脚,一霎时,一座楠木花厅就墙坍壁倒,屋顶翻身。

不依规矩,不能成方圆

释义 规,画圆的仪器;矩,画直角或方形的曲尺。比喻不按照一定的规矩,就办不成事。亦作“没有规矩不成方圆”。

例句 马烽《刘胡兰传》:“你老说的,倒也是一番道理。古话说:国有国法,家有家规,不依规矩,不能成方圆。”

尺有所短,寸有所长

释义 喻人或事物各有其短处和长处。

例句 《楚辞·卜居》:夫尺有所短,寸有所长;物有所不足,智有所不明;数有所不逮,神有所不通。

鱼不可离水,虎不可离冈

释义 比喻不可离开必要的生存环境。亦作“鱼儿离不开水,瓜儿离不开秧”。

例句 元·无名氏《黄鹤楼》:我想那周瑜有智量,明晃晃列着刀共枪。鱼不可离了水,虎不可离了冈。他可安排着恶战场?

冬不可以废葛,夏不可以废裘

释义 葛,麻衣。裘,毛皮衣。意谓应防备在先,以备不测。

例句 清·顾炎武《天下郡国利病书》:谚曰:“冬不可以废葛,夏不可以废裘。”盖言预也。若一报掣兵,诸防悉解,事起仓促,束手无措,又岂预备之道哉?

见怪不怪,其怪自败

释义 意谓对怪事抱不以为然的态度,怪事也就不成其为怪事了。亦作“见怪不怪,其怪自坏”。

例句 宋·郭彖《睽车志》:平江黄埭张虞部……又有客到,命取衣冠。俄而犬首顶其冠束带背以出。张笑谓之曰:养汝几年,今始解人意。就取服之,乃出揖客。客退,而犬自毙。谚云:“见怪不怪,其怪自败。”

口没尊卑

释义 意谓不论地位高贵还是低贱,人都是要吃饭。

例句 元·无名氏《马陵道》:[体儿云]兀那疯子,你不要与我看,我不与你馒头吃。[正末唱]常言道:"口没尊卑"。

千丈麻绳总要有个结

释义 比喻做任何事总要有个结果。

例句 《再生缘》:这事再拖下去,千丈麻绳总要有个结,还是趁此机会弄出个结果最好。

人无远虑,必有近忧

释义 意谓没有长远谋划,眼前就会有忧患发生。

例句 《金瓶梅词话》:"姐姐,你趁此咱家死了人不到官,到明日他过不得日子来缠要箱笼,人无远虑,必有近忧,不如到官处断开了,庶杜绝后患。"

若要人不知,除非己莫为

释义 意谓做了坏事总有人知道的。

例句 《醒世姻缘传》:原来这白姑子与素姐建的这忏悔道场,磕了一百多银子的据。天下事,"若要人不知,除非己莫为"。况且那器量的人,一旦得了横财,那样趾高气扬的态度,自己不觉,旁边的人看得甚是分明。

事有凑巧,物有偶然

释义 意指事情常常凑巧发生,有其偶然性。亦作"事有凑巧,物有故然"。

例句 《醒世恒言·蔡瑞虹忍辱报仇》:事有凑巧,物有偶然。恰好有一绍兴人,姓胡名悦,因武昌太守是他亲戚,特来打抽丰的,倒也作成寻觅了一大注钱财。

无巧不成书

释义 没有巧合就编不成故事。意谓事情常因巧合而成。

例句 《醒世恒言·卢太学诗酒傲王侯》:自古道:无巧不成书。元来钮成有个嫡亲哥子钮文正卖与令史谭遂家为奴。

无风不起浪

释义 比喻事出有因。亦作"无风不起浪,无根不长草""有风方起浪,无潮水自平"。

例句 清·周坦纶《玉鸳鸯·强聘》:"常言道:'无风不起浪。'你若不骂,焉好赖你不成?"

无过乱门

释义 意谓应该远离祸乱之地。亦作"唯乱门之无过"。

例句 《魏书·张普惠传》:先自劳扰,艰难下民。兴师郊甸之内,远投荒塞之外,救累世之劲敌,可谓无名之师。谚曰:"唯乱门之无过",愚情未见其可。

习惯成自然

释义 意谓养成为习惯,就觉得是自然而然的事了。

例句　《镜花缘》:"我家大小皆是如此,日久吃惯,反以吃茶为苦,竟是习惯成自然了。"

兴一利必有一害

释义　意谓提倡兴办一件好事,一定也会产生不利的一方面。

例句　清·阮葵生《茶余客话》:然则欲禁烧酒,必先禁民饮乃可行。能乎否乎?语云:兴一利必有一害。

冰冻三尺,非一日之寒

释义　比喻事情的形成必然是经过了一个比较长的过程。亦作"冰厚三尺,不是一日之寒"。

例句　徐本夫《降龙湾》:冰冻三尺,非一日之寒呀,这高超的起重技术可不是一天两天可以练出来的。

江山易改,禀性难移

释义　意谓人的本性极难改变。

例句　明·徐畈《杀狗记·谏兄触怒》:他纵无怨恨之心,奈绝无顺从之美。正所谓"江山易改,禀性难移"。

事到头来不自由

释义　意谓事情演变到后来就由不得自己来安排了。

例句　《西洋记》:[老猴]想道:"南朝人不是好相交的。我这如今事到头来不自由,不如做个君子成人之美罢。"

天要落雨,娘要嫁人

释义　比喻无法挽回,只能听其自然。

例句　清·王有光《吴下谚联》:天要落雨,娘要嫁人……如矢赴约,如浆点腐,其理如是,其势如是。

一番拆洗一番新

释义　意谓衣被等经过拆洗就焕然一新。比喻世事更新变化。

例句　《金瓶梅词话》:正是久旱逢甘雨,他乡遇故知,洞房花烛夜,金榜题名时,一番拆洗一番新。

有意栽花花不活,无心插柳柳成荫

释义　意谓有心去做的事没有做成,但无意去做的却显出了效果。指事与愿违。亦作"有心种花花不开,无心插柳柳成荫"。

例句　《醒世恒言·张廷秀逃生救父》:常言道:有意栽花花不活,无心插柳柳成荫。既张木匠儿子恁般聪明俊秀,何不与他说,承继一个,岂不是无子而有子?

一物自有一主

释义 意谓每件东西都有其合适的主人。亦作"一物一主"。

例句 《封神榜演义》：一物自有一主，既老师可以助道，理当受得。

百人百姓，各人各性

释义 意谓每个人的性情脾气各不相同。亦作"百人百性"。

例句 韦任敏《穿云山》："怎么你偏偏要费这么大事，搬到山后没人家的地方去住？"……"这叫百人百姓，各人各性。"

彼一时，此一时

释义 意谓先前的情况与目前情况不一样，有变化是自然的事。

例句 元·郑廷玉《看钱奴》：他道俺贫儿到底做贫儿，又谁知彼一时，此一时，你家私原是俺家私。

萝卜青菜，各有所爱

释义 比喻每个人有不同的爱好。

例句 王涵《步入人生·无可争辩的争辩》："我爱看泰山日出，你喜见长河落日，萝卜青菜，各有所爱，趣味不一，悉听尊便。"

人上一百，形形色色

释义 意指人一多，就会有各式各样的人。

例句 姚雪垠《李自成》：常言道：人上一百，形形色色。何况是新集的几万大军，训练的时间很短，难免会有些人暗中不守纪律。

人心不同，各如其面

释义 意谓人的思想就像人的面容一样各不相同。

例句 《儿女英雄传》：奇怪！都道是"人心不同，各如其面"。怎生有这等相像的？

生米成了熟饭

释义 喻指事情已成为定局，无法改变。亦作"生米做成熟饭"。意同"木已成舟"。

例句 《醒世姻缘传》："爷既做了这事，'生米成了熟饭'的勾当，奶奶，你不抬抬手可怎么样的？"

城门失火，殃及池鱼

释义 殃，灾祸。城门失火了，为救火用干了护城河内的水，鱼因此而死了。比喻无辜受到连累。

例句 《二十年目睹之怪现状》："你们这件事闹翻了，他们穷了，又是终年的闹饥荒，连我养老的几吊棺材本，只怕从此拉倒了，这才是'城门失火，殃及池鱼'呢！"

砍一枝，损百枝

释义 比喻伤害一人，也使其他众多同类人感到悲伤和不幸。

例句　《金瓶梅词话》:"老公公砍一枝,损百枝,兔死狐悲,物伤其类。"

有其主必有其仆

释义　意谓有什么样的主人,就有什么样的仆人。

例句　《红楼梦》:[侍书说]"只怕你舍不得去! 你去了,叫谁讨主子的好儿,调唆着察考姑娘、折磨我们呢?"凤姐笑道:"好丫头! 真是有其主必有其仆。"

十指连心

释义　意谓手指受伤,痛到心头。亦作"十指连心痛"。

例句　《封神演义》:"令贵妃用铜斗一只,内放炭火烧红,如不肯招,炮烙姜后二手。十指连心,痛不可当,不愁她不承认!"

一粒老鼠屎,搞坏一锅粥

释义　比喻个别人的不良品行对团体产生的坏影响。亦作"一粒耗子屎,坏掉一锅粥"。

例句　周立波《山乡巨变》:都是淑妹子一个人带坏的,一粒老鼠屎,搞坏一锅粥。

一窍通,百窍通

释义　比喻只要掌握了一事物的关键,与它有联系的事物的关键都能融会贯通地把握住。亦作"一理通,百法通""一通百通"。

例句　《西游记》:这猴王也是他一窍通,百窍通,当时习了口诀,自修自炼,将七十二般变化都学成了。

一人吃斋,十人念佛

释义　比喻一个人的行为对周围人产生的影响。

例句　《平妖传》:常言道:一人吃斋,十人念佛。因这杨巡检夫妻好道,连这老门公也信心的。

一事精,百事精;一无成,百无成

释义　意谓一件事精通,别的事都精通;一件事办不成,别的事也都办不成。

例句　元·王实甫《西厢记》:姻缘非人力所为,天意尔。咱人一事精,百事精;一无成,百无成。

没有高山,不显平地

释义　比喻通过相互比较,才能显出两者的不同来。

例句　《醒世姻缘传》:寄姐道:"没有高山,不显平地,你每日里只说是我利害,你拿出公道良心,我从来像这般打你不曾?"

人比人,气煞人

释义　意谓人与人相互攀比境遇,就会生出烦恼。亦作"人比人,气死人"。

例句 《再生缘》:我们小姐嫁给了他,第一夜夫妻就喊明天会,一直没有同房,想想真惹人生气。人比人,气煞人。孟丽君嘛会发脾气;忠孝王嘛,心里偏偏放不下她。

人挪活,树挪死

释义 意谓换个环境生活会给人带来生机。

例句 《济公全传》:"你我夫妻莫非待守坐毙不成? 常言说得好:'人挪活,树挪死。'莫如你我投奔临安城。"

一手不能掩天下目

释义 意谓一人不能蒙骗众人。亦作"只手难遮天下目"。

例句 《清史演义》:有几个胆大的,更上书达部,直问御疾。([评]:一手不能掩天下目,奈何?)

三十年河东,三十年河西

释义 比喻世事兴衰多变。

例句 《儒林外史》:"大先生,'三十年河东,三十年河西',就像三十年前,你二位府上何等气势,我是亲眼看见的。而今彭府上、方府上,都一年盛似一年。"

牛头不对马嘴

释义 比喻两者差距太大,不能相合。亦作"驴唇不对马嘴""驴唇不对马嘴"。

例句 《警世通言·苏知县罗衫再合》:"见鬼,大爷自姓高,是江西人,牛头不对马嘴。"

一石激起千层浪

释义 比喻一件事所产生的强烈反应。

例句 罗旋《南国烽烟》:一石激起千层浪,何莽这个来去一阵风的人物,一下激起了游击队内部两种思想的对立。

天下老鸹一般黑

释义 喻指同类事物的本质都是一样的。多用于贬义。亦作"天下乌鸦一般黑"。

例句 《红楼梦》:"这更奇了! '天下老鸹一般黑',岂有两样的。"

三十、道理正义类谚语

天无二日，人无二理

释义 意谓人间只有一个真理，就如天上没有两个太阳一样。

例句 《西游记》："天无二日，人无二理"。养育孩童，父精母血，怀胎十月，待时而生；生下乳哺三年，渐成体相，岂有不知之理！

隔行不隔理

释义 意谓行业不同，但道理相同相通。

例句 里汗《新绿林传》：隔行不隔理，就因为你这一眼井想把河水都呒干了。

人同此心，心同此理

释义 意谓人们有共同的想法和事理标准。

例句 《儿女英雄传》：俗语说的："人同此心，心同此理。"若说照安公子这等的人物，他还看不入眼，这眼界也就太高了，不是情理。

有理走遍天下，无理寸步难行

释义 意谓凭道理办事，在哪儿都行得通，不讲道理处处会碰壁。亦作"有理走遍天下"。

例句 浩然《艳阳天》：有理走遍天下，无理寸步难行。咱们全都心平气和地讲理。

一时之胜在于力，千古之胜在于理

释义 意谓依靠力量只能获取一时的胜利，凭借真理才能得到长久的胜利。

例句 曲波《桥隆飙》：世上有这样一条道理：一时之胜在于力，千古之胜在于理。我们堂堂抗日救国的飙字军，大义抗战，忠心为国，不能因为眼前之困境而服输。

人怕理，马怕鞭，蚊虫怕火烟

释义 意指人会在真理面前屈服。

例句 武剑青《云飞嶂》：崔永先坚定地说："人怕理，马怕鞭，蚊虫怕火烟。"只要道理讲得清，他会欢迎我们进驻的，只不过是时间迟早罢了。

有理不在声高

释义 意谓应以理服人而不要以势压人。

例句 《西洋记》："你这等性如火爆，常言道'有理不在声高'，还有这个佛菩萨做个证明功德。"

有理言自壮，负屈声必高

释义 意谓理由正确，说话就有气势；蒙受委屈，说话声音就响亮。

例句　《警世通言·金令史美婢酬秀童》：秀童叫天叫地的哭将起来。自古道："有理言自壮，负屈声必高。"

认理不认人，不怕不了事

释义　意谓只认道理不讲人情，事情就能办好。

例句　赵树理《锻炼锻炼》：他摸得着支书的"性格"是"认理不认人，不怕不了事"的。

人心未泯，公论难逃

释义　意谓人们的良心尚未消失，公众的谴责难以逃脱。

例句　《明史演义》：古人说得好："人心未泯，公论难逃。"为了居正夺情，各官受谴等事，都下人士，各抱不平。

公道自在人心

释义　意谓对任何事人们都会有公正的评判。亦作"公理自在人心"。

例句　《续孽海花》：那路人纷纷议论之中，赛金花也听到了一两句话。骑在马上，自言自语道："公道自在人心，也不枉我的一番心力了。"

吃人家的嘴软，拿人家的手短

释义　意谓接受了人家的宴请或礼物，就无法坚持真理、秉公办事。亦作"吃了人的嘴软，用了人的理短"。

例句　郭明伦《冀鲁春秋》：方亦鹏就曾屡次善意地提醒邢耀宗，要他保持应有警惕，特别是不宜随便接受他们馈赠。"吃人家的嘴软，拿人家的手短"。

道高一尺，魔高一丈

释义　佛语，告诫修行者必须警惕外界的诱惑。现多喻指正义力量总能战胜非正义或喻指一方力量必定比另一方力量更大。

例句　茅盾《子夜》：风浪是意料中的事；所谓"道高一尺，魔高一丈"！他，吴荪甫，以及他的同志孙吉人他们，都是企业界身经百战的宿将，难道就怕了什么？

心正何愁着鬼迷

释义　意谓心地端正，就不怕鬼蜮迷惑。

例句　明·周履靖《锦笺记·尼奸》：[丑]师父，只是你的咒欠灵。[老旦]哎，又不道心正何愁着鬼迷。

身正不怕影儿斜

释义　比喻行为正派的人不担心别人的造谣中伤。亦作"身正不怕影子斜"。

例句　马烽《刘胡兰传》：身正不怕影儿斜，肚里没病不怕吃西瓜。

做事要在理，煮饭要有米

释义　意谓做事必须合乎道理，就如做饭必须有米一样。

例句　克非《春潮急》:古话讲得好,做事要在理,煮饭要有米。我没有这样壮的牛,就卖得你那样的钱吗?

非理之财莫取,非理之事莫为

释义　意谓违背情理的钱财不能获取,违背情理的事情不能去做。

例句　《古今小说》:非理之财莫取,非理之事莫为。明有刑法相系,暗有鬼神相随。

宁在直中取,不向曲中求

释义　意谓要用正当的手段取得,决不违背正理去谋求。

例句　《封神演义》:岂可曲中而取鱼乎!非丈夫之所为也。吾宁在直中取,不向曲中求。

明人不做暗事

释义　意谓光明磊落的人不做欺骗人的事。

例句　《西游记》:"王小二,莫听你婆子胡说。我不是夜耗子成精,明人不做暗事。吾乃齐天大圣临凡,保唐僧往西天取经。"

行不更名,坐不改姓

释义　意谓正大光明,任何时候都不隐瞒自己的真实身份。

例句　元·无名氏《争报恩》:行不更名,坐不改姓。某宋江哥哥手下第十二个头领,金枪教手徐宁是也。

杀人偿命,欠债还钱

释义　意谓杀人抵命、欠债还钱是理所当然的事。

例句　元·马致远《任风子》:哦,可知道杀人偿命,欠债还钱。你这般说才是。

顺天者昌,逆天者亡

释义　意谓顺从天意行事的就会兴旺,违背天意的就会灭亡。

例句　《三国演义》:今公蕴大才,抱大器,自欲比管、乐,何奈强欲逆天理、背人情而行事耶?岂不闻古人云:"顺天者昌,逆天者亡。"

死人身边自有活鬼

释义　比喻受冤屈的人周围自有伸张正义的人。

例句　《石点头》:如今奄奄有病,万一有些山高水低,我必然也有话说。常言死人身边自有活鬼。你莫恃自家豪富,把人命当作儿戏。

邪不胜正

释义　意谓邪气胜不了正气。亦作"邪不敌正"。

例句　《官场现形记》:钦差是个正人,自古道,"邪不胜正",所以不喜欢这些东西的。

宁人负我,毋我负人

释义　意谓宁可别人辜负我,不可使我辜负别人。

例句　明·叶子奇《草木子·杂俎篇》:谚云:宁人负我,推而大之,忠恕之事也;毋我负人,守而固之,知命之事也,忠厚之道也。宁我负人毋人负我者反是。

灯不点不亮,理不辩不明

释义　意谓道理必须经过解说辩论才能为大家所理解。

例句　吴德永等《海的女儿》:灯不点不亮,理不说不明。天一黑,她就把王金才关在家里……想用思想工作这把利斧,劈开王金才那块榆木疙瘩。

秀才遇着兵,有理讲不清

释义　意谓遇上蛮不讲理的人,怎么说理也是无用的。

例句　《冷眼观》:他们笑话我到哪里偷打野鸡去了……我今日真是秀才遇着兵,有理讲不清了。

义理之勇不可无,血气之勇不可有

释义　意谓勇敢应用在正义上,而不要用在感情冲动上。

例句　明·杨柔胜《玉环记》:"兄弟差矣,岂不闻'义理之勇不可无,血气之勇不可有',这等断然不可。"

三十一、审察判断类谚语

海水可量,人不可量

释义　意谓凭人的外表,难以估量他的身份和未来。

例句　《万花楼》:曾记前十载到门讨食……被我痛骂,方才走去。早知她是当今太后,也不该如此轻慢她,果然海水可量,人不可量。

疾风知劲草,世乱识忠臣

释义　意谓在动乱的时代才能看出一个人的忠心。

例句　《西洋记》:番王道:"疾风知劲草,世乱识忠臣,我非不知报仇,争奈我今日有事之秋,满朝朱紫贵,就没有半个儿和我分忧的。"

看人看心,听话听音

释义　意谓判断一个人要看他的内心如何,听话则应听出他的真正意思来。

例句　浩然《艳阳天》:"看人看心,听话听音,我看着,道满那心对你是热的,道满这话对你是烫的,我全赞成。"

明镜所以照形,古事所以知今

释义　意谓历史是现今的镜子,应以历史为鉴。亦作"明镜所以照形,往事所以知今"。

例句　《三国志·吴书·孙奋传》：里语曰："明镜所以照形,古事所以知今。"大王宜深以鲁王为戒,改易其行,战战兢兢,尽敬朝廷,如此则无求不得。

千年文约会说话

释义　意谓时代久远的字据、协约是凭证。

例句　李准《十八亩地》："你把文约拿出来嘛,千年的文约会说话! 咱们去请个人来当面看看,究竟是怎么说的?"

人贵见机

释义　意谓人的可贵之处在于能够见机行事。

例句　《官场现形记》：人贵见机,如今他们是有人保护得了,况且我目前就要到外洋去,正同他们打交道,倘若贪心不足,把名气弄坏了,反倒不好。

人贵有自知之明

释义　意谓人的可贵之处在于对自己有个恰当的评价。

例句　郭灿东《黄巢》："自古说,'人贵有自知之明'。当立则立,不当立则不可勉强,我等皆为赴义而来,虽有些许小功,不足挂齿。"

肉眼不识神仙

释义　肉眼,普通人的眼睛。比喻普通人识别不出杰出的人物。意同有眼不识泰山。

例句　元·辛文房《唐才子传》：三子大笑,曰："田舍奴,吾岂妄哉!"诸伶竟不谕其故,拜曰："肉眼不识神仙。"三子从之酣醉终日。其狂放如此云。

入门休问荣枯事,观着容颜便得知

释义　意谓从人的脸色上可判断出人的境遇得失。亦作"入门休问荣枯事,观看容颜便得知"。

例句　元·高明《琵琶记》：入门休问荣枯事,观着容颜便得知。自家招赘蔡伯喈为婿,可谓得人。只是一件,他自从到此,眉头不展,面带忧容,不知为着什么,必有缘故。

上明不知下暗

释义　意谓上级领导即便是贤明的,也不会很清楚下级官员的黑暗。

例句　元·张国宾《薛仁贵》：怎么将我的功劳填在张总管名下? 枉了唐天子这般神圣,也还上明不知下暗哩。

拾得篮里便是菜

释义　喻指不辨好坏,将就应付。亦作"挑得篮里便是菜"。

例句　《何典》：诗曰：文章自古无凭据,花样重新做出来;拾得篮里便是菜,得开怀处且开怀。

识时务者为俊杰

释义 意谓能对眼前的形势做出理智、正确的判断，才是出众的人。

例句 浩然《艳阳天》:识时务者为俊杰,之悦,你该看的这一点儿,前怕狼后怕虎的,成不了大事呀!

水清石自见

释义 见,同现。喻指事情终能真相大白的。

例句 曹禺《王昭君》:有什么可以辩白的? 我的心里是亮堂的。"水清石自见"。水清了,石头自然会露出来。

天下钱眼儿都一样

释义 喻指人的眼力是一样的。

例句 《金瓶梅词话》:常言道:好子弟不嫖一个粉头,粉头不接一个孤老。天下钱眼儿都一样。不是老身夸口说,我家桂姐也不丑,姐夫自有眼,今也不消说。

退一步想,过十年看

释义 意谓遇事应以宽缓从容心态及长远的观点去考虑,而不局限于当时当地的情况。

例句 《儿女英雄传》:古有云:"退一步想,过十年看。"这两句话似浅而实深。

外明不知里暗事

释义 意谓光看到外表,对内里的实情一无所知。

例句 《红楼梦》:贾珍笑道:"所以他们庄客老实人:'外明不知里暗事','黄柏木作了磬槌子——外头体面里头苦!'"

文章自古无凭据

释义 意谓评定文章的好坏自古以来就没有一定的标准。

例句 《盛明杂剧·英雄成败》:你道文章自古无凭据。你觑波如今中的进士,哪一个不是天生的豪杰。

相马失之瘦,相士失之贫

释义 相,观察事物的外表,判断其优劣。意谓选拔骏马会因它瘦弱而被忽视,选择人才会因他贫穷而被错过。

例句 《史记·滑稽列传》:东郭先生久待诏公车……当其贫困时,人莫省视;至其贵也,乃争附之。谚曰:"相马失之瘦,相士失之贫。"其此之谓邪?

一叶蔽目,不见泰山

释义 比喻为个别小事所蒙蔽而看不清事物的整体。

例句 《鹖冠子·天则》:夫耳之主听,目之主明。一叶蔽目,不见泰山;两耳塞豆,不闻雷霆。

一叶落而知天下秋

释义 比喻能从事物的某个迹象而了解事物的整体。

例句 宋·胡仔《苕溪渔隐丛话》三引唐子西《语录》:唐人有诗云:"山僧不解数甲子,一叶落知天下秋。"

以小人之心,度君子之腹

释义 喻指用狭隘、卑劣的心理去猜度高尚者的胸怀。

例句 《醒世恒言·钱秀才错占凤凰俦》:谁知颜俊以小人之心,度君子之腹,此际便是仇人相见,分外眼睁,不等开言,便扑的一头撞去。

用人容易识人难

释义 意谓使用一个人容易,但要了解一个人很困难。

例句 《后汉演义》:用人容易识人难,误把忠奸一例看。

有眼无珠

释义 意谓虽有眼睛,但没有识别能力。

例句 《西游记》:弟子有眼无珠,不认得师父的尊容,多有冲撞,万望恕罪。

只见树木,不见森林

释义 比喻看问题片面,只看到局部,看不到全局。

例句 毛泽东《矛盾论》:一句话,不了解矛盾各方面的特点,这就叫作片面地看问题。或者叫作只看见局部,不看见全体,只看见树木,不看见森林。

三十二、法律军事类谚语

法不责众

释义 意谓法律不能惩罚大多数人。亦作"法不上众"。

例句 梁斌《红旗谱》:老夏讲到这里,又觉得当局不一定那样残忍,尤其对青年学生,总要好一点。他说:"常言说:法不责众,问题决定于群众情绪。"

法无全利

释义 意谓法令难以十分完美。

例句 清·顾炎武《天下郡国利病书·江南十一·里谣》:司徒曰:"子始悉言之以贻我,我将更复之以谢其变法者。"余退为书大略。语云:"法无全利。"斯非空言也。

法正天心顺

释义 意谓执法公正,民心就会归顺。

例句 元·杨梓《豫让吞炭》:吕望兴师过孟津,血浸朝歌郡。为甚把武王扶持做了至尊? 这得是"法正天心顺"。

明有王法,暗有神灵

释义 意指人的行为明里受到国家法律的限制,暗里也有神灵庇佑或惩罚。

例句 《水浒传》:"好呀! 明有王法,暗有神灵。你如何商量这等的勾当。我听得多时也!"

千金之子,不死于市

释义 意谓有钱财的人犯了罪可以免于死刑。

例句 《史记·货殖列传》:人富而仁义附焉。……谚曰:"千金之子,不死于市。"此非空言焉。

人随王法草随风

释义 意谓人做事必须服从法律。

例句 姜树茂《渔岛怒潮》:"你还是孩子性,不懂人情世故。俗话说'人随王法草随风',凡事得视潮掌舵,看风驶船。"

人心似铁,官法如炉

释义 意谓即使罪犯再强硬也抵不住炉火一般的法律。

例句 元·王仲文《救孝子》:可不道父娘一样皮和骨,便做那石镌成骨节也槌敲的碎,铁铸就的皮肤也锻炼的枯。打得来没半点儿容针处! 方信道人心似铁,你也试官法如炉。

日月虽明,不照覆盆之内

释义 意谓世上总有冤案存在。

例句 元·王仲文《救孝子》:他本是一个寒儒,怎犯下十恶大罪? 方信道:"日月虽明,不照覆盆之内。"

天网恢恢,疏而不漏

释义 天网,喻国法。意谓国法宽大,但不会放过一个坏人。

例句 《西洋记》:番王高叫道:"泼贱婢,你把我卖得好哩! 我教你天网恢恢,疏而不漏。"

王子犯法,庶民同罪

释义 王子,国王的儿子。意指地位高贵的人犯法,也应和老百姓犯法同样问罪。亦作"王子犯法,与庶民同罪"。

例句 姚雪垠《李自成》:"王子犯法,庶民同罪,是我的兄弟更不可轻饶。杀吧,杀吧!"自成低声回答说,心中酸痛,声音有些打颤。

造法容易执法难

释义 意谓执法比制定法律困难得多。

例句 元·岳伯川《铁拐李》:造法容易执法难,徒留笞杖死相关。

捉奸见双,捉贼见赃

释义 意谓必须有证据才能控告人犯罪。亦作"拿奸拿双"。

例句 《古今小说》:"你且忍耐,此事须要三思而行。自古道:'捉奸见双,捉贼见赃。'"

定法不是法

释义 喻指老办法是可以改变的。

例句 《儿女英雄传》:但是这事不是三句五句话了事的,再也:"定法不是法",我们今日须得先排演一番。

兵败如山倒

释义 意指失败迅速,像山倒下来一样无可挽回。

例句 刘兰芳等《岳飞传》:再看金营,兵败如山倒,谁也拦不住,一直往下撤。

兵马未动,粮草先行

释义 喻指事先应做好必要的准备工作。

例句 李云德《沸腾的群山》:俗话说:兵马未动,粮草先行,你要发展钢铁事业,不生产矿石怎么行?

兵随将令草随风

释义 意谓下级必须绝对听从上级的命令。

例句 冯志《敌后武工队》:[韦青云]就朝外喊:"人们,都从房上下来。"兵随将令草随风。人们稀里嘟噜都从房上走下来,黑压压地站了半当院。

兵无将而不动,蛇无头而不行

释义 意谓没有领头的人事情就办不成。

例句 《盛明杂剧·英雄成败》:正是兵无将而不动,蛇无头而不行。郑公既移檄剿贼,就请做个盟主。

军赏不逾月

释义 逾,超过。意谓军中行赏应及时。亦作"兵赏不逾日"。

例句 《汉书·陈汤传》:"军赏不逾月",欲民速得为善之利也

军无媒,中道回

释义 意谓军队行进时如果没有向导带路,就不能到达目的地。

例句 《新唐书·高丽传》:谚曰:"军无媒,中道回。"今男生兄弟阋狠,为我乡导,虏

中华传世藏书

谚语歇后语大全

常用谚语释例

之情伪,我尽知之,将忠士力,臣故曰必克。

军中无戏言

释义　意谓军队中没有开玩笑的话。喻指在一定环境下说的话极为严肃而慎重。

例句　《三国演义》:孔明曰:"军中无戏言。"谡曰:"愿立军令状。"

铁打的营盘,流水的兵

释义　意谓兵营坚固不移如铁打的一般,但士兵开小差的事如流水似的不断发生。

例句　曲波《桥隆飙》:那些有老婆的他能不想家? 想家他就得跑。常言道:铁打的营盘,流水的兵。

养兵千日,用兵一时

释义　意谓平时培养训练军队,是为了一时作战的需要。亦作"养军千日,用军一时"。

例句　姜元溪等《鲁中奇险传》:养兵千日,用兵一时,今晚上大家跟着我去马家坟跑一趟。

三十三、健康疾病类谚语

身安抵万金

释义　意指人的安康才是最为宝贵的。

例句　元·关汉卿《陈母教子》:等闲赢得食天禄,但得身安抵万金。

无病即神仙

释义　意谓健康的人才是最快乐的。

例句　明·吴炳《西园记》:病势也是十分沉重的,……要去请先生诊脉,相公且告别了。正是:有愁皆苦海,无病即神仙。

无病一身轻

释义　意谓没有病痛全身感到轻松。

例句　《初刻拍案惊奇》:今你寿近七十,前路几何? 并无子息。常言道:"无病一身轻,有子万事足。"久欲与相公纳一侧室。

好汉只怕病来磨

释义　意谓坚强勇敢的男子也怕疾病缠身。

例句　清·缪莲仙《梦笔生花》:好汉只怕病来磨,闷到头来瞌睡多。

宁可折本,休要饥损

释义　意谓宁可损失钱财,也不能饿坏身体。

例句 《金瓶梅词话》:"哥你还不吃饭,这个就糊涂了。常言道,'宁可折本,休要饥损'。"

病来如山倒,病去如抽丝

释义 形容病痛发作时迅猛,痊愈却很缓慢。

例句 《红楼梦》:"你太性急了,俗语说:'病来如山倒,病去如抽丝。'又不是老君的仙丹,那有这么灵药? 你只静养几天,自然就好了。"

吃饭少一口,睡觉不蒙首

释义 意谓吃饭八分饱,睡觉不蒙头,有利于身体健康。

例句 康濯《蜡梅花》:说实话,这么吃可不好! 没听说吗? 吃饭少一口,睡觉不蒙首,老婆长相丑,保你活到九十九!

夜饭少吃口,活到九十九

释义 意谓晚饭少吃有益于健康。

例句 魏金枝《中国古代笑话·三个孝顺媳妇》:"三媳更孝顺了,常说:'常言说得好:夜饭少吃口,活到九十九。'她就连早饭也不给我吃。"

不干不净,吃了没病

释义 俗谓认为吃东西不必过于讲究卫生。

例句 老舍《龙须沟》:"别那么说。俗语说得好:不干不净,吃了没病。我在这儿住了几十年,还没敢抱怨一回。"

见食不抢,到老不长

释义 意谓吃饭的时候没有胃口,身体就不会健康。常用于劝人多进食。

例句 明·周履靖《锦笺记·友聚》:常言道:"见食不抢,到老不长。"若固辞,似不流利了。叨扰了。

厚味必腊毒

释义 腊,极。意谓极为美味的食品会损害健康。

例句 明·朱国祯《涌幢小品》:潮州有人取一巨鳝食之,腹裂而死。……凡物异常者皆有毒,匪直异物。古人曰:厚味必腊毒。

少吃多滋味,多吃坏肚皮

释义 意谓吃得少能品尝出食物的滋味来,吃得太多会损伤肠胃。

例句 清·范寅《越谚》:警世之谚:……少吃多滋味,多吃坏肚皮。下句《元典章》。

怒气伤肝

释义 意谓发脾气会损伤肝脏。

例句 《后汉演义》:俗语说得好:"怒气伤肝",周瑜得病未愈,哪禁得一番盛怒? 顿

495

致口吐狂血,晕倒地上。

气大不养人

释义 意谓过分生气有害于健康。

例句 郭元升《冲天将军》:王镳佯笑着,气大不养人啊!再说,尚头领也不值与他生那个气,何苦呢?

恼一恼,老一老;笑一笑,少一少

释义 意谓烦恼使人衰老,欢笑使人年轻。亦作"笑一笑,十年少"。

例句 明·顾起元《客座赘语》:南都闾巷中常谚,往往有粗俚而可味者……曰:恼一恼,老一老;笑一笑,少一少。

老健春寒秋后热

释义 意谓老年人的健康像春天的寒冷、秋后的闷热那样,不会很长久。

例句 《红楼梦》:"趁早儿,老太太还明白硬朗的时节,作定了大事要紧。俗语说:'老健春寒秋后热。'倘或老太太一时有个好歹,那时虽也完事,只怕耽误了时光,还不得称心如意呢。"

病加于小愈

释义 意谓病情往往在稍有好转时因疏忽大意而加重。

例句 《韩诗外传》:官怠于有成,病加于小愈,祸生于懈惰,孝衰于妻子。

养病如养虎

释义 喻指有病不治疗,后果会极为严重。

例句 《三侠五义》:有病早来治,莫要多延迟。养病如养虎,虎大伤人的。

老医少卜

释义 意谓治病应找有经验的老医生,占卜应找善断的年轻人。

例句 明·都邛《三余赘笔》:世言"老医少卜"。则医者以年老为贵,卜者以年少为贵。老医人皆知之问之,少卜不知何谓。按王彦辅《麈史》云:老取其阅,少取其决。乃知俗语其来久矣。

请医须请良,传药须传方

释义 意谓求医必须求良医,传药应该传授药方。

例句 《金瓶梅词话》:"请医须请良,传药须传方。吾师不传于我方儿,倘或我久后用没了,哪里寻师父去?"

药不轻卖,病不讨医

释义 意谓不应轻率向人出售药物或介绍医生治病。

例句 《西游记》:"既然你主有病,常言道:'药不轻卖,病不讨医。'你去教那国王亲来请我。"

三分吃药，七分调理

释义 意谓对于病人来说，往往调养比服药更重要。亦作"三分治病七分养"。

例句 陈登科《活人塘》：俗语说：三分吃药，七分调理。薛陆氏出了汗，一天只能喝三碗开水，何时才能把病养好。沈长友和周步权两人一商量议，在庄上提出一碗粥运动，每天出去讨饭，一家带回一碗稀饭，养活薛陆氏和假七月子。

久病成名医

释义 意指人如果长期患病，医药知识往往会非常丰富。

例句 黄谷柳《虾球传》：虾球道："不叫医生来看？"六姑道："何必请医生？自己久病成名医了。"

心病还须心上医

释义 心病，指人的忧虑烦恼或隐痛。意谓思想和精神方面的问题必须从思想精神上着手解决。亦作"心病终须心药治"。

例句 《初刻拍案惊奇》：自古说得好："心病还须心上医。"眼见得不是盼奴来，医药怎得见效？看看不起。

心病从来无药医

释义 意谓心理上的病是无药可治的。亦作"心病难医"。

例句 元·无名氏《碧桃花》："常言道：'心病从来无药医。'这等干相思不似你，空则想梦里佳人。"

人未伤心不得死，花残叶落是根枯

释义 意谓人体的心和花木的根一样，是最重要的。

例句 《西游记》：那怪虽是肚腹绞痛，还未伤心。俗语云："人未伤心不得死，花残叶落是根枯。"

治了病治不了命

释义 意谓命中注定要死的病是治不好的。

例句 《红楼梦》：秦氏笑道："任凭他是神仙，'治了病治不了命'。婶子，我知道这病不过是挨日子的。"

药医不死病，佛度有缘人

释义 度，超度。意谓药是用来治疗不会死的病人的，而佛却能帮助与佛门有缘的人脱离苦海。意即事情要有一定的可能性，才会经过努力得以实现。

例句 《京本通俗小说·灯花婆婆》：闻他说出怎样话来，认作神仙变现，反生欢喜，正是药医不死病，佛度有缘人。

三十四、商贸交易类谚语

将本求利

释义 意指用投资来获取利润。

例句 《官场现形记》：利钱总应该发给他们，俗语说得好：将本求利。有了利钱，人家自然踊跃了。

本小利微，本大利宽

释义 意谓本钱小，获利就少；本钱大，获利就多。亦作"本多利多"。

例句 《歧路灯》：眼睁睁看着有一股子钱，争乃手中无本钱，只得放过去。俗话说："本小利微，本大利宽。"

长袖善舞，多钱善贾

释义 贾，做买卖。比喻有所凭借，事情容易成功。现常以长袖善舞形容会耍手段、善于钻营。

例句 《韩非子·五蠹》：鄙谚曰："长袖善舞，多钱善贾。"此言多资之易为工也。故治强易为谋，弱乱难为计。

本钱易寻，伙计难讨

释义 伙计，旧时指店员或雇工。意谓集资容易，但合适的帮手不易找到。

例句 《歧路灯》：俗话说："本钱易寻，伙计难讨。"休把寻伙计看成容易事。

生意不怕折，只怕歇

释义 折，亏损。意谓做生意亏了本不要紧，但不可因此歇业。

例句 清·李渔《遭风遇盗致奇赢，让本还财成巨富》："自古道'生意不怕折，只怕歇'，你切不可因这一次受惊，就冷了求财之念。"

船不离舵，客不离货

释义 意谓客商不能离开经营的货物，就像船离不开舵一样。

例句 《歧路灯》：船不离舵，客不离货，只因向舍弟备这宗银子，少不得落后两日。

百里不贩樵，千里不贩籴

释义 樵，柴草；籴，买粮食。意谓不要远途行商。

例句 《史记·货殖列传》：谚曰："百里不贩樵，千里不贩籴。"居之一岁，种之以谷；十岁，树之以木；百岁，来之以德。德者，人物之谓也。

货卖用家

释义 意谓货物要卖给需要用货的人。

例句 单田芳等《明英烈·取襄阳》:本来推销不动的东西,现在成宝贝了,不论斤卖,论个儿卖啦! 俗话说"货卖用家"。

货要卖当时

释义 意谓货物应在畅销的时候及时卖出去。亦作"货卖当时"。

例句 清·王璋《吴谚诗抄》:掇皮酸橘子,货要卖当时。

货卖识家

释义 意谓货物要卖给识货的人。亦作"货卖与识家"。

例句 《济公全传》:"我这画卖的工夫钱,货卖识家"。

物离乡贵

释义 意谓东西离开产地就显得贵重。

例句 《红楼梦》:宝钗笑道:"原不是什么好东西,不过是远路带来的土物儿,大家看着新鲜些就是了。"……"妹妹知道,这就是俗语说的'物离乡贵',其实可算什么呢!"

物以稀为贵

释义 意谓东西因为稀少而变得珍贵。

例句 《老残游记》:我说一句傻话:"既是没才的这们少,俗话说得好:'物以稀为贵',岂不是没才的倒成了宝贝了吗?"

一分行情一分货

释义 行情,指市场上商品的一般价格。意谓根据所出的价格给予质量相当的货物。亦作"一分钱一分货"。

例句 《二十年目睹之怪现状》:凡有所为而送的,无所谓轻重,也和咱们做买卖一般,一分行情一分货。

仙人难断叶价

释义 本谓仙人难以判定桑叶的价格。后喻市场价格变幻多端,难以预测。

例句 明·朱国祯《涌幢小品》:此农桑为国根本,民之命脉也。我郡在在有之,惟德清尤多。本地叶不足,又贩于桐乡、洞庭。价随时高下,倏忽悬绝,谚云:仙人难断叶价。

价高招远客

释义 意谓价格出得高,就能招揽远方的卖客。

例句 《西洋记》:开一爿羊肉店高悬重价,不论山羊、绵羊、地羊,俱是一两一只。自古道:"价高招远客。"番子们图我这一两银子,蜂拥而来,却不一日之间,可以全得。

好物不贱,贱物不好

释义 意谓好的东西不便宜,便宜的东西质量不好。亦作"价钱便宜无好货"。

例句 《醒世姻缘传》:只怕好物不贱,贱物不好呀。——你还没说,他一向曾在那里。

挂羊头，卖狗肉

释义 比喻打着好招牌推销劣等货。亦作"悬羊头，卖狗肉"。

例句 鲁迅《且介亭杂文二集·论毛笔之类》：所以与其劝人莫用墨水和钢笔，倒不如自己来造墨水和钢笔，但必须造得好，切莫"挂羊头卖狗肉"。

一日卖得三担假，三日卖不得一担真

释义 比喻弄虚作假有市场而实事求是反而不受欢迎。

例句 明·周清源《西湖二集》：自恃有才，不肯屈志于人，好高使气，不肯去营求钻刺，反受饥寒寂寞之苦，到底不能成其一官。从来说："一日卖得三担假，三日卖不得一担真"。

货有高低三等价，客无远近一般看

释义 意谓做生意的人对顾客要一视同仁。也作"价一不择主"。

例句 《西游记》："我唤作赵寡妇店，我店里三样儿待客。"行者道："说得是，你府上是那三样待客？"常言道：货有高低三等价，客无远近一般看。你怎么这样待客？"

金子终得金子换

释义 比喻价值相当才能达成交易。

例句 《红楼梦》："俗语说的，'金子终得金子换'，谁知竟被老爷看中了。如今这一来，你可遂了素日志大心高的愿了，也堵一堵那些嫌你的人的嘴。"

买金须问识金家

释义 意谓买货物应向行家请教。

例句 《隋唐演义》：自古道："买金须问识金家。"怎么在这个所在出脱马病来？

不怕不识货，就怕货比货

释义 意谓经过比较就能鉴别出优劣差别来。

例句 萧军《五月的矿山》："这若和我们矿上那几个花不愣登的女职员一比，你就懂得好歹啦，不怕不识货，就怕货比货。"

忙不择价

释义 意谓匆忙之中不计较价格的高低。

例句 《警世通言·金令史美婢酬秀童》：金令史平昔爱如己女，欲要把这婢子来出脱，思量再等一二年，遇个贵人公子，或小妻，或通房，嫁他出去，也讨得百来两银子。如今忙不择价，岂不可惜。

漫天要价，就地还钱

释义 意指卖方要价极高，买方还价却非常低。

例句 《镜花缘》:"漫天要价,就地还钱",原是买物之人向来俗谈。

千卖万卖,折本不卖

释义 意谓怎么做生意都可以,但是要赔本的交易绝对不做。亦作"千做万做,蚀本生意不做"。

例句 清·王有光《吴下谚联》:千卖万卖,折本不卖。此正是活变处,若谓亏短本价,决不出卖。

一手交钱,一手交货

释义 意指双方进行现钱交易。也比喻买卖过程干脆利落不拖拉。

例句 鲁迅《呐喊·药》:喂!"一手交钱,一手交货!"一个浑身黑色的人,站在老栓面前,眼光正像两把刀,刺得老栓缩小了一半。

赊三不敌见二

释义 赊,赊欠;见,通现。现钱虽少但比欠账多好。意谓眼前得到的利益总胜过以后的好处。亦作"赊三千弗如现八百"。

例句 《何典》:现钟弗打倒去炼铜!又不是正明交易,倒是现消开割的好。正叫作赊三千弗如现八百。

买卖不成仁义在

释义 意谓生意虽未做成,但交情仍在。

例句 曲波《戎萼碑》:"贺老板,俗话说:'买卖不成仁义在。'从前你只和我的外柜接谈,这次既到威龙,焉能不备酒接风,摆席洗尘呢!"

买卖买卖,和气生财

释义 意谓为人和气,生意才会兴隆。

例句 古华《芙蓉镇》:"买卖买卖,和气生财。买主买主,衣食父母。"这是胡玉音从父母那里得来的家训。

三十五、季节时令类谚语

百年难遇岁朝春

释义 岁朝:阴历正月初一。春:立春。意为正月初一立春百年也难以遇到。比喻极其难得的好事。

例句 "百年难遇岁朝春。"今年立春恰好是正月初一,这可是吉兆,收成肯定要比往年好。

春发东风连夜雨

释义　如果春季里刮起东风,那么随后可能会下几夜的雨。

例句　"春发东风连夜雨。"春天傍晚一定要及时收回衣服,不然就可能被雨淋。

春不减衣,秋不加帽

释义　指春秋两季天气变化无常,因而春天不应该急着脱衣,秋天不应该急着戴帽。

例句　"春不减衣,秋不加帽。"春、秋两季,天气多变,我们应随着天气变化来添减衣物。

一场春雨一场暖,一场秋雨一场寒

释义　入春以后,每下一次雨天气就会暖和些;入秋以后,每下一次雨天气就会寒冷些。

例句　俗话说,"一场春雨一场暖,一场秋雨一场寒。"这不,刚下过一场秋雨,气温就10℃以下了。

正月栽竹,二月栽木

释义　农历正月是种植竹子的时节,农历二月是种植树木的时节。

例句　又到了植树节,谚语说"正月栽竹,二月栽木",想必这个时候种树容易存活吧。

二月二,龙抬头

释义　农历二月二日恰逢是惊蛰节气,这时气温上升,万物复苏,冬眠的动物开始苏醒,慢慢地出来活动。

例句　今天是"二月二,龙抬头"的日子,理发店里挤满了来剪头发的人。

三月老鸹四月雀,五月小兔遍地跑

释义　老鸹:方言,指乌鸦。告诉人们不同的动物有不同的成熟期,三月份的时候乌鸦已经长成了,四月份的时候麻雀长成,五月份的时候就可以看到四处乱跑的兔子了。

例句　"三月老鸹四月雀,五月小兔遍地跑",不同的动物有不同的成长期。

三月思种桑,六月思筑塘

释义　说明人没有长远计划,事前也不早做准备,到了眼前才想办法。

例句　"三月思种桑,六月思筑塘。"这样不知预先准备,等事情到了眼前往往会措手不及。

四月有雨五月旱,六月连阴吃饱饭

释义　农历四月下雨、五月干旱、六月连续阴天是丰收的重要条件。

例句　"四月有雨五月旱,六月连阴吃饱饭。"如果这些天气条件都具备了,就预示着丰收。

暖四月,燥五月,六月天气能热煞

释义 煞:极,很。农历四月天气暖和,五月天气燥热,六月天气最热。

例句 常言道,"暖四月,燥五月,六月天气能热煞"。从农历四月份开始会逐渐升温,市民朋友们要随天气变化褪下棉服了。

五月初五过端阳,吃罢粽子忙插秧

释义 罢:完毕,停止。指端午节吃完粽子就要忙于农活。也作:五月初五过端阳,吃完粽子忙插秧。

例句 "五月初五过端阳,吃罢粽子忙插秧。"农民们吃过粽子就要开始一段忙碌的时光了。

五月金,六月银,错过光阴无处寻

释义 农历五六月份是夏收夏种的黄金季节,错过了种植季节,会影响农作物的生产,造成不可弥补的损失。

例句 "五月金,六月银,错过光阴无处寻。"错过最佳的时机,就会造成重大损失。

立了夏,把扇架;立了秋,把扇丢

释义 立夏之后,天气变热,要用扇子了;立秋之后,天气变凉,就要把扇子收起来了。也作:立了夏,把扇架;过了秋,把扇丢。

例句 "立了夏,把扇架;立了秋,把扇丢。"虽说今年的初夏有些出人意料,许久滴雨未降,而且还干燥不啻严秋,但气温却一天天升高了。

夏锄多一遍,秋收多一石

释义 夏天多劳动,秋天就会有更好的收获。提示人们只有付出辛勤劳动,才能有所收获。

例句 "夏锄多一遍,秋收多一石。"我们种地就应该反复耕作,不辞辛苦,这样秋天才会有更好的收成。

夏旱修仓,秋旱离乡

释义 夏季旱一些,农作物长得好,定会获得丰收,所以要多修仓库,以便储存粮食。如果秋季干旱,就会影响第二年农作物的生长,粮食就要歉收,人们没有吃的,只好外出逃荒。

例句 "夏旱修仓,秋旱离乡。"村民们看着这炎热的天气,都开始动手修起粮仓来了。

夏天多流汗,冬天少挨冷

释义 在农时辛苦劳动,才会有好的收获,不会在以后遭受苦难。也作:夏天多流汗,冬天少受寒。

例句 我们要像小蚂蚁那样平时就积攒足够的粮食,这样冬天的时候才不会挨饿。

这正是"夏天多流汗,冬天少挨冷"。

六月天,小孩脸

释义 农历六月的天气就像孩子的脸一样,说变就变。

例句 这天气刚才还艳阳高照,现在却下起雨来了,真是"六月天,小孩脸"。

七月核桃八月荆,九月甜梨脆生生

释义 农历七月核桃成熟,荆在农历八月丰收,到了农历九月甜梨也非常好吃了。

例句 "七月核桃八月荆,九月甜梨脆生生。"现在正是吃梨的好时节。

七月七,喜鹊稀

释义 相传农历七月七这一天晚上,牛郎、织女在天河相聚,人间的喜鹊都飞到天上为他们搭"鹊桥",所以这一天人间的喜鹊就少了。"鹊桥相会",描述了一个凄婉而美丽的爱情故事。

喜鹊

例句 "七月七,喜鹊稀。"连喜鹊都不忍看到牛郎和织女分别,王母娘娘为什么这么狠心?

八月半,种早蒜;八月中,种大葱

释义 农历八月中旬为种蒜和葱的最佳时节。

例句 "八月半,种早蒜;八月中,种大葱。"到了什么节气就该种什么作物,这可是祖辈总结出来的宝贵经验。

八月里秋风凉,三场白露两场霜

释义 指农历八月以后天气逐渐转凉,会经常下霜。

例句 "八月里秋风凉,三场白露两场霜。"入秋了,出门应该多加件衣服。

九月雷公响,必定米粮长

释义 农历九月如果雷声响亮,预示来年必定是一个丰收年。

例句 人们都说,"九月雷公响,必定米粮长"。今年九月雷声不断,看来明年是个大丰收年,爷爷听到雷声就笑眯了眼。

腊八腊八,冻掉下巴

释义 农历十二月初八前后是最寒冷的时候,需要防寒防冻。也作:腊七腊八,冻掉下巴|腊七腊八,冻死王八。

例句 奶奶边说着"腊八腊八,冻掉下巴",边把小孙子往怀里搂紧了一些。

腊月南风下大雪

释义 腊月狂吹南风就预示要下大雪了。

例句　爸爸说"腊月南风下大雪"，叮嘱我添衣防寒。

伏雷雨三后晌

释义　夏伏天连着三天雷雨接着就会晴天。

例句　"伏雷雨三后晌。"前两天午后都下了雷雨，今天看样子也会下，你们记得早点儿回家。

伏里凉，秋雨淋倒墙

释义　伏天里面凉快，秋天必定雨水充足。

例句　奶奶熟识农谚，她说"伏里凉，秋雨淋倒墙"，今年伏天里很凉爽，果然秋后雨水不断。

立春雨水到，早起晚睡觉

释义　指在立春这一节气里，雨水渐多，正是备耕生产的关键时期，农村开始由冬闲进入农忙季节。

例句　农谚说得好，"立春雨水到，早起晚睡觉"。立春过后，雨水渐多，日照时间会相应延长，农民们也开始忙碌起来。

立秋刮北风，秋后雨水少

释义　立秋时节开始刮北风，说明秋后雨水会少。

例句　奶奶说："俗话说，'立秋刮北风，秋后雨水少'。如果立秋那天起了北风，预示着秋天过后雨水会很少。"

立了秋，挂锄钩

释义　立秋之后，农活不多了，开始有闲余时间了。

例句　"立了秋，挂锄钩。"忙完了农活，有了空闲，勤劳的村民们又开始经营起了自己的小生意。

立冬不起菜，必定要受害

释义　立冬之后不收地里的萝卜、白菜等蔬菜，必定会使它们冻坏了。也作：立冬不起芽，必定要受害。

例句　"立冬不起菜，必定要受害。"立冬这天人们都要把菜从地里收上来。不过，现在蔬菜种植有了暖棚，再加上气候变暖，种菜人不必再急着立冬起菜了。

干净冬至邋遢年

释义　邋遢：不整洁，不利落。冬至前后不下雨雪，道路干净，就预示春节期间可能有雨雪，道路泥泞，要过个邋遢年。也作：干净冬至邋遢年，邋遢冬至干净年。

例句　一冬天没下过雪，大过年的，雪下得这么大，"干净冬至邋遢年"，这话真不假。

谷雨前后一场雨，胜似秀才中了举

释义　谷雨时节前后的雨水对于农户来说是喜事，比秀才中举还让人高兴。

例句 "俗话说,'谷雨前后一场雨,胜似秀才中了举'。今天这场雨可真是解了百姓的燃眉之急。"张县长笑着对秘书说。

过了谷雨到立夏,先种黍子后种麻

释义 意指从谷雨到立夏的这段时间,适合先种黍,后种麻。

例句 "过了谷雨到立夏,先种黍子后种麻。"这是前人总结出来的经验,值得我们借鉴。

过了惊蛰节,春耕无停歇

释义 惊蛰时春雷响动,惊醒万物,蛰伏地下冬眠的动物开始出土活动。过了这个节气,就要忙着春耕了。

例句 "过了惊蛰节,春耕无停歇。"每到这个时候,田野上都是一派忙碌的景象。

寒露到立冬,翻地冻死虫

释义 指从寒露到立冬这段时间天气寒冷,农民翻地可以冻死地里的害虫。

例句 "寒露到立冬,翻地冻死虫",趁这段时间翻地,有利于来年庄稼的生长。

冬暖多瘟疫,夏冷不收田

释义 如果冬天天气温暖,春天雨水就多,疾病很容易蔓延;如果夏天天气阴冷,到了秋天庄稼就不会有好收成。

例句 "冬暖多瘟疫,夏冷不收田。"所以农民们都格外关注气温冷暖变化。

冬雪是宝,春雪似草

释义 意为冬天下的雪有利于庄稼的生长,立春之后下的雪就没有什么作用了。

例句 "冬雪是宝,春雪似草。"冬天的雪可以促进庄稼生长,立春后下的雪,作用不大。

冬睡不蒙首,春睡不露背

释义 入冬的时候睡觉不能蒙着头,春天的时候睡觉不能把后背露在外面,否则不利于身体健康。

例句 "冬睡不蒙首,春睡不露背。"遵照前人的这些经验,有利于身体健康。

冬天动一动,少闹一场病;冬天懒一懒,多喝药一碗

释义 告诫人们,冬天加强锻炼有利于身体健康。

例句 "冬天动一动,少闹一场病;冬天懒一懒,多喝药一碗。"虽然天寒地冻,也不可忽视锻炼的重要性。

立冬晴,一冬晴;立冬雨,一冬雨

释义 立冬时天气晴朗,一个冬天天气就大都晴朗;立冬时下雨,一个冬天大多数时间会下雨。也作:立冬无雨一冬干。

例句　老话说：“立冬晴，一冬晴；立冬雨，一冬雨。”民间认为，立冬的天气可以预示一冬的天气。

立冬小雪，地冻如铁

释义　立冬那天下雪的话，地里就会上冻，坚硬如铁。

例句　以前人们常说：“立冬小雪，地冻如铁。”今年倒很反常，虽然立冬时下了雪，可现在已是小寒，天气还不是很冷。

歇后语

第一章 十二生肖歇后语

一、生肖鼠歇后语

老鼠搬鸡蛋——无从下手、倒拖

老鼠吃高粱——顺竿儿往上爬

老鼠吃海水——无足轻重

老鼠吃满了三斗粮——恶贯满盈

老鼠吃猫饭——偷偷干

老鼠吃猫肉——怪事一桩、怪事

老鼠出洞——探头探脑

老鼠打洞——自找门道、找门路

老鼠打架——小抓挠

老鼠戴笼头——强充大牲口

老鼠盗葫芦——大头在后面、大的在后头

老鼠的尾巴熬汤——没有什么油水

老鼠的眼睛——寸光

老鼠的住所——洞穴

老鼠掉到大海里——失足不浅

老鼠掉到饭坛里——闷死了

老鼠掉到锅里——溅得满锅腥

老鼠掉缸底——跌跌爬爬

老鼠掉进醋缸——一身酸气

老鼠掉进开水锅——没得命了

老鼠掉进面缸里——翻白眼

老鼠掉进铁筒里——无缝可钻

老鼠掉进蓄水池——公害

老鼠掉油缸——难脱身、脱不了身

老鼠掉在缸底里——爬爬跌跌

老鼠掉在磨眼里——四面折磨

老鼠掉在铁桶里——无空子可钻

老鼠掉在油锅里——又喜又怕

老鼠跌到米桶里——求之不得、找到了好窝

老鼠跌到面瓮里——碰到好运气

老鼠跌进米囤里——非偷吃不可

老鼠跌坛子——有进无出

老鼠跌香炉——碰一鼻子灰

老鼠跌烟囱——死路一条

老鼠洞里放冰块——冷酷（窟）

老鼠洞里耍大刀——窝里逞能

老鼠逗猫——没事（死）找事（死）

老鼠发疟子——窝里战

老鼠给大象指路——越走越窄

老鼠给猫拜年——全体奉送

老鼠给猫当三陪——挣钱不要命

老鼠给猫揩脸——自己找死

老鼠给猫捋胡须——贪玩不要命

老鼠给猫祝寿——白送一口肉、送来的口食、送货上门

老鼠攻墙——家贼难防

老鼠拱在笼子里——没路走

老鼠骨头——小架

老鼠拐弯儿——没头

老鼠管仓——越管越光

老鼠过街——人人喊打

老鼠嫁花猫——冤家变亲家

老鼠嫁女——小打小闹

老鼠见了猫——吓破了胆、不敢想（响）

老鼠进洞——拐弯抹角

老鼠进风箱——两头受气

老鼠进炕洞——憋气又窝火

老鼠进碗柜——满嘴词(瓷)

老鼠看仓——看得精光

老鼠看天——小见识

老鼠扛大枪——窝里逞能

老鼠嗑瓜子——一张巧嘴

老鼠啃棒槌——大头在后面、大的在后头

老鼠啃菜刀——难活命、性命难保

老鼠啃床脚——白磨牙、白费牙

老鼠啃皮球——客(嗑)气

老鼠啃鸭蛋——干骨碌不上嘴

老鼠啃账簿——吃老本

老鼠窟窿里藏粮食——算找到地方了

老鼠拉车——没多大劲头

老鼠拉秤砣——慢慢倒腾

老鼠拉骆驼——野心勃勃、野心太大

老鼠拉木锨——大头在后面

老鼠留不得隔夜粮——好吃

老鼠闹洞房——叽叽喳喳

老鼠啮猫——拼命

老鼠爬冰凌——又尖又滑

老鼠爬到扫帚上——条条路窄

老鼠爬横竿——爱走极端

老鼠爬旗杆——到顶了

老鼠爬上金交椅——东西不济位置好

老鼠爬瓮沿——无限上纲(缸)

老鼠爬在烟囱里——又黑又受气

老鼠跑到磨眼里——行不通、走不通

老鼠跑到窑洞里——肯(啃)钻(砖)

老鼠跑进食盒里——抓住理(礼)了

老鼠碰到火烧山——无地容身、无处藏身

老鼠碰上猫——在劫难逃

老鼠骑水牛——大的没有小的能、小能降大

老鼠骑在猫身上——好大的胆子

老鼠抢空仓——白赶(干)一场

老鼠娶妻遇见猫——悲喜交加

老鼠上房——不是发大水，就是下大雨

老鼠上粉墙——巴不得

老鼠上供台——假充神仙

老鼠上了老鼠夹——死到临头、死在眼前

老鼠拴在猫尾巴上——逼着转圈哩

老鼠睡猫窝——送来一口肉

老鼠睡在米坛里——不愁吃

老鼠抬轿子——担当不起

老鼠逃命——见眼钻

老鼠替猫刮胡子——拼命地巴结

老鼠舔糨糊——糊嘴

老鼠舔油瓶——馋嘴

老鼠跳到钢琴上——乱谈（弹）

老鼠跳到糠箩里——空欢喜

老鼠听到猫叫——闻声而逃

老鼠同猫睡——练胆子

老鼠偷酱油——羞（嗅）了

老鼠偷饺子——一个个来

老鼠偷芝麻——吃香

老鼠拖西瓜——连滚带爬、滚的滚，爬的爬

老鼠拖油瓶——好的在里面

老鼠挖墙洞——越掏越空

老鼠往猫肚子下钻——自己送上来的

老鼠窝里的食物——全是偷来的

老鼠窝里叫爸爸——认贼作父

老鼠眼睛——看不远、就看鼻子尖儿

老鼠眼看天——小瞧

老鼠腰里挂枪——假充打猎人

老鼠咬冬瓜——没处下口

老鼠咬断饭篮绳——白辛苦

老鼠咬脚背——越想越倒霉

老鼠咬了葫芦藤——嘴巴好厉害

老鼠咬牛——大干一场

老鼠咬石柱——攻不倒

老鼠咬书本——赤（吃）字

老鼠咬乌龟——无从下口

老鼠咬象鼻——不识大体

老鼠咬灶君——欺神灭相

老鼠钻风箱——两头受气

老鼠钻进花椒包里——香的进去麻的出来

老鼠钻进了牛角——越往后越紧

老鼠钻进乱麻堆——没有头绪

老鼠钻进染缸里——贪色不怕死

老鼠钻进人堆里——找死

老鼠钻瓶子——好进难出

老鼠钻土洞——不露头、各找门路

老鼠钻象鼻——一物降一物、好进不好出

老鼠钻油壶——有进无出

老鼠坐供桌——想充神仙

老鼠做道场——哪有正经

老鼠做寿——小打小闹

追打的老鼠——见洞就钻

不大不小的老鼠——最刁

出洞的老鼠——左顾右盼;东张西望

瓷器店里的老鼠——打不得;碰不得

掉在油缸里的老鼠——滑头滑脑

风箱里的老鼠——两头受气

拉着娄阿鼠叫干爹——认贼作父

娄阿鼠当县令——不是好官

地洞里藏老鼠——见不得阳光

十五只老鼠打架——七抓八扯

二十五只老鼠咬死人——百爪挠心

滚水泼老鼠——在劫难逃

开水灌鼠洞——一窝都是死

黑天捉老鼠——找不着窟窿

红眼老鼠出油缸——吃里扒(爬)外

烧屋赶老鼠——不合算

苏州老鼠走到杭州偷吃——走也走瘦了

田鼠走亲戚——土里来,泥里去

铁笼捕鼠——捉活的

烟囱里爬老鼠——直进直出;直出直入

一窝老鼠不嫌臊——气味相投

耗子不留隔夜粮——吃光用光

耗子吃海椒——够呛

耗子吃鸡蛋——不好下嘴

耗子吃猫食——怀悄悄的

耗子充蝙蝠——白熬夜

耗子出洞——东张西望、先看动静、准没好事

耗子打洞——路路通、找门路

耗子打瞌睡——不显眼

耗子打秋千——头朝下

耗子带大棒——起了打猫的心

耗子逮王八——难下手、下不了手、无法下手

耗子盗洞——一个劲儿往前钻、走后门

耗子的家——常搬

耗子的眼睛——只看一寸远

耗子登风车——尽走回头路

耗子掉到醋缸里——一身酸味

耗子掉灰堆——又憋气又窝火

耗子掉进拌种箱——上下打转、无处奔

耗子掉进面缸里——白眼看人

耗子掉在水缸里——时(湿)髦(毛)

耗子跌灰堆——触一鼻子灰、憋气又窝火

耗子跌进书箱里——咬文嚼字

耗子跌进坛子里——无缝可钻

耗子跌米缸——好进难出、悲喜交加

耗子跌面缸——白眼看人

耗子盯小偷——贼眉鼠眼

耗子动刀——窝里反

耗子洞里摆神像——莫名其妙(庙)

耗子洞里打架——窝里战、自相残杀

耗子逗猫——自取其祸、没事找事

耗子给猫拜年——拼命讨好

耗子给猫当三陪——挣钱不要命

耗子给猫刮胡子——拼命巴结、溜须不要命

耗子跟猫睡觉——练胆儿

耗子拱墙根——没缝找缝

耗子滚到米缸里——不吃不偷不可能、又喜又愁

耗子滚到面柜里——乐糊涂了、白眼看人、机会难得

耗子过街——人人喊打

耗子和蛤蟆交朋友——不怀好意

耗子和猫睡觉——不知死活

耗子滑冰——溜之大吉

耗子嫁女——小打小闹、讲吃不讲穿

耗子见了猫——魂飞魄散、赶快逃

耗子进风箱——找气受

耗子进老鼠夹——离死不远

耗子进笼子——无出路、没有出路

耗子进米缸——又是喜欢又是愁

耗子进牛角——已到尽头

耗子进书箱——蚀(食)本

耗子进铁桶——入地无门

耗子进碗柜——尽咬词(瓷)儿、满口是词(瓷)

耗子看粮仓——监守自盗

耗子扛枪——光会在窝儿里横、窝里反

耗子啃菜刀——死路一条

耗子啃床腿——白费牙

耗子啃罗汉——不识大体

耗子啃骆驼——大有油水可捞

耗子啃木头——吃不消

耗子啃木箱——闲磨牙

耗子啃菩萨——不识大体

耗子啃神龛——欺神灭相

耗子啃玉米棒——顺杆(秆)爬

耗子啃砖头——白磨牙

耗子哭猫——假惺惺

耗子窟窿——填不满

耗子拉秤砣——自塞门路、堵住了窝口

耗子拉木锨——大头在后头

耗子落到鼓上——不懂(扑咚)

耗子磨牙——没活找活、勤恳(啃)

耗子爬案板——熟路、道熟

耗子爬秤钩——自己称自己

耗子爬到牛角上——自高自大

耗子爬铁丝——难转弯、转不过弯来、转不得身

耗子爬竹竿——一节一节来

耗子跑到食盒里——捉住理(礼)啦

耗子皮做衣领——不孝(消)

耗子骑大象——大的大,小的小

耗子上房——不是发大水,就是下大雨

耗子睡在粮仓里——不愁吃

耗子跳到钢琴上——乱谈(弹)

耗子跳火坑——爪干毛净

耗子铁板上打洞——钻不进

耗子偷秤砣——力不能及、力不从心、心有余而力不足

耗子偷糯子——糊嘴

耗子偷米汤——勉强糊口、只能糊嘴

耗子偷牛——大干一场

耗子偷油喊捉贼——虚惊一场、一场虚悖

耗子腿上摆宴席——小题(蹄)大做

耗子拖泰山——野心勃勃、野心太大

耗子尾巴——长不壮

耗子眼看天——小瞧

耗子在铁板上打洞——钻不透

耗子在窝里藏粮——有备无患

耗子追猫——找别扭

耗子钻到竹筒里——死不回头

耗子钻烘炉——倒(盗)贴(铁)

耗子钻灰堆——闭着眼混

耗子钻进乱麻堆——没有头绪

耗子钻炉膛——自取灭亡

耗子钻米柜——刻(嗑)不容缓

耗子钻鸟笼——你算哪头鸟

耗子钻牛角——不死脱层壳

耗子钻牛角尖——道越走越窄

耗子钻象鼻——大的没有小的能、小能降大

耗子钻油坊——吃香

耗子钻油壶——有进无出

耗子钻灶火——不死也要脱层皮

二、生肖牛歇后语

黄牛背上的跳蚤——自高自大

黄牛踩泥路—越踩越糟糕

黄牛吃草——吞吞吐吐

黄牛打架——死顶

黄牛的肚子——草包

黄牛的尾巴——两边摆

黄牛过水——各(角)顾各(角)

黄牛角,水牛角——各(角)顾各(角)

黄牛脚印水牛踩——一个更比一个歪

黄牛拉磨——慢工出细活

黄牛犁地——有劲慢慢使

黄牛落泥塘——越陷越深

黄牛拿耗子——有劲使不上

黄牛撵兔子——没指望的事儿

黄牛拴鼻绳——跑不了

黄牛学马叫——改不了声调

黄牛咬黄连——吃苦耐劳

黄牛钻狗洞——不顾身材

黄牛钻鸡窝——没门儿、无门

黄牛钻进象群里——还是个小弟弟

黄牛钻老鼠洞——行不通

老母牛上场——屎尿多

老牛挨鞭子——忍辱负重

老牛变鸡——不容易

老牛不怕狼咬——豁出去

老牛闯进瓷器店——破的破,烂的烂

老牛吃草——细细品味、吞吞吐吐

老牛吃豆腐——变心(新)肠了

老牛吃嫩草——爱情(青)、想新鲜口味

老牛出工——让人牵着鼻子走、浑身是劲

老牛打滚——大翻身

老牛大憋气——不吭声

老牛倒嚼——细品滋味

老牛倒沫——无事闲磨牙

老牛到田里——浑身是劲

老牛抵墙头——没把劲使到正地方

老牛掉进深泥潭——不能自拔

老牛掉眼泪——有口难言

老牛掉在井里边——踢腾不开了、怎么也捞不出来

老牛反刍——吞吞吐吐

老牛赶山——慢慢来、走到哪天算哪天

老牛驾辕——朝后靠

老牛筋儿——刀拉不动,水煮不烂

老牛筋——嚼不烂、难啃

老牛啃地皮——耷拉着脑袋

老牛拉车——慢慢磨、四平八稳

老牛拉犁马拉车——浑身是劲

老牛拉磨——团团转、慢工出细活、默默无闻

老牛拉破车——两将就、松松垮垮、快不了

老牛拉座钟——又稳又准

老牛拿耗子——不关你的事

老牛撵兔子——有劲使不上、有力无处使

老牛拴在树桩上——没跑、跑不了

老牛踏场——原地转

老牛踏垡子(翻耕过的土块)——一步一个脚印

老牛头进汤锅——难熬

老牛推脱了磨——空转一圈

老牛拖木犁——慢腾腾

老牛拖破车——一摇三摆

老牛脱了磨——空转一遭

老牛下沟——失(湿)足

老牛陷进淤泥里——拔不出脚

老牛遇到高田坎——爬不上去

老牛咂嘴——想吃嫩草

老牛捉麻雀——有劲使不上

老牛追骏马——撵不上、老落后、赶不上趟

老牛走路——不慌不忙

老牛钻狗洞——难通过、通不过

老牛钻过针眼——骗人

牛背上的毛——数不清

牛背上翻跟头——有点硬功夫

牛背上放马鞍——乱套了

牛奔草原羊上山——各找门路

牛鼻里爬小蟹——大惊小怪

牛鼻绳落人手——身不由己、不由自主

牛鼻子插大葱——装相（象）

牛鼻子穿环——让人牵着鼻子走

牛鼻子上的跳蚤——自高自大

牛鞭（牛阴）敬神——神也得罪了，人也得罪了

牛不喝水——干倒沫

牛踩黄泥路——越睬（踩）越糟糕

牛踩乌龟壳——痛在心里

牛长鳞，马长角——不可能的事、没人见过、没有的事

牛吃苞米秸——天生的粗料

牛吃苞谷秆——大草

牛吃薄荷——勿辨味道

牛吃草帽儿——满肚子是圈圈

牛吃房上草——哪有这么长的脖子

牛吃赶车人——无法无天

牛吃核桃——小药丸

牛吃荆条——瞎编

牛吃卷心菜——各有所爱、各人所爱

牛吃棉花——一口白

牛吃南瓜——无处下口

牛吃破草帽——满肚子的坏圈圈、一肚子坏圈圈

牛吃桑叶——结不成什么茧、结不成啥茧、不吐丝

牛吃笋子——胸有成竹

牛戴夹板儿——不要样（鞅）了

牛刀杀鸡——大材小用、小题大做

牛顶架——劲儿憋足啦

牛鼎倒个儿——大翻身

牛鼎里煮鸡——大材小用

牛犊抵火车——自不量力、不自量

牛犊拉车——乱套

牛犊拉犁刚上套——没经验

牛犊子拜四方——乱栽筋斗

牛犊子捕家雀——心灵身子笨

牛犊子长了犄角——不是好惹的、碰不得

牛犊子吃奶——乱顶撞

牛犊子跟虎玩——不知厉害

牛犊子叫街——懵（懵懂，不清楚）（哞）了

牛犊子拉车——乱了套、乱套了、拽不动、强挣扎

牛犊子拉犁刚上套——没经验

牛犊子扑蝴蝶——看着容易做着难

牛犊子撒娇——顶顶撞撞、又顶又撞

牛犊子上套——挨鞭子的日子到了

牛犊子陷进泥窝里——有力无处使

牛犊子学耕田——上了圈套、让人牵着鼻子走

牛耳朵上弹琴——没用处、无用、没得用

牛耕田，马吃谷——一个受累，一个享福

牛骨头不瘦——底子好

牛骨头敲梆子——磕骨打髓

牛骨头煮胶——难熬

牛过河才拽尾巴——晚了、迟了

牛角安在驴头上——四不像

牛角堵在嘴巴上——不吹也得吹

牛角对菱角——一对奸（尖）

牛角挂稻草——轻巧

牛角尖敲锣——只想（响）一点儿

牛角里的蛀虫——硬钻、嘴巴好厉害

牛角里栽花——根子不正、根骨不正

牛角上挂把稻草——轻巧

牛角上挂茶罐——底(抵)乎(壶)

牛角上抹油——又奸(尖)又滑

牛角遇着钻子——看哪个斗过哪个

牛脚窝里的鱼——无处可走

牛脚窝里失火——渐(蹀)渐然(燃)

牛筋头——顽固不化

牛龛里的虫——硬钻

牛口里的草——扯不出来

牛拉犁头——上了圈

牛拉碌碡——打圆场

牛拉马车——各有一套

牛拉碾子——上了圈套

牛拉汽车——怪事一桩、怪事

牛栏里关个大花猫——空空洞洞、空洞、出进由你

牛栏里关狗——进出自由

牛郎会织女——一年就一回、鹊桥相会、喜相逢

牛郎配织女——天生的一对

牛郎织女相会——一年一次

牛笼嘴打水——提上也是空

牛驴抵头——凭脸皮闯哩

牛毛炒茴香——乱七八糟

牛毛上解锯——刻薄

牛毛羊毛和驴毛——全是痞(皮)子出身

牛棚里不要插进马嘴来——少管闲事

牛棚里养鸡——架子不小、好大的架子

牛皮灯笼点蜡——有火发不出、有火没处发

牛皮灯笼涂黑漆——照里不照外

牛皮灯笼——外头不见光,里面亮堂、不亮、肚里明白

牛皮饭碗——打不破

牛皮鼓,青铜锣——不打不响

牛皮鼓——声大肚子空

牛皮鼓湿水——不响

牛皮糊窗户——不透风

牛皮上打针——没用处、无用、没得用

牛皮纸糊的鼓——不堪一击、经不起敲打

牛皮纸上雕花——刻薄

牛牵鼻子马抓鬃——抓住了关键

牛上田坎扯尾巴——晚了、迟了

牛舌头舔尾巴——够不着

牛身上拔根毛——不在乎、无伤大体

牛身上的毛——数不清

牛身上爬蚂蚁——不显眼

牛绳穿针——不入耳

牛瘦骨不瘦——底子好

牛死日也落——躲了一灾又一灾、祸不单行

牛蹄窝里的水——掀不起大浪、翻不了大浪

牛蹄子——分两半(瓣)

牛蹄子两瓣——合不拢、合不到一块、闹不到一块

牛蹄子上供——就显你角(脚)大

牛头不对马嘴——胡拉乱扯

牛头刨开车不干活——空来往

牛头刨削平板——直来直去、直进直出、直出直入

牛头煮不烂——多费些柴炭

牛驮子搁在羊背上——担当不起

牛王爷不管驴的事——各管各的

牛尾巴吊谷草——想吃够不着

牛尾巴赶苍蝇——左右摇摆、摇摆不定

牛尾巴上的蚂蟥——甩不掉

牛尾巴失火——胡乱闯

牛尾打牛身——无关痛痒、不痛不痒

牛眼看人——大个儿、高瞧了你

牛羊入圈鸟落窝——各得其所

牛羊上山——圈里空空

牛蝇叮牛蹄——无关痛痒、不痛不痒

牛追马——赶不上

牛嘴上套簸篓——难开口、口难开、不好开口

水牛踩浆——拖泥带水

水牛长毛——彻头彻尾

水牛吃荸荠——食而不知其味

水牛吃活蟹——有力无处使

水牛打架——钩心斗角

水牛的一生——忍辱负重

水牛过河——露头角

水牛抓跳蚤——有劲使不上

卖老牛置破车——光顾眼前;只顾眼前

没轮子的牛车——跑不了

没牙婆婆嚼牛筋——白磨嘴皮

没有笼头的野牛——到处伸嘴

蚂蟥叮住水牛腿——寸步不离

马皮拧绳绳拴马,牛皮做鞭鞭打牛——忘本

卖牛肉的面孔——斤斤计较

拿着耗子当成牛——吹的

泥牛入海——无消息;杳无音信;有去无回

按着牛头喝水——勉强不得

抱着琵琶进磨坊——对牛弹琴

背着牛头不认账——死赖

笨牛吃麻雀——不好捉弄

逼着牯牛(公牛)生子——强人所难

布袋里装牛角——内中有弯

初生的牛犊——不怕虎

掉在枯井里的牛犊——有劲使不上;有力无处使

丢了黄牛撵兔子——不知哪大哪小

打猎的不说渔网,卖驴的不说牛羊——三句话不离本行

灯草打老牛——不痛不痒;无关痛痒

端公(巫师)吹牛角,道士吹海螺——各师各教

对牛吟诗——不入耳;难入耳

对着牛嘴打喷嚏——吹牛

疯牛钻进死胡同——不好回头

耕牛吃羊草——怎能吃得饱

脚踩牛屎——一塌糊涂

金壳郎(金龟子)赶牛——自不量力;不自量

九牛一毛——微不足道;微乎其微

口渴的牛犊望井底——解不了渴

骑牛找牛——老糊涂

骑老牛追快马——望尘莫及

牵牛过独木桥——难过

拉牛入鼠洞——行不通;走不通

拉牛上树——办不到;没法办;难上加难

拉来黄牛当马骑——凑合;穷凑合

三锥子扎不出一滴血——老牛筋;皮厚

屎壳郎爬到牛角尖里——绝路一条;此路不通

手帕包牛脑袋——露头角

说牛马下蛋——笑话连篇

死牛用刀杀——多此一举

笋壳套牛角——正合适

温火爆牛肉——慢工夫

无牛狗拉车——将就凑合

瞎牛撞草堆——碰着就吃

鲜花插在牛屎上——配不上;不配

小鼎锅想炖大牛头——好大的胃口

野牛闯进火海里——有命没毛

一个桩上拴两头牛——迟早要闯祸

捉了虱子跑了牛——得不偿失

老鹰叼黄牛——贪欲太大

三、生肖虎歇后语

老虎扮和尚——人面兽心

老虎背上拍苍蝇——找死、自取其祸、惹祸上身

老虎背上玩把戏——胆大心细

老虎变猪猡——又丑又恶、又笨又恶

老虎脖子挂佛珠——假充善人

老虎不吃荤——口诉(素)

老虎不吃人——恶名在外

老虎不吃猪——怪事一桩、怪事

老虎不发威——就当猫看了

老虎不嫌黄羊瘦——沾荤就行

老虎长角——又咬又抵

老虎吃鼻烟——胡吹一气、真能吹、没有的事

老虎吃刺猬——无处下嘴

老虎吃大象——不沾边、沾不上边

老虎吃豆腐——口素心不善

老虎吃蝴蝶——不够塞牙缝、想入非非(飞飞)

老虎吃鸡——小菜一碟

老虎吃蚂蚁——塞不住牙缝、不够嚼、小菜一碟、细打细敲

老虎吃人——不吐骨头

老虎吃肉——亲自下山

老虎吃石狮——吃不消

老虎吃算盘珠——心中有数、肚里有数

老虎吃天——难下爪、不着边际、不知高低

老虎吃天蛇吞象——贪得无厌

老虎吃田螺——无从下口

老虎吃跳蚤——供不应求

老虎吃土地——没一点人气

老虎吃兔子——一口吞、囫囵吞

老虎吃羊羔——不吐骨头

老虎吃斋——没那事儿

老虎出山——浑身是胆、横冲直撞

老虎出山遇见豹——一个更比一个凶

老虎打摆子——窝里战

老虎打哈欠——口气真大

老虎打架——没人劝

老虎逮耗子——有劲使不上、耍的什么威风

老虎戴道士帽——假装出家人

老虎戴佛珠——假慈悲

老虎戴上假面具——人面兽心

老虎当马骑——有胆有魄

老虎的儿子——别看他(它)小

老虎的屁股——摸不得、拍不得

老虎的头发——没人敢理

老虎的尾巴——摸不得

老虎的仔——谁敢侮辱

老虎掉大海——没抓挠

老虎洞里菩萨堂——莫名其妙(庙)

老虎兜圈子——一回就够

老虎肚里取心肝——胆子不小

老虎饿了逮耗子——饥不择食

老虎赶牛群——志在必得

老虎赶猪——冒充善人

老虎逛公园——谁敢拦

老虎和黑瞎子打架——势均力敌

老虎回村——家家遭殃

老虎家请客——谁也不敢登门

老虎驾辕——没人敢（赶）、谁敢（赶）

老虎见了神猎——尾巴全夹起来

老虎借猪狗借骨——有借无还

老虎借猪——有进无出、有去无回

老虎近身——开口是祸

老虎进城——家家关门

老虎进庙堂——没安好心

老虎进山洞——顾前不顾后

老虎进闸门——死路一条

老虎夸海口——大嘴说大话

老虎拉车——不听那一套

老虎拉碾子——乱了套

老虎来了盖被单——挡不住

老虎来了看公母——不知缓急

老虎离了山林——抖不起威风来了

老虎离山落平原——抖不起威风

老虎咧嘴笑——用心歹毒

老虎落陷阱——有劲使不上、命难逃

老虎念经——假正经、假装正经、口是心非

老虎爬树——荒唐、不懂那一套

老虎拍蝗虫——小收拾

老虎披裳衣——终归不是人

老虎皮，兔子胆——外壮内虚、外强里虚

老虎屁股上抓痒痒——自取其祸、惹祸上身

老虎迫得猫上树——多亏留了这一手

老虎扑苍蝇——小事大办

老虎扑蚂蚱——供不上嘴

老虎欠债——讨不回来

老虎请客——来者不善,善者不来

老虎上磅秤——自称威风

老虎上吊——没活(虎)路了、无人敢救

老虎烧香——冒充善人

老虎身上的虱子——谁敢惹

老虎守着长明灯——假充正经

老虎虽老——雄威在

老虎套车——不敢拦

老虎添翼——好威风

老虎舔糨糊——不够糊嘴

老虎舔胸脯——吃人心肝

老虎头,蛇尾巴——有始无终

老虎头上拉屎——好大胆、好大的胆子

老虎头上拍苍蝇——好心没有好报

老虎头上撒胡椒——大胆泼辣

老虎头上搔痒——找死

老虎拖象——大干一场

老虎拖猪进窝——有进无出

老虎尾巴绑扫帚——威风扫地

老虎尾巴上荡秋千——只图快活不要命

老虎卧马圈里——马马虎虎

老虎下山——横冲直撞

老虎眼睛——只会直看

老虎演戏——难收场、看不得

老虎咬铳——两败俱伤

老虎咬刺猬——无从下口

老虎咬牛——大干一场

老虎夜里进门来——没有好事

老虎照镜子——忘(望)着威风

老虎抓猴子——有劲使不上

老虎爪子蝎子心——又狠又毒

老虎追得猫上树——多亏留了一手

老虎钻进人群里——送死

老虎嘴里抱肉吃——要肚饱,不要命

老虎嘴里的刺——碰不得

老虎嘴里塞蚂蚱——填不满

老虎嘴里讨脆骨——不是好惹的

老虎坐庙堂——想充神仙

老虎做官——无人侍候

虎头蛇尾——有始无终

虎窝里跑出只羊羔——虎口余生

虎口拔牙——胆子不小;好大胆

踩虎尾,踏春冰——冒险

扯着老虎尾巴喊救命——找死

躲过了老虎,又撞上了野牛——一个比一个凶

吃了虎豹的心肝——好大的胆子

出得龙潭,又入虎穴——祸不单行;躲了一灾又一灾

窗户上画老虎——吓不了谁

带崽的母老虎——分外凶

东山跑过驴,西山打过虎——见过点阵势

恶虎斗狼群——寡不敌众

饿虎进宅——四邻不安

两虎相斗——必有一伤

二愣子骑老虎背——早晚有他的好看

犯了克山病,又得虎林热——没法治;没治了

放虎归山——必有后患;自找麻烦;留下祸根

给下山虎开路——头号帮凶

画虎不成反类犬——弄巧成拙

将门出虎子——一代更比一代强;一辈强似一辈

拉大旗做虎皮——装面子

老得掉牙的虎——雄心在

笼子里的老虎——抖不起威风;难显威风

麻秆打老虎——不痛不痒

猛虎闯羊群——一团糟;一片混乱

母老虎,地头蛇——惹不起

母老虎骂街——没人敢惹

泥捏的老虎——样子凶

拿着虎皮当衣裳——吓唬人

拍大腿吓老虎——一点没用

前面是狼后面是虎——一个比一个凶

前怕狼后怕虎——进退两难

敲山震虎——瞎诈唬

青龙白虎下界——凶神恶煞

缺腿的老虎——神气不了

软索套猛虎——柔能克刚

山半腰遇大虫（老虎）——心惊肉跳

山头上打虎——高名在外

山中无老虎——猴子称大王

狮子配老虎——十全十美

水中的鳄鱼，山上的虎豹——凶的凶，狠的狠

徒手打老虎——有勇无谋

脱裤子打老虎——既不要脸，又不要命

下了山的老虎——不如狗

云南的老虎，蒙古的骆驼——谁也不认谁

灶前老虎——屋里凶

纸老虎——一戳就穿

拽着老虎尾巴抖威风——有胆有魄

做梦被老虎咬伤——虚惊

四、生肖兔歇后语

兔死狐悲——物伤其类

兔死还要跳三跳——垂死挣扎

兔子当牛使——乱套了

兔子成精——比老虎还厉害

兔儿头，老鼠尾——不伦不类

兔儿爷过河——软瘫了

兔儿爷拍胸口——没心没肝

兔子逼急了——还会咬人哩

兔子扒窝——安家落户

兔子蹦到车辕上——假充大把势（车把势）

兔子剥皮——倒扒

兔子吃年糕——闷了口

兔子打架——小打小闹；上蹿下跳

兔子的耳朵——灵得很

兔子跟着马儿跑——望尘莫及

兔子驾辕——不合套

兔子见了鹰——毛了

兔子进磨道——充什么大耳朵驴

兔子靠腿狼靠牙——各有各的谋生法

兔子满山跑——还来归旧窝

兔子生耗子——一窝不如一窝

兔子尾巴——长不了

兔子宴请老虎——寅吃卯粮

兔子枕着猎枪睡——胆大包天

兔子坐上虎皮椅——六神无主

草堆里蹦出个兔子——你也算个保镖

豺狼请兔子的客——没好事

长了兔子腿——跑得快

穿兔子鞋的——跑得快

打兔子捉到黄羊——捞外快；额外

打着兔子跑了马——得不偿失

见了兔子才放鹰——有利才出征

狡兔撞鹰——以攻为守

高粱地里放鸟枪——打发兔子起了身

怀揣兔子——忐忑不安

怀里揣着十五只兔子——七上八下

机关枪打兔子——小题大做

叫兔子去拉磨——没有那一套

进网的兔子上钩的鱼——十拿九稳

开着拖拉机撵兔子——有劲使不上

搂草打兔子——捎带活

满山跑的兔子不回窝——野惯了

鸟枪打兔子——睁只眼，闭只眼

骑兔子拜年——寒碜

敲锣撵兔子——起哄

拾柴打兔子——一举两得；两不耽误

兔子见了鹰——毛了

喂兔养羊——本小利长

下雪天打兔子——白跑

野地里撵兔子——谁逮住就属谁

五、生肖龙歇后语

出得龙潭又入虎穴——祸不单行

地里的曲蟮——成不了龙

独眼龙相亲——一眼看中

大龙不吃小干鱼——看不上眼

干鲤鱼跳龙门——弥天大谎

画龙画虎难画骨——知人知面不知心

蛟龙造反——翻江倒海

蛟龙困在沙滩上——威风扫地;有力无处使

蛟龙头上搔痒——溜须不要命

九龙治水——没雨(余)

离了水晶宫的龙——寸步难行

海龙王找女婿——海里来,水里去

海龙王打哈欠——好大的口气

海龙王的喽啰——虾兵蟹将

海龙王吃螃蟹——敲骨吸髓

龙王爷的后代——龙子龙孙

龙王爷的儿子——会凫水

龙王爷的嘴——海口

龙王爷的做法——呼风唤雨

龙王爷的横批——风调雨顺

龙王爷的宫殿——冷冰冰的

龙王爷掉在海里——不消你老(捞)

龙王爷出海——兴风作浪

龙王爷打盹——百姓遭难

龙王爷出阵——翻江倒海

龙王爷发脾气——摸不透

龙王爷动刀兵——里外都是水

龙王爷翻脸——要变天

龙王爷放火——改行

龙王爷跳舞——张牙舞爪

龙王爷凑热闹——涨水

龙王爷打着灯笼找水喝——旱到家了

龙王老爷请喝酒——够呛

龙王爷的前哨——瞎(虾)精

龙王爷长了偏心眼——旱涝不均

龙王爷面前跳水——敢想敢干

龙王面前挑水——有斗龙的胆量

龙王爷身边的虾子——见过大阵势

龙王爷过江——风大雨大

龙王搬家——厉害(离海)

龙王摆筵席——净尝海味

龙王不认水神庙——自己冲自己

龙王的帽子——宝贝疙瘩;褶儿太多

龙王管土地——管得太宽了

龙王发兵讨河神——自家人不识自家人

龙王庙台——神气

龙王庙前卖水——挑错了门

龙困鱼塘——施展不开

龙尾巴上的虾——混着上天了

龙袍当裳衣——白糟蹋

龙下蛋——稀罕

龙行雨——本职

龙珠跟着龙尾转——不对头

龙虎相斗——必有一伤

龙吃千江水——也有不到处

龙头不拉拉马尾——用力不对路

跳蚤变龙种——冒牌货

草里头藏龙身——农家出英才

龙背上刮鳞——痴心妄想

大水冲了龙王庙——一家人不认一家人

六、生肖蛇歇后语

蛇吞象——不自量

蛇吞蝎子——以毒攻毒

蛇吞老鼠鹰叼蛇——一物降一物

蛇被抓住了七寸——浑身酥软

蛇入曲洞——退路难

蛇入筒中——曲性在

蛇遭蝎子蜇——一个比一个毒

蛇钻窟窿——顾前不顾后

蛇钻竹筒——没有回头的余地

毒蛇钻进竹筒里——假装正直

毒蛇出洞——伺机伤人

毒蛇的牙齿马蜂针——全是毒

毒蛇见硫黄——浑身酥软

毒蛇爬竹竿——又狡(绞)又猾(滑)

毒蛇吐芯子——出口伤人

毒蛇做梦吞大象——野心勃勃;野心太大

蟒蛇进鸡窝——完蛋

蟒蛇缠身——挣不脱

蟒蛇缠犁头——狡猾(绞铧)

眼镜蛇摆手——好毒的一招

眼镜蛇打喷嚏——满嘴放毒

打蛇不死打蚯蚓——怯大欺小

打蛇不死——后患无穷

打蛇打七寸——攻其要害;击中要害;抓住了关键

地头蛇,母老虎——不是好惹的

地头蛇请客——福祸莫测

蜈蚣遇到眼镜蛇——一个比一个毒

冻僵的长虫(蛇)——要死不活;死不死,活不活

短棍儿打蛇——难近身;近不得身

花皮蛇遇见饿蛤蟆——分外眼红

画蛇添足——多此一举

惊蛰后的青竹蛇——越来越凶

茅草窝里的毒蛇——暗中伤人

洞里的蛇——不知长短

墙缝的蛇咬人——出嘴不出身

一个洞里的蛇——早有勾结

蛇被抓住了七寸——抓要害

蛇吃大象——胃口不小、看他怎么吞下去、贪心不足

蛇吃黄鳝——比长短

蛇吃鸡蛋——囫囵吞、一粗一细

蛇吃鳗鱼——比长短

蛇吃青蛙——一节倒一节

蛇吃秫秸秆——直脖子

蛇虫子钻到芝麻地里——油嘴滑舌

蛇岛上寻宝——凶多吉少

蛇洞对着蝎子洞——以毒攻毒

蛇儿缠青蛙——要命的时候

蛇过了才打棍——马后炮

蛇过砌砖墙——已经迟了

蛇和蝎子交朋友——毒上加毒

蛇进曲洞——有进无出、退路难

蛇进竹筒——转不得身、走上绝路了

蛇爬到镰刀上——不敢缠

蛇皮虽好——没处缝补

蛇头上的苍蝇——自送一口肉、送来的口食、专吃自来食、送上门的佳肴

蛇吞扁担——直脖啦

蛇吞黄鳝——拼杀一场

蛇吞老鼠鹰叼蛇——一物降一物

蛇吞象——自不量力、不自量、不识大体、好大的胃口

蛇咬农夫——恩将仇报

蛇钻窟窿——顾前不顾后

蛇钻竹筒——直来直去、送死、自己找死、没有回头的余地、走上绝路了

毒蛇出洞——伺机伤人

毒蛇的舌头——独(毒)具心(芯)裁

毒蛇的牙齿马蜂针——全是毒、最毒

毒蛇盯小鸟——歹毒(逮住)

毒蛇见硫黄——浑身酥软

毒蛇见雄黄——酥到骨

毒蛇进竹筒——一头钻到底

毒蛇爬行——没正道

毒蛇爬竹竿——又狡(绞)又猾(滑)

毒蛇吐芯子——出口伤人

毒蛇蜕皮——恶习不改

毒蛇钻进竹筒里——假装正直

毒蛇做梦吞大象——野心勃勃、野心太大

阴沟石缝里的蛇蝎——暗里伤人

踩着麻绳当蛇——大惊小怪

老子被蛇咬——无法可使

老鹰叼蛇——十拿九稳

山里的五步蛇——毒极了;最毒

田坎上爬长虫(蛇)——地头蛇

乌梢蛇打店——常(长)客

养蛇咬自己——惹祸上身

药铺里挂蛇皮——打着吓人的幌子

属长虫(蛇)的——能屈能伸

七、生肖马歇后语

马背上钉掌——离题(蹄)太远;不贴题(蹄)

马背上的剧团——载歌载舞

马背上接电话——奇(骑)闻

马槽边上的苍蝇——混饭吃

马长犄角骡下驹——怪事一桩;怪事

马到悬崖不收缰——死路一条

马高镫短——上下两难;上下为难

马上耍杂技——艺高胆大

马勺掏耳朵——不深入;深不下去

马脸比猪头——一个比一个丑

马尾穿萝卜——粗中有细

马陷淤泥——进退两难

马放南山,刀枪入库——天下太平

马拉独轮车——说翻就翻;翻了

马笼头套在牛嘴上——胡勒

马不停蹄,鞭不停挥——老赶

马脱缰绳鸟出笼——永不回头;决不回头

马尾巴拌豆腐——捣乱

马车过沼泽地——此路不通

马尾绷琵琶——不值一谈(弹)

马尾穿豆腐——没法提;提不得;别提了

马尾拴鸡蛋——难缠

马粪球,羊屎蛋——外光里不光;表面光

马群里的骆驼——突出

马食槽边点盏灯——照料

马槽里伸出个驴头——多嘴多舌;多一张嘴

马食槽不许驴插嘴——独吞

马蹄长瘤子——无关痛痒;不痛不痒

马拉汽车——新鲜事

马脖子上挂铜铃——走到哪,响到哪

马笼头给牛戴——生搬硬套

马鞍套在驴背上——对不上号

马鞍子备在牛背上——乱搭

马背上跌跤,牛背上抽鞭——错上加错、迁怒于人

马背上记账——回头算

马背上看书——走着瞧

马鞭打牛——忘本

马鞭当帐杆——差得远

马脖子上的铜铃——走到哪想(响)到哪

马槽里没马——驴当差

马长犄角骡下驹——怪事一桩

马车滚进泥水沟——拉不转

马车过沼泽地——此路不通

马车上加头驴——拉帮套

马吃白灰——一张白嘴

马到悬崖不收缰——死路一条

马镫子钉掌——空前绝后

马儿戴笼头——让人牵着走

马儿护虎儿——不可能的事

马放南山,刀枪入库——天下太平

马蜂的儿子——歹(带)毒

马蜂丢翅膀——没了绝招

马蜂窝,蝎子窝——一窝更比一窝毒、捅不得

马蜂蜇秃子——没遮没盖

马蜂蜇蝎子——以毒攻毒

马蜂针,蝎子尾——惹不起

马高镫短——上下两难、上下为难

马褂改裤衩儿——大材小用

马褂改棉袄——老一套

马过独桥——难拐弯

马后炮——来不及了

马虎(民间传说中形象丑陋、吞食小孩的怪物)看小孩——不放心、放心不下

马伙里的臊马——害群之马

马驹拉犁——不成行

马驹子拉车——上了套

马驹子拉磨——不顺手

马驹子怕狗惊了车——少见多怪

马嚼子戴到牛嘴上——胡来(勒)

马嚼子吊起当锣打——穷得叮哩当哩

马嚼子往牛脖子上戴——错了位了

马拉车尥蹶子——乱了套、乱套了

马拉车牛驾辕——不合套

马拉独轮车——说翻就翻、翻了

马拉九鼎——拽不动

马路上的传单——白给

马路上开车不拐弯——走得正,行得直、行得正,走得端

马路上跑火车——不合辙

马路上挖井——坑害人

马路上装暖气——徒劳无益

马路新闻——道听途说

马奶奶见了冯奶奶——差两点

马上打瞌睡——迷迷糊糊过时光、眼开眼闭、信马由缰

马勺打个把——是个嫖(瓢)头子

马勺当锣打——穷得叮当响

马勺里淘菜——水泄不通

马勺里淘米——滴水不漏

马勺碰锅沿——常有的事

马士才的眼睛——捉摸不定

马谡用兵——言过其实

马蹄刀劈柴——不是正经家伙

马蹄刀瓢里切瓜——滴水不漏

马铁掌踩石板——硬对硬、硬碰硬

马头上长鹿角——四不像

马脱缰绳鸟出笼——永不回头、决不回头

马王爷照镜子——长脸

马王爷坐大殿——官儿不大脸长

马尾巴搓绳——合不了股儿

马尾巴打胡琴——细声细气

马尾巴提豆腐——提串不起来

马尾巴做琴弦——谈不拢、不值一谈(弹)

马尾绑马尾——你踢我也踢,你打我也打

马尾穿酥油——没法提

马尾捆鸡蛋——难缠

马尾拉胡琴——细声细气

马尾笆扣钉子——非扎破不可

马尾拴鸡蛋——难缠

马戏团的猴子——任人耍、由人玩耍

马戏团的小丑——走过场、引人注目

马勺当锣打——穷得叮当响

马捉老鼠——不务正业;不干正经事

马屁股上挂蒲扇——拍马屁

骑马背包袱——全在马身上

骑马放屁——两不分明

骑马观灯——走着瞧

骑马逛草原——没完没了;无穷无尽

骑马过闹市——岂有此理

骑马扛布袋——白搭

骑马抓跳蚤——大惊小怪

骑马上山——步步高升;步步登高

骑马上天山——回头见高低

骑马时间少,擦镫时间多——本末颠倒

好马不吃回头草——倔强

好马遭鞭打——忍辱负重

骏马跑千里,银燕入云霄——远走高飞

骏马驮银鞍——两相配

千里马长翅膀——突飞猛进

千里马逮老鼠——大材小用

千里马拉犁耙——用非所长

独木桥上跑马——冒险;危险

鞋壳篓里跑马——没几步跑头

半天云里跑马——露马脚

半空中骑马——腾云驾雾

猛将军骑马——一跃而上

崩了群的马——四处逃散

鞭打千里驹——快马加鞭

墙头上跑马——转不过弯;没多大奔头

冰凌上跑马——站不住脚

船头上跑马——走投无路

木排上跑马——蹩脚

泥地上跑马——一步一个脚印

拳头上跑马——能人儿

悬崖上勒马——化险为夷

刚买来的马——不合群

花钱买死马——得不偿失;尽干蠢事

落在陷阱里的骏马——寸步难行

套马杆子戴礼帽——细高挑儿

跛脚马碰到瞎眼骡——难兄难弟

跛脚马上阵——没有好下场

趁圪台下马——自找台阶

城楼上看马打架——与我无关;与己无关

放马后炮——没用了

风马牛——互不相干;各不相干;不相及

赶车不带鞭子——光拍马屁

揪着马尾巴赛跑——玄（悬）

老将出马——一个顶俩

老牛拉犁马拉车——浑身是劲

没买马车先置鞍——弄颠倒了;颠倒着做

你有骏马我有金鞍——配得起你

爬上马背想飞天——好高骛远

拍马屁的拍上了大腿——错上加错

拍马屁拍到马嘴上——倒咬一口

拍马屁拍到蹄子上——倒挨一脚

跑马使绊子——存心害人

骑兵逛公园——走马观花

骑着驴子思骏马,官居宰相望王侯——贪得无厌;贪心不足

骑着毛驴追骏马——望尘莫及

瘸子骑瞎马——互相照应

人家骑马我骑驴,后面还有推车的——比上不足,比下有余

赛马场上的冠军——一马当先

石板桥上跑马——不留痕迹

石头开花马生角——没人见过;没有的事

死马当活马骑——痴心妄想

同一个马鞍上的人——走的是一个方向

脱缰的野马——抓不住;横冲直撞;无拘无束

小马驹跟车——跑跑颠颠

小娃娃骑木马——愿上不愿下

小巷子赶马车——难转弯;转不过弯来

野马脱缰——横冲直撞

有马不骑,有车不坐——练腿劲

赠马赠笼头——好事做到底

站在山上看马斗——踢不着,咬不着

捉住驴子当马骑——不识货

八匹马拉不开——难分难解

八、生肖羊歇后语

羊肠小道——绕来绕去

羊闯虎口——自送一口肉

羊闯狼窝——白送死

羊抵角——顶顶撞撞;又顶又撞

羊儿不长角——狗头狗脑

羊儿不吃草——壮不了

羊粪蛋下山——滚蛋

羊看菜园——靠不住;不可靠

羊拉屎——零零散散

羊毛里找跳蚤——没着落

羊圈里的驴粪蛋——数你大

羊群里的骆驼,鸡群里的仙鹤——与众不同

羊群里跑出个小兔子——野种

羊群里钻进一只狼——一团混乱;遭殃

羊群遇恶狼——各散四方;四处逃散

羊身上取驼毛——梦想;办不到;天下奇闻;无奇不有;白日做梦

羊头安在猪身上——颠倒黑白

山羊野马在一起——不合群

山羊爱石山,绵羊恋草滩——各有所好;各人所好

山羊打架——钩心斗角

山羊额头的肉——没多大油水;油水不大

山羊见了老虎皮——望而生畏

山羊拉屎——稀稀拉拉

山羊拴在竹园里——乱缠;缠住了

绵羊摆在案板上——任人摆弄

绵羊的尾巴——油水多;翘不起来

绵羊走到狼群里——胆战心惊;战战兢兢

绵羊结伙——三三两两

绵羊进狼窝——自投罗网

黄羊的尾巴——长不了

放羊的捡柴火——一举两得;捎带活

放羊娃打酸枣——捎带活

放羊娃盖楼房——发了洋(羊)财

放羊娃喊救命——狼来了

不吃羊肉羊臊臭——自背臭名

打猎放羊——各干一行

叼羊游戏中的小羊羔——任人撕扯

丢了羊群捡羊毛——大处不算小处算

丢了一只羊,捡到一头牛——吃小亏占大便宜

赶着绵羊过火焰山——往死里逼

赶着绵羊上树——难往上巴(扒)结

好斗的山羊——顶顶撞撞;又顶又撞

猢狲骑山羊——抖威风

叫羊看菜园——越看越光

烤熟了的羊头——龇牙咧嘴

离群的羊羔——孤孤单单

迷途的羔羊——无家可归

黎明的觉,半道的妻,羊肉饺子清炖鸡——难得的好处

两个羊羔打架——对头

六月里冻死羊——说来话长

买只羊羔不吃草——毛病不少

跑了羊修圈——防备后来

牵只羊全家动手——人浮于事

绳子牵羊羔——让它往哪里走

铁匠牧羊——干的不是那一行

屠夫杀羊——内行

亡羊补牢——为时不晚

小偷进牧场——顺手牵羊

小羊羔拉屎——稀稀拉拉

胸口塞羊毛——乱糟糟

一枪打两只黄羊——一举两得

又想要公羊,又盼有奶喝——难两全

九、生肖猴歇后语

猴不上杆——想挨鞭子

猴不钻圈——多敲锣

猴吃苞米——净瞎掰

猴吃芥末——拉（辣）鼻儿

猴吃辣椒——抓耳挠腮

猴吃梅苏丸——闹心

猴戴皮巴掌——毛手毛脚

猴弹棉花狗拉车——乱了套、乱套了

猴儿戳蜂包——自讨苦吃

猴儿戴箍儿——自落圈套

猴儿戴胡子——没那一出戏

猴儿戴帽子唱戏——想起一出是一出

猴儿掉进冰窖——满凉

猴儿拉弓——不是样子

猴儿拿棒槌——胡抡

猴儿爬石崖——显出你的能耐了

猴儿上树——爬得快

猴儿手里夺枣——别想

猴儿耍大刀——胡砍

猴儿耍拳——小架式

猴儿托生的——满肚子心眼

猴儿下竹竿——一溜到底

猴儿捉虱子——抓耳挠腮、乱抓

猴儿作揖——也学点人见识

猴纳鞋底——不是人做的活

猴攀杠子——就那么几下子

猴屁股扎蒺藜——坐立不安

猴骑骆驼——直往上蹿、高高在上

猴骑绵羊——神气十足

猴王闹天宫——大打出手

猴学样——装相

猴子挨打——耍坏啦

猴子掰苞谷——这只手掰,那只手丢、掰一个,丢一个

猴子抱块姜——想吃又怕辣

猴子抱西瓜——顾此失彼

猴子抱着板栗球——无从下口

猴子变人——尾巴难遮瞒

猴子不上竿——多敲几遍锣

猴子唱大戏——胡闹台

猴子吃核桃——全砸了

猴子吃辣椒——抓耳挠腮

猴子吃麻花——满拧

猴子吃麻糖——扒拉不开

猴子吃仙桃——眉飞色舞、好歹不分

猴子吃玉米——专拣嫩的捏

猴子春米——乱冲(春)

猴子穿大褂——装人样

猴子穿花衣——光显自己漂亮

猴子穿衣戴帽——私充人物

猴子穿衣服——假装人样、冒充善人

猴子吹喇叭——没人声、难听

猴子打哈欠——沉不住气

猴子打加冠——要钱

猴子戴草帽——人干啥它干啥

猴子戴箍——自上圈套

猴子戴胡子——没那一套

猴子戴花帽——贪官(冠)不怕头痛

猴子戴花——学人样

猴子戴帽唱大戏——想起一出是一出

猴子戴面具——混充人、人面兽心

猴子戴纱帽——私充官人、不知自己多大的官

猴子戴手套——毛手毛脚

猴子戴眼镜——冒充斯文

猴子倒立——尾巴翘起来了

猴子的屁股——自来红、坐不住

猴子叼烟卷——像人不是人

猴子顶笆斗——身子不大头不小

猴子夺锣槌——定了要钱的心、不玩了

猴子翻跟头——轻巧、就那么几下子

猴子给老虎拜年——送货上门

猴子观花——印象不深

猴子滚绣球——滚的滚,爬的爬、连滚带爬

猴子会爬树——不用你教

猴子驾辕——不听那一套、不吃这一套

猴子见水果——欢天喜地

猴子井底捞月亮——空喜欢

猴子看报纸——假斯文

猴子看果园——越看越少、监守自盗、自食其果

猴子扛大梁——受不了

猴子烤火——往怀里扒

猴子拉车——又蹦又跳、就那么两圈、不稳当

猴子拉弓——不是样子

猴子拉犁——顶牛

猴子拉碾子——不懂那一套、不听使唤

猴子拿虱子——瞎抓

猴子爬板凳——各想一头

猴子爬到树梢上——算爬到顶了

猴子爬杆狗钻圈,鼠狼专钻水道眼儿——各有各的门道

猴子爬上凉亭睡——丑鬼耍风流

猴子爬上樱桃树——粗人吃细粮

猴子爬石崖——显出你的能耐来

猴子爬树——乱窜、拿手戏

猴子爬梯——一跃而上

猴子爬枣树——口里难掉出枣来

猴子爬皂角树——棘手、遇上棘手事

猴子捧个烫瓦盆——团团转

猴子扑嫦娥——痴心妄想

猴子骑骆驼——往上蹿

猴子骑马——高高在上、一跃而上

猴子扇扇子——想学人见识

猴子上果树——肚里充实

猴子上圈套——任人摆弄、由人来玩耍

猴子上树——高攀了、爬得快

猴子上桃树——肚里实实的

猴子耍把戏——假积极、老一套

猴子耍扁担——胡抡

猴子耍耗子——大眼瞪小眼

猴子套绳子——解不开、不解

猴子捅马蜂窝——倒挨一锥

猴子偷黄连——自讨苦吃、自找苦吃

猴子推磨——玩不转

猴子玩把戏——活现形

猴子衔烟斗——混充人、装假

猴子想变人——尾巴遮不住

猴子学走路——假惺惺(猩猩)

猴子沿钢丝——善搞平衡

猴子摇石柱——纹丝不动

猴子栽花——挪挪放放

猴子斩尾巴——一溜不回头

猴子捉跳蚤——白抓挠

猴子着西装——不合身

猴子坐板凳——有板有眼、有板眼

猴子坐金銮殿——不似人君

猴子坐天下——手忙脚乱

猴嘴里掏枣,狗嘴里夺食——办不到

十、生肖鸡歇后语

鸡长牙齿蛋生毛——天下奇闻;无奇不有

鸡肠子上刮膏——没多大油水

鸡巢里的凤凰——至高无上

鸡吃放光虫(萤火虫)——肚里明

鸡吃胡豆——够呛(够受的)

鸡随鸡,狗随狗——臭味相投

鸡戴帽子——官(冠)上加官(冠)

鸡遇黄鼠狼——胆战心惊;命难逃

鸡给黄鼠狼拜年——自投罗网

鸡公屙屎——又臭又硬;臭硬;头节硬

鸡公头上的肉——大小是个官(冠)

鸡狗做邻居——老死不相往来

鸡骨头熬汤——没多大油水

鸡笼里过日子——一身的窟窿

鸡孵鸭蛋——白忙活

鸡笼里睡觉——睁眼净窟窿

鸡毛炒韭菜——乱糟糟

鸡毛打鼓——不声不响;无声无息

鸡毛掸子——尽招灰

鸡毛掉井里——不声不响

鸡毛搁秤盘——没有分量

鸡毛敲钟——不想(响);没回音

鸡毛上天——轻飘

鸡毛性子——一点就着

鸡毛与蒜皮——微不足道;没多少斤两;微乎其微

鸡毛遭风吹——身不由己

鸡梦见小米——尽想好事;想得倒美

鸡拿耗子猫打鸣——乱套了

鸡脑壳安在鸭颈上——不对头

鸡碰蜈蚣——死对头

鸡屁股里掏蛋——急性子

鸡婆跳进火坑——不死也要脱层毛

鸡群里闯进一只鹅——就你脖子长

鸡食盆里的鸭子——多嘴多舌

鸡头伸进猪食槽——插不上嘴;难插嘴

鸡尾巴上拴扫帚——好伟(尾)大

鸡窝里飞出金凤凰——异想天开

鸡窝门口贴对联——小题大做

鸡衔骨头——替狗累

鸡爪上钉掌子——不对题(蹄)

鸡啄闭口蚶——白费工夫

鸡子儿碰碌碡——完蛋

金鸡配凤凰——天生的一对

锦鸡进铁笼——身不由己

锦鸡扑火——自取灭亡

山鸡变孔雀——越变越好

山鸡娶凤凰——不般配

野鸡戴皮帽——冒充鹰

野鸡生蛋——藏头露尾

小鸡不撒尿——自有便道

小鸡踩键盘——乱弹琴

小鸡吃食——点头哈腰

小鸡的爪子——闲不住

小鸡碰上鹰——一个喜来一个忧;喜的喜,忧的忧

铁公鸡请客——一毛不拔

铁公鸡身上拔毛——莫想

公鸡不下蛋——理所当然

公鸡长牙咬狐狸——成精作怪

公鸡吃了黄连籽儿——苦也不敢提(啼)

公鸡吃蜈蚣——一物降一物

公鸡打架——看谁的嘴巴厉害、头对头

公鸡打鸣,母鸡下蛋——各尽其责、各尽其职

公鸡打鸣——不简单(见蛋)

公鸡戴草帽——官上加官(冠上加冠)

公鸡跌下油缸——毛光嘴滑

公鸡飞上屋脊——到顶了、唱高调

公鸡割嗓子——别提(啼)了

公鸡给豺狼拜年——凶多吉少

公鸡害嗓子——提(啼)不得、名(鸣)声不好

公鸡和蜈蚣——见不得面

公鸡难下蛋——肚里没有

公鸡暖蛋儿——守不住窝

公鸡刨乱麻——脱不了爪

公鸡碰上恶猫——有理说不清

公鸡生蛋马生角——痴心妄想、妄想

公鸡耸冠子——神气活现

公鸡头上挨枪子——灌(冠)倒

公鸡头上插鹅毛——一语(羽)双关(冠)

公鸡头上刷糨子——昏官(混冠)儿

公鸡头上一块肉——大小是个冠(官)

公鸡尾巴——翘得老高

公鸡下蛋狗长角——弥天大谎、怪事一桩、怪事、不可思议

公鸡中了蜈蚣毒——叫得难听

公鸡钻草垛——顾头不顾尾

公鸡钻篱笆——进退两难

公鸡钻灶——官僚(冠燎)

老公鸡戴眼镜——官(冠)不大,架子不小

老公鸡叼骨头——惹狗生气

老公鸡叼花苞——谦(牵)虚(絮)

老公鸡掉爪——没法闹(挠)了

老公鸡斗架——全在嘴上

老公鸡对镜子跳舞——见影自喜

老公鸡咯咯——不简单(见蛋)

老公鸡闹嗓子——甭叫了、甭啼了(甭提了)

老公鸡披蓑衣——嘴尖毛长

老公鸡拴在门坎上——里外叨食

老公鸡着火——官僚(冠燎)

老母鸡扒垃圾——找事(食)

老母鸡抱空窝——不简单(不见蛋)

老母鸡不在原处下蛋——挪了窝啦

老母鸡吃烂豆——满肚子坏点子

老母鸡斗黄鼠狼——不是对手

老母鸡跟黄鼠狼结交——没好下场

老母鸡撵兔子——冒充鹰

老母鸡趴窝——没了精神

老母鸡受寒——窝里战(颤)

老母鸡踏门坎——里外倒(捣)蛋

老母鸡跳进药材店——自讨苦吃

老母鸡下蛋——个(咯)个(咯)打(嗒)、脸红脖子粗

老母鸡云中生蛋——骗人

老母鸡抓糠壳——空喜欢

老母鸡追兔——装鹰

老母鸡啄瘪谷——上当受骗、空喜一场

老母鸡啄土豆——全仗嘴硬

铁壳里放鸡蛋——万无一失

大公鸡吃米——不计其数

大公鸡打架——全仗着嘴

花公鸡的尾巴——翘得高

花公鸡上舞台——光显自己漂亮

等公鸡下蛋——没指望

斗鸡上阵——横眉竖眼;劲头十足

斗败的公鸡——垂头丧气;有气无力;少气无力

斗赢了的公鸡——神气十足;神气活现

报晓的公鸡——叫得早

抱鸡婆带娃娃——只管自家一窝

母鸡长牙齿——不可能的事;没人见过;没有的事

母鸡带崽——各顾各(咯咕咕)

母鸡丢蛋出告示——小题大做

母鸡掉在米箩里——求之不得

母鸡吃烂豆子——一肚子坏点子

母鸡带小鸡——寸步不离

母鸡孵小鸭——多管闲事

杀鸡的刀子——派不上大用场

杀鸡取蛋——得不偿失;只图一回

杀鸡取卵,打鹿取茸——得不偿失;因小失大

杀鸡问客——多此一举;虚情假意

杀鸡用牛刀——小题大做

杀死的公鸡扑棱翅——垂死挣扎

鸡蛋壳上找缝——白费工夫;白费劲

鸡蛋筐里放秤砣——砸啦

鸡蛋碰石头——自不量力

鸡蛋上刮毛——痴心妄想

鸡蛋生蛆——肚里坏;坏蛋

鸡蛋喂老虎——囫囵吞

拿着凤凰当鸡卖——贵贱不分

拿着鸡毛当令箭——小题大做

屁股坐在鸡蛋上——一塌糊涂

盆子里摆鸡蛋——可数的几个

板凳上放鸡蛋——不可靠;好险;危险

端着鸡蛋过独木桥——提心吊胆

双手捧鸡蛋——十拿九稳

卖鸡蛋的跌跤——完蛋

变质的鸡蛋——臭在里面

秸秆儿扎的鸡——插翅也难飞

鸡吃黄鼠狼——怪事一桩、怪事

鸡吃萤火虫——心里亮、肚里明

鸡穿大褂狗戴帽——衣冠禽兽

鸡戴帽子——官(冠)上加官(冠)

鸡蛋不生爪——天生这路种

鸡蛋长爪子——能滚能爬

鸡蛋炒韭黄——一色货

鸡蛋掉油缸——圆滑、又圆又滑

鸡蛋掉在马路上——砸啦

鸡蛋掉在油篓里——滑透了

鸡蛋和西瓜——经不起摔打

鸡蛋换盐——两不见钱

鸡蛋壳垫床脚——难撑

鸡蛋壳发面——没多大发展

鸡蛋壳作线板——难缠

鸡蛋筐里放秤碗——砸啦

鸡蛋里面找骨头——百般挑剔

鸡蛋里挑刺——无中寻有、没事找事

鸡蛋里挑骨头——无中生有、没碴找碴

鸡蛋抹香油——圆滑得很、又圆又滑、圆滑

鸡蛋碰石头——不堪一击

鸡的翅膀——飞不高

鸡叼骨头——替狗帮忙

鸡儿掉在米箩里——巴不得

鸡儿跌到米缸里——饱吃一餐

鸡飞蛋打,失火打板子——双晦气

鸡飞上天——不可能的事

鸡孵鸭蛋——白忙活、瞎起劲

鸡给黄鼠狼拜年——自投罗网

鸡公打架——对头

鸡公的尾巴——翘得高

鸡公跟马跑——自讨苦吃、自找苦吃

鸡公跑进狐狸群——白送死

鸡公相会——总是要啄几嘴的

鸡狗不同叫——各随其便

鸡狗做邻居——老死不相往来

鸡骨头熬汤——没多大油水、油水不大

鸡骨头卡在喉咙里——张口结舌

鸡冠花——老来红

鸡脚杆上刮油——剥皮又抽筋、白费神

鸡脚爪烩豆腐——油水不大

鸡叫走路——越走越明

鸡笼里睡觉——睁眼尽窟窿

鸡笼里捉鸡——没有跑处

鸡毛插在桅杆上——胆(掸)子不小、好大的胆(掸)子

鸡毛炒鸭蛋——各自打散

鸡毛打鼓——不声不响、无声无息

鸡毛掸扫火炉——一扫(烧)而光

鸡毛掸沾水——时髦(湿毛)

鸡毛掸子——尽招灰

鸡毛当令箭——轻事重报、大惊小怪

鸡毛点灯——十有九空

鸡毛掉井里——不声不响、无回音

鸡毛堵住耳朵——装聋

鸡毛搁秤盘——没分量

鸡毛过大秤——没有分量

鸡毛落水——毫无反响

鸡毛敲钟——不想(响)

鸡毛扔火里——马上全完

鸡毛上天——轻狂、随风飘

鸡毛想上天——谈何容易

鸡毛性子——一点就着、点火就着

鸡毛与蒜皮——微乎其微、没多少斤两

鸡毛遭风吹——身不由己、不由自主

鸡毛蘸水作画——轻描淡写

鸡毛做掸子——物尽其用

鸡梦见小米——尽想好事、想得倒美

鸡拿耗子猫打鸣——乱套了

鸡脑壳安在鸭颈上——不对头

鸡脑壳上磕烟灰——几(鸡)头受气

鸡刨房子——勤快的不是地方

鸡碰到蜈蚣——死对头

鸡皮蒙鼓面——经不起重锤

鸡婆抱(孵)鸭子——舍己为人

鸡婆打摆子——又扑又颤

鸡婆进火灶——不死也要脱层皮

鸡群里闯进一只鹅——就你脖子长

鸡群里的鹅——高傲、出类拔萃

鸡群里的仙鹤——心高气傲、高人一头

鸡若抓兔子——黄鹰谁还要

鸡食盆里的鸭子——多嘴多舌

鸡死狼吊孝——假慈悲、假慈善

鸡随鸡,狗随狗——臭味相投

鸡头对鸭颈——脸红脖子粗

鸡头上插鹅毛——一语(羽)双关(冠)

鸡头伸进猪食槽——插不上嘴、难插嘴

鸡头啄米——白费心机

鸡腿上拴蚂蚱——飞不了你,蹦不了他

鸡腿煮豆腐——一勺烩

鸡娃吃黄豆——咽不下

鸡尾巴上绑扫帚——好伟(尾)大

基围虾进大锅——不红也得红

鸡窝边的黄鼠狼——不轻易回头

鸡窝调鸭窝——调来调去差不多

鸡窝里出凤凰——新鲜事儿

鸡窝里打拳——出手不高、小架势

鸡窝里的凤凰——至高无上

鸡窝里的蚂蚱——死到临头、心惊肉跳

鸡窝里放棒槌——捣蛋

鸡窝里飞出金凤凰——异想天开

鸡窝里练拳术——伸展不开

鸡窝里塞棒槌——故意捣蛋

鸡窝里生炉火——乌烟瘴气

鸡窝里养麻雀——宽裕

鸡窝门口贴对联——小题大做

鸡鸭共一笼——语言不通

鸡遇黄鼠狼——命难逃、胆战心惊、战战兢兢

鸡抓纱箩——乱了麻

鸡爪疯穿针——对不上眼、不对眼

鸡爪上钉掌子——不对题(蹄)

鸡爪煮汤——油水不大

挨打的山鸡——顾头不顾尾

拔了毛的凤凰——不如鸡

白鹤站在鸡群里——突出

半夜鸡叫——乱了时辰

南瓜炒鸡蛋——一色货;一样的货色

才出壳的鸡子——嫩得很

拆了房子搭鸡棚——不值得

出锅的烧鸡——窝着脖子别着腿

厨房里的垃圾——鸡毛蒜皮

床底下关鸡——提(啼)醒你

大刀斩小鸡——小题大做

蛋打鸡飞——两头空;两落空

倒背手看鸡窝——不简单(捡蛋)

德州扒鸡——窝着脖子别着腿

堵住笼子捉鸡——一个也跑不了

钝刀子杀鸡——靠手劲

饿肚汉啃鸡爪——解不了馋

房檐上逮鸡——不好捉弄

肥鸡炖汤——油水多

风吹鸡毛——忽上忽下

花架下养鸡鸭——煞风景

家雀儿吵嘴鸡打架——无人管

捡根鸡毛当令箭——谁听你的

脚板上长鸡眼——寸步难行

懒鸡婆抱窝——守着摊儿过

拉屎啃鸡腿——亏他张得开嘴

老鹰抓小鸡——轻拿;居高临下;一提就走

老子偷蛋儿偷鸡——一辈更比一辈坏

两眼一眨,老母鸡变鸭——说变就变;转眼就变

梦见鸡蛋上楼梯——奇又奇;奇了

木头鸡儿——呆头呆脑

犬守夜,鸡司晨——各尽其责;各尽其能

三伏天孵小鸡——坏蛋多

三个厨子杀六只鸡——手忙脚乱

石头子孵小鸡——一成不变

四两花椒炖只鸡——肉麻

偷鸡不成蚀把米——不合算;得不偿失

偷鸡打店主——一错再错

屠夫杀鸡——难不住

尾巴上绑芦花——冒充大公鸡

温水烫鸡毛——难扯

蜈蚣遇公鸡——命难逃

喜马拉雅山上鸡儿叫——名(鸣)声远扬;远近闻名(鸣)

瞎眼鸡叼虫子——碰运气

要你抓鸡,你偏捉鹅——故意捣乱

有人喜欢鸡,有人喜欢鸭——各有所爱

十一、生肖狗歇后语

挨打的狗去咬鸡——拿别人出气

挨了棒的狗——垂头丧气;气急败坏

剥皮的狗头——太露骨

不叫喊的狗——暗里伤人

吃过屎的狗——嘴巴臭

街头的狗——谁有吃就跟谁走

看羊的狗——一个比一个凶

三伏天的狗——喘不上气；上气不接下气

丧家的狗——东游西走；无家可归

偷嘴的狗——见人就逃

抽了脊梁骨的癞皮狗——扶不上墙

打断脊梁骨的癞皮狗——腰杆子不硬

长疔疮的癞皮狗——走到哪臭到哪

瞎了眼的癞皮狗——碰着啥咬啥

得了狂犬病的恶狗——正在风(疯)头上

狗扯羊肠——越扯越长

狗吃热肉——又爱又怕

狗吃王八——找不到头

狗吃猪肠——拉扯不清

狗逮老鼠猫看家——反常

狗叼来的肉猫吃了——坐享其成

狗啃骨头——津津有味

狗脸不长毛——翻脸不认人

狗撵耗子——多管闲事

狗爬到猪槽里——吃混食

狗吐舌头——热得很

狗眼看人——咬穷不咬富

黄狗偷食打黑狗——冤枉

黄狗头上出角——尽出洋(羊)相

疯狗的脾气——见人就咬；乱咬人

疯狗的尾巴——翘不起来

疯狗咬刺猬——无处下口

疯狗咬人——叼着不放

哈巴狗带串铃——充什么大牲口

哈巴狗逮老鼠——象猫没猫的本事

哈巴狗戴串铃——混充大牲口、快活了狗腿子

哈巴狗抖尾巴——唬(虎)起来了

哈巴狗蹲墙头——装坐地土豪

哈巴狗赶兔子——工夫里磨

哈巴狗见主人——摇尾乞怜、俯首帖耳

哈巴狗叫猫——错当一家人了

哈巴狗没了眼珠——瞎神气

哈巴狗撵兔——要跑没跑,要咬没咬

哈巴狗上轿——不识抬举、谁抬你呀

哈巴狗上墙头——紧抓挠

哈巴狗掀门帘——突出一张嘴

哈巴狗学大狗——装腔作势

哈巴狗摇尾巴——献殷勤

哈巴狗要骑骆驼——巴结不上

哈巴狗钻炕洞——娇(焦)毛

哈巴狗坐门墩——硬充当家人儿

恶狗扒门——成心糟蹋人

恶狗戴佛珠——冒充善人

恶狗看见棍棒——又恨又怕

恶狗爬墙——上蹿下跳

恶狗咬人——偷下口

恶狗咬天——狂妄(汪)

狗扒鸡蛋——怪事

狗背上贴膏药——两不沾(粘)、毛病

狗鼻子插葱——装相(象)

狗不吃屎,狼不吃肉——假装、装假

狗不咬刺猬——教训过来的

狗长犄角——装什么洋(羊)相、出佯(羊)相

狗扯连环——谁看不出

狗吃不了日头——时间长着哩

狗吃豆腐——拣着软的下嘴

狗吃豆腐脑——闲(衔)不住

狗吃高粱——巴(扒)结(节)

狗吃麦麸子——不见面、难见面

狗吃糯米粑粑——难张口、玩嘴

狗吃青草——长着一副驴心肠、装佯(羊)

狗吃粽子——解不了那个扣、其实(食)不解

狗穿戏衣——狗性难收

狗打架——嘴毛

狗打喷嚏——三日晴

狗打砂锅——乱撞一气

狗打石头人咬狗——岂有此理

狗逮老鼠——多管闲事

狗逮老鼠猫看家——反常、就生避熟

狗戴顶子——装出大人物的款儿了

狗戴礼帽——假装文明人、不像人样

狗戴箩筐——藏头露尾

狗戴人面具——本性难移

狗戴沙罐——晕头转向、藏头露尾

狗挡狼——两惊慌

狗的牙齿——参差不齐

狗等骨头——干着急、心里急

狗叼骨头——本性难移

狗逗鸭子——呱呱叫

狗肚子——装不下四两酥油

狗对庙门叫——费(吠)神

狗儿坐轿——不识抬举

狗耳朵上戴了银响铃——洋洋得意

狗吠日头——不识天有多高

狗吠月亮——空汪汪、少见多怪

狗赶鸭子——惹起来的叫唤、越赶越深

狗给老虎搔痒痒——好心不得好报

狗跟在主子后咬人——狗仗人势

狗喝凉水——耍舌头

狗黑子掰棒子——掰一个丢一个

狗黑子吃饱——不认大马勺

狗黑子吹火——没有人气

狗黑子跑到戏台上——当面出丑

狗黑子绣花——硬逞能、瞎逞能

狗急跳墙——逼出来的、最后一着

狗见扁担——拔腿就跑

狗见了主人——摇头摆尾

狗啃麦根——装样(羊)

狗啃油磨——溜舔一圈

狗拉烂羊皮——撕扯不清

狗脸上长毛——翻脸不认人

狗脑壳上长角——洋(羊)气

狗撵狼——两惧怕、两面怕

狗撵鸭子——呱呱叫

狗怕棍子牛怕鞭——一物降一物

狗跑到天边——本性还在

狗皮膏药补渔网——千孔百疮

狗皮挂在墙上——不像话（画）

狗皮帽子——没反正

狗皮上贴膏药——不沾（粘）、怕不沾（粘）哩

狗屁股塞黄豆——窍不通

狗扑蚂蚱——细打细吃

狗抢到肉丸子——独吞

狗肉炖野猫——搁到锅里一个味

狗肉贴在羊身上——栽赃（脏）

狗肉账——难算、难清

狗上锅台——不识抬举

狗上轿——不受人抬

狗上瓦坑——有门路

狗舌头舔刀口——不晓得厉害

狗身上寻圪针（某些植物枝梗上的刺儿）——吹毛求疵（刺）

狗生气咬猪腿——拿别人出气

狗蹄架葡萄——不成材料

狗蹄子打马掌——不对号、对不上号

狗舔锅底——触一鼻子灰、碰一鼻子灰

狗舔空沙罐——乏味、淡而无味

狗舔猫鼻子——居心不良

狗舔磨盘——干赚（转）

狗舔油——一扫光

狗挑门帘——露一鼻子、全靠嘴

狗贴饼子——胡闹锅台

狗偷热油粑——又爱又怕

狗头摆在餐桌上——不相称

狗头绑皂角——装样（羊）子

狗头军师——尽出歪主意

狗头上插花——配不上、不配

狗头上长出角来——洋（羊）式的

狗头上戴眼镜——混充人、装文明人

狗头上的毛——长不了

狗头上放干鱼——靠不住、不可靠

狗吐舌头——热的、热得心慌

狗推门子——嘴上前

狗腿子进村——四邻不安

狗腿子下乡——来者不善、百姓遭殃

狗吞糖瓜——心里甜

狗娃跳圈圈——看主人的鞭子

狗望碗柜——痴心妄想、妄想

狗尾巴草长在墙缝里——根子不正、根骨不正

狗尾巴草充粟谷——妄自尊大

狗尾巴戴串铃——假装大生灵

狗尾巴的露水——经不起摇摆

狗尾巴拴秤砣——拖后腿

狗尾巴做弦——不值一谈(弹)

狗尾草长在金銮殿上——生到好地方了

狗窝里放油糕——没指望

狗窝里剩馍——放不住

狗窝里耍拳——小架势

狗系响铃——快活畜生

狗掀门帘——露一鼻子、嘴巴子劲

狗心放在驴肚里——大胆来往

狗心狼肺——灭绝人性

狗眼不识泰山——只敬衣帽不敬人

狗眼看人——咬穷不咬富

狗摇尾巴——献殷勤

狗咬包子——露馅儿

狗咬秤砣——好硬的嘴、嘴硬

狗咬刺猬——无处下口

狗咬锻磨的——找着挨捶(锤)、找捶(锤)

狗咬斧头——无从下口、难下口、无法下口

狗咬赶猪的——挨鞭子的货

狗咬灌酒的——胡(壶)到

狗咬回头食——反扑

狗咬吉普车——少见多怪

狗咬叫花子——欺负穷人、畜生也欺人

狗咬老虎——有去无回、不识死

狗咬老鹰——差得远、差远了

狗咬雷公——惹天祸

狗咬吕洞宾——不识好人心

狗咬螺蛳壳——唧咯个不停

狗咬门板——吃不开

狗咬旗杆——不知高低

狗咬热芋烫了喉——吞不下、吐不出

狗咬石匠——找着挨捶(锤)、找捶(锤)

狗咬铁锚——张口就挨夹

狗咬瓦片——满嘴词(瓷)

狗咬碗橱——吃不开

狗咬尾巴——团团转

狗咬霄公——惹天祸

狗咬云雀——相差太远

狗鱼脱钩——从此不回头

狗抓了心肝——着了慌

狗爪子抓墙——满是道道

狗子照镜子——嘴尖毛长

狗钻篱笆——找突破口、得过且过

狗钻铁篱笆——两受夹、两头受挤

狗嘴巴上贴对联——没门儿、无门

狗嘴里的骨头——没多大油水、油水不大

狗嘴里掉不出象牙来——什么人说什么话

狗嘴里丢骨头——投其所好

狗坐轿子——不识抬举

饿狗等骨头——垂涎三尺

饿狗抢食——一哄而上

饿狗舔盘子——一干二净

裁缝打狗——有尺寸

菜园里长狗尿苔——不是好苗头

臭狗舍不得臭屎坑——本性难移

脆瓜打狗——零碎

打狗不赢咬鸡——欺小怯大

打狗看主人——势利眼

过路人打狗——边打边走

逗猫惹狗——无事生非

肥狗咬主人——忘恩负义

给狗起了个狮子名——有名无实

吃狗肉喝白酒——里外发烧

见狗扔骨头——投其所好

江湖佬卖完狗皮膏——该收场了

叫花子吃狗肉——块块好

旧鞋踏狗屎——提不得;别提了

拉直狗腿——办不到;没法办

看衣裳行事——狗眼看人

两狗打架——你咬我,我咬你;以牙
还牙

美玉埋在狗屎堆里——可惜;真可惜

拿狗屎当麻花——香臭不分

拿着棍子叫狗——越叫越远

排骨抛饿狗——有去无回

墙角追狗——回头一口

墙上挂狗皮——不像话(画);不成话(画)

人把狗咬死了——怪事一桩;怪事

肉包子打狗——有去无回

石板上斩狗肠——一刀两断

堂屋里挂狗皮——那是什么话(画)

土匪骑疯狗——恶人凶马

瞎狗逮兔子——碰到嘴上

小狗娃跌屎坑——饱餐一顿

咬人的狗不露齿——暗中伤人

有钱人家的看门狗——势利眼

贼被狗咬——干吃哑巴亏;不好声张

蒸馍打狗——有去无回

狗

十二、生肖猪歇后语

放了血的猪——趴下了;软瘫了;软做一堆

屠宰场的猪——任人宰割

栏里关的猪——蠢货

六月的瘟猪——死不开口

千年的野猪——老虎的食

过年的肥猪——早晚得杀

圈里的肥猪——等着挨刀

屠夫家里的肥猪——早晚得杀

挨了刀的肥猪——不怕开水烫

千斤重的种猪——肥头大耳

掉进陷阱里的野猪——张牙舞爪;死路一条

山中的野猪——嘴巴好厉害

猪鼻子插大葱——装象

猪苦胆泡黄连——苦上加苦

猪脑壳做枕头——昏(荤)头昏(荤)脑

猪尿脬(膀胱)打人——打不死人,臊也臊死了

猪尿脬上扎一刀——气消了

猪婆吃包衣——自吃自

猪圈里的黄牛——高人一头

猪肉汤洗澡——腻死人

猪身上的肉——有肥有瘦

猪往前拱,鸡往后扒——各有各的门道;各有各的路

猪血煮豆腐——黑白分明

猪鬃刷子——又粗又硬

猪鬃拴豆腐——没法提;提不得;别提了

猪嘴里挖泥鳅——死也挖不出来

野猪刨红薯——全凭一张嘴;好硬的嘴;嘴硬

野猪头做贡物——虚情假意

野猪钻篱笆——两头受夹;两头受挤

母猪嘲笑马脸长——不自量

母猪打架——嘴上功夫;全仗嘴

母猪怀狗崽——怪胎

母猪吵架——笨嘴拙舌

母猪耳朵——软骨头

母猪掉进泔水缸——饱餐一顿

老母猪吧嗒嘴——要糟

老母猪摆擂台——豁着脸摔打

老母猪鼻子里插大葱——装相（象）

老母猪剥皮——露骨

老母猪蹭墙棍——刺痒难解

老母猪蹭痒痒——东摇西晃

老母猪吃扁担——横了心

老母猪吃独食——只顾嘴

老母猪吃黑豆——没够

老母猪吃芥末——脸上贴金

老母猪吃醪糟——酒足饭饱

老母猪吃破鞋——心里有底

老母猪吃铁饼——好硬的嘴

老母猪吃碗碴——肚里有词（瓷）、满嘴是词（瓷）

老母猪吃星星——不知天高地厚

老母猪打架——全凭一张嘴、全仗嘴

老母猪肉下锅——俏（翘）皮

老母猪上山——紧往上爬

老母猪上戏台——大嘴说客

老母猪下崽——就这一堆

老母猪想舔磨眼粮——痴心妄想

老母猪遇屠家——挨刀的货

老母猪钻篱笆——进退两难

肥猪跑进屠户家——送上门的肉

肥猪上屠场——挨刀的货

肥猪身上抹油——多此一举

小猪拱粮囤——记吃不记打

小猪抢食——吃里爬（扒）外

小猪钻灶——碰一鼻子灰

阉猪的割耳朵——外行

杀猪不褪毛——先吹起来看

杀猪刀子刮胡子——太悬乎
杀猪的刀——要快
杀猪的遇到拦路的——都有家伙
杀猪分下水——人人挂心肠
杀猪割耳朵——不是要害
杀猪开膛——搜肠刮肚
杀猪捅屁股——外行;各有各的手法
杀猪用铅笔刀——全凭诀窍
剥皮的猪头——太露骨
炖熟的猪头——难看
饿汉抢猪头——争嘴吃
烂鼻子闻猪头——不知香臭
吃了猪下巴——爱搭嘴
豁牙子啃猪蹄——横扯筋
就着猪肉吃油条——腻透了
拉屎啃猪蹄——香香臭臭
嘴里吃了烂猪毛——乱糟糟
嘴上抹猪油——油嘴滑舌
动物园里找猪圈——自找难看
笨猪拱蒺藜——自找苦吃
大蟒吃猪娃——生吞活剥
钝刀子杀猪——全靠手劲
饿猪占木槽——死不放
跪着养猪——看在钱分上
过道里赶猪——直来直去;直进直去
红头苍蝇叮烂猪头——臭味相投
既会杀猪,又会做饭——多面手
城门头上挂猪肝——没心没肺
降不住猪肉降豆腐——欺软怕硬
砍倒苞谷露野猪——藏不住
烂麻里搀猪毛——一团糟
肋条换猪爪——不上算;不合算
驴脸和猪头——丑对丑;一对丑
老子偷猪儿偷牛——一辈更比一辈坏
麻袋里装猪娃——不知黑白

没眼儿猪跟着狗叫唤——瞎起哄

脑壳上搽猪油——滑头；滑头滑脑

三分钱买个臭猪蹄——贱货

三个钱买个猪头——就是一张嘴

三天卖不出去的猪下水——一副坏心肠

暑天隔夜的猪肉——有气儿

坛子里喂猪——插不上嘴

屠夫说猪,农夫说谷——三句话不离本行

剃头刀杀猪——割出来刮

天上落豆渣——该猪吃

网兜装猪娃——露了蹄

西瓜地里放野猪——一塌糊涂

小锅里煮猪头——盛不下

属豪猪的——浑身是刺

属老母猪的——吃饱就睡

第二章　传统节日歇后语

一、春节、元宵节歇后语

属灶王爷的——谁家锅台都上

腊月二十三的灶神——要上天了

灶王爷上天——多说好话

灶王爷的横批——一家之主

大门口的春联——年年有

大门上的春联——一对红

大门上的春联——一定成对

隔年的春联——没用处

三十晚上煮稀饭——不像过年的架势

大年午夜的鞭炮——一阵接一阵地蹦

三十晚上吃团圆饭——人齐话圆

三十晚上守岁——迎新送旧

大年三十晚上盼月亮——没指望

大年三十晚上喂年猪——来不及了

大年三十晚上的砧板——没得空

大年三十晚上买门神——不能再迟了

大年三十晚上说书——说的说，听的听

大年初一不上供——不信神

大年初一不起床——没有过年的气氛

大年初一拜年——你好我也好

大年初一见面——都说吉利话

拜年的话——好听

大年初一吃饺子——第一回；都一样

正月初一看历书——日子长着呢

正月初一借褂子——靠不住

正月初一挂灯笼——年年如此
正月初一去拜年——拣好听的说
大年初一贴福字——吉庆有余
大年初一没月亮——年年都一样
正月十五的走马灯——反复无常
正月十五打牙祭——一年一回
正月十五看花灯——走着瞧
正月十五踩高跷——半截不是人
正月十五煮元宵——纷纷落水
正月十五放烟火——冒几丈高
正月十五贴门神——晚了半个月

二、端午节歇后语

端午节吃饺子——与众不同
端午节吃粽子——皆大欢喜
端午节后布谷叫——过时了
端午节的黄鱼——在盛市上
端午节拜年——不是时候
端午节划龙舟——载歌载舞
端午节卖历书——过时货
端午节卖月历——过时了
端午节包粽子——有棱有角
癞蛤蟆躲端午——躲过初一，躲不过十五
过了端午节划龙船——过时货

三、中秋节歇后语

八月十五的月亮——年年都一样;正大光明
八月十五办喜事——人月共团圆
八月十五生孩子——赶上节了
八月十五赏桂花——花好月圆
八月十五吃年糕——还早
八月十五吃年饭——还早哩

八月十五看龙灯——迟了大半年

八月十五过年——差了节气

八月十五吃元宵——与众不同

八月十五吃粽子——不是时候

八月十五的月饼——人人欢喜;个个喜爱

八月十五送月饼——赶在节上

八月十五云遮月——扫兴

八月十五蒸年糕——趁早(枣)

八月十五种花生——瞎指挥

望江亭上度中秋——近水楼台先得月

中秋的天气——不冷不热

中秋过了闰八月——团圆过了又团圆

四、清明节、七夕节、重阳节、腊八节歇后语

清明节上坟——哄鬼

清明前后——种瓜点豆

清明节烧报纸——骗鬼呀

七月七日度七夕——不管三七二十一

重阳节上山——登高望远;站得高,看得远

腊八儿出生——动(冻)手动(冻)脚

第三章　人及人体歇后语

一、与男女老少相关的歇后语

人到矮檐下——不得不低头

人家骑马我骑驴,后面还有推车的——比上不足,比下有余

人上屋顶——坐不稳了;坐不住

人烧大梁——长叹(炭)

人把狗咬死了——怪事一桩;怪事

人急跳窗户——不是门

人身上的汗毛——数不清

人身上拔根汗毛——无伤大体

馒头里包豆渣——人家不夸自己夸

奶妈抱孩子——人家的

奶妈怀里的娃娃——人家的

大姑娘抱孩子——人家的;帮忙的

干塘抓野鱼——人人有份

隔墙果子分外甜——人家的好

黄毛娃娃坐上席——人小辈大

庙里的鼓——人人打得

破船过江——人人自危

骑兵掉河里——人仰马翻

寿星娶小——人老心不老

挑水的娶了个卖菜的——人对桶也对

新媳妇和面——人生面不熟

老少爷们过马路——扶老携幼

老寿星的脑袋——宝贝疙瘩

老头捅马蜂窝——找辙(蜇)

老大爷拉二胡——陈词滥调

老汉啃甘蔗——咬牙切齿

老两口观灯——走着瞧

老儿子娶媳妇——大事完毕

老子纳妾儿嫖娼——一窝不正经

丈母娘看女婿——越看越欢喜

丈母娘跺脚——悔之莫及;后悔已晚

丈母娘疼女婿——入情入理;诚心实意;实心实意

丈人瞧见傻女婿——越看越惹气

大个子站在矮檐下——抬不起头来

大姑娘拜天地——头一回;头一遭

大姑娘当媒人——先人后己;自顾不暇

大姑娘的长辫子——往后甩;甩在脑后了

大姑娘的心事——摸不透

大姑娘想婆家——难开口;口难开;不好开口

大姑娘绣花——细功夫;九曲十八弯

大姑娘绣嫁衣——穿针引线;细功夫

大姑娘养孩子——吃力不讨好;费劲

大姑娘掌钥匙——有职无权;当家不做主

大姑娘坐花轿——迟早一回;迟早有一次

大闺女的围巾——绕脖子

大闺女盼郎——朝思暮想

娃儿哭了给娘抱——一推了事

娃娃拔萝卜——硬往外拽

娃娃背磨盘——加重负担

娃娃吃面条——瞎抓

娃娃吹喇叭——小气;没谱

娃娃荡秋千——两边摆

娃娃逗狗——回头一口

娃娃头上顶磨盘——压趴了

孙子穿爷爷的皮袄——充老相

孙子打爷——犯上作乱

寡妇不改嫁——老手(守)

寡妇嫁光棍——两相情愿

寡妇坐花轿——不是第一回

寡妇打孩子——舍不得

寡妇进当铺——要人没人,要钱没钱

寡妇选郎——随心所欲

老寡妇遇见老绝户——孤的孤,苦的苦

老寡妇嫁到饭馆里——讲吃不讲穿

三十年开花,四十年结果——老哥哥(果果)

小车子不抹油——干儿(耳)子

冬瓜上霜——白胡子老汉

荒坡上的枣子——小孩(核)

园外竹笋——外甥(生)

刺芭林的斑鸠——姑姑(咕咕)

二、头脑歇后语

头发捻绳子——合不了股

头顶生疮,脚底流脓——坏透了

头顶磨盘——不知轻重

头发丝吊大钟——千钧一发

头发丝穿豆腐——提不起来

头穿袜子脚戴帽——一切颠倒

头发打摆子——毛病

头皮上擦火柴——划不着

头上点灯——唯我高明

头上砍一刀——伤脑筋

头痛医脚——不对路数

头上穿袜子——能出角(脚)来

剃头掏耳朵——收拾得干干净净

脑袋系在裤带上——豁出去了

脑门上长瘤子——额外负担

脑壳上顶门板——好大的脾气

脑袋瓜不够二两重——漂浮

脑袋上戴犁——又奸(尖)又猾(滑)

脑袋陷进泥塘里——糊涂到顶了

脑门上开口——对天讲话

脑浆子撒地——一塌糊涂

脑壳上顶锅——乱扣帽子

脑门上戴眼镜——眼高

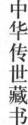

脑门上放鞭炮——大难临头;灾祸临头;惊心动魄

脑门上挂灯笼——唯我高明

脑门上贴邮票——走人了

脑门上长眼睛——眼朝上;眼向上看

脑袋不够四两重——轻浮

后脑勺拍巴掌——背后整人。

三、眼睛歇后语

眼里挑刺——细致活儿

眼里的灰尘——不能容忍

眼睛上贴钞票——见钱不见人

眼睛上出芽了——不是好苗头

眼泪往肚里流——说不出的苦

眼睛长在头顶上——光看上,不看下

眼睛生在鼻子下——悲观失望

眼药吃到肚子里——没弄到点子上

眼睛盯着鼻尖——只看一寸远;目光短浅

眼睛长在耳朵边上——有偏见

眼镜框里镶铜子儿——一切向钱看

眼泪流到眉毛上——不合情理

眼前埋地雷——一触即发

眼睛大过肚——贪心

眼睛藏沙——不能忍受

眼眉毛串钱——贪财

额头上长眼睛——眼界高

古董贩子——眼里识货

火烧胡子——眼前就是祸;祸在眼前

看着天摸着地——眼高手低

看着天说话——眼高

眉毛上失火——眼红;红眼

望着月亮想伸胳膊——眼高手低

蒙上眼睛架电线——瞎扯

蒙上眼睛卖豆芽——瞎抓

闭目养神——悠悠自得

闭眼吃虱子——眼不见为净

闭眼放崖炮——瞎崩

闭眼瞧东西——装瞎

闭眼撕皇历——瞎扯

闭眼撞南墙——碰得头破血流

闭眼捉麻雀——乱抓乱摸

闭眼听见乌鸦叫——倒霉透了

闭着眼和面——瞎掺和

闭着眼睛吃毛虱——眼不见为净

闭着眼睛打架——瞎抓挠

闭着眼睛鼓风——瞎吹

闭着眼睛过河——听天由命

闭着眼睛哼曲子——心里有谱

闭着眼睛解灯谜——瞎猜

闭着眼睛进山洞——到处碰壁

闭着眼睛砍木头——胡批(劈)

闭着眼睛拉车——不看路线

闭着眼睛卖布——胡扯

闭着眼睛摸田螺——瞎碰、瞎摸一气

闭着眼睛撒网——瞎张罗

闭着眼睛上马路——瞎逛

闭着眼睛蹚河——听天由命

闭着眼睛跳舞——盲目乐观、瞎蹦

闭着眼睛下围棋——黑白不分、混淆黑白

闭着眼睛训话——瞎说

闭着眼睛撞南墙——碰得头破血流

闭着眼睛走路——净走歪道儿

闭着眼睛走胡同——瞎摸

鞭子抽耳朵——打听打听;打听

木头耳朵——说不通

纺车耳朵——随人转

耳朵塞套子——装聋

耳朵塞棉花——装聋作哑

长一只耳朵的人——偏听偏信

掩耳盗铃——自欺欺人

一个耳朵大,一个耳朵小——猪狗养的

乌鸦

耳朵漏风——听不进

方铲挖耳朵——不入门

大拇指掏耳朵——难进

临上轿穿耳朵——来不及

两只耳朵——生死不见面

验血的扎耳朵——一针见血

掏耳朵用马勺——小题大做

耳朵眼里下棋——摆不开阵势

耳后的疙瘩——无人理会

耳朵眼里灌稀饭——混淆视听

东西耳朵南北听——横竖听不进

扯着耳朵擤鼻涕——不对路数

捂着耳朵偷铃铛——自己骗自己

风车耳朵摇车心——转得快

揪着耳朵过江——操心过度(渡)

捂着耳朵放炮——怕听偏见

钉掌的敲耳朵——离题(蹄)太远;不贴题(蹄)

左耳朵进,右耳朵出——耳旁风

一只耳朵进,一只耳朵出——(把话当成)耳边风

四、鼻子歇后语

鼻尖上的黑痣——就在眼前

鼻尖上吊镰刀——怎么挂得住

鼻尖上放糖——可望而不可即

鼻尖上抹黄连——眼前苦、苦在眼前

鼻尖上着火——迫在眉睫

鼻孔穿草绳——自谦(牵)

鼻孔喝水——够戗(够受的)

鼻孔里长瘤子——气不顺

鼻孔里穿草绳——不老(牢)实

鼻孔里的汗毛——了(燎)不得

鼻孔里刮出来的杨梅花——心里有数(树)

鼻孔里灌米汤——够呛

鼻孔里塞灯泡——文(闻)明

鼻窟窿看天——有眼无珠

鼻梁骨上摆摊子——眼界要放宽（比喻放开视野）

鼻梁碰着锅底灰——触霉头（倒霉）

鼻梁上放菜刀——好险、冒险、危险

鼻梁上挂眼镜——四平八稳

鼻梁上挂钥匙——开口

鼻梁上架望远镜——眼光远、目光远大

鼻梁上落马蜂——眼前受到威胁

鼻梁上套绳索——让人牵着鼻子走

鼻梁上推小车——走投（头）无路

鼻涕往上流——反常、反了

鼻头搽白粉——一副奸相、好相、装丑

鼻头上安雷管——祸在眼前、面临危险

鼻头上长犄角——出格

鼻头上挂炊帚——耍（刷）嘴

鼻头上挂粪桶——不知香臭、闻不着香臭

鼻头上抹蜂糖——干馋捞不着

鼻头上抹鸡屎——脸上尴尬

鼻头上耍木偶——面上人

鼻洼里打墒（shāng，耕地时开出的垄沟）——不理（犁）你的

鼻烟壶掉茅缸——臭不可闻

鼻眼里钻跳蚤——好进难出、好进不好出

鼻子大了压到嘴——难开口、口难开、不好张口

鼻子底下挂电灯——文（闻）明

鼻子底下那一横——嘴巴

鼻子里灌醋——酸溜溜的

鼻子两旁画眉毛——不要脸

鼻子上戴花——不是正经地方

鼻子上吊秤锤——捣嘴

鼻子上挂秤砣——抬不起头来

鼻子上挂灯笼——明眼人

鼻子上挂钉锤——可（捆）耻（齿）

鼻子上挂粪桶——不分香臭

鼻子上挂磨盘——抬不起头来

鼻子上挂肉——油嘴滑舌

鼻子上挂团鱼——四脚无靠

鼻子上冒烟——急在眼前

鼻子上贴定胜膏(演旧戏时,奸臣的鼻子上贴的半圆形装饰物)——一副奸相

鼻子生疮贴膏药——不顾脸面、顾不得脸面

鼻子生疮——眼前就是毛病

鼻子眼里生豆芽——怪事一桩、怪事、伸不开腰

五、嘴巴歇后语

嘴巴搁在锅台上——光等吃

嘴巴含匕首——出口伤人

嘴巴含钢针——说话带刺

嘴巴扛在肩上——到处吃人家

嘴巴里放岗哨——不露口风

嘴巴里装子弹——说话像放炮

嘴巴两张皮——咋说咋有理

嘴巴上戴竹筒——说直话

嘴巴上挂秤砣——口重

嘴巴上挂灯草——口轻

嘴巴上挂饭篮——不愁吃的

嘴巴上挂弓——口头谈(弹)

嘴巴上挂胡琴——胡拉横扯

嘴巴上挂笼嘴——吃不开

嘴巴上挂油瓶——油嘴滑舌

嘴巴上了锁——不好开口

嘴巴上抹白糖——说得甜

嘴巴上涂糨糊——不好开口

嘴巴生刺——出口伤人

嘴巴是圆的,舌头是扁的——想怎么说就怎么说

嘴巴一张,看得见肚肠——一贫如洗

嘴巴支熨斗——口服

嘴边没毛——办事不牢

嘴吃肉,手沾油——受连累

嘴含盐巴望天河——远水不解近渴

嘴扛在肩上——到处吃人家

嘴里吃了鸟枪药——说话冲

嘴里灌凉风——气不顺

嘴里嗑瓜子——吞吞吐吐

嘴里没味儿嚼咸鱼——对口味儿、正合适

嘴里塞黄连——有苦难诉、有苦说不出

嘴里塞棉花——憋气、憋得难受

嘴上绑喇叭——走到哪儿吹到哪儿

嘴上挂蒺藜——说话带刺

嘴上挂天平——说话有分量

嘴上挂着三把锁——不进风声

嘴上加盖儿——废话少说

嘴上抹糨糊——难开口、口难开、不好开口

嘴上抹蜜——口里甜

嘴上抹石灰——白说、白吃

嘴上抹猪油——油嘴滑舌

嘴上说得甜,肚里怀着弯弯镰——口是心非

嘴上贴封条——没说的、难开口、闭口不谈

嘴上无毛——办事不牢

嘴甜甜,腰里挂弯镰——心术不正

嘴头开火药铺——张口就炸

嘴咬肚脐——够不着

嘴巴两张皮——咋说咋有理

嘴巴上贴封条——开不了口

嘴里含冰棒——净讲风凉话

吃了海椒啃甘蔗——嘴甜心辣

刀子嘴,豆腐心——嘴硬心软

口技表演——嘴上功夫;全凭嘴劲;嘴巴子劲

开糟房的伙计——嘴甜

满口镶金牙——嘴里漂亮

梦里聚餐——嘴馋

牙缝里插花——嘴里漂亮

六、手、肘、脚歇后语

手拿刀把子——有把柄可抓

手心里的小虫——随人捏

手掌心放烙铁——自作自受

手抓刺猬——又刺又痛

手拿谜语猜不出——执迷(谜)不悟

手掌里搁火炭——受不了

一把抓了个星星——手伸到天上去了

新娘子织布——手忙脚乱

坛子里捉乌龟——手到擒来

手掌被蚊咬——手痒

隔墙摘果——手伸得长

隔着围墙摘花——手伸得太长

临上轿马撒尿——手忙脚乱

宝囊里取物——手到擒来

电线杆顶上雕花——手艺高

高举拳头轻轻放——手下留情

顾上烧火,顾不得翻锅——手忙脚乱

扁鹊开处方——手到病除;妙手回春

胳膊折了往袖里藏——自掩苦处

胳肢窝下过日子——太窄

胳膊弯里打凉扇——两袖清风

胳膊窝里夹皮球——气胀人

脚板上扎刺——存心不让走

脚底板上绑大锣——走到哪里响到哪里

脚底下长疮,头顶冒脓——坏到底了

脚丫子上的袜子——走到哪跟到哪

脚上穿冰鞋——要溜

脚踩两只船——左右为难

脚踩西瓜皮,手里抓把泥——一溜二抹

脚脖子上把脉——瞎摸

脚踩棉花堆——不踏实;腾云驾雾

脚踩牛屎——塌糊涂

脚打锣,手敲鼓——两头忙

脚戴帽子头顶靴——上下不分

脚底抹油——溜得快

脚底下钉钉——寸步难行

脚跟朝前走——走回头路;倒退

脚跟拴石头——进退两难

脚后眼拴藤条——拉倒

脚上戴镣子——寸步难行

脚上的泡——自己走的

脚踏跷跷板——一上一下

脚丫子上长蒺藜——站不住脚

脚长鸡眼拔火罐——胡摆治

七、胸、腹、臀歇后语

胸口上挂烧饼——一片热心肠

胸口放鞭炮——心里想(响)

胸口上长草——心慌(荒)

胸口揣棉花——心软

胸口上搁扁担——担心

胸前吊门板——好大的牌子

胸口上放盏灯——心里亮堂

胸口上放秤砣——铁了心

胸口上放马达——动了心

胸口上放白花——死了心

胸口上涂颜料——变了心

胸口上贴灵符——心里有鬼

胸口上有毛虫——心里发痒

胸口上挂钥匙——锁不住他的心

胸口上的疮——心腹之患

胸口摆天平——称心

胸口挂冰棍——寒心

胸口画娃——心上人

胸口拉弦子——乐开怀

胸前画十字——上帝保佑

胸膛里掏走了五脏——心虚

胸口上挂算盘——小主意

胸脯上挂茄子——多心

心坎上挂秤砣——多累这份心

心坎上挂棒槌——打杂(咱)

心口上装马达——热肚肠

心里塞团棉花——憋气

心里头结冰块——凉透了

心肝掉在肚里头——放心

心有灵犀——一点通

心字头上一把刀——忍了吧

肚里长牙齿——心里狠

肚里肠子一丈五——没变心

肚里开飞机——内行(航)

肚里容不得一根毛——心胸太小

肚里装着冰坨子——说话冷冰冰、硬邦邦

肚皮里安电灯——心里亮;肚里明

肚皮上磨刀——好险;冒险;危险

肚脐眼插钥匙——开心

肚痛点眼药——胡摆治;无济于事;不济事

肚子饿了填黄连——自讨苦吃;自找苦吃

肚子里长草——闹饥荒

肚子里撑船——内行(航)

肚子里塞石头——心里沉重;心理负担太重

肚皮里点灯——心里明白

穷汉下馆子——肚里空,兜里光

光屁股撵狼——胆大不害羞

踩着井绳当是蛇——胆小鬼

屁股上捅一刀——背后整人

屁股底下长刺——坐不稳;坐不住

屁股上安拉锁——开后门

屁股上拴石头——累赘

屁股后头作揖——瞎尽情

屁股上画眉毛——好大的面子

屁股底上安弹簧——一蹦老高

屁股长疮脚扎刺——坐立不安

第四章　社会风尚歇后语

一、理想歇后语

张思德烧炭——全心全意

星星之火——可以燎原

蜜蜂酿蜜——不为自己

戗面馒头送闺女——实心实意

两尺长的吹火筒——只有一个心眼

十里高山望平地——要看远景

老大娘找飞机——望远瞧

蚂蚁爬树——不怕高

欲穷千里目——更上一层楼

三伏天的高粱秆——节节上升

老了的虎——雄心还在

钢板上打铆钉——毫不动摇

砌墙的砖头——后来居上

马上耍杂技——艺高胆大

将军不下马——奔前程

比赛场上的运动员——争先恐后

电线杆上耍把戏——武艺高

挑水骑单车——本领高

小脚女人踢足球——尖端

独臂将军——有一手

铁匠铺的买卖——样样都过得硬

房梁上挂暖壶——高水平

鱼鹰下洞庭——大有作为

脑瓜门没头发——前途光明

坐着飞机放声唱——高歌猛进

沙滩上拉车——一步一个脚印

穿了鞋走泥路——步步扎实

上满发条的钟表——一分一秒不休息

包河里的藕——没私(丝)

蜡烛一生——损了自己照亮了别人

二、发愤图强歇后语

八十岁婆婆绣花——老来发愤

开坛的烧酒——有冲劲

水里的蛤蟆——一鼓作气

长江的波涛——后浪推前浪

火车头上烧锅炉——化气为力

向上游撑船——逆水行舟

枯木干芽不死心——时到花再开

属黄忠的——不服老

属罗成的——不服小

谢安做官——东山再起

墙里的柱子——使暗劲

三、求知歇后语

鲁班门前问斧子——讨学问来了

王羲之看鹅——专心致志

王羲之写字——熟能生巧

八级工学技术——精益求精

土里埋金不说有——内才(财)

打破砂锅——问到底

笨鸟先飞——早入林

景德镇的瓷器——词(瓷)好

开了闸的电灯——豁然亮堂了

卖肉的杀羊——内行

理发师的徒弟——从头学起

千日斧子万日锛——苦学苦练

老和尚打坐——用功

拣芝麻凑斗——积少成多

作家的皮包——里面大有文章

万丈高楼起——全靠根基牢

八十岁老头学打球——老练

井底雕花——深刻

铁匠绣花——软硬功夫都有

一个教师一路拳——各有各的打法

立秋的石榴——点子多

磨眼里的蚂蚁——条条是路

种地的不懂节气——外行

牵牛要牵牛鼻子——抓主要矛盾

大口啃住包子馅——抓重点

铁杵磨成绣花针——功到自然成

眼过千遍不如手过一遍——贵在实践

井底下看书——学问不浅

小学生看书——念念不忘

赵括(战国时赵国名将赵奢之子)讲兵法——夸夸其谈

石榴

赵括读父书——纸上谈兵

独眼龙看书——侧目而视

读书人当兵——能文能武;文武双全

戏台子下读《四书》——闹中取静

太监读圣旨——照本宣科

大舌头读报——含糊其词;含含糊糊

百家姓读掉头个字——开口就说钱;钱字当头

书呆子的背包——净是文章

戏子教徒弟——幕后指点

囫囵吞枣——不知味

四、勇敢歇后语

木匠的刨子——爱打抱不平

蜘蛛摆下八卦阵——专捉飞来将

光着膀子打仗——赤膊上阵

斩草断根——除恶务尽

铁人不怕棍——因为身子硬

太平洋的海鸥——胆子大

鬼打城隍庙——死都不怕

过了河的卒子——横冲直撞

生铁犁头——宁折不弯

口袋里装锥子——锋芒毕露

雪人烤火——不顾生命

老驴不怕狼咬——豁出去了

夜不关门——穷壮胆

吃了豹子胆——胆子大

女子走钢丝——胆大心细

光屁股赶贼——胆大不害臊

吃了雷公的胆——天不怕地不怕

吃雷公屙火闪——胆大包天

兔子枕着猎枪睡——胆大包天

旗杆尖上拿大鼎——艺高胆大

暖壶瓶里装星图——胆大包天

夜行人吹口哨——给自己壮胆

光身子骑老虎——胆大不害臊

踩着高跷过独木桥——艺高胆大

五、决心歇后语

三十年守寡——老等着

不到黄河心不甘——死心塌地

木匠的斧头——方头扁嘴铁心肠

见了棺材不落泪——硬心肠人

过江烧船——断了后路

过河拆桥——不留后路

吃了秤砣——铁了心肠

肚脐上面贴膏药——铁(贴)了心

项羽攻秦——破釜沉舟

铁棒磨成针——全靠功夫深

韩信打赵国——背水一战

隔墙撂肝肠——死心塌地 ·

六、孝的歇后语

穿着孝服拜天地——悲喜交加；又喜又悲
包脚布当孝帽——一步（布）登天；能到顶了
戴着孝帽去道喜——自讨没趣
戴孝帽看戏——乐而忘忧
木偶吊孝——无动于衷
城隍老爷戴孝——白跑（袍）
娶媳妇的穿孝服——红白喜事
忤逆子戴孝——装模作样
忤逆子讲《孝经》——假仁假义
讨来的馍馍敬祖先——穷孝顺
骂了皇帝骂祖先——不忠不孝
又咒天子又骂娘——不忠不孝
傻二小吊孝——哭了半天，不知死的是谁

七、勤劳俭朴歇后语

拳不离口，曲不离口——练出来的
铁匠的工具——自己打的
黄牛婆拉耙——尽力来
常用的铁具——不生锈
勤劳的蜜蜂——闲不着
劳劳碌碌的蜜蜂——甜头给了别人
门背后的扫帚——专拣脏事做
开山平地——积少成多
抹桌子的布——专拣脏事做
挑水带洗菜——两得其便
蚂蚁的腿——勤快
捡来的麦子打烧饼卖——没本净利
劳动号子——一呼百应
一个核桃塞一个篮子眼——人多力量大

不会计划——穷一辈子

要饭的借算盘——穷有穷打算

八、无私无畏歇后语

开甑的蒸汽——直往上冲

太岁头上动土——敢犯强敌

半夜里打雷心不惊——问心无愧

豆腐堆里一块铁——算它最硬

舍得一身剐，敢把皇帝拉下马——无私无畏

路灯照明——公道

强盗手里抽刀——胆子大

丈二灯台——不自照

半夜里敲门心不惊——不做亏心事

桌子上放碗水——坦平

窑里的泥——越烧越硬

霜天的弓——越拉越硬

九、希望歇后语

五更天出门——越走越亮

布袋里装钉子——个个想出头

老和尚点天灯——清洁平安

阴沟里的篾片——自有翻身之日

竹篙打水——后头长

河滩坪里的光子岩——总有个翻身的日子

悬崖勒马——回头是岸

苦海无边——回头是岸

蚂蚁爬进簝箕——横顺都是路

菱角装在麻袋里——个个想出头

推小车捡褡裢——有了盼头

鼻梁上架望远镜——看得远

十、枉费心机歇后语

大头蛆拱磨——白费力

大海捞针——枉费心

对牛弹琴——白费劲

灯草搓绳,烂板搭桥——枉费心机

灯草织布——枉费心机

肚痛埋怨灶神——乱指责

担沙填海——枉费心

临死打哈欠——枉张嘴

挑雪填井——枉费心

海底捞月——一场空

倒一箩黄豆不进耳朵筒——枉费心机

麻雀子摇枫树——白费劲

黄鼠狼拖猪——白费力气

隔靴搔痒——白抓

锅子里炒石头——不进油盐

敲锣捉麻雀——枉费心机

戴着碓臼唱戏——费力不讨好

十一、谦虚、谨慎、明白歇后语

虾子过河——谦虚(牵须)

打架揪胡子——谦虚(牵须)

拉胡子过河——谦虚(牵须)

儿牵父须过马路——谦虚(牵须)

拽着胡子过河——谦虚(牵须)过度(渡)

胡子上套索子——自谦(牵)

庙里的菩萨——从来不出门(名)

拉马不骑——过谦(牵)了

一雷天下响——处处皆知

十字街口告示——众所周知

心里开个窗户——明白了

手心里的虱子——明摆着的事
石灰窑里装电灯——更加明白
司马昭之心——路人皆知
电灯照雪——明明白白
西瓜子拌豆腐——黑白分明
豆腐炒韭菜——清(青)二白
秃子头上的虱子——明摆着
浅碟子装水——眼看到底
单眼看老婆——一目了然
周文王请姜太公——尽找明白人
疾风知劲草——日久见人心
萤火虫的屁股——亮通通的

十二、善恶歇后语

把妖魔当成菩萨拜——善恶不分;害人又害己
带素珠的老虎——假念弥陀
当面诵善佛,背后念死咒——阳奉阴违
鳄鱼挂念珠——冒充善人
鳄鱼上岸——来者不善
鳄鱼的眼泪——假慈悲
放下屠刀,立地成佛——弃恶从善
鬼子兵进村——来者不善
刽子手吃斋——冒充善人
刽子手念经——假充善人
观音菩萨放生——大慈大悲
观音的肚腹——慈善心肠
观音菩萨的五脏——一肚子泥
狐狸进宅院——来者不善
狐狸哭兔子——假慈悲;假慈善
建筑商高调做慈善——连吹(锤)带擂(磊)
猫哭老鼠——假慈悲;假慈善;假伤心
杀人的和尚念佛经——假慈悲;假慈善

十三、贪图歇后语

一口吃十二个包子——好大的胃口

大车拉煎饼——贪（摊）得多了

见了寿衣也想要——贪心鬼

衣食不愁想当官，做了皇帝想成仙——贪得无厌

有了一福想二福，有了肉吃嫌豆腐——贪得无厌

吝啬鬼天天捡钱还嫌少——不知足

坐着椅子叫使唤——享福

郎中开棺材店——死要钱

抱着元宝跳井——舍命不舍财

卖煎饼的说梦话——贪（摊）多了

狗吃牛屎——图多

贪婪鬼赴宴——没有饱足

削尖脑壳——往里钻

猫枕鱼头——不吃还捣两下

做梦当皇帝——心大

得陇望蜀——贪得无厌

馋鬼抢生肉——贪多嚼不烂

睡在棺材里伸手——死要钱

十四、道德败坏歇后语

三日不偷难做老大——假正经

马勺打了把——是个嫖（瓢）头子

上梁不正——下梁歪

王母娘娘吃蒿菜饭——想野味

半夜里睡不着觉——心邪老妈子擦粉——不正经

城隍庙里拉弓——色（射）鬼

歪嘴巴和尚吹喇叭——一股邪（斜）气

歪嘴巴吹海螺——一口邪（斜）气

背着丈夫打酒喝——招待外人

锅子里煮稀粥——糜（米）烂

绿头苍蝇见到屎——臭味相投

漫天地里叫姐夫——野舅子

做贼的说梦话——想偷

歪脖子看表——观点不正

披大氅偷烟袋——文明人不做文明事

十五、恩将仇报、以怨报德歇后语

病好打太医（医生）——恩将仇报；以怨报德

犊子踢牛婆（母牛）——恩将仇报；以怨报德

过河打船工——以怨报德；好心不得好报

拉完磨子杀驴——以怨报德

狼吃东郭先生——以怨报德

念完了经打和尚——以怨报德；没良心；有用是亲，无用是仇

下轿打轿夫——恩将仇恨；以怨报德

第五章 人物类歇后语

一、四大名著人物歇后语

《红楼梦》

贾宝玉出家——有福不享

贾宝玉游魂——误入迷津

贾宝玉哭灵——哭得好伤心

贾宝玉结婚——不是心上人

贾宝玉的父亲——假正（贾政）

贾宝玉的丫鬟——喜（袭）人

贾宝玉的通灵玉——命根子

贾宝玉爱林妹妹——好梦难圆

贾宝玉看林妹妹——一见如故

贾宝玉和史湘云哭贾母——各有各的心思

林黛玉葬花——自叹命薄

林黛玉的眼睛——泪汪汪

林黛玉的性子——多愁善感

林黛玉焚诗稿——断了痴情

林黛玉的身子——弱不禁风

林黛玉进贾府——谨小慎微

林黛玉的脾气——爱使小性子

林黛玉看《西厢记》——入神

叫林黛玉抡板斧——强人所难

晴雯撕扇——千金一笑

刘姥姥坐席——洋相百出

贾政的朋友——沾（詹）光（詹光：《红楼梦》中的人物，是个清客，帮贾政办点事，也沾点光。）

王熙凤管家——大有大的难处

王熙凤弄权——聪明反被聪明误
贾府门前的狮子——死(石)心眼儿
贾家姑娘嫁贾家——假(贾)门假(贾)事(氏)
刘姥姥进大观园——眼花缭乱

《三国演义》

刘备报仇——因小失大
刘备访贤——三顾茅庐
刘备杀人——心慈手软
刘备招亲——弄假成真
刘备编草鞋——内行
刘备卖草鞋——本行
刘备走西川——熟径
刘备取成都——不得已
刘备遇孔明——如鱼得水
刘备对孔明——言听计从
刘备的江山——哭出来的
刘备当皇叔——时来运转
刘备摔阿斗——收买人心
刘备借荆州——有借无还
刘备的兄弟——红的黑的都有
刘备送徐庶——三岔路口分了手
刘备打荆州——赔了土地又折羽
刘备遇诸葛亮——无话不说
刘备请诸葛亮——思贤心切
刘备轻看庞统——以貌取人
刘备三顾茅庐——尽找明白人
刘备替关公报仇——狠上了
刘备登上黄鹤楼——胆战心惊
刘备三请诸葛亮——诚心诚意
刘备打马出城西——逃之夭夭
刘备得了赵子龙——甭说多高兴
刘备白帝城托孤——试探别人心
刘备三上卧龙岗——就请你这个诸葛亮
刘关张桃园三结义——生死之交
曹操做事——疑心重
曹操割须——以己律人

曹操用人——唯才是举

曹操用计——又奸又猾

曹操杀人——乱来一气

曹操做事——干干净净

曹操做寿——贺礼实收

曹操的老病——头痛

曹操打徐州——报仇心切

曹操战宛城——大败而逃

曹操遇马超——割须而逃

曹操遇关公——喜不自胜

曹操遇蒋干——倒了大霉

曹操的人马——多多益善

曹操杀二蔡——后悔莫及

曹操杀华佗——讳疾忌医

曹操刺董卓——操戈入室

曹操杀蔡瑁——操之过急

曹操诸葛亮——脾气不一样

曹操下江南——来得凶,败得惨

曹操吃鸡肋——食之无味,弃之可惜

曹操杀吕伯奢——将错就错

曹操戴着望远镜——草草了事(曹操瞭视)

曹操败走华容道——人仰马翻

曹操八十万兵马过独木桥——没完没了

关老爷长相——脸红脖子粗

关老爷当木匠——大刀阔斧

关老爷的胡子——然(髯)也

关公的刀——扛着

关公亮相——大红脸

关公喝酒——不怕脸红

关公赴会——单刀直入

关羽卖肉——没人敢来

关羽放曹操——念旧情

关羽失荆州——骄兵必败

关羽降曹操——身在曹营心在汉

关羽单刀赴会——唱的独角戏

关羽过五关斩六将——所向无敌

关老爷吃尺子——肚里有分寸

关公开凤眼——要杀人

关公斩六将——过了关

关公庙失火——慌了神

关公战秦琼——从何说起

关公过五关——勇斩六将

关公过五关——英雄当年

关公射黄忠——手下留情

关公照镜子——自觉脸红

关公舞大刀——拿手好戏

关公开刀铺——货真价实

关云长赴会——单刀直入

关公斗李逵——大刀阔斧

关公走麦城——死到临头

关公走麦城——一蹶不振

关公打喷嚏——自我吹嘘（须）

关云长守嫂嫂——情义为重

关云长打秤砣——硬人干硬事

关云长失荆州——吃亏全在大意

关云长刮骨疗毒——全无痛苦之色

关二爷看《春秋》——一目了然

关公面前耍大刀——不自量力

关云长刮骨疗疮——若无其事

关云长单刀赴会——声势压人

关帝庙里拜观音——找错了门

关云长不杀张文远——念起旧情

关帝庙里找美髯公——保你不扑空

孔明借箭——有误（雾）

孔明张嘴——计上心来

孔明弹琴——玩的是空城计

孔明借东风——巧用天时

孔明斩魏延——借刀杀人

孔明加子龙——智勇双全

孔明哭周瑜——满怀心腹事

孔明练琵琶——老生常谈（弹）

孔明夸诸葛亮——自夸自

孔明弹琴遇仲达——好沉着
孔明大摆空城计——化险为夷
诸葛亮弹琴——计上心来
诸葛亮吊孝——光哭不掉泪
诸葛亮开口——尽是计谋
诸葛亮治蜀——深得人心
诸葛亮用兵——神出鬼没
诸葛亮招亲——才重于貌
诸葛亮的扇子——不离手
诸葛亮当军师——办法多
诸葛亮气周瑜——自有妙方
诸葛亮游东吴——舌战群儒
诸葛亮过长江——胸有成竹
诸葛亮坐西城——故弄玄虚
诸葛亮借东风——神机妙算
诸葛亮斩马谡(sù)——明正军纪
诸葛亮斩马谡——不念旧情
诸葛亮哭马谡——概不识人
诸葛亮哭周瑜——假悲假叹
诸葛亮哭周瑜——怕他不死
诸葛亮出祁山——以攻为守
诸葛亮住茅庐——时运未到
诸葛亮出茅庐——雄才大略
诸葛亮的计策——神机妙算
诸葛亮撕对子——想要出山
诸葛亮擒孟获——抓了又放
诸葛亮骑木马——能说不能行
诸葛亮的锦囊——用不完的计
诸葛亮娶丑妻——为事业着想
诸葛亮战群儒——全凭一张嘴
诸葛亮和魏延——见不得离不得
诸葛亮做丞相——鞠躬尽瘁,死而后已
诸葛亮用空城计——迫不得已
诸葛亮楼上弹琴——乐若平常
诸葛亮摆八卦阵——内有奇门
诸葛亮的鹅毛扇——神秘难测

诸葛亮焚香操琴——故弄玄虚
诸葛亮六出祁山——劳而无功
诸葛亮三气周瑜——略施小技
诸葛亮草船借箭——有借无还
诸葛亮隆中对策——有先见之明
诸葛亮弹琴退仲达——临危不乱
诸葛亮给周瑜看病——自有妙方
诸葛亮挥泪斩马谡——顾全大局
诸葛亮离开七星坛——溜之大吉
死诸葛吓走活仲达——生不如死
草船借箭——多多益善
军师皱眉头——计上心来
张飞戒酒——明天
张飞裹脚——难上难
张飞敬酒——胡(壶)来
张飞拆桥——有勇无谋
张飞赔情——知错就改
张飞忌酒——明天不晚
张飞坐轿——人员不对
张飞养鸡——越养越少
张飞上阵——横冲直撞
张飞绣花——粗中有细
张飞绣花——力不从心
张飞瞪眼——怒气冲天
张飞睡觉——不必演(闭眼)
张飞请客——不领情不行
张飞翻脸——吹胡子瞪眼
张飞挑花——手粗活儿细
张飞穿针——大眼瞪小眼
张飞打铁——把硬货往外掏
张飞的胡子——硬茬
张飞战马超——不分胜负
张飞斩严颜——认死不降
张飞骑白马——黑白分明
张飞骑老虎——人强马壮
张飞拿虱子——粗中有细

张飞使计谋——粗中有细

张飞过巴州——粗中有细

张飞战张郃——粗中有细

张飞战关公——忘了旧情

张飞吃豆芽——小菜一碟

张飞唱曲子——粗声粗气

张飞唱小调——不对味儿

张飞舞针线——毛毛躁躁

张飞摆屠案——凶神恶煞

张飞做县官——能文能武

张飞见李逵——对鲁子了（对鲁子：北方方言，意为对劲儿。）

张飞见李逵——两个黑脸儿

张飞遇李逵——正好一对儿

张飞哭刘备——凶（兄）呀

张飞放鸽子——非（飞）也

张飞的骡子——不见奇（骑）

张飞玩刺猬——大眼瞪小眼

张飞撵兔子——有劲使不上

张飞拿鸽子——一个儿不个儿

张飞开饭店——有鬼的不敢上门

张飞的妈妈姓吴——无事生非（吴氏生飞）

张飞看天书——它认识你，你不认识它

张飞碰到李逵——黑对黑

张飞计擒严颜——粗中有细

张飞古城骂关羽——误会

张飞跟曹操对酒——打哑谜

张飞计取瓦口隘——粗中有细

张飞威震长坂桥——大吼大叫

张飞撤退长坂桥——过河拆桥

张飞喝断当阳桥——惊退了百万曹兵

张飞曹操打哑谜——你猜你的，我猜我的

孟获归降——心服口服

徐庶进曹营——一言不发

许褚赤膊上阵——有勇无谋

许褚战马超——赤膊上阵

鲁肃宴请关云长——暗藏杀机

人物类歇后语

鲁肃上了孔明船——后悔莫及

董卓进京——来者不善

董卓戏貂蝉——死在花下

吕布见貂蝉——迷上了

吕布拜董卓——挑肥拣瘦

吕布拜董卓——认贼作父

吕布下跪曹操——求生不得

白门楼的吕布——活不了好久

貂蝉唱歌——有声有色

黄忠出阵——不服老

黄忠射箭——百发百中

黄盖找打——心甘情愿

黄忠下天荡山——一扫而平

周瑜请蒋干——别有用心

周瑜打瞌睡——梦想荆州

周瑜讨荆州——吃力不讨好

周瑜打黄盖——两相情愿

周瑜打黄盖——一个愿打，一个愿挨

周瑜病倒在芦花荡——气煞人

阿斗当官——有名无实

阿斗的江山——白送，不劳靠

阿斗当皇帝——软弱无能

阿斗式的人物——没本事

司马懿看书——往后瞧

司马懿的毛病——多疑

司马懿进葫芦谷——绝处逢生

司马懿破八阵图——不懂装懂

司马懿父子行军——一个要进，一个要退

司马懿收孔明的礼——脸憨皮厚

蒋干过江——弄巧成拙

蒋干盗书——上了大当

蒋干访周瑜——自找麻烦

东吴招亲——弄假成真

长坂坡前的赵云——孤军奋战

孙权定下招亲计——赔了夫人又折兵

《水浒传》

林冲买宝刀——哪知是计

林冲上梁山——官逼民反

林冲进白虎堂——上当受骗

林冲误闯白虎堂——单刀直入

林冲误入白虎堂——有口难辩

林冲到了野猪林——绝处逢生

林冲看守草料场——英雄无用武之地

林冲棒打洪教头——专找破绽下手（故事见《水浒传》）

林教头发配沧州——一路风险

李逵裹脚——难缠

李逵绣花——力不从心

李逵穿针——粗中有细

李逵断案——强者有理

李逵上阵——身先士卒

李逵扮新娘——装不像

李逵装哑童——目瞪口呆

李逵卖煤炭——黑上加黑

李逵抢板斧——以势压人

李逵升堂判案——乱打一通

李逵开铁匠铺——人强货硬

黑旋风的本名——理亏（李逵）

李逵骂宋江，过后赔不是——负荆请罪

潘金莲熬药——暗地里放毒

潘金莲敬酒——丑话说在前

潘金莲上庵堂——假正经

潘金莲哭大郎——虚情假意

潘金莲哭灵牌——去了心病

潘金莲害亲人——另有所图

潘金莲给武松敬酒——别有用心

武大郎扛枪——邋遢兵

武大郎开店——不容大个儿

武大郎的寿命——不长

武大郎撵兔子——跟着晃

武大郎的扁担——长不了

武大郎看飞机——眼界不高

武大郎放风筝——出手不高

武大郎坐天下——没人敢保

武大郎肚子痛——死到临头

武大郎卖豆腐——人穷货软

武大郎上楼梯——步步高升

武大郎做知县——出身不高

武大郎摘柿子——够不上枝

武大郎卖刺猬——人熊货扎手

武大郎骑骆驼——能上不能下

武松杀嫂——替人报仇

武松买肉——挑肥拣瘦

武松打虎——一举成名

武松喝啤酒——不过瘾

武松捡柴火——有棍耍

武松看鸭子——英雄无用武之地

武松打兔子——英雄无用武之地

武松景阳冈上遇大虫(老虎)——不是虎死，就是人伤

好汉上梁山——逼出来的

宋江的绰号——及时雨

宋江的军师——无(吴)用

宋江的眼泪——假仁假义

宋江三打祝家庄——里应外合

时迁偷鸡——祸从口出

史进认师父——甘拜下风

梁山好汉——重义气

梁山入伙——志同道合

梁山的兄弟——不打不相识

梁山上的晁盖——一把手

梁山泊的王伦——不能容人

梁山泊的吴用——足智多谋

梁山上的好汉——逼出来的

梁山好汉喝酒——大腕(碗)

梁山上的英雄——不打不成交

孙二娘开店——谋财害命

孙二娘开酒店——喝了就迷糊了

鲁智深出家——无牵无挂

鲁智深大闹野猪林——粗中有细

鲁智深当和尚——半路出家

鲁智深买肉——挑肥拣瘦

杨志卖刀——无人识货

卢俊义上梁山——不请自来

李鬼舞双斧——硬充好汉

西门庆请武大郎——没安好心

《西游记》

唐僧取经——千辛万苦

唐僧的书——一本正（真）经

唐僧学经文——念念不忘

唐僧上西天——取经去了

唐僧的心肠——慈悲为怀

唐僧的徒弟——一个比一个强

唐僧的龙马——腾云驾雾

唐僧的眼睛——不认识好坏人

唐僧读佛经——出口成章

唐僧念紧箍咒——就此一招

唐僧身上的肉——人人想吃

唐僧的二徒弟——无（悟）能

唐僧轰走孙行者——没咒可念了

唐僧遇见白骨精——敌我不分

唐僧相信白骨精——人妖不分

唐三藏被妖抓——想猴儿了

唐三藏的扁担——担惊（经）

唐三藏立墓铭——空费了悲（碑）

唐三藏过火焰山——没咒念

唐三藏过平顶山——凶多吉少

唐三藏的紧箍咒——约束别人的

唐三藏撞见牛魔王——舌头短一截

属唐僧的——不知好歹

孙悟空献计——猴能

孙悟空照相——猴样儿

孙猴的脸——说变就变

孙猴的尾巴——变不了

孙猴七十二变——神通广大

孙猴甩掉紧箍咒——无法无天

孙猴子半天云里打眼罩——站得高，看得远、登高望远

孙猴子被封了弼马瘟——自个儿不知道是多大的官儿，不知官大官小

孙猴子变山神庙——尾巴露了馅儿

孙猴子变戏法——无中生有

孙猴子变小庙——一眼就被看破了

孙猴子打筋斗——十万八千里

孙猴子大闹水晶宫——逼龙王献宝

孙猴子戴紧箍咒——除不下来

孙猴子当了弼马温——沾沾自喜

孙猴子的毫毛——会变、神通广大

孙猴子的金箍棒——大小自如、随心如意、可大可小、能大能小

孙猴子上了花果山——称王称霸、称心如意

孙猴子上天宫——大闹一场、得意忘形

孙猴子十八个筋斗——难出五指山

孙猴子跳出水帘洞——好戏在后头

孙猴子头上的金箍——戴上去容易取下来难、摘不下来

孙猴子压在五行山下——不得翻身、负担越来越重

孙猴子遇见如来佛——有法难使

孙猴子着了急——抓耳挠腮

孙猴子钻风箱——受气大王

孙猴子钻进牛魔王肚里——心腹大患

孙猴子做官——毛遂自荐

孙猴子坐金銮殿——不像仁（人）君、屁股不稳

孙猴子坐天下——毛手毛脚、有点不像、手忙脚乱

孙猴钻进铁扇公主肚子里——心腹之患、折腾个没完

孙悟空保唐僧——忠心耿耿、降妖拿怪、不怕凶险

孙悟空蹦出老君炉——七窍生烟

孙悟空变魔术——花样繁多

孙悟空打筋斗——十万八千里

孙悟空打猪八戒——倒挨一耙、稳赢

孙悟空大闹天宫——慌了众神

孙悟空戴上紧箍儿——有法无用、无法可使、有法难使、自找不自在

孙悟空当齐天大圣——自封为王、自个儿称王

牛魔王

孙悟空的本事——变化无常

孙悟空的金箍棒——称心如意、能伸能屈

孙悟空的筋斗——跳不出佛爷的手心

孙悟空的帽子——没有宽松的那一天、一道箍儿

孙悟空的身子——说变就变

孙悟空的手段——七十二变

孙悟空取掉紧箍咒——无法无天

孙悟空三打白骨精——降妖拿怪

孙悟空上天空——腾云驾雾

孙悟空使的金箍棒——能屈能伸、随心所欲

孙悟空使定身法——一动不动

孙悟空竖帅旗——猴孙捧场

孙悟空跳出老君炉——捂不住了

孙悟空听见紧箍咒——头痛

孙悟空西天取经——大显神威

孙悟空压在五行山下——猴急

孙悟空遇到如来佛——无法可使、有法难使

孙悟空遇唐僧——有理说不清、讲不清道理

孙悟空住在水帘洞——称王称霸

孙悟空捉妖——变化多端

孙行者的毫毛——随机应变

孙行者的后代——猴子猴孙

孙悟空敲门——猴到家了

孙悟空捉妖——变化多端

孙悟空变魔术——花样多

孙悟空守桃园——监守自盗

孙悟空拔猴毛——变化多端

孙悟空保唐僧——忠心耿耿

孙悟空进鸡窝——猴捣（盗）蛋

孙悟空到南天门——慌了神

孙悟空大闹天宫——啥也不怕

孙悟空变山神庙——露了尾巴

孙悟空西天取经——大显神威

孙悟空借芭蕉扇——一物降一物

孙悟空过火焰山——天大困难也不怕

孙悟空拿猪八戒——能人之上有能人

孙悟空打猪八戒——倒打一耙
孙悟空听见紧箍咒——头痛
孙悟空戴上紧箍咒——无法可使
孙悟空戴上紧箍咒——有法难使
孙悟空住在水帘洞——称王称霸
孙悟空当齐天大圣——自封为王
孙悟空遇到如来佛——无法可使
孙猴子甩掉紧箍咒——无法无天
孙悟空三打白骨精——全靠帮（棒）
孙悟空大闹水晶宫——逼着龙王献宝
孙悟空关进老君炉——三魂冒火，七窍生烟
孙猴子做官——毛遂自荐
孙猴子的脸——说变就变
孙猴子的手脚——闲不住
孙猴子上天宫——得意忘形
孙猴子坐天下——手忙脚乱
孙猴子的尾巴——变不了
孙猴子变戏法——无中生有
孙猴子着了急——抓耳挠腮
孙猴子穿汗衫——半截不像人
孙猴子翻跟头——十万八千里
孙猴子闹地府——勾他的生死簿
孙猴子七十二变——神通广大
孙猴子赴蟠桃宴——不请自来
孙猴子的金箍棒——能大能小
孙猴子上玉皇殿——闹得天翻地覆
孙猴子上了花果山——称心如意
孙猴子封为弼马温——自己不知道是多大的官
孙猴子压在五行山下——永世不得翻身
和孙猴子比翻跟头——差着十万八千里
花果山打雷——急(击)猴儿了
花果山的猴王——无(悟)空
花果山的日子——猴年猴月
花果山的猴子——无法无天
花果上的美猴王——个小本领强
花果山走了孙猴子——没了头儿

猪八戒咬牙——恨猴儿

猪八戒搽粉——遮不了丑

猪八戒驾云——大显身手

猪八戒招亲——黑灯瞎火

猪八戒戴花——自以为美

猪八戒下凡——没个人模样

猪八戒下山——不伺候（猴）

猪八戒结亲——喜的喜,忧的忧

猪八戒吃西瓜——独吞

猪八戒戴眼镜——假斯文

猪八戒扫残席——一扫光

猪八戒吃核桃——囫囵吞

猪八戒打蚂蚱——笨手笨脚

猪八戒读诗文——冒充圣人

猪八戒想老婆——凡心未了

猪八戒不成仙——全坏在嘴上

猪八戒弹弦子——自鸣得意

猪八戒打哈欠——好大口气

猪八戒寻媳妇——痴心妄想

猪八戒穿皮袄——死皮赖脸

猪八戒的武艺——倒打一耙

猪八戒坐班房——不白之冤

猪八戒听天书——一窍不通

猪八戒的法名——无(悟)能

猪八戒背媳妇——吃力不讨好

猪八戒照镜子——里外不是人

猪八戒端盘子——费力不讨好

猪八戒嗑瓜子——浑充薄嘴唇

猪八戒卖凉粉——人丑名堂多

猪八戒进屠场——自己贡献自己

猪八戒吃碗碴——满嘴尽是词(瓷)

猪八戒耍金箍棒——装猴儿

猪八戒丢了铁耙——傻了眼

猪八戒西天拜佛——禅心不稳

招亲招了猪八戒——自找难看

猪八戒西天取经——三心二意

猪八戒吃人参果——生吞活咽

猪八戒跳芭蕾舞——不知演的什么戏

猪八戒三十六变——没有一副好嘴脸

猪八戒初进高家庄——装好汉

猪八戒掉进万花筒——丑态百出

猪八戒喝了磨刀水——内秀(锈)

猪八戒跌进酒瓮里——饱餐一顿

猪八戒见到高小姐——改头换面

猪八戒做梦娶媳妇——尽想好事

猪八戒调戏白骨精——自上圈套

猪八戒进了女儿国——看花了眼

醉雷公——胡批(劈)

雷公打架——闹翻了天

雷公动怒——惊天动地

雷公唱歌——又咕噜起来了

雷公打豆腐——拣软的欺

雷公打豆腐——不堪一击

雷公劈海椒——气势汹汹

雷公劈蚂蚁——以大欺小

雷公进庙堂——万念俱灰

雷公躲进土地庙——天知地知

雷公找龙王谈心——天涯海角觅知音

雷公菩萨掉在面缸里——不知云里雾里

霹雳打雷公——自相惊扰

吃了雷公的胆——天不怕地不怕

哪吒下凡——一身火

哪吒闹海——惊天动地

哪吒发火——耍孩子脾气

哪吒再世——三头六臂

哪吒出世——怪胎(传说,哪吒出世时是个肉球,故有此言。)

哪吒追李靖——儿子打老子

哪吒抱个太阳——神通(童)广大

哪吒的乾坤圈——能大能小,能方能圆

闹海的哪吒——神通广大

王母娘娘的玉簪——划一条银河

王母娘娘的蟠桃——再好也吃不到

谚语歇后语大全

王母娘娘开蟠桃会——聚精会神

王母娘娘的棒槌石——经过大阵势

如来佛的经文——难得

如来佛的巴掌——佛手

如来佛的手心——谁也甭想出去

如来佛捉孙大圣——易如反掌

如来佛掌上翻跟头——跳不出去

二郎神的武器——两面三刀

二郎神的慧眼——有远见

二郎神出战——尽是天兵天将

二郎神举斧子——神批（劈）

二郎神的法术——变化多端

二郎神的印堂——独具只眼

二郎神的哮天犬——恶狗一条

二郎神斗孙悟空——以变应变

白骨精打跟头——鬼把戏

白骨精送饭——有野心

白骨精开口——不讲人话

白骨精唱歌——怪腔怪调

白骨精演说——妖言惑众

白骨精装新娘——妖里妖气

白骨精化美女——人面鬼心

白骨精骗唐僧——一计不成，又生一计

白骨精她妈——老妖精

白骨精骗孙悟空——哄不住

白骨精想吃唐僧肉——痴心妄想

白骨精见了孙悟空——原形毕露

白骨精给唐僧送饭——假心假意

白骨精照镜子——里外不是人

观世音菩萨——有求必应

观音庙许愿——真心实意

观音的朋友——个个是神仙

观音菩萨下凡——救苦救难

观音菩萨看人——慈眉善目

半山岩的观音——老实（石）人

玉帝下请帖——天大的好事

玉帝讨河神——尽是天兵天将

玉皇大帝叫龙王——神乎(呼)其神

玉皇大帝发雷霆——慌了神

玉皇大帝卖谷子——天仓满了

玉帝进了水晶宫——走错了门

玉皇大帝打跟头——天翻地覆

玉皇大帝的儿子——管天又管地

玉皇大帝拜财神——有钱大三辈

玉皇大帝娶土地婆——惊天动地

玉帝的手书落人间——泄露了天机

龙王搬家——厉害(离海)

龙王摆筵席——尽尝海味

龙王的战士——虾兵蟹将

龙王爷的嘴——海口

龙王爷翻脸——要变天

龙王爷作法——呼风唤雨

龙王爷出海——兴风作浪

龙王爷亮相——张牙舞爪

龙王爷凑热闹——涨水

龙王爷的儿子——会凫水

龙王爷的脾气——摸不透

龙王爷打哈欠——神气十足

龙王爷的帮手——虾兵蟹将

龙王爷的宫殿——冷冰冰的

龙王爷跳大海——正规(归)

龙王爷发脾气——别(鳖)急

龙王爷动刀兵——里外都是水

龙王爷的前哨——瞎(虾)精

龙王爷请喝烧酒——呛水

龙王爷面前挑水——敢想敢干

龙王爷掉在海里——回老家了

龙王庙的横批——风调雨顺

龙王庙门前卖水——跑错了门

二、佛道仙儒歇后语

八仙

八仙聚会——又说又笑

八仙过海——各显神通

八仙施法——都有上天的本领

八仙吹喇叭——神气十足

吕洞宾吹箫——神曲

吕洞宾推掌——出手不凡

吕洞宾发怒——优先（忧仙）

吕洞宾讲故事——神话

吕洞宾的手指——先知（仙指）

吕洞宾打摆子——占先（颤仙）

吕洞宾泰山谈玄——说天话

吕洞宾进寄卖店——不当真人

隔着门缝瞧吕洞宾——看扁先（仙）人

铁拐李摆摊——蹩脚货

铁拐李跳舞——摆不平

铁拐李走路——一摇三摆

铁拐李上西天——一跳一踮

铁拐李的葫芦——不知卖的是啥药

铁拐李看月亮——上不正，下参差

铁拐李把眼挤——你哄我，我哄你

铁拐李的脚杆——长短不齐

铁拐李的脚杆——高的高，低的低

铁拐李卖皮底——你糊弄我，我糊弄你

铁拐李背何仙姑——将就

铁拐李走独木桥——够呛

铁拐李卖跌打药——货真价实

铁拐李葫芦里的药——医不好自己的病

铁拐李碰着吕洞宾——顾嘴不顾身

铁拐李落难卖跌打药——总会碰到识货人

张果老骑驴——倒着走

张果老倒骑驴——往后看

张果老倒骑驴——有眼不见畜生面

张果老倒骑毛驴——永不见面

韩湘子吹箫——不同凡响

韩湘子出家——一去不回头

韩湘子的花篮——要啥有啥

韩湘子的杂货担——百样齐全

韩湘子拉着铁拐李——一个会吹，一个会捧

何家的香火——何门何姓何祖宗

何仙姑要下凡——六神不安

何仙姑走娘家——云里来雾里去

管何仙姑叫舅妈——借点仙气

何家的姑娘嫁郑家——正合适（郑何氏）

蓝采和的云玉板——阴阳两面

财神爷

财神爷招手——来福了

财神爷放账——无利可图

财神爷敲门——天大的好事

财神爷休妻——不为穷人着想

门神卷财神——话中有话（画中有画）

财神爷打官司——有钱便是理

财神庙的"土地"——爱才（财）

财神爷戴乌纱帽——钱也有，权也有

棺材铺老板谢财神——幸灾乐祸

城隍菩萨

城隍爷的马——样子货

城隍爷剃头——鬼摸脑壳

城隍爷出巡——慌了土地佬

城隍爷拉胡琴——鬼扯

城隍庙里内讧——鬼打鬼

城隍爷扑蝴蝶——慌了神

城隍庙里穿裤——羞死鬼

城隍庙的菩萨——不怕鬼

城隍庙的猪头——有主的

城隍老爷戴孝——白跑（袍）

城隍庙的泥像——坐一辈子

城隍娘娘害喜——怀着鬼胎

城隍老爷献计——出鬼点子

城隍老爷搬家——神出鬼没

城隍庙里出告示——吓鬼

城隍庙里卖假药——哄鬼

城隍庙里的泥胎——鬼相

城隍庙里扯牌九——鬼场合

城隍老爷吃胡豆——鬼吵(炒)

城隍庙里的泥脸——鬼头鬼脑

城隍庙里的算盘——不由人算

城隍庙里的判官——龇牙咧嘴

城隍老爷发神经——鬼迷心窍

城隍老爷爱外客——不顾自家

城隍庙里的小鬼——老瞪眼睛不城隍庙里打官司——一溜的鬼说鬼道

城隍庙里着了火——小鬼的嘴里都冒烟

城隍庙里摆菩萨——站就站一生,坐就坐一生

城隍爷找土地爷谈天——神聊

道士

道士念经——照本宣科

道士画符——自己明白

道士吹螺号——吓鬼

道士的辫子——挽得紧

道士的对门——顺事(士)

道士舞大钳——少见(剑)

道士做醮场——鬼使神差(醮 jiào 场:道士设坛念经做法事。)

道士遭雷打——作法自毙

道士跑到水壶里——看他怎样转圈

鬼

小鬼吹灯——瞎话

小鬼敲门——要命

小鬼的脸——难看

小鬼吹气——刮阴风

小鬼打城隍——不怕死

小鬼抹胭脂——死要面子

小鬼晒太阳——没影的事

小鬼下请帖——见阎王去吧

小鬼见了佛——矮一截

小鬼打菩萨——丧(伤)神

小鬼碰上钟馗——死路一条

小鬼拜见张天师——自投罗网

小鬼看见钟馗像——望而生畏

小鬼梦里做皇上——痴心妄想

小鬼门前告阎王——找错了衙门

小鬼见佛陀(指释迦牟尼)——矮了半截子

鬼打道士——倒挨

鬼晒太阳——无影无踪

鬼吃烧猪肉——人做的

鬼打城隍庙——死都不怕

鬼迷张天师——无法可使

鬼不吃淡饭——谣言(要盐)

鬼也怕恶人——还是凶点好

鬼儿爷吃素——只求下世

鬼儿爷带胡子——假充老人

鬼儿爷拍胸口——没心没肺

鬼脸上抹雪花膏——真绝啦

吊死鬼戴花——美死啦

吊死鬼戴花——死不要脸

吊死鬼擦粉——死要面子

吊死鬼说媒——白绕一番舌

吊死鬼告状——有气出不来

吊死鬼上银行——死要钱

吊颈鬼上香火——假充正神

吊死鬼打飞脚——上下难题(踢)

吊死鬼照镜子——自己吓唬自己

不归坟的野鬼——没家

和尚

和尚头——精(净)光

和尚化缘——白吃

和尚劝架——多事

和尚敲钟——响当当

和尚回庙——走老路

和尚下山——出事(寺)

和尚摸头——没法(发)

和尚梳头——多此一举

和尚分家——多事(寺)

和尚念经——千篇一律

和尚出山——走下坡路

和尚开门——突(秃)出

和尚打架——抓不到辫子

和尚的梳子——废物

和尚结辫子——假的

和尚买梳子——无用

和尚的念珠——一连串

和尚的住处——妙(庙)

和尚摘帽子——头名(明)

和尚的脑壳——没法(发)

和尚留头发——无计(髻)

和尚住茅棚——没事(寺)

和尚拾辫子——得法(发)

和尚打赤脚——两头光

和尚打喇嘛——管得宽

和尚的帽子——平铺沓(原指和尚的帽子顶部是平的,转指平常,不出众。)

和尚扛枷板——自作孽

和尚敲木鱼——老一套

和尚训道士——管得宽

和尚穿靴子——喇嘛啦

和尚戴礼帽——与众不同

和尚的木鱼——合不拢嘴

和尚的念珠——串通好的

和尚去云游——出事(寺)了

和尚拖木头——出事(寺)了

和尚挖墙洞——妙(庙)透了

和尚捉道士——有辫子抓了

和尚的肚腹——没多大油水

和尚换秃子——没什么两样

和尚打阳伞——无法(发)无天

和尚照镜子——无计(髻)可施(梳)

和尚头上的虱子——明摆着

和尚跟着月亮走——借光了

和尚头上放豆子——白费劲

和尚手中的木鱼——老敲打

和尚庙里借梳子——找错了门

和尚作案赖道士——嫁祸于人

和尚住在露天坝——没事(寺)

和尚枕着门槛睡——突(秃)出

和尚头上别金簪——忍痛图好看

和尚庙里的老鼠——听的经卷多

和尚头上盘辫子——空绕一圈儿

老和尚搬家——吹灯拔蜡

老和尚的蜡烛——照亮了别人毁了自己

老和尚的木鱼——生来挨揍、不敲不响

老和尚丢了棍——能说不能行

老和尚捡个梳子——没处用

老和尚讲佛经——说的说,听的听

老和尚卷铺盖——离了事(寺)

老和尚念经——句句真言、千篇一律、照本宣科

老和尚敲钟——得过且过

老和尚撕下鞋面布——净用处

老和尚诵经——念念有词

老和尚洗脸——没边儿

老和尚修路——纯办好事

老和尚用功——打坐

老和尚住山洞——没事(寺)

和尚头上拍苍蝇——正大(打)光明

老和尚剃头——一扫光

老和尚敲钟——一个点儿

老和尚参禅——那么稳当

老和尚撞钟——过一日是一日

老和尚拜丈人——怪事

老和尚吹管子——不懂的(笛)

老和尚的帽子——平不拉蹋的

老和尚的百衲衣——东拼西凑

光头见和尚——彼此彼此

小和尚念经——有口无心
庙里的和尚——无牵无挂
癞子当和尚——不费手续
拆庙散和尚——各奔东西
洋和尚念经——光说不烧香
秃子当和尚——不费多的手续
种黄连的和尚——苦师傅
歪嘴和尚念经——没正经
烧香赶走和尚——喧宾夺主
跟和尚借梳子——找错了对象
歪嘴和尚吹灯——一股邪(斜)气
光头跑进和尚庙——充数
看见和尚喊姨夫——乱认亲
念完了经打和尚——没良心
七个和尚一把伞——遮盖不了
歪嘴和尚吃螺蛳——以歪就歪
庙里的和尚撞钟——名(鸣)声在外
五台山的莽撞和尚——横头横脑

泥菩萨

泥菩萨摆渡——难过
泥菩萨打架——散了
泥菩萨打拳——散了架
泥做的菩萨——全靠贴金
泥菩萨镀金——表面一层
泥菩萨过河——自身难保
泥菩萨怀孕——肚里有鬼
泥菩萨救火——无动于衷
泥菩萨洗澡——软作一摊
泥菩萨洗脸——失(湿)面子
泥菩萨伸手——死活都要钱
泥菩萨擦脸——越说(刷)越糟
泥菩萨坐公堂——死官僚
泥菩萨抹香粉——装相(像)
泥菩萨遭雷打——粉身碎骨
泥菩萨的肚腹——实心实肠
泥菩萨掉冰窖——愣(冷)神

泥菩萨掉在汤锅里——浑身酥软

泥菩萨身上长了草——慌(荒)了神

泥菩萨肚里有块铜——童(铜)心

判官

判官办案——吓死人

判官要饭——穷鬼

判官审案——鬼事

判官敲门——催命鬼

判官喝酒——死罪(醉)

判官吃黑豆——鬼嚼

判官玩魔术——鬼把戏

判官的女儿——鬼丫头

判官的肚子——鬼心肠

判官跌跤子——冒失鬼

判官演魔术——尽耍鬼把戏

判官手中笔——生死由你(选自《六院汇选·江湖方语》)

剜了眼的判官——瞎鬼

没眼判官进赌场——瞎鬼混

请来阎王压判官——以大欺小

菩萨

活菩萨——越敬头越高

菩萨讲经——神聊

菩萨挨偷——失神

菩萨扫地——劳神

菩萨坐轿——靠人抬举

菩萨跺脚——妙极(庙急)了

菩萨碰破皮——伤神

菩萨的耳朵——摆设

菩萨的心肠——软的

菩萨的眼睛——动不得

菩萨的胸膛——没心肝

菩萨的胡须——人造的

菩萨的肚子——慈悲为怀

菩萨坐冷庙——孤苦伶仃

教菩萨认字——枉费心机

神蚊叮菩萨——认错了人

菩萨的脑袋——七窍不通

菩萨吞长虫——佛口蛇心

菩萨跌下河——劳(捞)神

菩萨头上冒烟——好神气

菩萨掉大河里——留(流)神

雪山上的菩萨——愣(冷)神

菩萨掉到染缸里——贪色鬼

三个菩萨两炷香——没你的份

菩萨跌进蒸笼里——真(蒸)神

菩萨眉毛上挂霜——愣(冷)神

菩萨背后捣窟窿——妙(庙)透了

菩萨屁股底下长草——慌(荒)了神

四大金刚

四大金刚扫地——大材小用

四大金刚摇船——大摇大摆

四大金刚腾空——不着实地

四大金刚讨饭——穷凶极恶

四大金刚吃粉条——不经一嚼

四大金刚的琵琶——用不着谈(弹)

四大天王

四大天王流涎水——没出息

四大天王流鼻涕——大不醒世

四大天王丢盔卸甲——大败而逃

魔礼红的伞——撑不得

魔礼海的琵琶——谈(弹)不得(魔礼海:《封神演义》中魔家四将之一,即四大天王,上条同。)

土地菩萨

土地爷洗澡——摊泥

土地爷搬家——走了神

土地爷敲门——来神了

土地爷死崽——绝妙(庙)

土地爷下水——自身难保

土地爷剃头——生刮死刮

土地爷理发——鬼头鬼脑

土地爷的庙——上下一间
土地爷打靶——老神枪手
土地爷跳塘——不敢劳(捞)驾
土地爷推大车——出了神力
土地爷坐软椅——养神
土地爷的蜡台——一对儿
土地爷打城隍——管得宽
土地爷接城隍——慌了神
土地爷啃地瓜——窝囊神
土地爷坐深山——没香火
土地爷吹笛子——老腔老调
土地爷捉迷藏——神出鬼没
土地爷坐轮船——神到外国
土地爷开银行——钱能通神
土地爷管龙王——以上压下
土地爷打算盘——神机妙算
土地爷吃汤圆——难吞难咽
土地爷穿素服——白跑(袍)
土地爷坐班房——劳(牢)神
土地爷坐飞机——成了天神
土地爷卖房子——盛(神)不住
土地爷吃蚂蚱——大小是个荤腥
土地爷的五脏——实(石)心实(石)肠
土地爷跟城隍打架——神鬼不安
土地爷遇着开路神——长短不齐
土地爷吃王母娘娘的蟠桃——再好也吃不到
土地佬腾空——神起来了
土地佬喝烟灰——有那么口神瘾
土地佬挖黄连根——自找苦吃
土地奶奶戴花——老来俏
土地奶奶跟王母娘娘比美——天地之别
土地庙没顶——神气通天
土地庙上开窗——神气通天
土地庙的横批——有求必应
土地庙里求神——无人表态
土地庙里的菩萨——没见过大香火

土地庙里填窟窿——不妙(补庙)

土地庙里敬观世音——找错了菩萨,烧错了香

巫婆、巫师

巫婆跳舞——邪门

巫婆跳舞——鬼把戏

巫婆改行——没人信

巫婆看病——妖言惑众

巫婆跳神——故弄玄虚

巫婆扮凶神——又丑又恶

巫婆打哈欠——装神弄鬼

巫婆的表情——装模作样

巫婆的声调——装腔作势

巫婆学打卦——歪门邪道

巫婆请大夫——大仙不灵啦

巫婆和鬼打架——病人跟着作难

巫婆找上神汉家——走的歪门邪道

又做巫婆又装鬼——两头出面做好人

巫婆神汉跳大神——邪门(巫婆神汉:靠装神弄鬼替人祈祷为职业的人,女的叫巫婆,男的叫神汉。)

老巫婆戴孝帽——死神

老巫婆见河神——摸到底

巫师驱鬼——改恶从善

巫师舞镰刀——没见(剑)

巫师吹牛角——无路(呜噜)

医生开方,巫师扶乩——听谁的(扶乩:一种迷信活动。)

阎王

阎王摆手——没救了

阎王办事——鬼差事

阎王叫门——活不久

阎王吃蒜——有鬼捣

阎王讨债——催命鬼

阎王开店——无人买

阎王开会——都不是人

阎王出丧——鬼哭神嚎

阎王办事——尽想鬼点子

阎王献计——尽出鬼主意

阎王嫁女——抬轿的是鬼，坐轿的也是鬼

阎王发令箭——要命

阎王的爷爷——老鬼

阎王涂水彩——色鬼

阎王耍把戏——哄死人

阎王吸鸦片——大烟鬼

阎王翻跟头——鬼花招

阎王打判官——鬼打鬼

阎王的蒲扇——扇阴风

阎王的参谋——鬼点子多

阎王下请帖——离死不远

阎王写文章——鬼话连篇

阎王不戴帽——鬼头鬼脑

阎王打瞌睡——点错了名

阎王扮观音——神不神，鬼不鬼

阎王嘴上拔胡子——找死

阎王爷讨饭——穷鬼

阎王爷撒谎——骗鬼

阎王爷请客——尽是鬼

阎王爷上吊——短命鬼

阎王爷烧炕——点鬼火

阎王爷好见——小鬼难缠

阎王爷照相——鬼头鬼脑

阎王爷敲门——鬼到家了

阎王爷抽烟——鬼火直冒

阎王爷说梦——鬼话连篇

阎王爷死了——鬼哭神嚎

阎王爷开店——鬼都不上门

阎王爷照镜子——鬼相

阎王爷开布店——鬼扯

阎王爷啃猪头——馋鬼

阎王爷拉家常——讲鬼话

阎王爷的扇子——扇阴风

阎王爷的扇子——两面阴

阎王爷拉风箱——扇阴风

阎王爷变戏法——鬼把戏

阎王爷吸鸦片——大烟鬼

阎王爷审小鬼——不打自招

阎王爷下请帖——不去不行

阎王爷审案子——尽是鬼事

阎王爷讲故事——鬼话连篇

阎王爷的奏折——鬼话连篇

阎王爷吃黄豆——鬼吵(炒)

阎王爷的爸爸——老不死的鬼

阎王爷皱眉头——又在想鬼主意

阎王爷出主意——尽是诡(鬼)计

阎王老子说梦话——神志不清

阎王老子谈家常——尽讲鬼话

阎王老子做木匠——鬼斧神工

阎王给小鬼拜年——弄颠倒了

阎王爷点生死簿——一笔勾销

棍捅阎王殿——捣鬼

大白天见阎王——活见鬼

催命鬼见阎王——一个比一个凶

阎王殿里开染房——色鬼

阎王殿里玩戏法——鬼花招

灶王爷

灶王爷说书——神话

灶王爷下海——搅得宽

灶王爷看门——不管闲事

灶王爷演戏——胡闹锅台

灶王爷许愿——有求必应

灶王爷上桌——神气来了

灶王爷打架——散伙(火)

灶王爷上天——报喜不报忧

灶王爷下界——哪家事都管

灶王爷扔石头——砸锅

灶王爷打跟头——砸锅了

灶王爷上西天——有啥说啥

灶王爷的横批——一家之主

灶王爷翻跟头——离板儿了

灶王爷坐飞机——神上天了

灶王爷耍扁担——胡弄锅台

灶王爷敲梆子——胡闹锅台

灶王爷走院子——多管闲事

灶王爷掉菜锅——熬糟(灶)

灶王爷不在家——没主事的人

灶王爷打门神——家鬼害家鬼

灶王爷卷门神——话(画)里有话(画)

灶王爷嘴上抹蜜——专言好事

灶王爷上碗架子——稀里哗啦

灶王爷贴在腿肚上——人走家搬

灶王爷的横批少一点——一家之王

灶王爷绑在腿肚子上——四海为家

其他

背鼓进庙——找捶

空心罗汉——没肚量

空肚罗汉——无心肝

神仙打架——劝不得

神婆念咒——胡叨叨

瘟神下界——四方遭灾

瞎子敬神——盲目崇拜

苦海无边——回头是岸

嫦娥跳舞——两袖清风

河伯娶亲——坑害民女

仙人摘豆——随便地换

寺里起火——妙哉(庙灾)

神仙下凡——清闲极(急)了

小庙的神——没见过大香火

阴间出赏格——寻鬼

金刚打罗汉——硬对硬

浸水的木鱼——敲不响

睡梦吃仙桃——想得甜

讨吃的敬神——穷恭敬

香山的卧佛——大手大脚

仙女的裙子——拖拖拉拉

凶神扮恶鬼——又凶又恶

神仙的眼睛——是人安的

神龛下开铺——傍佛讨吃

神像拍胸口——没心没肝

庙堂里算命——疑神疑鬼

敲开的木鱼——合不拢嘴

香炉里长草——慌(荒)了神

药王爷的嘴——吃尽了苦头

青蛙望玉兔——有天地之别

看门的神仙——管不了庙里事

娃娃供神佛——你哄我,我哄你

虱壳里的仙人——小气

神堂下鸡子儿——宝贝蛋

跳大神翻白眼——没咒念

神桌上开铺睡——享清福

盗马贼披袈裟——嫁祸于人

大佛殿的罗汉——一肚子泥

大佛寺的大佛——半身金装

少林寺的高僧——身手不凡

六月天的庙堂——鸦雀无声

孔方兄进庙门——钱能通神

红萝卜雕神像——饮食菩萨

神仙女下凡间——天赐良缘

神主头上剃头——羞(修)仙人

香炉里打喷嚏——碰一鼻子灰

烂泥巴捏神像——没个好心肠

铜罗汉铁金刚——一个赛一个

阴曹地府挂日历——鬼扯

阴阳先生没在家——乱葬

算命先生说气话——舍得

硬拿乌龟当神供——不识鳖

阴间里的奈何桥——死路一条

嫦娥脸上长颗痣——美中不足

神佛坐上莲花台——本事大了

算卦先生的葫芦——肚里有鬼

送子娘娘摔褡子——活要孩子命

神仙背后有窟窿——妙(庙)透啦

三、历史人物歇后语

包公(包青天)

包公搽粉——光图（涂）表面、表面一层

包公的娘鼓肚子——怀的是丞相才

包公的尚方宝剑——先斩后奏

包公的作风——铁面无私

包公断案——明察秋毫、铁面无私

包公放粮——为穷人着想

包公开铡——除暴安良

包公脸上抹煤灰——黑上加黑

包公杀亲侄——先治其内，后治其外

包公审案子——铁面无私、六亲不认、认理不认人

包公升堂——尽管直说、青天在上

包公铡驸马——公事公办、刚正不阿

包公铡皇亲——法不容人

包公铡侄子——大义灭亲

包公斩包勉——正人先正己、公事公办

包河里的藕——没私（丝）

包老爷审堂——是非分明

包老爷私访——民望所归

包公审堂——是非分明

包公审案——铁面无私

包公断案——明察秋毫

包公升堂——青天在上

包公开铡——除暴安良

包公放粮——为穷人着想

包公搽粉——光图（涂）表面

包公放粮——为穷人先正己

包公断案——脸黑心不黑

包公的铡刀——不认人

包公办案子——清明公断

包公铡皇亲——法不容奸

包公斩驸马——为民做主

包公的衙门——好进难出
包公铡包勉——大义灭亲
包公斩包勉——正人先正己
包公的公堂——好进难说
包公铡驸马——公事公办
包老爷办案——明察秋毫
包黑脸断案——铁面无私
包公坐大堂——威威赫赫
包老爷坐大牢——不白之冤
开封府的包公——铁面无私
包老爷的作风——铁面无私
包公铡陈世美——公事公办
包公铡陈世美——大快人心
包公铡陈世美——皇亲国戚都不怕
包大人的告示——开诚布公
包青天的横匾——明镜高悬
包老爷的衙门——认理不认亲

陈世美

陈世美杀妻——忘恩负义
陈世美犯法——包办（包公办案的简称。）
陈世美打轿夫——不识抬举
陈世美娶皇姑——喜新厌旧
陈世美做驸马——喜新厌旧
陈世美不认秦香莲——喜新厌旧

程咬金

程咬金上阵——就那三板斧
程咬金上殿——来不参，去不辞
程咬金的胡子——两半
程咬金的招数——三板斧
程咬金拜大旗——贼运大发
程咬金做皇帝——当不得真
程咬金卖耙子——一路横刮
程咬金的斧子——头三下狠
半路杀出个程咬金——突如其来

韩信

韩信点兵——多多益善

人物类歇后语

韩信拜将——有用武之地
韩信伐楚——明修栈道，暗度陈仓
韩信打赵国——背水一战
韩信管粮库——用人不当
韩信墓前一声叹——埋没了英才
萧何月下追韩信——连夜赶

孔夫子

孔圣人说话——出口成章
孔夫子拜师——不耻下问
孔夫子讲学——文绉绉的
孔夫子念书——咬文嚼字
孔夫子写信——不打草稿
孔夫子唱戏——出口成章
孔夫子讲学——之乎者也
孔夫子出门——三思而后行
孔夫子搬家——尽是输（书）
孔夫子的坟——久慕（墓）大名
孔夫子的学生——高才
孔夫子的面孔——文绉绉
孔夫子的砚台——心太黑
孔夫子的门徒——多仁义
孔夫子游列国——尽是礼
孔夫子的行李——净输（书）
孔夫子的手巾——包输（书）
孔夫子丢了书——失策（册）
孔夫子的弟子——闲（贤）人
孔夫子的文章——之乎者也
孔夫子当教授——古为今用
孔夫子的嘴巴——出口成章
孔夫子的行头——文绉绉的
孔夫子挂腰刀——文武双全
孔夫子穿西服——表里不一
孔夫子写文契——不用起稿子
孔夫子打呵欠——一口书生气
孔夫子的褡裢——两头输（书）
孔夫子的褡裢——书呆（袋）子

孔夫子的书箱——里边有大文章
孔夫子喝卤水——明白人办糊涂事
孔夫子的弟子——四体不勤,五谷不分
孔夫子面前读字画——不自量力
孔夫子门前卖对联——冒充文人
孔夫子门前卖文章——班门弄斧
孔夫子门前卖文章——自不量力
孔夫子门前卖四书——竟敢在圣人面前逞能
孔夫子的得意门生——不乏其人
孔夫子门前讲《论语》——自称内行
孔夫子门前卖《孝经》——自不量力
孔夫子面前讲《论语》——忘了自个儿姓名

刘邦

楚汉相争——势不两立
楚汉相争——胜者为王
刘邦当皇帝——胜者为王
张良保刘邦——功成身退(张良:西汉初大臣,是刘邦夺取天下的重要谋臣。)
刘邦乌江追项羽——赶尽杀绝
吃霸王饭跟刘邦干——不是真心

鲁班

鲁班的手艺——巧夺天工
鲁班皱眉头——别具匠心
鲁班的锯子——不错(锉)
鲁班门前弄大斧——献丑
鲁班手里调大斧——得心应手
鲁班的儿子学木匠——门里出身
鲁班的儿子学木匠——不用拜师

秦琼

秦琼吊孝——不忘旧情
秦琼卖马——时运不济
秦琼卖马——忍痛割爱
秦琼的黄膘马——有来头
秦琼的撒手锏——一辈传一辈

秦始皇

秦始皇的鞋——无道理(履)

秦始皇治卢生——坑害人

秦始皇灭六国——一统天下

秦始皇修坟墓——自作自受

秦始皇的奶奶——有年纪啦

秦始皇收兵器——高枕无忧

秦始皇的愿望——万寿无疆

秦始皇修长城——功过后人评

秦始皇治书生——坑害人

武则天

武则天的面首——不公开

武则天的名字——日月空（曌：同"照"，武则天为自己造的字，意指日月当空。）

武则天登看花楼——净刺

慈禧

慈禧太后听政——专出鬼点子

慈禧太后想辙——专打鬼主意

慈禧手下的光绪帝——有职无权

西施

西施戴花——美上加美

西施坐飞机——美上天了

西施上磅秤——自称美女

西施掉了门牙——美中不足

做梦娶西施——想得美

越王献西施——美人计

项羽

项羽自刎——无脸见乡亲

项羽过江东——罢（败）了

项羽与刘邦争天下——功败垂成

霸王的兵——散啦

霸王的鞭——越使越硬

霸王别姬——无可奈何

霸王的弓——越拉越长

霸王敬酒——不干也得干

霸王请客——不去也得去

楚霸王举鼎——力大无穷

楚霸王打天下——有勇无谋

楚霸王被困垓下——四面楚歌

楚霸王自刎乌江——没脸回江东

楚霸王的鸿门宴——去也得去，不去也得去

杨贵妃

贵妃唱歌——有声有色

贵妃醉酒——仪态万千

贵妃娘娘叹气——不顺心

杨家将

杨家将——个个忠良

杨家将上阵——不分男女

佘太君百岁挂帅——朝中无人

佘太君的龙头拐杖——有钱也买不到

穆桂英上阵——女将一员

穆桂英挂帅——威风凛凛

穆桂英出征——马到成功

穆桂英招亲——不光看人品，还要试武艺

穆桂英下山——寻宝（寻宝：穆桂英下山寻找"降龙木"归宋破辽。）

穆桂英破洪州——马到成功

穆桂英下西郊——搬兵来了

穆桂英和杨宗保——恰好一对

穆桂英打杨宗保——严守军令

穆桂英大破天门阵——阵阵少不下

杨文广挂帅——不顶事

杨二郎外甥——不守旧（受舅）

杨五郎削发——半路出家

杨宗保成亲——不打不招

杨七郎搬兵——一去不回

杨六郎斩子——气不可言

孟良甩葫芦——散伙（撒火）

孟良杀焦赞——自家人害自家人

杨继业数儿子——越数越少

杨排风的烧火棍——用场大

一枪扎死杨六郎——没戏唱了

杨六郎赦了杨宗保——儿媳妇吓的

半路上杀出个杨排风——好厉害的丫头

岳飞、秦桧

岳飞的案子——千古奇冤

岳老爷升天——上了奸臣的当

岳飞屈死风波亭——好人落难

秦桧奏本——进谗言

秦桧掌权——奸臣当道

秦桧落海——臭名远扬（洋）

秦桧的朋友——奸党

秦桧杀岳飞——不得人心

秦桧杀岳飞——罪名莫须有

秦桧的轿帘儿——骂当子（骂当子：北京方言，即众矢之的。）

秦桧遇见严嵩——奸对奸（严嵩：明嘉靖时的宰相，有名的贪官。）

秦桧诗抄粉壁墙——揭了老底子（秦桧和他老婆在东窗下商量的诗，被疯僧听到，抄在墙壁上。这首诗正揭露了秦桧的老底。）

赵匡胤

赵匡胤掉井——劳（捞）驾

赵匡胤下棋——独一无二

赵匡胤押江山——大赌

赵匡胤穿龙袍——改朝换代

赵匡胤爬城墙——四下无门

赵匡胤送京娘——御驾亲征

赵匡胤卖华山——没有细看

赵匡胤卖包子——御驾亲征（蒸）

宋太祖陈桥兵变——取而代之

其他

匡衡凿壁——借光

王佐断臂——留一手

张勋复辟——痴心妄想

孟母三迁——望子成龙

王莽使令——朝令夕改

项庄舞剑——意在沛公

扁鹊开方——手到病除

甘罗拜相——小人得志

管鲍之交——各为其主

海瑞上书——为民请愿

严嵩收礼——来者不拒

严嵩庆寿——大捞一把

孙子用兵——以一当十

安禄山起兵——反了

袁世凯称帝——不得人心

孙膑走路——快不了

孙膑吃猪屎——装疯卖傻

孙武训宫女——纪律严明

司马遇文君——一见钟情

高力士进宫——熟门熟路

王恺斗石崇——甘拜下风

薛仁贵征东——劳而无功

海瑞见皇帝——拼着一死

谢安做宰相——东山再起

座山雕做寿——末日来临

楚王戏晏子——自讨没趣

荆轲献地图——暗藏杀机

荆轲刺秦王——图穷匕首见

徐悲鸿的马——中看不中骑

顾鼎臣回家——告老还乡（顾鼎臣：明朝大臣。）

伍子胥过昭关——老得快

康熙替父还债——晚了

汪精卫照镜子——一副奸相

楚庄王猜谜语——一鸣惊人

朱洪武坐南京——风调雨顺

朱洪武扫完地——各就各位

老海瑞上金殿——为民请命

官老爷出告示——百姓遭难

来俊臣审酷吏——请君入瓮

徐稚破除迷信——以错攻错

齐桓公用管仲——不记前仇

杨国忠做宰相——冰山难靠

狄仁杰的门生——桃李满天下

王安石砸圆圈——留下一个尾巴

苻坚逃到八公山——草木皆兵

程婴舍子救孤儿——大义凛然

鉴真和尚东渡日本——传经送宝

周文王拜请姜太公——找明白人

白衣秀士王伦当寨主——容不得人

魏徵会李靖——钻空子

魏徵犯颜直谏——失礼而不怪

魏文侯见段干木——求贤不得

王羲之的字——别具一格

王羲之看鹅——渐渐消磨(墨)

董宣斩赵彪——不惧权贵(东汉光武帝刘秀的姐姐依仗皇亲,纵家将赵彪杀人,县令董宣按律将其处斩。)

八王爷上金銮殿——大摇大摆(八王爷:八贤王,《杨家将演义》中人物。)

孟尝君过函谷关——全仗鸡鸣狗盗(孟尝君:战国时齐国人,姓田名文,他有三个食客,其中一个学鸡叫,一个学狗叫,还有一个飞檐走壁的。)

孟尝君的食客——啥人都有(食客:古代在贵族家寄食,为人策划、奔走的人。)

鲁缪公访泄柳——两不见面(泄柳:春秋时鲁国人,鲁缪公要他为官,亲自登门求见,但他避而不见。)

牛皋问路——少礼(牛皋:《岳飞传》中人物。)

牛皋打哈哈——快活死了

李世民登基——顺应民心

李闯王进北京——杀富济贫

崇祯爷殡天——盼谁谁不来,叫谁谁不到(殡天:死的委婉的说法。)

纣王造鹿台——劳民伤财

纣王信妖言——众叛亲离

纣王的茶杯——老词(瓷)

纣王女娲宫题诗——惹祸的种

乾隆下江南——游山玩水

乾隆解匾额——个个草包

萧何荐贤——急人之所急(萧何:汉代大臣。)

萧何月下追韩信——谋士识良才

蔺相如出使秦国——完璧归赵

唐伯虎点秋香——风流佳话

唐伯虎画秋香——惟妙惟肖

唐伯虎追秋香——千方百计

唐伯虎和秋香——郎才女貌

唐伯虎进宁王府——装疯卖傻

周幽王举烽火——千金买笑

周幽王戏诸侯——言而无信
谢玄破秦军——以少胜多

四、传说、故事人物歇后语

姜太公

姜太公背封神榜——替别人忙一场
姜太公的钓鱼钩——直来直去
姜太公的坐下骑——四不像
姜太公的钓钩——直的
姜太公钓鱼——愿者上钩、直钩
姜太公封神——一言为定、没有自己的位置
姜太公卖粉——越卖越穷
姜太公说相声——神聊
姜太公算卦——未卜先知、好准啊
姜太公做买卖——样样赔本
姜子牙搬家——访贤（房闲）
姜子牙唱渔鼓——老调子、尽是老调
姜子牙穿马褂——老一套
姜子牙担着笊篱进城——没人买你的货
姜子牙钓鱼——怪刁（钓）
姜子牙火烧琵琶精——现了原形
姜子牙开饭馆——鬼都不上门
姜子牙开酒馆——卖不出去自己吃
姜子牙开算命馆——买卖兴隆
姜子牙卖灰面——倒担回家
姜子牙卖面——折本买卖、赔了本钱
姜子牙娶媳妇——老来喜

东施

东施自夸——丑表功
东施上坟——丑死人
东施登台——献丑了
东施的脸——丑样子
东施戴花——自以为美

东施骂街——又丑又恶
东施效颦——生搬硬套
东施聊天——尽讲丑话
东施出麻子——丑上加丑
东施登珠峰——丑到极点
东施笑麻子——不知自己丑
东施先发言——丑话说在前
东施的绣球——抛出去也没人要
东施进阎王殿（城隍庙）——丑死鬼

济公

济公治病——主动上门
济公走路——疯疯癫癫
济公当和尚——不吃素
济公的装束——衣冠不整
济公吃狗肉——不管清规戒律
济公过日子——只讲吃不讲穿
上吊的遇上济公——想死死不了

牛郎、织女

鹊桥相会——一年一度
牛郎会织女——喜相逢
牛郎约织女——后会有期
牛郎配织女——天生的一对
牛郎织女相会——一年一次
牛郎织女二人转——夫唱妇随
牛郎织女哭梁祝——同病相怜
七仙女做梦——天晓得
七仙女下凡间——天配良缘

盘古

盘古跳舞——老天真
盘古开天地——很早的事
盘古王吃面——老牌老调（吊）
盘古氏出世——只知天底下有他自己
盘古王耍板斧——开天辟地
盘古王耍拨浪鼓——老天真

苏妲己

苏妲己请客——尽是妖

苏妲己进宫——乱了朝纲

苏妲己献媚——残害忠良

苏妲己打喷嚏——妖气

苏妲己的妈妈——老狐狸精

许仙、白娘子

许仙碰着白娘子——劳而无功

许仙碰着白娘子——天降喜缘

白素贞借伞——一见钟情

白娘子斗法海——精打光

白娘子救许仙——尽心尽力

白娘子哭断桥——想起旧情来

白娘子喝雄黄酒——现了原形

白素贞不舍许仙——恩爱难舍

白素贞盗灵芝草——舍命不舍夫

白娘子压在雷峰塔下——总有人搭救

张生、崔莺莺

张生上京——一去不返

张生的病——吃药没用

张生跳粉墙——偷花贼

张生碰着崔莺莺——一见钟情

崔莺莺患病——心病还得心药医

崔莺莺送郎——一片伤心说不出

红娘牵线——成人之美

红娘挨打——成全好事

红花女做媒——自身难保

红娘行好反遭打——错在糊涂的老夫人

红娘拿到莺莺的信——心领神会

张天师

张天师叫门——拿鬼（张天师：东汉时创立道教的张道陵。）

张天师捉妖——拿手好戏

张天师画符——玩的骗人术

张天师下海——莫（摸）怪

张天师被蛇咬——手段用绝了

张天师挨娘打——有法无处使

张天师被鬼迷——明白人也有糊涂时

张天师戏何仙姑——两相情愿

张天师跪在泥水里——求情(晴)

张天师失了五雷印——没法了(五雷印:张天师手中的武器,能发雷镇妖。)

其他

范进中举——乐疯了

愚公之家——开门见山

窦娥喊冤——怨天怨地

塞翁失马——安知祸福

木兰从军——女扮男装

叶公好龙——怕是真的

潘仁美挂帅——奸臣当道

卢生借枕头——黄粱一梦

刘三姐对歌——随口而出

杨白劳过年——躲躲闪闪

三毛的头发——屈指可数

彭祖遇寿星——各有千秋

南郭先生吹竽——滥竽充数

六月天斩窦娥——老天也寒心

周扒皮学鸡叫——自找挨打

东郭先生救狼——好心得不到好报

三堂审苏三——真相大白

苏三上公堂——句句是实话

孟姜女寻夫——不远千里

孟姜女拉着刘海——有哭有笑

刘海掉眼泪——没钱啦

申公豹的嘴——搬弄是非

申公豹的脑袋——人前一面,人后一面

娄阿鼠问卦——做贼心虚(娄阿鼠:昆剧《十五贯》中人物。)

娄阿鼠当县令——不是好官

娄阿鼠测字——做贼心虚

张驴儿告状——冤枉好人(张驴儿:《窦娥冤》中的人物。)

张驴儿他爹——死在嘴馋上李双双离婚——没希望(喜旺)(李双双、喜旺:电影《李双双》中的夫妻。)

李双双的心上人——希望(喜旺)

阿庆嫂倒茶——滴水不漏(阿庆嫂:京剧《沙家浜》的主角。)

阿庆嫂的态度——不卑不亢

阿庆嫂开茶馆——来的都是客

阿Q式的人物——精神胜利

阿凡提种金子——难能可贵

窦尔敦盗御马——艺高人胆大

梁山伯的书童——事(四)久

梁山伯与祝英台——生死相依

五、世俗人物歇后语

裁缝

裁缝打狗——有尺寸

裁缝做衣——讲究分寸

裁缝没米——当真(针)

裁缝摇手——不才(裁)

裁缝干活——忘不了吃(尺)

裁缝搬家——依依(衣衣)不舍

裁缝打架——剪子尺子一块上

裁缝的肩膀——有限(线)

裁缝的本事——真(针)狠

裁缝铺扯筋——争长论短

裁缝丢剪刀——光剩吃(尺)

裁缝撂剪子——不睬(裁)你

裁缝的尺子——量人不量己

裁缝作嫁衣——替旁人欢喜

裁缝的家当——真正(针挣)的

裁缝摸尺子——专门衡量别人

裁缝师傅买田——千真(针)万真(针)的

裁缝做衣不用尺——自有分寸

裁缝做衣不带尺——存心不良(量)

裁缝师傅戴戒指——顶真(针)

裁缝师傅戴眼镜——认真(纫针)

裁缝和木匠结亲——一正(针)一作(凿)

厨师

厨子的嘴——闲不着

厨子回家——不吵（炒）了

厨子罢工——不想跟你吵（炒）

厨子解围裙——不吵（炒）了

老厨师熬粥——难不住

厨师拍屁股——坏了菜啦

大师傅打蛋——各个击破

大师傅下伙房——来了行家

馆子里的厨师——咸淡都得尝

大师傅（厨师）拆灶——散伙（火）

孩子

小孩打架——不为正事

小孩掰竹笋——拔尖

小孩吃花生——满把抓

小孩耍菜刀——不是玩意

小孩挑重担——压力太大

小孩拿锣鼓——胡打乱敲

小孩出麻疹——千疮百孔

小孩儿拜年——伸手要钱

小孩子过年——常盼那一天

小孩子喊妈妈——常事

小孩子的节日——儿戏

小孩抱蜜罐子——甜到心

小孩儿抽陀螺——团团转

小孩过独木桥——慢慢腾腾

小孩子坐轿车——托大人福

小孩儿的钱罐——成天想到（倒）

小孩子做游戏——花了心血成不了器

小孩不识葵花秸——麻木

小孩儿吃豆包儿——露了馅了

小孩儿吃泡泡糖——吞吞吐吐

小孩子倒在娘怀里——靠福（腹）

光屁股的娃娃单独走——无牵无挂

小娃娃吃面——瞎抓

小娃娃吃辣椒——上当一回

小娃娃蹲在楼梯上——上下为难

后妈

后娘的拳头——毒极了

后娘打孩子——早晚是一顿

后娘打孩子——一巴掌两鞋底

皇帝

皇帝出朝——驾到

皇帝出殡——事大了

皇帝打架——争天下

皇帝出家——没王法(发)

皇上的批文——圣旨

皇帝的祠堂——太妙(庙)

皇帝的脑壳——芋(御)头

皇帝拍桌子——盛(圣)怒

皇上吃馅饼——由(油)君

皇上烙煎饼——均(君)摊

皇帝的妈妈——太厚(后)

皇帝的闺女——金枝玉叶

皇上的圣旨——个人主义(意)

皇帝老爷伸脚——灯笼(蹬龙)

皇帝老爷发酒疯——咋说咋有理

皇上的旨,将军的令——说了算

跑江湖的

江湖卖艺的——摊子不大,喊声连天

江湖佬耍猴子——名堂多

江湖佬的膏药——不知真假

走江湖卖草药——耍嘴皮子

江湖骗子耍贫嘴——夸夸其谈

走江湖的拿大顶——一切颠倒

江湖佬卖完狗皮膏——该收场了

结巴

结巴嘴戴个烂草帽——言不压众,貌(帽)不惊人

结巴子讲话——吞吞吐吐

结巴郎吵架——张嘴结舌

叫花子

叫花子挨骂——淘(讨)气

叫花子安风扇——穷风流

叫花子摆酒席——穷排场

叫花子摆阔气——穷大方

叫花子摆米摊——没本钱生意

叫花子摆堂戏——穷作乐

叫花子拜把子——入伙

叫花子拜堂——穷配

叫花子搬家——离不开吵(草)、一无所有

叫花子抱着醋坛子——穷酸

叫花子背不动三升米——自讨的

叫花子背饭桌——穷玩谱

叫花子比神仙——不沾边、沾不上边

叫花子比武——穷对打

叫花子拨算盘——穷有穷的打算

叫花子簸簸箕——穷抖擞

叫花子不吃淡饭——谣(要)言(盐)

叫花子不吃供香馍——又穷又拗

叫花子不带碗——干要

叫花子不见了拐棒——受狗的气

叫花子不进院——门外汉(喊)

叫花子不留隔夜食——一顿光

叫花子搽粉——穷讲究、穷打扮

叫花子长疮——穷坏

叫花子唱莲花落——穷开心

叫花子炒三鲜——要一样没一样

叫花子吃豆腐——一穷二白

叫花子吃肥肉——讨来的

叫花子吃狗肉——块块好

叫花子吃黄连——穷苦

叫花子吃苦瓜——自讨苦吃

叫花子吃葡萄——穷酸

叫花子吃树皮——饥不择食

叫花子吃鲜桃——个个好

叫花子出殡——穷到头了

叫花子穿皮袄——穷讲究

叫花子串大街——穷逛

叫花子打更——穷操心

叫花子打狗——边走边打、穷横、手工(功)

叫花子打官司——一场空

叫花子打架动刀子——穷凶极恶、穷横

叫花子打了碗——倾家荡产

叫花子打瓢——穷开心

叫花子打伞——苦撑

叫花子打手锤——穷作乐

叫花子戴眼镜——穷讲究、穷阔气

叫花子担醋担——卖穷酸

叫花子当老板——阔啦、阔气了

叫花子的拐棍——穷棒子

叫花子的家当——破烂货

叫花子的米——心中有数、有数

叫花子登榜——人不可貌相

叫花子登戏场——穷快乐

叫花子跌在石灰堆里——一穷二白

叫花子丢了猢狲——没戏唱了、没有玩的了

叫花子翻身——无穷

叫花子放起火——穷气烧天

叫花子赶集——场场不缺、分文没有

叫花子赶夜路——假忙、穷忙

叫花子观宴——看人家吃

叫花子过年——穷讲究、穷有穷打算

叫花子过烟瘾——讨厌(烟)

叫花子害病想人参——命穷心高

叫花子喝醋——一副穷酸相

叫花子喝酒——穷要

叫花子哼梆子腔——穷作乐、穷快活

叫花子哼曲子——快活不起来

叫花子嫁长工——穷对穷

叫花子捡了一颗夜明珠——暴富

叫花子捡银子——无处放

叫花子教养小讨饭——彼此彼此、彼此一样

叫花子接彩球——喜疯了、喜出望外

叫花子借算盘——穷算计

叫花子金榜题名——总算有了出头之日

叫花子进茶馆——穷喝

叫花子进贡——穷尽忠

叫花子进伙房——想吃什么就有什么

叫花子进商场——穷逛

叫花子进衙门——有理说不清、讲不清道理

叫花子开当铺——没资本

叫花子开店铺——无本生意

叫花子开粮行——都是半升货

叫花子开杂粮行——一样一点

叫花子看城门——里外一式

叫花子看滑稽(独角戏)——穷开心

叫花子扛刀——穷威风

叫花子烤火往怀里扒——只顾自己

叫花子夸祖业——自己没出息

叫花子拉肚子——入不敷出

叫花子拉二胡——穷拉、穷快活

叫花子拉胡琴——与人作乐

叫花子篮里抢冷饭——不近人情

叫花子擂鼓——穷开心

叫花子练跌打——穷折腾

叫花子炼油渣——总念(炼)总念(炼)

叫花子亮相——穷相毕露

叫花子留照——一副穷相

叫花子卖布——穷扯

叫花子卖醋——穷酸

叫花子卖米——只有一身(升)

叫花子没得隔夜米——好穷

叫花子没空闲——穷忙

叫花子没有隔夜米——岁月难熬、日子难过

叫花子拿讨饭棍——穷打拢

叫花子念经——穷嘟囔

叫花子扭秧歌——穷潇洒

叫花子拍照——穷相

叫花子排流年——变出新花头

叫花子碰上大雪天——饥寒交迫

叫花子碰上要饭的——穷对穷

叫花子骑狗——穷人穷马

叫花子骑烂马——零碎多

叫花子起五更——穷忙

叫花子请长工——大家挨饿

叫花子请客——穷张罗、穷大方

叫花子娶个讨饭的——穷到一起了

叫花子娶老婆——没挑的、穷张罗

叫花子晒太阳——享天福

叫花子上坟——哭穷

叫花子上坟烧杨叶——心尽到

叫花子上街——单拉大衣衫衿

叫花子上课——穷讲

叫花子烧纸——穷祷告

叫花子身上扯破片——没用处、无用

叫花子生鼓胀病——穷人大肚皮

叫花子拾金条——快乐无边、乐不可支

叫花子拾元宝——喜从天降、心里乐滋滋的、无处放

叫花子拭眼泪——哭穷

叫花子耍龙灯——穷欢

叫花子睡城门——城里城外一样

叫花子睡觉——穷困

叫花子睡凉亭——穷风流

叫花子睡石槽——你热它它不热你

叫花子睡土地庙——做的全是白日梦

叫花子死了站着埋——人穷志不穷

叫花子谈嫁妆——说大话

叫花子讨饭——只图多

叫花子讨灰面(白面)——穷二白

叫花子提亲——穷说、穷凑合

叫花子跳井——穷途末路、穷到底

叫花子同龙王比宝——输定了

叫花子同土地婆结婚——神喜人欢

叫花子推磨——干呼隆

叫花子拖红漆文明棍——上趁下不趁

叫花子玩龙灯——穷开心

叫花子喂猴——玩心不退

叫花子嫌米饭馊——穷讲究

叫花子嫌糯米——可怜不得

叫花子胸前挂钥匙——穷开心

叫花子养鸟——苦中作乐

叫花子咬牙——穷凶极恶、穷横

叫花子要黄连——自讨苦吃

叫花子要盐——求贤(咸)

叫花子游西湖——穷风流

叫花子遇到讨饭的——谁也不沾谁的光

叫花子遇神仙——比不上

叫花子照镜子——不知自丑、一副穷相

叫花子争油房——天亮后是人家的

叫花子中状元——一步登天

叫花子拄棍子——穷棒子

叫花子住万寿宫——户大家虚

叫花子装风扇——穷风流

叫花子捉虱子——十拿九稳

叫花子走猫步——穷装

叫花子走清明——两头忙

叫花子走人户(走亲戚)——两手空

叫花子醉酒——穷开心

叫花子坐蹭车——赖搭

叫花子坐更——一夜无人

叫花子坐火车——到哪儿算哪儿

叫花子坐金銮殿——一步登天

叫花子坐远洋轮——四海为家

叫花子做驸马——受宠若惊

叫花子做皇上——喜从天降

叫花子做头人——丑死鬼

叫花婆子谈嫁妆——穷人说大话

叫花子挨骂——淘气

叫花子拨算盘——穷有穷的打算

叫花子不留隔夜粮——一顿光

叫花子唱山歌——穷快活

叫花子炒三鲜——要一样没一样

叫花子吃豆腐——一穷二白

叫花子出龙灯——穷欢

叫花子打狗——边打边走

叫花子赶街——分文没有

叫花子喝醋——一副穷酸相

叫花子扭秧歌——穷快活

叫花子碰上要饭的——穷对付

叫花子拾黄金——乐不可支

叫花子洗澡——穷干净

老太太

老太婆吃炒豆——慢慢嚼

老太婆吃炒面——闷了口

老太婆吃黄连——苦口婆心

老太婆吃鸡子——不亏(补亏)

老太婆吃麻花——要(咬)的那股劲

老太婆穿针——看着是门进不去

老太婆戴花上街——卖老俏

老太婆得孙子——大喜

老太婆垫铺衬(碎布头或旧布)——一层管一层

老太婆掉跟头——爬不起来

老太婆缝补丁——认起真(针)来

老太婆啃骨头——光舔点味儿

老太婆啃鸡筋——难嚼难咽

老太婆摸鸡——总归有蛋

老太婆纳鞋底——千真(针)万真(针)

老太婆捻麻绳——瞧劲儿

老太婆念经——从头来

老太婆怕出门——腿脚不济

老太婆上楼——慢慢来

老太婆上台阶——步步高升、步步登高

老太婆烧香——一点诚心

老太婆数鸡蛋——一个个来

老太婆跳皮筋——非同儿戏

老太婆喂公鸡——不简单(捡蛋)

老太婆走黑路——高一脚低一脚、慢慢腾腾

老太婆攥鸡蛋——牢稳了

老太婆坐牛车——稳稳当当、稳当当的

老太太搬家——什么都拿

老太太包脚——乱缠、缠住了

老太太补衣服——东拼西凑

老太太不吃杏——酸心

老太太不骑马——怕栽跟头

老太太吃蚕豆——软磨硬顶

老太太吃炒蚕豆——咬牙切齿

老太太吃豆腐——一物降一物

老太太吃海蜇——搬嘴弄舌

老太太吃黄连——苦口婆心

老太太吃年糕——闷了口

老太太吃排骨——难啃、啃不动

老太太吃柿子——拣软的拿

老太太吃汤圆——囫囵吞

老太太吃糖——越扯越长

老太太吃硬饼——慢慢磨

老太太当家——七凑八拼

老太太荡秋千——不要命、玩儿命干

老太太得孙子——大喜

老太太进庙门——尽说好话

老太太开了话匣子——唠唠叨叨

老太太啃骨头——软磨硬顶

老太太买小菜——分斤掰两

老太太买鱼——挑挑拣拣

老太太纳鞋底——千针(真)万针(真)

老太太扭秧歌——笨手笨脚

老太太纫针——乱戳

老太太上讲台——笨嘴拙舌

老太太上楼梯——稳住架步步高

老太太烧香——诚心诚意

老太太手抓泥——手拿把掐

老太太算账——一码是一码、码码清

老太太闲扯——七嘴八舌

老太太学钢琴——手忙脚乱

老太太站岗——立场不稳

老太太住高楼——上下两难

老太太斫(用刀斧砍)稻——拉倒

老太太走独木桥——难过

老太太坐电梯——一步到顶

老太太坐飞机——抖起来了

老太太坐牛车——不求快光求稳

小偷

小偷击鼓进大堂——恶人先告状

小偷进牧场——顺手牵羊

小偷拉二胡——贼能扯

小偷摆花瓶——贼能整景

小偷拎拐棍——贼棒

小偷拎王八——贼鳖

小偷捋胡子——贼谦虚(牵须)

小偷拿算盘——贼会打算

小偷扭秧歌——贼浪

小偷拍照——贼相

小偷跑百米——贼快

小偷跑到磨行里——一无所取

小偷跑一宿——贼累

小偷碰见盗贼——恶人遇恶人

小偷碰上三只手——贼对贼

小偷起五更——贼忙

小偷上房——不动声色

小偷烧烙铁——贼烫

小偷收心做好人——弃恶从善、改恶从善

小偷刷立柜——贼油

小偷说笑话——贼逗

小偷淌涎水——贼馋

小偷掏钱包——贼拿手

小偷挖石灰——贼白

小偷玩蝎子——贼毒

小偷遇警察——心神不安

小偷照镜子——贼头贼脑、贼样儿

小偷支案板——贼能摆架子

小偷做梦——想着偷

小偷的耳朵——贼灵

小偷打哆嗦——贼冷

小偷的头目——贼帅

小偷唱小曲——贼乐

小偷丢戒指——贼心疼

小偷娶媳妇——贼高兴

小偷摆花瓶——贼能整景

小偷进牧场——顺手牵羊

小偷的钱包——不义之财

小偷被狗咬——忍痛不作声

小偷打官司——一辈子都是输

小偷进学校——摸到都是输(书)

小偷跑到磨行里——一无所取

打猫儿吓贼——虚张声势

做贼不用扮相——贼相

做贼的被狗咬——忍痛不开口

贼娃子说梦话——不打自招

贼娃子挂佛珠——没有好经念

贼手堵着牛鼻子——老行家

捂着钱包捉贼——多加一分小心

辞去先生去做贼——不务正业

扒手看见贼打劫——各分一半

打开棺材喊捉贼——冤枉死人

贼娃子进铁匠铺——倒贴(盗铁)

做贼的遇见劫路的——碰到一块了

警察

巡警摆手——管不着那一段

巡捕抓暗探——误会

巡警打老子——公事公办

巡警打弓兵——热闹衙门

铁路警察——各管一段(比喻各有权限范围。)

警察管他爹——不徇私情

太平洋上的警察——管得宽

老翁

八十老翁吹喇叭——有气无力

八十老翁跑百米——喘不过气来

八十岁公公耍猴子——老把式

八十岁老人站柜台——老在行

八十岁老人堂上睡——寿终正寝

八十岁老人拄拐杖——一颠一簸

八十岁老翁挑担子——心有余而力不足

八十岁的老头含九十斤的烟斗——全仗嘴劲

老头的驴——顾(雇)不得

老头儿上树——玄了

老头摇铃铛——玩心不退

老头做棺材——寿限快到了

老头子睡摇篮——充小子

老头儿的拐棍——早晚得扔

老头儿坐滑梯——混充小孩

老头儿发脾气——吹胡子瞪眼

老头儿坐摇篮——再享享小时候的福

老汉唱戏——过说(过说:能说不能行的意思。)

老汉背石头——老实(石)

理发师

剃头不用水——干刮

剃头刀裁纸——真快

剃头的歇工——不理

剃头的扁担——长不了

剃头的收摊——没头了

剃头的挑子——一头热

剃头搬铡刀——大干哩

剃头钻草窠——找挨刺

剃头钻刺窝——找倒霉

剃头刀下水——刮得宽

剃头拍巴掌——完事了

剃头用锥子——不对路数

剃头的动手——一触即发

剃头带洗澡——干净利索

剃头拿篦子——抒（梳）发

剃头不用刀——全靠着推

剃头捉虱子——一举两得

剃头匠发火——置之不理

剃头刮脊梁——管得太宽

剃头的刮脸——一遭下来

剃头先洗脚——差了一人高

剃头的扛铡刀——干大活的手

剃头的砸挑子——不给头儿干了

剃头的说气话——豁上九个脑袋不要

剃头的头发长——越是自己的活越做不了

剃头的不打唤头——没想（响）儿了

剃头的不带刀子——挨了一顿撸（捋）

理发师甩刀——不理了

理发店关门——不提（剃）

理发师说话——全是头头

理发的修脚——从头包到脚

理发不用刀子——光推

理发店里算账——论头哩

理发师的工夫——凭的是理

理发师用剃刀——两面手法

理发师的徒弟——从头儿学起

理发师登金榜——行行出状元

理发师带补鞋——从头管到脚

理发师纳鞋底——从头包到脚

理发碰上络腮胡——遇硬茬（碴）

理发师碰上个疤癞头——难题（剃）

聋子

聋子打岔——听不清

聋子听话——干瞪眼

聋子听戏——一无所获

聋子打锣——瞎打一气

聋子问事——弄不清楚

聋子擂鼓——叫人家听

聋子拉胡琴——瞎扯

聋子的耳朵——摆设

聋子戴耳机——充耳不闻

聋子见哑巴——不闻不问

聋子打哑巴——说不清楚

聋子的耳朵——做做样子

聋子放花炮——没影(音)响

对聋子说话——枉张嘴

给聋子讲经——浪费口水

给聋子讲故事——白费力气

对着聋子打鼓——充耳不闻

两个聋子说话——谁都听不进

哑巴说话聋子听——两不懂

十五个聋子问路——七喊八叫

聋子打翻了哑巴的油瓶——说不清,听不明

魔术师

魔术师表演——变化多端

魔术师揭毯子——挑明

魔术师的口袋——掏不完

魔术师的本领——弄虚作假

魔术师变戏法——眼疾手快

魔术师穿长袍——里面大有文章

魔术师亮手帕——不藏不掖

魔术师拿块布——掩掩盖盖

魔术师的黑遮布——会变

木匠

木匠吊线——正(真)直

大木匠锯板——推来推去

张木匠拉锯——有来有往

木匠的刨子——抱(刨)不平

穷木匠开张——只有一句(锯)

大木匠弹墨线——要绷直

老木匠的家私——要啥有啥

木匠丢了墨线——全凭眼力

做木匠的打铁——不看火候

泥水匠

泥匠送礼——伸不出手来

泥水匠拜佛——心里明白

泥水匠拜佛——全靠贴金

泥匠拿瓦刀——到处找气（砌）

泥水匠的瓦刀——光图（涂）表面

泥水匠整耗子——敷衍（眼）了事

泥水匠不给神作揖——知道你的老底

强盗

强盗做梦——想偷

强盗伸手——偷偷摸摸

强盗救火——趁火打劫

强盗敲门——来者不善

强盗照相——贼头贼脑

强盗的欲望——填不满

强盗的钱财——来路不明

强盗发善心——难得一回

强盗照镜子——贼眉贼眼

强盗上法场——自作自受

强盗打灯笼——明火执仗

强盗披袈裟——假装善人

强盗扮书生——改面不改心

强盗扮君子——不像正经人

强盗过后安弓箭——晚了

强盗上了云头星——偷天换日

强盗走了扛出枪来了——假充勇敢

强盗杀死赵公元帅（财神）——谋财害命

见了强盗喊爸爸——认贼作父

大白天里抢劫——明火执仗

瘸子

瘸子赶马——望尘莫及

瘸子担水——一摇三摆

瘸子上台——立场不稳

瘸子跑步——大摇大摆

瘸子拜年——以歪就歪

瘸子走路——步步是理（施礼）

瘸子的脚步——将就

瘸子拉破车——老落后

瘸子踩高跷——没那本事

瘸子追小偷——越喊越远

瘸子穿大衫——抖起来了

瘸子携瞎子——高低跟着走

瘸和尚说法——能说不能行

瘸和尚登宝座——能说不能行

瘸子逮着个兔子——碰上的

瘸子靠着瞎子走——取长补短

瘸娘生个瘫娃娃——一代不如一代

跛子走路——左右摇摆

跛子划船——以歪就歪

跛子抬轿——又险又难看

跛子骑瞎马——各有所长

傻子

傻子上街——光看热闹

傻子卖猪——一千不卖卖八百

傻子过年——看隔壁子(隔壁子:东北方言,即邻居。)

傻子中状元——难得

傻子洗泥巴——闲着没事干

傻子看年画——一张一个样

傻子不识麒麟——有钱的牛

傻小子睡凉炕——全凭火力旺

傻小子拉大耙——老离(犁)不开这块地

傻子不识开路神——空心大老官

傻小子不识木鱼——挨打的木头

傻小子不识水仙——好大独头蒜

寿星

寿星跳舞——老天真

寿星打靶——老腔(枪)

寿星插草标——卖老

老寿星上吊——想死

寿星的棉被——老套子

寿星骑白鹤——快活上天

寿星弹琵琶——老生常谈(弹)

老寿星叫门——肉头到家了(肉头:北京方言,即外行,没本事的人。)

老寿星的坐骑——四不像

老寿星骑仙鹤——没路(鹿)

寿星老寻短见——活得不耐烦

老寿星吃砒霜——活得不耐烦

寿星老儿卖娘——倚(以)老卖老

老寿星的脑瓜——大脑壳(大脑壳:方言,即傻瓜,糊涂虫。)

老寿星吃人参果——嫌命短

寿星老儿唱小曲——老调调

寿星老儿摔跟头——老得发昏

寿星老汉吃砒霜——不想活了

寿星丢了梅花鹿——无可奈何

算命先生

算命先生说谈——阴阳八卦

算命瞎子进村——一阵横吹

算命先生的话——没一句真话

算卦先生的葫芦——一肚子鬼

算命先生说气话——舍得几条命不要

铁匠

铁匠摆手——欠捶(锤)

铁匠披锁——自做得

铁匠开炉——趁热打

铁匠出身——光会打

铁匠做官——以打为主

铁匠上班——不打不行

铁匠无铁——空打捶(锤)

铁匠绣花——干的不是这一行

铁匠说梦话——快打

铁匠催徒弟——快打

铁匠的锤头——过得硬

铁匠夸徒弟——打得好

铁匠当军师——立足于打

铁匠传手艺——趁热打铁

铁匠铺开张——叮叮当当

铁匠做买卖——样样过得硬

铁匠的行话——多敲打敲打

铁匠的砧子——经得起敲打

铁匠拉风箱——柔能克刚(钢)

铁匠炉的钳子——好家伙(夹火)

铁匠死了不闭眼——欠捶(锤)

铁匠的女儿嫁石匠——硬对硬

铁匠炉里的料,庙堂里的钟——不是打就是敲

秃子

秃子赶羊——一溜白光

秃子演戏——大家观光

秃子过江——一浪一个花头

秃子走月亮地——上下有光

秃子爬电线杆——装的什么灯

秃子头上的虱子——藏不住

秃子头上抓小辫——没有把握

秃子头上打苍蝇——一个也跑不了

小秃子洗脸——没边没沿儿

小秃子戴花——干急没办法(发)

小秃子当和尚——正好

小秃子的脑袋——一毛不拔

小秃子留洋头——想也不敢想

小秃子打雨伞——无法(发)无天

小秃子头留辫子——想着哩

小秃子头上打蜡——又光又滑

小秃子头上拍一掌——正大(打)光明

小秃子枕着镜子睡——又光又明又亮堂

小秃子倒在娘怀里——人家不夸自己夸

小秃子头戴个牛笼嘴——言不压众(重),貌(帽)不惊人

人群里的秃子——头显眼

戏曲演员

唱戏的胡子——假的

唱戏的挨刀——不怕

唱戏摸鬓角——假做作

唱戏的绝技——耍花腔

唱戏吹胡子——假生气

唱戏走台步——慢慢挪

唱戏的打转——走过场

唱戏的抖威——假神气

唱戏的卸装——下台去吧

唱戏拿拂尘——不是凡人

唱戏打板子——一五一十

唱戏的喝彩——自吹自擂

唱戏的打旗——不是大人物

唱戏腿抽筋——下不了台啦

唱戏踩高跷——半截子不是人

唱戏打水桶——算打啥家伙的

唱小旦的脸——红一块，白一块

唱戏不拉胡琴——干号

唱戏的转圈子——走过场

唱戏的没主角——胡闹台

唱京戏拉单弦——变了调

唱歌不看曲本——离了谱

唱戏的教徒弟——幕后指点

唱戏的掉眼泪——收买人心

唱旦的不涂粉——玩真本事

唱戏的扮傻子——装憨卖傻

唱戏的穿龙袍——成不了皇帝

唱戏的认干儿——亲热个把钟头

唱戏的拜天地——一会儿的夫妻

唱戏的戴胡子——拔人家的毛，装自己的脸

唱戏的拿马鞭子——走人

唱戏不拜老郎神——装什么不像什么（老郎神：从前唱京戏的人所供奉的神。）

刀马旦不会刀枪——徒有虚名

刀马旦不会刀枪——笨蛋（旦）

花旦唱戏——有板有眼

花旦念道白——句句好听

广东人唱京剧——南腔北调

梅兰芳唱旦角——拿手好戏

梅兰芳唱霸王别姬——拿手好戏

扮秦桧的没卸装——谁没见过那二花脸

戏台拉幕——完了

戏台上打仗——哄人

戏台上着火——热闹

戏台上得子——白欢喜

戏台上发兵——一边俩

戏台上的卒——走过场

戏台上喝酒——空杯一晃

戏台上赌咒——口是心非

戏台上的官——快活不了多久

戏台上的朋友——假仁义

戏台上喊阿爸——应的人多

戏台上的丫头——不用吩咐

戏台上的小旦——装模作样

戏台上送诏书——假传圣旨

戏台上起年号——称王称霸

戏台上堵枪眼——死不了人

戏台上的鞭子——加码(假马)

戏台下掉眼泪——替古人担忧

戏台上当皇上——一时的官儿

戏台底下睡觉——没关系(观戏)

戏台上找对象——早就合计好了

戏台上的鼓槌——谁也离不开谁

戏台上跑龙套的——瞎咋呼

戏台上的大秀才——步步转文(转文:故意用些文言字眼儿,以显示其多学。)

瞎子

瞎子干活——靠摸

瞎子买锅——摸底

瞎子看天——黑啦

瞎子栽树——摸根底

瞎子吹灯——不知灭

瞎子点灯——白费蜡

瞎子逛庙——凑热闹

瞎子打鸟——没目标

瞎子上船——过谦(牵)

瞎子上楼——摩(摸)登

瞎子磨刀——天(添)亮

瞎子捉鬼——没影的事

瞎子养儿——从没见过

瞎子看表——观点不明

瞎子害眼——豁出去了

瞎子弹琴——靠的熟手

瞎子帮忙——越帮越忙

瞎子拉锯——老是跑线

瞎子跳舞——盲目乐观

瞎子哭天——两眼摸黑

瞎子打铁——胡乱捶(锤)

瞎子练操——看不起(齐)

瞎子走路——早晚一个样

瞎子洗脸——眼不见为净

瞎子算账——全凭记性好

瞎子吃西瓜——不分青红皂白、分不清青红皂白、红白不分、分辨不开

瞎子吃羊肉——块块好

瞎子吃鱼——摸不着头尾

瞎子出门——盲目行动

瞎子穿引线——没有个准头、碰进去算数、没门

瞎子串门——摸着来

瞎子吹葫芦头儿——听响儿

瞎子吹蜡烛——胡吹一气

瞎子吹箫——莫(摸)管

瞎子搭瓜棚——乱扯

瞎子打靶——盲目行动、没准儿

瞎子打板——乐(落)在哪里

瞎子打锤——大家都不放手

瞎子打电筒——只照别人

瞎子打锣——乱碰、敲不到点子上

瞎子打铆——一个不如一个

瞎子打枪——看不到火、没指望

瞎子打俏眼——白费劲了

瞎子打水——摸熟的老路

瞎子打铁——敲不到点子上

瞎子逮蝈蝈——听音

瞎子戴手表——摆设

瞎子戴眼镜——多余的框框、装模作样、多此一举

瞎子读书——手摸

瞎子放羊——随它去、由它去

瞎子付了油灯钱——明吃亏

瞎子逛大街——目中无人

瞎子逛商店——目空一切

瞎子过独木桥——盲目冒险、死路一条、危险、步步小心

瞎子过河——摸不着边、心里没底、不知深浅、试探着来

瞎子害耳病——闭目塞听

瞎子哼曲子——盲目乐观

瞎子回家——门路熟

瞎子架罗盘——找不到方向

瞎子捡柴禾——认准这块地

瞎子叫好——随声附和

瞎子看老戏——人笑他也笑

瞎子拉车——松不得手

瞎子拉二胡——心里有谱

瞎子拉胡琴——定准弦了

瞎子捞鱼——胡摸

瞎子理乱麻——找不着头绪

瞎子摸象——看不到全局、有偏见、各说各有理

瞎子摸着蜜罐子——尝到甜头

瞎子骑驴——一条道走到黑

瞎子染布——不知深浅

瞎子纫上了针——凑巧了、赶得巧、正好

瞎子上梯子——一步步来

瞎子烧香——找错了庙门

瞎子射箭——没准、无的放矢

瞎子蹚水——试着来

瞎子照镜子——不显眼、不知自丑、不见人形、看不到自己短处

瞎子住山洞——暗无天日

瞎子撞到石碑上——硬碰

瞎子做见证——没有用

瞎子摸象——各说各有理

瞎子称秤——不在心（星）上

瞎子捉贼——碰见谁就是谁

瞎子放羊——有几个就算几个

谚语歇后语大全

人物类歇后语

瞎子挑灯笼——稀罕

瞎子唱花脸——瞎喊

瞎子照镜子——想象

瞎子打瞌睡——不显眼

瞎子吃鸡蛋——不认黄

瞎子逛大街——目中无人

瞎子骑毛驴——往哪里走

瞎子站柜台——死等买卖

瞎子骑盲马——寸步难行

瞎子吃馄饨——心中有数

瞎子吹蜡烛——瞎吹一气

瞎子拄拐杖——点点戳戳

瞎子捉迷藏——捕风捉影

瞎子看星星——目空一切

瞎子捡柴火——认准这块地

瞎子理乱麻——找不着头绪

瞎子的拐棍——顶一只眼睛

瞎子背跛子——由明人指点

瞎子看电影——不明真相(像)

瞎子养哑巴——有了个明白人

瞎子交朋友——光凭讲得好听

瞎子钉钉子——摸一个眼就是个眼

瞎子伸指头——有指没望(有指没望:双关义指没希望。)

瞎子吃核桃——砸了手(砸了手:双关义指砸了锅,意同糟了,坏了。)

瞎子观龙灯——只听见家伙响(观龙灯:是我国的一种传统游艺活动。)

瞎子买电视机——给别人看的

瞎子拜见丈人——有眼不识泰山(泰山:常用来比喻敬仰的人和重大的、有价值的事物。)

瞎子寻了个没眼的———一对大忙(盲)人

瞎子跟着娶媳妇的笑——瞎凑热闹

两个瞎子挤眼——谁也不知道什么事

两个瞎子对着唱——看是你强还是我强

秀才

秀才人情——纸一张

秀才哭哥——凶(兄)啊

秀才挥笔——大做文章

秀才背书——出口成章

秀才打擂——招架不住

秀才弃学——半途而废

秀才念书——咬文嚼字

秀才看榜——又惊又喜

秀才当兵——能文能武

秀才谈兵——一知半解

秀才偷书——斯文扫地

秀才推磨——难为圣人

秀才写书——肚里有货

秀才造反——三年不成

秀才行凶——一笔抹杀

秀才作诗——有两手(首)

秀才卖菜——一笔勾(购)销

秀才跳井——明白人办糊涂事

秀才偷笔——文明人不做文明事

秀才使牛——请行(选自《六院江选·江湖方语》)

秀才落陷阱——埋没人才

秀秀闹饥荒——咬文嚼字

秀才拿笤帚——斯文扫地

秀才看热闹——袖手旁观

穷秀才娶亲——将就着办

秀才的手巾——包输(书)

秀才的房子——尽是输(书)

秀才的书箱——内中有文章

秀才不出门——便知天下事

秀才偷罗巾——识文不识理

秀才吃田螺——讲究这一口

秀才见老爷——吟诗也无用

秀才遇见兵——有理说不清

秀才偷电筒——明人不做暗事

秀才遇到虎——再吟诗也跑不了

秀才家里失火——酸气冲天

秀才塞进坛子里——闷死学者

秀才遇到霸王虎——再会说书也跑不脱

人物类歇后语

哑巴

哑巴讨米——硬要

哑巴张嘴——无音

哑巴哭娘——憨想

哑巴讲话——靠手做

哑子做梦——说不得

哑巴打锤——暗使劲

哑巴捉贼——急在心头

哑巴见面——无话可说

哑巴挨打——有口难分辨

哑巴看书——毒(读)在心里

哑巴拜年——只作揖,不说话

哑巴拜佛——只管磕头不说话

哑巴救火——干着急说不出话

哑巴说话——只可意会,不可言传

哑巴吃糖——嘴上不说,心里甜滋滋的

哑巴打算盘——闷算

哑子做手势——难理会

哑巴上馆子——端啥吃啥

哑巴打手势——不言而喻

哑巴打官司——有口难辩

哑巴听报告——心领神会

哑巴做报告——张口结舌

哑巴打哈欠——忍气吞声

哑巴吃甜梨——甜到了心

哑巴挨黑打——默默忍受

哑巴吃黄连——有苦说不出

哑巴写灯谜——有难言之隐

哑巴拿算盘——自有巧打算

哑巴猜谜语——猜出道不出

哑巴摔跟头——忍痛不开口

哑巴捡元宝——说不出的快活

哑巴进庙门——光磕头,不说话

哑巴瞪眼睛——说不出心头的话

哑巴吃炒豆——嘴上不说,心里有数

两个哑巴见面——二话不说

乐师

吹鼓手赶集——没事找事

吹鼓手排队——挨不上号

吹鼓手吃饭——顾吃不顾吹

吹鼓手过街——一气儿到底

吹鼓手分家——一个人一把号

吹鼓手骑驴——有气摆在脸上

吹鼓手进城——还在哪里哪（喇）

吹鼓手背号筒——专门找事

吹鼓手娶老婆——自吹自擂

吹鼓手的妈妈——一肚子气

吹鼓手的命穷——好事多磨

吹鼓手抢公鸡——嘀嘀咕咕

吹鼓手的招儿——全凭一张嘴

吹鼓手上酒席——吃的胀气饭

吹鼓手的腮帮子——鼓起来了

吹鼓手的老爷爷——他是个生气的祖宗

吹鼓手掉进井里——想（响）着想（响）着就下去了

吹鼓手死了不落气——还没吹完

吹喇叭下乡——没事找事

吹喇叭的打鼓——自吹自擂

吹喇叭响爆竹——有鸣有放

吹着喇叭找裂缝——有意寻错

吹笛找个捏眼的——多余

吹笛子要人捂眼——事出有因

做买卖的

卖布的咬牙——假使劲

卖葱的摆手——将（姜）来

卖布不过秤——讲吃（尺）

卖东西拿钱——理应如此

卖布不带尺——存心不良（量）

卖灰面遇大风——吹啦

卖杨梅的掉泪——酸心

卖豆芽不带秤——乱抓

卖鸡蛋的换筐——捣（倒）蛋

卖西瓜的磨刀——傻(杀)瓜

卖馍馍的搬家——推聋(笼)

卖百合掺黄连——苦心孤诣

卖艺的练拳脚——连踢带打

卖年画的回家——没话(画)了

卖布衫买酒喝——顾嘴不顾身

卖瓦盆的挑子——一套一套的

卖包子的敲锅盖——熟了

卖冰糕的掀箱子——凉气

卖红薯的丢干粮——硬啃

卖粮人的敲当当——瞎吹

卖鸡蛋的跌筋斗——滚蛋

卖了背心买领带——穷阔气

卖豆腐的不点卤——要起皮

卖掉宝剑买喇叭——爱好(号)

卖牛肉的扛牌坊——架子不小

卖汤圆的跌跟头——家产尽绝

卖切糕的掉井里——人死架子大

卖麻团的跌筋斗——有多远滚多远

卖鸡蛋的摔跟头——一个好的也没有

卖瓜子的碰见狼——人(仁)多不顶用

卖窑货的摔跟头——拣不出囫囵玩意了

卖螃蟹的上戏台——角(脚)不少,能喊的不多

卖棺材的闻人病重——暗欢喜

卖石灰碰见卖面的——谁也见不得谁

卖胡琴的碰上卖布的——拉拉扯扯

卖泥人的碰见截道的——人多不办事

卖醋的不管打酱油的——少管闲(咸)事

卖窑货的被汽车压了——真是家破人亡

卖西瓜的碰到卖王八的——滚的滚,爬的爬

螃蟹

其他

货郎鼓——两面挨打

街上卖笛——自吹

恶人登门——送福

阿哥吃面——瞎抓

古董老板——识货

背后作揖——反礼

木匠戴枷——自做得

画上的人——有口难言

呆子帮忙——越帮越忙

爹死哭娘——犟种一个

夫妻开店——齐心合力

夫人病愈——太太好了

驼子作揖——起手不难

闭门造车——自作聪明

闭门养神——悠悠自得

花脸戴花——笑死大家

画匠的妈——会说不会画

狗头军师——尽出歪主意

两代寡妇——没工（公）夫

船家敬神——为何（河）事

哥们瞪眼——凶（兄）相毕露

小偷进衙门——没理

大肚子上班——挺着干

大花脸舞刀——要威风

过河的卒子——有进无退

古人的字画——身价百倍

挂历上的人——有口难言

二流子打鼓——吊儿郎当

饿汉下馆子——大吃大喝

货郎的担子——送上门来

冰块压胸口——令人心寒

宇宙航行员——风云人物

被窝里划拳——没掺外手

朝廷的太监——后继无人

皇帝的妈妈——太厚（后）

大老爷下轿——不（步）行

包工头监工——动口没动手

背媳妇烧香——吃力不讨好

炊事员行军——替人背黑锅

邮递员进门——带信儿的来了

大金牙说媒——满口谎（黄）言

梅香带钥匙——当家不做主（梅香：旧时多以"梅香"为婢女的名字，故为婢女的代称。）

街头上耍把戏——说得多

踩着人头上天——上层人

补锅匠的担子——一头热

打灯笼走亲戚——明去明来

第六章　动物类歇后语

一、八哥

八哥的嘴——爱叫唤
八哥的嘴巴——人云亦云
巧八哥拉家常——光耍嘴
八哥学舌——说人话不办人事

二、大虫

大虫头长虫尾——虎头蛇尾
大虫头耗子尾——有始无终
大虫吃耗子——有始无终
大虫吃耗子——囫囵吞
武松遇见大虫——不是虎伤就是人死
大虫打哈哈——笑面虎
半山腰遇大虫——心惊肉跳
龇牙咧嘴的大虫——笑面虎
小虫吞大象——痴心妄想

三、大象

大象的鼻子——能屈能伸
大象的屁股——推不动
大象踩皮球——禁不住摆不稳
大象逮老鼠——有劲使不上

大象逮老鼠——生怕自己的漏洞

大象敲门——来头不小

大象呼吸——双管齐下

大象吃蚊子——无法下口

大象吃豆芽——不够塞牙缝

大象抓凤凰——眼高手低

大象走路——稳当

大象换耗子——微乎其微

瞎子摸大象——有偏见

骑着大象数着鸡——高的高来低的低

象牙筷子打蜡——滑头遇上滑头

象牙筷子挑凉粉——难办

四、飞蛾

飞蛾扑灯——火烧自身

飞蛾扑火——自取灭亡

飞蛾投火——惹火烧身

飞蛾撵蜘蛛——自投罗网

五、孔雀

孔雀开屏——美不胜收

孔雀开屏——翘尾巴

孔雀展翅——卖弄自己

孔雀的尾巴——翘得太高了

孔雀说成乌鸦——好坏不分

孔雀遇上凤凰——比不上

属孔雀的——爱翘

六、王八

王八上岸遇冰雹——缩头缩脑

王八下陡坡——连滚带爬

王八坐月子——完（玩）蛋

王八咬人——叼住不放

王八笑乌龟——彼此一样

王八配乌龟——一路货

王八照镜子——鳖形

王八钻炕洞——憋气加窝火

王八钻鼠洞——大概（盖）难办

王八出水——露一鼻子

王八吃元宵——小混蛋

王八吃西瓜——滚的滚，爬的爬

王八吃饵钩——自己找死

王八吃秤砣——铁了心

王八吃煤球——黑心肠

王八吃柳条——满肚瞎编

王八吃鞭炮——憋气又窝火

王八嗑瓜子——吃香

王八看绿豆——对上眼了

王八拉木锹——大头在后

王八敬神——上不了台盘

王八的脖子——缩回去了

王八爬门槛——只看这一跌

王八拍着盖子吹牛——自圆其说

坛子里养王八——出息不大

坛子里装王八——歪脖货

对着王八批乌龟——正对号

姜太公钓王八——愿者伸脖子

王八肚子一根枪——归（龟）心似箭

王八肚子上插鸡毛——归（龟）心似箭

王八翻跟头——窝脖

王八的笊篱——鳖编的

王八炝蹶子——没后劲

王八碰桥墩——不敢露头

王八背着两面鼓——人前一面，人后一面

一个窝里的王八——龟子龟孙

属王八的——能缩能伸

七、凤凰

凤凰下鸡————一代不如一代

凤凰站在凉亭上——卖弄风流

凤凰头上戴花——美上加美

凤凰落到鸡窝里——有辱贵体

凤凰跌到鸡窝里——落魄了

凤凰身上插鸡毛——多此一举

凤凰麻雀挨巢——贵贱不分

床底下放凤凰——好货抬不起头

笼里的凤凰——有翅难飞

脱了毛的凤凰——不值钱

凤凰钻刺蓬——自讨苦吃

凤凰脱毛——不如鸡

凤凰落在梧桐树上——自有旁人说长短

凤有凤巢，鸟有鸟窝——互不相干

凤凰山上无凤凰——徒有虚名

八、乌龟

乌龟不咬人——形象难看

乌龟出口——活宝

乌龟上山——难上加难

乌龟看天——伸伸缩缩

乌龟拉车——没后劲

乌龟拜年——规规矩矩

乌龟支桌子——硬撑

乌龟找甲鱼——本是一路货

乌龟吃王八——六亲不认

乌龟跌进水里——正合意

乌龟笑王八——彼此彼此

乌龟吃荞麦——糟蹋五谷

乌龟的后代——龟儿子

乌龟吃萤火虫——心里亮

乌龟的脖子——一伸一缩

乌龟的脑壳——伸一下,缩一下

乌龟和王八——没什么两样

乌龟打架——硬碰硬

乌龟进砂锅——丢盔卸甲

乌龟爬泥滩——越爬越深

乌龟穿套裤——不成体统

乌龟驮石板——硬抵硬

乌龟爬树——上不去

乌龟爬门槛——就看此一番

乌龟爬岸上——慢慢腾腾

乌龟过门槛——进退都要跌一跤

乌龟掉缸里——跌跌爬爬

乌龟背着地——翻不了身

乌龟垫床脚——死撑

乌龟锁到鸟笼里——大概(盖)出不来

乌龟掉灰堆——憋气又窝火

乌龟的屁股——规(龟)定(腚)

乌龟吞秤砣——铁了心

乌龟看绿豆——对眼

乌龟敬神——摆不上去

乌龟请客——全是王八

乌龟肚子朝天——动弹不得

乌龟爬旗杆——想高升

乌龟壳上贴广告——牌子硬

乌龟有肉——全在肚里

乌龟抬轿子——硬做(坐)

乌龟遭牛踩——痛在肚里

乌龟卖鳖价——不合算

乌龟拉车——有前劲没后劲

乌龟跟着兔子跑——望尘莫及

乌龟变黄鳝——卸甲归田

乌龟肚子上插鸡毛——归(龟)心似箭

老乌龟掉盖——上下都轻

老乌龟——又精又硬

乌龟害眼病——躲在洞里不露头

乌龟爱王八——气味相投

乌龟整臭虫——铺天盖地

乌龟碰壁——该缩头时就缩头

乌龟撵兔子——赶不上

火烧乌龟——肚里痛

小孩不识乌龟——何必(鳖)

对着王八批乌龟——对号入座

狗咬乌龟——找不着头

反转龟——猛爬

上市的乌龟——能缩头时且缩头

挨打的乌龟——缩脖子啦

旱地的乌龟——无处藏身

九、乌鸦

开水锅的乌鸦——早把头缩回去了

乌鸦一字飞——一溜黑货

乌鸦吃柿子——拣软的

乌鸦的叫声——听起来总是不对劲

乌鸦唱歌——不堪入耳

乌鸦当头过——非灾即祸

乌鸦高歌——自得其乐

乌鸦长白毛——怪事一桩

乌鸦钻煤堆——黑上加黑

乌鸦落在猪身上——黑对黑

乌鸦落在雪堆上——黑白分明

乌鸦落房头——开口是祸

乌鸦飞过盼下蛋——妄想

乌鸦与喜鹊同行——吉凶难定

乌鸦窝里养凤凰——空喜一场

乌鸦笑猪黑——不知自丑

乌鸦的下水——黑心肠

乌鸦头上插鸡毛——想装凤凰

乌鸦当向导——跟着找死尸

白颈乌鸦——开口没好音
天下乌鸦——一般黑
雪地里的乌鸦——一点黑
黑毛乌鸦——不足为奇
拜堂听到乌鸦叫——倒霉透顶了
睁眼看见扫帚星,闭眼听到乌鸦叫——倒霉极了
石头弹打住乌鸦嘴——硬顶硬
满天飞的乌鸦——一片黑
乌鸦鼓嗓子——不成调

十、水獭

水獭上山——装熊
水獭守鱼——越守越稀

十一、长虫

长虫过街——莽(蟒)行
长虫过门槛——不怕折腰
长虫过篱笆——有空就钻
长虫过篱笆——尽钻空子
长虫过乱石滩——绕来绕去
长虫吃鸡蛋——段粗,一段细
长虫吃蛤蟆——慢慢来
长虫顶草帽——冒充细高个儿
长虫吃扁担——直棍一条
长虫钻进鸟笼里——转不过来

十二、长颈鹿

长颈鹿脖子,仙鹤的腿——各有所长
公园里的长颈鹿——就数你脖子长

十三、鸟

鸟入笼中——任人摆布

鸟过拉弓——错过机会

笨鸟先飞——早入林

鸟儿不落脚——爱飞

鸟笼里拉弓——小架势

鸟出巢,兽出窝——必有所为

爱叫的鸟儿——不做窝

爱叫的鸟儿——没吃的肉

聋子玩鸟儿——没听啼

怀里揣鸟儿——心里不安

惊弓之鸟——心有余悸

刚会飞的鸟——不知高低

出笼小鸟——自由飞翔

扳倒大树捉鸟——大傻瓜

瞎子打鸟——没有目标

打鸟瞄得准——一目了然

鸟枪换炮——越换越好

鸟枪打蚊子——派不上用扬

上了天的鸟,出了笼的雀——自由自在

飞过的鸟能看出雄雌来——好眼力

原子弹炸鸟——大材小用

睡梦中捉鸟——空扑一场

开笼放鸟——有去无回

关在笼中的鸟——有翅难飞

刚出窝的小鸟——翅膀不硬

房梁上逮鸟——不好捉弄

深山的小鸟——没见过世面

笼中鸟,网中鱼——身不由己

高飞的鸟儿遇上鹰——凶多吉少

瞎子打鸟——缺乏方向

长翅膀的小鸟——欢跃欲飞

天要下雨,鸟要飞翔——各随其便

十四、田鸡

放田鸡抓麻雀——因小失大
田鸡唱歌——呱呱叫
田鸡跳到天平上——自称自

十五、鹤

白鹤掉眼泪——想遇(鱼)了
白鹤跌沙滩——拿嘴拄
白鹤站在鸡群里——突出
白仙鹤秃尾巴——美中不足
白仙鹤没尾巴——美中不足
床底下养仙鹤——永世不得抬头
卫懿公养仙鹤——忘了国家大事

十六、田鼠

田鼠走亲戚——土里来泥里去
田鼠想走家鼠步——逞能

十七、虫子

虫子吃梨——心里肯(啃)
虫子进核桃——混充好人(仁)
虫蛀的扁担——经不起两头压
虫蛀的老槐树——肚里空
虫子掉进糨糊里——动弹不得
雪地里的松毛虫——活不了几天
盐里出虫——不知死
虫蛀的苹果——放到哪儿烂到哪儿

十八、老鸹

老鸹的命——人人憎

老鸹唱山歌——不入耳

老鸹啄柿子——专挑软的

老鸹站树梢——呱呱叫

老鸹落在煤堆上——不显眼

黑老鸹生了个白蛋——就当自己也白人

老鸹身上插花翎——自充小孔雀

老鸹落在猪身上——只看到别人黑

老鸹想漂白——妄想

黑老鸹白脖子——新鲜事

黑老鸹死了三年——就留一张嘴了

十九、老雕

老雕变野猪——越来越糟

老雕戴帽子——冒充鹰

二十、骆驼

骆驼吃豆芽儿——小菜一碟、小菜儿

骆驼吃蚂蚁——小收拾

骆驼吃牡丹——有多少才够哩

骆驼吃青盐——咸苦在心里

骆驼打跟头——两头不着实

骆驼打滚儿——翻不过身来

骆驼的脖子,鸵鸟的脚——各有所长

骆驼的脖子长——吃不了隔山草

骆驼的脊背——两头翘

骆驼吊在肉杆上——架子还不小

骆驼放屁——想(响)头不低

骆驼观天——眼朝上、眼向上看、眼高

骆驼过独木桥——步步有险、一步三分险

骆驼在沙漠里断了水——进退两难

骆驼站在羊群里——太显眼了

骆驼走路——昂首阔步、稳重、一步一个脚印

骆驼钻针眼——没门

二十一、驴

驴背上看书——瘫着瞧

驴唇对马嘴——不符合

驴掉水沟——乱弹一气

驴肚里下驴——一个心肠

驴跟马跑——一步赶不上，步步都紧张

驴脚踢在石头上——碰了题(蹄)啦

驴驹子和牛犊子抵头——用脸拼

驴驹子拉套——不顺手

驴嚼豌豆——嘴上功夫、全凭嘴劲

驴拉磨转圈圈——没头没尾、没尽头

驴拉碾子牛耕田——各行其是(事)

驴脸比母猪头——一个比一个难看

驴毛堵住耳朵——听不见

驴皮贴墙上——不像话(画)、不成话(画)

驴皮影人儿——让人家耍着玩

驴皮煮胶——慢慢熬

驴踢房檐——谈(弹)不上

驴踢琵琶——乱弹琴

驴头摆供——脸长半尺

驴头不叫驴头——长脸

驴头插龙角——四不像

驴头马面——一路货色

驴子断了套——空跑一趟

驴子赶到磨道里——不愿转也得转

驴子见了狼——抬不动腿

驴子啃痒——一个对一个

驴子拉磨牛耕田——各走各的路、各干一行、转来转去还是老地方、走的老道儿、任人摆布

驴子头蹭地——拼脸来

驴子下(生)只象——怪胎

驴子削了耳朵——假马

驴子拉屎——硬撑

驴子不骑——嘴咧歪了

驴子吃白灰——一张白脸

驴子碰门——来的不是人

驴子睡觉——眨巴眼就得

驴子拉磨——走的老道儿

驴粪蛋蛋——外面光

驴头伸进奶桶里——一张白嘴脸

驴子跟马跑——逼断腿

驴子赶到磨道里——不愿转也得转

驴子拉磨,牛耕田——各走各的道

驴头碰地——拼脸

毛驴养儿——不知贵贱

毛驴啃石磨——嘴巴厉害

毛驴下毛驴——一个心肠

毛驴下骡子——变了种

毛驴进窄胡同——转不过弯来

驴长角牛打滚——出奇了

小毛驴驾辕——强挣扎

小毛驴戴耳环——累赘

大道边的驴——你不骑,我也不骑

大道边的驴——谁想骑就谁骑

磨道里等驴——跑不了

磨道找驴脚印——迟早都有

瘸驴的屁股——歪门

瘸驴配破磨——将就着用吧

驼背驴撒欢——大没样

两个驴嘴痒痒——一对一嘴

驴啃脖子——工变工

歪嘴骑驴——马上丢脸

赶脚的驴——眼前快活

懒驴上磨——屎尿多

懒驴拉磨——打一鞭子走一步

瞎子拉驴——不敢松手

骑上毛驴找毛驴——昏头昏脑

骑上毛驴不用赶——道熟

骑驴扛口袋——枉费心思

骑驴望见坐轿的——比上不足比下有余

骑上驴割麦子——茬茬高

骑驴带拐杖——多此一举

骑驴看剧本——走着瞧

骑上驴观风景——走着瞧新鲜的

穿青衣骑毛驴——一个颜色

穿青衣骑毛驴——一对对灰

驮盐驴子跳河里——想轻松啦

草筛饮驴——心尽了

筛子喂驴——漏豆啦

老掉牙的驴——顾(雇)不得

碾道里的驴——听喝

推完磨子就杀驴——前功尽弃

推完磨子杀驴——忘恩负义

脖颈上拴驴——不是好桩

一根桩上拴两头驴——谁也别想跑

醉汉骑驴——东倒西歪

铡草刀下伸驴头——刀下找食

牛王爷不管驴的事——各管各的

张果老骑驴——背道而驰

张果老倒骑驴——有眼不识牲畜面

就坡骑驴——自找台阶

耳朵塞驴毛——听不进

瘸驴备破鞍——合适不过

戴着墨镜骑驴——净走黑道

毛驴笑人耳朵长——不知自丑

跟着毛驴找蹄印——步步不缺

割上芥末喂毛驴——虚情假意

二十二、苍蝇

苍蝇下蛋——没地方

苍蝇放屁——吓唬谁

苍蝇坐月子——抱屈（蛆）

苍蝇不咬人——恶心

苍蝇没眼——瞎撞

苍蝇耍灯草——死中寻乐

苍蝇寻狗屎——臭味相投

苍蝇叮菩萨——看错人了

苍蝇叮狗屎——一哄而上

苍蝇采花——装疯（蜂）

苍蝇叮鸡蛋——无孔不入

苍蝇吃蜂蜜——粘上了

苍蝇见粪堆——叮住不放

苍蝇会蜘蛛——自投罗网

苍蝇进虎口——不够塞牙缝

苍蝇碰玻璃——看到光明无前途

苍蝇落粥盆——糊里糊涂

苍蝇寻烂肉——气味相投

苍蝇的翅膀——扇不起多大风波

苍蝇飞到牛眼里——找累（泪）吃

苍蝇飞到花园里——找蜜

苍蝇飞到粪坑里——想寻死（屎）

苍蝇飞到驴胯上——抱粗腿

苍蝇飞到鸡蛋上——找缝儿

苍蝇围着鸡蛋转——没门儿

苍蝇闻着腥臭味——不招自来

苍蝇嘴巴狗鼻子——真灵

没头苍蝇——乱扑

断头苍蝇——乱碰撞

断了翅膀的苍蝇——嗡嗡不了几天

绿头苍蝇——到处乱闯

绿头苍蝇怀孕——一肚子蛆

见了苍蝇也要撕条腿——贪得无厌

光头上打苍蝇——正大(打)光明

一枪打死个苍蝇——不够本钱

秋后的苍蝇——扇不动了

烂眼皮抬苍蝇——倒霉到顶了

苍蝇不抱无缝的蛋——到底还是有影儿

苍蝇洗脸——很干净

苍蝇推车——好不量力

二十三、狐狸

狐狸拜年——用心歹毒

狐狸奔鸡窝——熟路、道熟

狐狸搽花露水——臊气还在

狐狸吵架——一派胡(狐)言

狐狸吃不到的葡萄——全是酸的

狐狸吃刺猬——无从下口

狐狸穿衣——不像个人

狐狸打不着——反惹一身臊

狐狸打哈欠——怪里怪气

狐狸打马蜂——不知道厉害、不知死活

狐狸大夫给鸡看病——绝没好心

狐狸戴礼帽——假装正经、人面兽心

狐狸的尾巴——藏不住、夹不住

狐狸掉进污水池——又臊又臭

狐狸洞里扛扁担——窝里横

狐狸放屁——臊气

狐狸给鸡拜年——不怀好意、阴险歹毒、口甜心苦

狐狸给老虎搔痒——卖弄风骚

狐狸给兔子吊孝——兔死狐悲

狐狸跟着老虎走——狐假虎威

狐狸号脉——一窍不通

狐狸和狗拜把子——狐群狗党

狐狸回窝兜三兜——鬼花招

狐狸进村——没安好心

动物类歇后语

狐狸进宅院——来者不善

狐狸精变美女——迷人心窍、人面兽心

狐狸精打哈欠——妖里妖气

狐狸精告状——一派胡(狐)言

狐狸精捧笙——胡(狐)吹

狐狸精拖尾巴——现原形

狐狸精作祟——胡(狐)闹

狐狸看鸡——越看越稀

狐狸哭兔子——假慈悲、假慈善

狐狸念经——假充圣人

狐狸入虎穴——不知死活

狐狸说教——旨在偷机(鸡)

狐狸同虎斗——不是对手

狐狸同猎人走——凶多吉少

狐狸偷蜂蜜——糊嘴

狐狸窝里斗——自相残杀

狐狸想天鹅——得不到口

狐狸想偷天上月——梦想

狐狸与老鸦拜了把子——祸害当遭

狐狸遇上地老鼠——没办法

狐狸遇上小口瓶——插不上嘴

狐狸摘葡萄——手还不够长

狐狸找公鸡拜年——有你上的当

狐狸找羊交朋友——不存好心、居心不良

狐狸照镜子——怪模怪样、怪样子

狐狸转生的——心眼儿稠

狐狸装猫叫——没安好心、想投机(偷鸡)

狐狸撞猎枪——死到临头

狐狸捉刺猬——无从下手

狐狸钻罐子——藏头露尾

狐狸钻灶——露了尾巴

二十四、青蛙

青蛙在大鼓上——懂懂(咚咚)

青蛙的脊背——光皮皮

青蛙遇田鸡——难兄碰到难弟

青蛙望玉兔——有天地之别

青蛙吃黄蜂——倒挨了一锥子

青蛙闹塘——闹翻了

青蛙跳到鞭梢上——不值得一摔打

二十五、虱子

头发里的虱子——乱跑乱跳

半夜里捉虱子——摸不着

芝麻里掺虱子——乱加

吹灭灯捉虱子——瞎摸

棉花里头抓虱子——不好找

眉毛上长虱子——有眼色(虱)

裤带上的虱子——跟着撵

秃子头上的虱子——明摆着

秃子头上的虱子——有吃的没住处

猴子拿虱子——胡抓

恨虱子烧棉袄——不值得

二十六、泥鳅

泥鳅打鼓——乱谈(弹)

泥鳅过渔网——无孔不入

泥鳅抹肥皂——滑上加滑

泥鳅比黄鳝——差一大截子

泥鳅跳龙门——痴心妄想

泥鳅在旱地里——钻得深

泥鳅想吃龙肉——做美梦

泥鳅跳到公路上——个个滚一身灰

泥鳅喝了石灰水——死硬

泥鳅钻石板——钻不进去

泥鳅进灶——该喂

泥鳅黄鳝一路货——都是滑头的家伙

泥鳅钻进竹筒里——这下滑不脱了

泥鳅钻进猪圈里——看你怎么耍滑头

泥鳅想翻船——自不量力

泥鳅掉汤锅——看你往哪儿钻

干水池里的泥鳅——滑不到哪里去

浑水里的泥鳅——反正变不成龙

车道沟的泥鳅——掀不起大浪

火盆里的泥鳅——看你往哪儿跑

青石板上的泥鳅——无处藏身

网兜里装泥鳅——一个也剩不下

阴沟里的泥鳅——翻不起大浪

烂簸箕搭泥鳅——溜了

黑泥鳅钻进金鱼缸——谁跟你比漂亮

小田里的泥鳅——没见过大世面

菜篮子装泥鳅——走的走，溜的溜

二十七、狗熊

狗熊摆手——不玩了

狗熊挨打——耍坏了

狗熊拉犁——不吃这一套

狗熊请客——没人上门

狗能耍扁担——就那么几下

狗熊练玩意——混口饭吃

狗熊抽烟——少见多怪

狗熊捉麻雀——瞎扑

狗熊坐花轿——充新娘子

狗熊掰苞谷——顾此失彼

狗熊穿大褂——装人样

狗熊耍把戏——混充人

狗熊爬树——无奇不有

狗熊摘凉帽——不要了

狗熊拉磨子——不听招呼

狗熊搬石头——自找麻烦

狗熊爬墙——笨手笨脚
狗熊戴手表——装体面
狗熊戴礼帽——装大人物
狗熊见到刺猬——无可奈何
狗熊式服务——帮倒忙
狗熊的脾气——翻脸不认人
狗熊打坐——充什么黑菩萨
狗熊拜年——不敢受这个礼
狗熊弹琴——没音
狗熊当头儿——瞎管
狗熊拉磨——不听招呼
狗熊念经——瞎说一气
狗熊爬烟囱——太难过了
狗熊捧刺猬——遇上棘手事
狗熊耍门棍——人熊家伙笨
狗熊贴饼子——不是人干的活
狗熊贴膏药——耍伤啦
狗熊下山——奔吃来的
狗熊想吃人参果——痴心妄想、妄想
狗熊耍耙子——真有两下子
狗熊捉麻雀——瞎扑打
狗熊掉井里——有力无处使
狗熊掉入井里——有去无回
狗熊钻笼子里——团团转
狗熊想吃唐僧肉——太出奇

<h1 style="text-align:center">二十八、河豚</h1>

河豚撞船尾——一肚子气
吃了河豚——百滋味
不吃河豚——不晓得鱼的滋味
拼命吃河豚——犯不着
拼命吃河豚——一命拼一命

二十九、夜猫子

夜猫子——穷叫唤

夜猫子进宅——无事不来

夜猫子上门——没有好事

夜猫子抓小鸡——有去无回

夜猫子冲白灵鸟叫——听你那一声

三十、鱼

鱼大吃虾,虾大吃鱼——弱肉强食

鱼大篓子小——难装

渔网装黄豆——张口就露光了

鱼吞香饵——不知有钩

鱼跳出水面吃猫——咄咄怪事

鱼跳在沙滩上——蹦跳不久

鱼游锅中——虽生不久

鱼卷装鱼——有进有出

混水摸鱼——大小难分

天井里抓鱼——没来路

江底的鱼——不好打

脸盆摸鱼——十拿九稳

滩头的鱼——眼睛不闭

瞎子摸鱼——枉费心机

吃鱼不吐骨头——带刺

吊在房檐上的鱼——干了

网中的鱼——到手之物

竹篓里的鱼——逃不脱

江海混鱼龙——贵贱不分

旱地里的鱼——活不下去

坐上飞机钓鱼——差远了

买来的鱼放生——修来世

李逵捉鱼——一条得不到

金盆打鱼银盆里装——原(圆)谅(亮)

顺沟摸鱼——没有跑的

砧板上的鱼——任人宰割

娃娃鱼上树——左看右看不是人

剖鱼得珠——喜出望外

大海里的鱼——经得住风浪

水缸里的鱼——乱碰

大鱼吃小鱼——一码是一码

渔夫赶上鱼汛——喜之不尽

赶早市买活鱼——新鲜

打鱼赚钱抽大烟——水里来火里去

三十一、狮子

狮子看门——替狗受苦

狮子看门——下架了

狮子配老虎——十全十美

狮子滚绣球——好的在后头

狮子龙灯一起舞——张牙舞爪

狮子龙灯一起舞——热闹非凡

狮子尾巴摇铜铃——热闹在后头

狮子头上拍苍蝇——好大的胆子

三十二、刺猬

生剥刺猬——无法下手

刺猬脑袋——刺头

张飞卖刺猬——人强货扎手

饿汉拿刺猬——抱着扎手，扔了舍不得

三十三、蚂蝗

蚂蝗的身子——软骨头

蚂蝗见血——叮(盯)住不放

蚂蝗趴在牛尾上——甩不掉、甩不脱

蚂蝗变的——软骨头

蚂蝗吃萤火虫——心里亮、肚里明

蚂蝗叮了鹭鸶脚——摆不开

蚂蝗叮虱子——咬住就不放

蚂蝗叮住螺蛳脚——两下里着急、揪住不放

蚂蝗叮住水牛腿——寸步不离

蚂蝗过水——没痕迹

蚂蝗爬上水鸡脚——生死同飞

蚂蝗水中跳——不知哪方大雨到

蚂蝗听水响——跟人转、来得快

蚂蝗闻到血腥味——赶紧叮上

蚂蝗吸血——不跑不放口

蚂蝗钻进牛鼻孔——难解脱

三十四、蚂虾

蚂虾(小虾)剁馅子——少头无尾

蚂虾炝蹶子——小踢蹬

蚂虾搂着豆芽睡——各受各的勾头罪

三十五、蚂蚁

蚂蚁搬秤砣——白费功夫

蚂蚁搬家——倾巢出动(洞)、大家动口、不是风,就是雨

蚂蚁搬磨盘——枉费心机

蚂蚁搬碾砣——小命都押(压)上

蚂蚁搬山——瞎逞强

蚂蚁搬田螺——假充大头鬼

蚂蚁拌鸡爪——又伸胳膊又蜷腿

蚂蚁背螳螂——肩负重任

蚂蚁背田螺——假充大头鬼

蚂蚁脖子上戳一刀——不是出血筒子

蚂蚁不咬蟋蟀——一块地里的虫子

蚂蚁长毛——不可能的事、没人见过、没有的事

蚂蚁打喷嚏——满口草气

蚂蚁打群架——自相残杀

蚂蚁打食(寻找食物)——三五成群

蚂蚁戴稻壳——想装大头鬼

蚂蚁戴斗篷——假充大头虾

蚂蚁戴谷壳——好大的脸皮

蚂蚁戴夹板——人小面子窄

蚂蚁戴荔枝壳——想充大头鬼

蚂蚁挡道儿——颠不翻车

蚂蚁的腿,蜜蜂的嘴——闲不住、一天忙到晚

蚂蚁的嘴——吃里爬(扒)外

蚂蚁掉进擂钵里——条条是道、路子多

蚂蚁掉在磨盘里——尽是路

蚂蚁掉在热锅里——麻了脚了

蚂蚁跌进茅厕——开不得口

蚂蚁叮脚板——一动也不动

蚂蚁抖腿——小踢腾

蚂蚁肚里摘苦胆——难办

蚂蚁对小鱼——一个味

蚂蚁关在鸟笼里——门道很多

蚂蚁过河——抱成一团、下了狠心

蚂蚁过垄沟——觉得是一江

蚂蚁害个脑蛆疮——脓水不大

蚂蚁撼大树——自不量力、纹丝不动

蚂蚁喝水——点滴就够啦

蚂蚁和大象相比——高低悬殊

蚂蚁回窝——走老路

蚂蚁讲话——碰头

蚂蚁进牢房——自有出路

蚂蚁看天——不知高低

蚂蚁扛蚕头——力小任重

蚂蚁扛大树——自不量力、不自量

蚂蚁扛曲蟮——够受的

蚂蚁扛螳螂——重任在肩、肩负重任

蚂蚁磕头——哪个见过

蚂蚁啃骨头——干着大事情、精神可嘉

蚂蚁啃碾盘——嘴上有劲、腰上无力

蚂蚁啃旗杆——吃不消、攻不倒

蚂蚁啃气球——痴心妄想

蚂蚁啃象鼻——不识大体

蚂蚁拉车——拽不动、自不量力、纹丝不动

蚂蚁拉石磙——力不能及、力不从心、心有余而力不足

蚂蚁闹堂——分不出点子

蚂蚁爬簸箕——路子多

蚂蚁爬城头——假充黑龙虎下山

蚂蚁爬到鸡蛋上——没眼找眼

蚂蚁爬到树梢上——升到顶了

蚂蚁爬皮球——无边无沿

蚂蚁爬上放大镜——身价(架)百倍

蚂蚁爬上树——预示着天下雨

蚂蚁爬树梢——到顶了、好高骛远

蚂蚁爬泰山——力小志气大

蚂蚁碰上鸡——活该

蚂蚁上枯树——顺杆爬

蚂蚁上炉子——呆不住

蚂蚁上墙——巴(扒)不到

蚂蚁上热锅——乱爬

蚂蚁抬虫子——个个使劲、齐心合力

蚂蚁抬大炮——担当不起

蚂蚁抬食——步调一致

蚂蚁跳塘——不知深浅

蚂蚁头上戴斗笠——乱扣帽子

蚂蚁掀泰山——不量力

蚂蚁衔秤砣——牙劲不小

蚂蚁心大——胀暴了腰

蚂蚁摇大树——白搭

蚂蚁咬虫子——齐心合力

蚂蚁缘槐夸大国——小见识

蚂蚁筑长城——慢慢来

蚂蚁抓上牛角尖——自以为上了高山

蚂蚁装到葫芦里——乱碰

三十六、蚂蚱

蚂蚱吃高粱——顺杆子爬

蚂蚱打食——紧顾嘴

蚂蚱斗公鸡——送上嘴的食、自不量力

蚂蚱抖腿——小踢腾

蚂蚱飞到药罐里——自讨苦吃

蚂蚱见公鸡——畏缩不前

蚂蚱看庄稼——越看越光

蚂蚱口水——少见、少有

蚂蚱落在脚面上——不咬

蚂蚱爬在鞭梢上——经不起摔打

蚂蚱配蝗虫——门当户对

蚂蚱碰上的斗鸡——活该倒霉

蚂蚱上豆架——小东西借大架子吓人

蚂蚱拴到王八腿上——飞跑不动

蚂蚱跳到古筝上——瞎蹦蹦不成调

蚂蚱跳龙门——想头不低、想得高

蚂蚱跳塘——不知深浅

蚂蚱头摆碟子——尽是嘴

蚂蚱头包饺子——光剩嘴

蚂蚱头炒盘菜——多嘴多舌

蚂蚱腿上刮精肉——难下手

蚂蚱驮砖头——有点架不住

蚂蚱胸膛黄蜂腰——不伦不类

蚂蚱遇上鸡——活到头了

蚂蚱拽了一条腿——照样跳几跳

三十七、虾

虾子吞礁石——好大的胃口

虾子骑在龙背上——伴风搭雨

虾子掉进汤锅里——闹了个大红脸

虾子掉在盐堆里——忙(芒)中有闲(咸)

虾子掉在大麦上——忙(芒)上加忙(芒)

虾子撞在桥墩上——忙(芒)坏了

虾子掉进热油锅——该死了

虾子炒鸡爪子——抽筋带弯腰

虾公出水——乱蹦乱跳

虾公过河——谦虚(牵须)

虾公钓鲤鱼——以小取大

虾公落油锅——脸红皮也红

虾公带大枪——没人怕

太湖里的虾子——白忙(芒)

吃瓜子吃出虾子——遇到好人(仁)

跑了虾子捉到鲤鱼——格外好

皮筐里洗虾——一个也跑不了

三十八、屎壳郎

屎壳郎上油锅——麻了爪

屎壳郎上饭桌——讨厌

屎壳郎上马路——自充黑吉普

屎壳郎下蛋——不是好种

屎壳郎扛大旗——臭名昭著

屎壳郎坐房梁——摆臭架子

屎壳郎叫门——臭到家了

屎壳郎拉稀——又黑又瘦

屎壳郎放屁——不值一文(闻)

屎壳郎爬树——玄乎

屎壳郎爬竹竿——爬一节,臭一节

屎壳郎爬牛角里——绝路一条

屎壳郎爬桑叶上——吐不出好丝来

屎壳郎跟着蝙蝠飞——早晚会碰死

屎壳郎跟着孔雀飞——变不成俊鸟

屎壳郎跟着泻肚的走——挛不成蛋

屎壳郎过铁道——混充大铆钉

屎壳郎打哈欠——张那个臭嘴

屎壳郎过车沟——奔(笨)蛋

屎壳郎拎包包——充大肚子客

屎壳郎打喷嚏——满嘴臭气

屎壳郎哭她妈——两眼抹黑

屎壳郎滚粪球——人走家搬

屎壳郎钻进灶火门——自找灭亡

屎壳郎飞到旗杆上——自充坐天猴

屎壳郎飞到车沟里——充硬骨头

屎壳郎坐飞机——一步登天

屎壳郎坐轮船——臭名远扬

屎壳郎吃醋——又臭又酸

屎壳郎做出蜜来——真有奇事

屎壳郎钻磨盘——充大黑豆

屎壳郎搬家——臭折腾

屎壳郎白脖子——另样

屎壳郎钻进面缸里——不分黑白香臭

屎壳郎钻竹竿——过不了节

屎壳郎爬上花椒树——不知怎么好啦

屎壳郎爬鞭捎——只知腾云驾雾不知死到临头

屎壳郎变知了——一步登天

屎壳郎钻到粪堆里——找死(屎)

屎壳郎掉进粪坑里——饱吃饱喝

屎壳郎落在便盆里——胜似过大海

屎壳郎掉进夜壶里——不说受罪还说游江湖

屎壳郎滚粪蛋——往后爬

屎壳郎排队——一路黑货

屎壳郎伸爪——够(钩)份(粪)儿

屎壳郎爬粪门——找对了

屎壳郎爬在炭堆上——不动显不出你黑

屎壳郎爬在灰堆里——显你的哪一点

屎壳郎爬在算盘上——混帐

屎壳郎爬在书本上——假装秀才

屎壳郎钻进砚台里——浑身墨黑

屎壳郎钻灰堆——不显眼

屎壳郎配臭虫——一对黑货

屎壳郎搬家——走一路,臭一路
屎壳郎跳进阴沟里——随波逐流
屎壳郎戴红花——臭美
屎壳郎戴礼帽——洋相出尽
屎壳郎踢飞脚——想露黑腿了
屎壳郎戴耳环——摆臭
屎壳郎搽粉——臭美
屎壳郎戴面具——臭不要脸
屎壳郎打蚂蚁——大的欺小的
屎壳郎掉进染缸——贪色不怕死
屎壳郎吹喇叭——满嘴放臭气
屎壳郎谈恋爱——臭味相投
屎壳郎拖粪——越拖越重
屎壳郎传宗接代——遗臭万年

三十九、牦牛

牦牛掉进水井里——转不过弯
牦牛身上拔根毛——不在乎
逼牦牛生子——强人所难

四十、蚊子

蚊子放屁——吓唬哪个
蚊子咬秤砣——逞嘴劲
蚊子找蜘蛛——自投罗网
蚊子挨人打——就坏在那张嘴上
蚊子遭打——坏在嘴上
蚊子叮菩萨——认错人了
蚊子没嘴——屁股也伤人
蚊子叮住鸡蛋——没有用
蚊子叮住木偶——认错人了
蚊子叮住牛角——找错了对象
蚊子打哈欠——好大的口气

蚊子撞上蜘蛛网——越挣扎越缠得紧

六月的蚊子——叮住不放

打蚊子喂大象——根本不顶用

蚊子肚里找肝胆——有意为难

蚊子唱小曲——要叮人啦

蚊子的力气——有限

蚊子的脑袋——大不了

蚊子飞到电灯上——弃暗投明

蚊子爬到玻璃上——插不上嘴

蚊子叮雕像——没味

踏板上的蚊子——不在帐内

看见蚊子拔出剑——大惊小怪

秋后的蚊子——没几天嗡了

放蚊子进账——自找麻烦

江边的蚊子——吃游人

旅店的蚊子——吃客

高射炮打蚊子——得不偿失

机关枪打蚊子——因小失大

聋子听蚊子——无声无息

野蚊子咬秤砣——使嘴劲

蚊子飞到驴胯上——抱住粗腿

四十一、臭虫

臭虫吃客——主吃客

臭虫咬人——出嘴不出声

臭虫咬胖子——沾油

饭店的臭虫——倒吃客

滚水烫臭虫——不死也发瘟

臭虫爬到拜盒里——抓住理（礼）了

臭虫钻进花生壳——抓住理（礼）了

瘪肚臭虫——要叮人

店里的臭虫——吃客

吃瓜子吃出个臭虫——什么人（仁）都有

四十二、啄木鸟

啄木鸟上供桌——大显花屁股
啄木鸟上供桌——卖弄自己
啄木鸟下油锅——嘴硬骨头酥
啄木鸟治树——凭一张嘴
啄木鸟治树——嘴硬
啄木鸟修房子——斗嘴劲
啄木鸟翻跟斗——耍什么花屁股
啄木鸟掉进开水锅——肉烂嘴不烂
啄木鸟死在树窟窿里——吃了嘴上亏
啄木鸟打摆子——浑身发抖嘴巴硬
啄木鸟找食——全靠嘴一张
啄木鸟上黄莲树——自讨苦吃
属啄木鸟的——嘴硬身子软

四十三、狸猫

狸猫披虎皮——假威风
狸猫卧在土坑上——坐地虎
狸猫换太子——以假乱真
狸猫伸懒腰——唬(虎)起来了
拔脚花狸猫——说跑就跑
得势的狸猫——欢似虎

四十四、鸳鸯

鸳鸯一对——两相配
鸳鸯一对——两相欢
鸳鸯戏水——成双成对
水中鸳鸯——难舍难分
水里的鸳鸯——分不开

鸳鸯睡觉——交颈而眠

才子佳人结鸳鸯——好事成双

千里驹上结鸳鸯——马上成亲

鸳鸯逐锦鸡——就怕不成双

四十五、狼

狼吃狼——冷不防

狼吃鬼——没影儿

狼吃东郭先生——恩将仇报

狼不吃肉——假正经

狼不吃死孩子——活人惯的

狼心狗肺——一副坏心肠

狼哭羊羔——虚情假意

狼夸羊肥——不怀好意

狼装羊笑——不存好心

狼行千里吃肉——本性难移

狼给羊献礼——没安好心

狼进羊圈——不是好事

狼借猪娃——有借无还

狼头上插竹笋——装样(羊)子

狼头上长角——出洋(羊)相

头上戴斗笠——充好人

狼拜狐狸为师——学点鬼点子

狼窝里的羊——九死一生

狼窝里存肉——难留久

狼窝养孩子——性命难保

狼叼来肉喂狗——白享受

母狼钻篱笆——进退两难

中山狼出了口袋——凶相毕露

大炮打群狼——一哄(轰)而散

白眼狼戴草帽——变不成人

白眼狼戴眼镜——冒充好人

狼吃蓑衣——没有人味、没人味

狼吃天——没处下口

狼叼来的喂狗——白享受

狼多肉少——成天争吵

狼狗打架——两头害怕

狼借猪娃——有借无还、还不了

狼看羊羔——越看越少

狼啃青草——装洋(羊)

狼哭羊羔——假仁假义、假慈善

狼夸羊肥——不怀好意

狼群里跑出羊羔来——不可能的事

恶狼扒门——成心糟蹋人、不祥之兆

恶狼吃天——无处下爪

恶狼落陷阱——作恶到头了

恶狼学狗叫——没怀好意

恶狼遭雷劈——恶有恶报

恶狼专咬瘸腿猪——专挑软的欺

恶狼装羊——不存好心、居心不良

恶狼捉老鼠——饥不择食

恶狼嘴里抢骨头——好大的胆量、胆子不小

饿狼吃羊羔——生吞活剥

饿狼窜进羊圈——无想饱口福

饿狼口里夺脆骨——好大的胆子

饿狼扑兔子——抓住不放

饿狼吞泥土——没有味儿

饿狼吞食——一副贪相

提着麻秆打狼——两头都怕

深山沟的白眼狼——成群结队

养个孩子让狼叼——费力不讨好

腊月里遇到狼——冷不防

狼也跑了,羊也保了——两全齐美

奸狼生个贼狐狸——不是好种

光屁股撵狼——胆大不害羞

东郭先生救狼——好人得不到好报

东郭先生救狼——善恶不辨

四十六、豹子

豹子进山——浑身是胆
豹子头上拔毛——逞能
豹皮做围巾——讲究
豹皮做椅垫——排场
豹子临死想扑人——本性难改

四十七、家雀

家雀的肚子——心眼窄小
家雀变凤凰——想得倒好
家雀学老鹰——想得太远
家雀头包饺子——尽是嘴
家雀跟着蝙蝠飞——迟早得碰死
家雀跟着蝙蝠飞——熬不行干巴眼
家雀头摆桌子——光有嘴没有肉
家雀上讲台——群众观点
家雀生鸡蛋——硬逞能
家雀抓虱子——顾嘴
窝里的家雀——跑不了
城楼上的家雀——惊吓出来的
清晨的家雀——展翅飞
家雀窝旁狼嚎叫——干急上不去

四十八、雁

雁过拔毛——忘本
雁过拔翎——过客也不放过
雁吃莲杆——直脖了
空中雁,水底鱼——捞不着
失群的雁——孤孤单单

蓝天的鸿雁——展翅飞翔

四十九、蛆

蛆变苍蝇——要飞了
盐里的蛆——稀奇
盐缸里找蛆——尽管闲(咸)事
盐缸里找蛆——操闲(咸)心
蛆生在冬瓜肚里——坏了心肠
大头蛆滚磨盘——自不量力
粪坑边上的蛆——爬得高跌得重
鸡蛋里生蛆——肚里坏

五十、鸵鸟

属鸵鸟的——顾头不顾尾
鸵鸟钻沙滩——顾头不顾脚

五十一、斑鸠

斑鸠下蛋——对
斑鸠打架——卖弄风流
斑鸠跌蛋——嘴嘀咕了斑鸠抱窝——悬蛋
斑鸠吃小豆——心中有数
斑鸠翻跟头——耍什么花屁股
斑鸠吃萤火虫——心里明
笼里的斑鸠——不知春秋
隔山打斑鸠——枪也白搭
两个山上的斑鸠——一唱一和

五十二、蚯蚓

蚯蚓上墙——腰杆子不硬

蚯蚓走路——以曲求伸

蚯蚓过溪——无能为力

蚯蚓的孩子——土生土长

蚯蚓打哈欠——土里土气

蚯蚓回娘家——弯弯曲曲

蚯蚓找妈妈——走弯路

蚯蚓爬石板——无地自容

蚯蚓钓鲤鱼——以小取大

蚯蚓翻跟头——直不起腰来

蚯蚓戴草帽——土气

蚯蚓剥皮——下不了手

蚯蚓变蛟——纵变不高

蚯蚓刨地——费力不小，收获不大

阴沟里的蚯蚓——成不了龙

脚踩蚯蚓吓一跳——胆子太小

五十三、麻雀

麻雀入笼——飞不了

麻雀打架——嘴上的功夫

麻雀开会——细商量

麻雀当家——七嘴八舌

麻雀搭窝——各顾各

麻雀养蚕——越养越少

麻雀啄食——顾得嘴

麻雀洗澡——团团转

麻雀嫁女——唧唧喳喳

麻雀炸窝——阵脚大乱

麻雀走路——一蹦三跳

麻雀打鼓——俏（敲）皮

麻雀飞大海——没着落

麻雀飞进炉膛里——命都没了还能有毛

麻雀入了瞎猫口——不死也得脱层皮

麻雀斗公鸡——不自量

麻雀的肚子——小心肝

麻雀入泥沟——没出路

麻雀入笼——飞不了

麻雀飞大海——没着落

麻雀吃胡豆——空喜一场

麻雀住房檐——一代传一代

麻雀摇枫树——白费功夫

麻雀照镜子——自找观点

麻雀的队伍——没有齐过

麻雀熬汤——无肉也香

麻雀抱蛋——空喜一场

麻雀背老鹰——想得高

麻雀吵架——唧唧喳喳

麻雀吃不下二两谷——度(肚)量小

麻雀吃蚕豆——咽不下去、享不了这份福

麻雀吃桑葚——等不到老

麻雀吃天鹅肉——痴心妄想、妄想

麻雀当家——七嘴八舌

麻雀到糠堆上——空欢喜

麻雀的内脏——小心肝儿、心眼狭小

麻雀叮石磙——嘴上功夫

麻雀掉到面缸里——糊嘴

麻雀掉到水缸里——毛湿了嘴还硬

麻雀斗公鸡——自不量力、不自量

麻雀肚里找蚕豆——根本没那回事

麻雀肚子鸡子眼——吃不多,看不远

麻雀肚子——小心肝

麻雀队伍——没有整齐过

麻雀蹲在梁头上——东西不大,架子不小

麻雀剁了身子——光剩嘴

麻雀儿虽小——五脏六腑俱全

麻雀飞大海——没着落

麻雀飞到旗杆上——鸟不大，架子倒不小

麻雀飞进炉膛里——毛都没了哪还有命

麻雀跟雁飞——自不量力

麻雀跟着蝙蝠飞——白熬夜

麻雀骨头——没多大个榫、小架

麻雀鼓肚子——好大的气

麻雀喝醉酒——腾云驾雾

麻雀和鸽子争食——喧宾夺主

麻雀和鹰斗嘴——自不量力、拿性命开玩笑

麻雀看见稻花子——空欢喜

麻雀落在房梁上——架子不小、好大的架子

麻雀落在谷穗上——乱弹

麻雀落在牌坊上——东西不大，架子不小

麻雀跑到玻璃房里——非（飞）碰壁不可

麻雀碰在鼓壁上——吓大了胆的

麻雀入烟囱——有命也没毛

麻雀生鹅蛋——没有的事、硬逞能

麻雀守蛋——越守越完

麻雀虽小——肝胆俱全

麻雀抬轿——担当不起

麻雀跳到泥沟里——无出路、没有出路

麻雀头包饺子——尽是嘴

麻雀窝里落喜鹊——早晚要飞、迟早要飞

麻雀误入泥水沟——无路可走

麻雀想和鹰打架——不是对手

麻雀想学凤凰鸣——枉费心机

麻雀饮河水——干不了

麻雀炸窝——阵脚大乱

麻雀找食——找到一点吃一点

麻雀住房檐儿——一代传一代

麻雀抓虱子——只顾嘴

麻雀追飞机——白费工夫

麻雀啄秕谷——上了空当儿

麻雀啄鸡子儿（鸡蛋）——捣蛋

麻雀啄米汤——只糊得嘴

麻雀子的嘴——话多

麻雀子想生鸡蛋——怎开口的

麻雀走路——不扎根、一蹦三跳

麻雀钻到竹筒里——安居乐业

麻雀嘴里的粮——靠不住、不可靠

麻雀拉屎——东一堆西一堆

麻雀飞到糠堆上——没好的吃

麻雀脑袋一盘菜——多嘴多舌

麻雀碰在鼓皮上——练大了胆子

麻雀看见稻花——空喜欢

麻雀钻到烟囱里——命难逃

麻雀学着凤凰飞——枉费心机

麻雀肚子鸡的眼——吃不多也看不远

麻雀掉进洞庭湖——不着边际

麻雀打哈欠——全面(脸)动员

麻雀抬轿子——担当不起

麻雀路过能分公母——好厉害的眼力

麻雀窝里落喜鹊——迟早要飞

大炮打麻雀——小题大做

大麻喂麻雀——一个也留不住

老树林的麻雀——没见过风浪

八个麻雀抬轿——担当不起

砝码上的麻雀——胆子早练大了

钟鼓楼上的麻雀——耐惊吓

钟鼓楼上的麻雀——惊吓出来的

炮台上的麻雀——吓破了胆

校场上的麻雀——练大了胆

海南岛的麻雀——见过热风大浪

城门楼上的麻雀——见过大世面

手里捉麻雀——松了怕飞紧了怕死

一条绳拴两只麻雀——一只也跑不了

五十四、鸭子

鸭子下水——嘴先行

鸭子出水——不湿毛

鸭子吃虫——自找的

鸭子吃小鱼——眼朝上

鸭子吃菠菜——平铲

鸭子吃菠菜——连根铲

鸭子上门槛——里外乱咄咄

鸭子上架——全靠逼

鸭子上锅台——一猛之劲

鸭子上墙——一股冲劲

鸭子上粪堆——臭转

鸭子吞筷子——转不过弯

鸭子喊伴——呱呱叫

鸭子改鸡——光磨嘴不行

鸭子死了——嘴还硬

鸭死变鹅——爱汤汤水水

鸭子不吃瘪谷——肚里有货

鸭子逛大街——大摇大摆

鸭子吃蛐蟮——生吞活剥

鸭子吃辣椒——直摇头

鸭子放屁——圆滑

鸭子游水——上松下紧

鸭子赴宴——饿（鹅）着（招）

鸭子吵棚——闹翻天

鸭子的脚板——连片

鸭子不尿尿——自有出路

鸭子送帐——鸡使（死）

鸭扎猛子——深入下层

鸭背上的水——有来有往

鸭子背上泼水——劳而无功

鸭子头上一撮毛——讹（鹅）头

鸭腿上绑铜铃——响当当

鸭棚里的老板——管淡（蛋）事

鸭子浮水——表面平静

老鸭子游水——表面不动

老鸭公想唱戏——喉咙不争气

蒸熟的鸭子——嘴硬心热

酱油鸭子——嘴硬身瘦

鸭子游水

清水鸭子——浑身稀烂嘴巴硬

阴沟里的鸭子——顾嘴不顾身

卤水煮鸭子——肉烂嘴不烂

江边上看鸭子——凄凉

汤锅里炖鸭子——突出一张嘴

下了河滩的鸭子——不回头

飞了鸭子打了蛋——两头空

一塘鸭子全下锅——皆是主（煮）

扶不上树的鸭子——贱骨头

三斤的鸭子——冒充鸡

三斤的鸭子二斤的头——嘴长得很

黄毛鸭子下水——不知深浅

黄毛鸭子下水——不识路程远

旱鸭子追猫——紧赶

旱鸭子过河——随大流

旱鸭子不下水——练腿劲

旱鸭子想吃海螺——尽想好事

旱鸭子想吃虾米——难办到

大海里放鸭子——不简（捡）单（蛋）

挨打的鸭子——乱窜

八宝鸭子——好的在里面

笨鸭子——上不了架

北京鸭走路——左右摇摆

冰上赶鸭子——大家耍滑

抽风鸭子——不走正道

池塘里的鸭子——一对儿

倒吊的腊鸭——油嘴

等公鸭下蛋——没指望

饿肚的鸭子——穷呱呱

隔河望到鸭吃谷——干着急

跛鸭子不怕黄鼠狼——自己找死

南海的鸭子——老等

草地上抓鸭子——干扑

酒醒不见烧鸭子——悔之晚矣

放鸭人的竹竿——摇钱树

放鸭子上山——走错了地方

烂脚板鸭子——歇了吧

五十五、黄羊、黄蜂

打兔子捉到黄羊——捞到外快
被猎人追的黄羊——慌里慌张
黄蜂的尾巴——长不了
黄蜂跑到虎穴里——凶多吉少
黄蜂出巢——满天飞
黄蜂的尾巴——毒极了
黄蜂窝里伸手——招惹大祸
黄蜂绑在鳖腿上——有翅难飞
秋天的黄蜂——厉害不了几天
黄蜂钻裤裆——有苦难诉
黄蜂钻裤裆——吃哑巴亏了

五十六、黄鹰

黄鹰撞上猫头鹰——巧(雀)碰巧(雀)了
黄鹰抓住鹞子脚——两个都扣了环
黄鹰捉小鸡——顺手拿

五十七、萤火虫

萤火虫儿——明一下暗一下
萤火虫儿——没有多大量(亮)
萤火虫放光——亮度不高
萤火虫的屁股——亮通通的
萤火虫飞眼前——闪光发亮
萤火虫打架——明对明
萤火虫在月亮地——谁也不沾谁的光
萤火虫发光——自己保护

五十八、黄鼠狼

黄鼠狼拜狐狸——一个更比一个坏

黄鼠狼拜见老母鸡——没安好心

黄鼠狼拜月亮——装神弄鬼

黄鼠狼背鸡子——上不去麦秸垛

黄鼠狼背兔子——力不能及、心有余而力不足

黄鼠狼不走大门儿——专钻水沟眼儿、自有他的路

黄鼠狼成大仙——害人精

黄鼠狼吃刺猬——不知从哪里下嘴

黄鼠狼吃天鹅蛋——想得美

黄鼠狼抽了筋——浑身哆嗦、直哆嗦

黄鼠狼穿道袍——冒充善人

黄鼠狼打洞——小打小闹

黄鼠狼出洞——鬼祟又歹毒

黄鼠狼戴花——臭美

黄鼠狼戴礼帽——像个头面人物

黄鼠狼戴尿罐——蒙头转向

黄鼠狼戴缨帽——神气活现

黄鼠狼单咬病鸭子——倒霉越加倒霉

黄鼠狼挡汽车——自不量力、不自量

黄鼠狼的脊梁——软骨头

黄鼠狼等食——见机(鸡)行事

黄鼠狼掂根文明棍——想充人物

黄鼠狼叼鸡——有去无回

黄鼠狼吊孝——装啥蒜

黄鼠狼堵门——就看这下子了

黄鼠狼蹲在鸡窝里——投机(偷鸡)

黄鼠狼躲在鸡棚里——不是偷也是偷

黄鼠狼剁掉尾巴——皮肉不值钱

黄鼠狼放救命屁——就这么一招、溜得不光彩

黄鼠狼赶集——家里外头一层皮

黄鼠狼给鸡拜年——来者不善、没安好心

黄鼠狼给鸡超度——冒充善人

黄鼠狼给鸡送礼——不怀好意
黄鼠狼给鸡做笑脸——没安好心
黄鼠狼跟马跑——追不上
黄鼠狼过闹市——人人喊打
黄鼠狼过泥塘——小手小脚
黄鼠狼过水田——拖泥带水
黄鼠狼和狐狸拜姐妹儿——一路骚(臊)货
黄鼠狼和狐狸结亲——臭味相投
黄鼠狼和鸡结老表——不是好亲
黄鼠狼和猫成亲——不是好苗头
黄鼠狼见了鸡——眼馋
黄鼠狼结婚——小打小闹
黄鼠狼借鸡——有借无还、有去无回
黄鼠狼进鸡窝——大难临头、没安好心、无孔不入、乱窜
黄鼠狼进了套——没跑、跑不了
黄鼠狼进宅院——来者不善
黄鼠狼看鸡——不怀好意、没安好心、越看越稀
黄鼠狼烤火——爪干毛净、毛干爪净
黄鼠狼啃乌龟——找不到头、无从下口、难下口
黄鼠狼哭鸡——假伤心
黄鼠狼哭羊羔——假情假意
黄鼠狼拉骆驼——不识大体
黄鼠狼拉磨——假充大尾巴驴
黄鼠狼拉小鸡——有去无回
黄鼠狼立在鸡棚上——不是你也是你
黄鼠狼落难——作恶到头了
黄鼠狼骂狐狸——一对坏、都是骚(臊)货、都不是好货
黄鼠狼没打着——惹了一屁股臊
黄鼠狼觅食——见机(鸡)行事
黄鼠狼抹墙——小手小脚
黄鼠狼趴在磨杠上——冒充大尾巴驴
黄鼠狼爬磨道——硬充大耳驴
黄鼠狼排队——一路骚(臊)货
黄鼠狼娶媳妇——小打小闹
黄鼠狼去尾巴——没值钱的毛了
黄鼠狼上鸡笼——有空就钻

黄鼠狼上鸡棚——没好心

黄鼠狼生崽子——一代不如一代

黄鼠狼生鼬子——一路货

黄鼠狼听见鸡叫——垂涎三尺

黄鼠狼同鸡攀亲家——没安好心

黄鼠狼偷鸡——背着人、专干这行的

黄鼠狼偷牛——眼大肚子小

黄鼠狼推磨——就那么几圈

黄鼠狼拖鸡——越拖越稀

黄鼠狼拖牛——自不量力

黄鼠狼拖猪——白费工夫

黄鼠狼拖着鸡毛掸——空欢喜

黄鼠狼玩线轴——小打小闹

黄鼠狼闻不出屁臭——气味相投

黄鼠狼闻到鸡屎——想投机（偷鸡）

黄鼠狼戏水牛——大的没有小的能

黄鼠狼瞎眼——不打食

黄鼠狼想吃天鹅肉——痴心妄想

黄鼠狼咬鸡——碰上了机会

黄鼠狼咬死了马——吃不掉

黄鼠狼斋鸡——不是好兆头、凶多吉少

黄鼠狼站在鸡窝门口——假充站岗的

黄鼠狼钻粪堆——又臊又臭

黄鼠狼钻磨坊——假充大尾巴驴、冒充大耳朵驴

黄鼠狼钻水沟——各走各的路

黄鼠狼钻烟囱——越钻越黑

黄鼠狼钻阴沟——各走各的路、各行各的道

黄鼠狼钻灶火——毛干爪净

黄鼠狼嘴下溜出的鸡——死里求生、好运气

黄鼠狼坐飞机——神气儿

黄鼠狼做鸡郎中——看都不能让它看

五十九、猫

猫上锅台——熟路一条

猫上楼梯——眼往下瞧

猫吃老鼠——理所当然

猫吃鱼鳔——空快活

猫吃咸菜——无可奈何

猫吃小鱼——有头有尾

猫吃鸡肠——越拉越长

猫吃豆渣——味道不对

猫吃螃蟹——恶模样

猫哭老鼠——假慈悲

猫逗老鼠——想抓活的

猫洗脸——一扫光

猫挖心——难受

猫扒琵琶——乱弹琴

猫扳倒瓮——狗的福

猫洞口等老鼠——目不转睛

猫抓年糕——脱不得爪

猫喝烧酒——够呛

猫念经——充善人

猫盖屎——胡应付

猫不吃鱼——假正经

猫抓老鼠——祖传手艺

猫头上系干鱼——靠不住

猫尾巴——越摸越翘

猫舔虎鼻梁——成心要命

猫嘴里的泥鳅——挖不出来

猫爪伸到鱼池里——不吃也得捣两爪

猫闻见腥味——死缠不放

猫爬屋顶——到顶了

猫卧房脊——活受(兽)

猫和老虎交朋友——信他不过

猫被老虎撵上树——多亏留了一手

猫抓老鼠狗看门——各守本分

猫爪伸到鱼池里——想捞一把

猫不吃咸鱼——装正经

猫教徒弟——留一手

猫教老虎上树——奇闻

猫披虎皮——抖威风

猫嘴塞鲤鱼——投其所好

猫额头画王字——虎头虎脑

猫偷食狗挨打——无辜受累

猫给老虎吊孝——虚情假意

猫给耗子拜年——居心不良

猫逮老鼠鼠打洞——各靠各的本领

瞎猫逮个死老鼠——碰巧了

照猫画虎——全盘照搬

猫儿食，耗子眼——吃不多，看不远

猫舔狗鼻子——自讨没趣

口袋里捉猫——不知黑白

口袋里卖猫——蒙面交易

小猫的胡子——摆设

小猫掉进面缸里——白虎(唬)

老猫爬屎盆——替狗忙

大塘边的猫——伸伸缩缩

老猫吃花椒——麻爪

老猫的眼睛——定向了

光叫的猫——抓不住老鼠

打猫吓贼——虚张声势

听见猫叫身子抖——胆小如鼠

会捉老鼠的猫——不叫唤

神台上的猫屎——神憎鬼厌

厨房里的猫——记吃不记打

偷嘴猫——本性难改

花猫蹲在屋顶上——唯我独尊

猫抓了个猪尿泡——空欢喜

地老鼠交给猫看——十有九空

老猫犯罪狗戴枷——无辜受罪

割猫尾巴拌猫食——自吃自

猫啃尾巴——自吃自

白猫钻烟囱——自己给自己抹黑

得胜的猫——欢似虎

老鼠嫁花猫——冤家变亲家

野猫撵走家猫——喧宾夺主

猫狗打架——世代冤仇
猫钻鼠洞——藏头露脚
小猫洗脸——马马虎虎
猫守老鼠洞——不动声色
躺在怀里的猫——俯首帖耳

六十、猫头鹰

猫头鹰吃娘——以怨报德
猫头鹰吃娘——恩将仇报
猫头鹰打瞌睡——睁只眼,闭只眼
猫头鹰上天——好高骛远
大白天的猫头鹰——睁眼瞎

六十一、鸽子

鸽子腿上绑铜铃——响得高
鸽子带响铃——虚张声势

六十二、蛤蜊

旱地的蛤蜊——不张嘴
河边的蛤蜊——尽捞

六十三、寒候鸟

寒候鸟晒太阳——得过且过
属寒候鸟的——得过且过

六十四、蛤蟆

蛤蟆吃骰子——满肚子点子

蛤蟆吃萤火虫——心里亮、肚里明

蛤蟆充田鸡——差得远

蛤蟆打饱嗝——气胀的

蛤蟆打喷嚏——好大的口气

蛤蟆带笼头——好大的脸皮

蛤蟆戴帽子——充矮胖子

蛤蟆当鼓敲——气难消

蛤蟆荡秋千——摆不起来

蛤蟆垫板凳——死撑活挨

蛤蟆垫床脚——不是这块料、装硬

蛤蟆垫桌腿——鼓着肚子干、拼命呢

蛤蟆掉进滚水锅——死路一条

蛤蟆掉进井里——坐井观天

蛤蟆跌到醋缸里——忍气吞声(酸)

蛤蟆儿跳井——不懂(扑通)

蛤蟆翻田坎——上蹿下跳蛤蟆跟着甲鱼走——甘当王八的孙子

蛤蟆骨头熬汤——没多大油水、油水不大

蛤蟆鼓肚子——气鼓气胀、干生气

蛤蟆挂铃铛——闹得欢、吵闹不休

蛤蟆过河——鼓作气

蛤蟆和牯牛比大小——气鼓气胀、气鼓鼓

蛤蟆进泡子——乱钻

蛤蟆拉车——没后劲

蛤蟆闹塘——分不清点

蛤蟆撵兔子——没门儿

蛤蟆爬楼梯——又蹦又跳、连蹦带跳、上不去

蛤蟆爬旗杆——抱住不放

蛤蟆爬上樱桃树——想吃高味

蛤蟆爬香炉——触一鼻子灰

蛤蟆皮——不值一驳(剥)

蛤蟆晒肚——仰面朝天

蛤蟆上墙——巴（扒）不得

蛤蟆伸长脖子想吞月亮——想头不低、想得高

蛤蟆拴到鞭梢上——不值得摔打

蛤蟆跳到鏊子上——欢乐一时是一时

蛤蟆跳到板凳上——人形一样

蛤蟆跳到蟒嘴里——送上门的肉

蛤蟆跳到牛背上——自以为大

蛤蟆跳到热锅上——欢乐一时是一时（死）

蛤蟆跳进秤盘里——不知自己有几两肉

蛤蟆跳门槛——不碰鼻子就碰脸

蛤蟆吞西瓜——无从下口

蛤蟆无路走——只得跳

蛤蟆想吃天鹅肉——想得美

蛤蟆想飞——不是上天的料

蛤蟆想吞天——好大的口气

蛤蟆眼睛——往上翻

蛤蟆咬秤砣——没那个口劲

蛤蟆抓耳朵——小手

蛤蟆追兔子——差得远、差远了

蛤蟆钻窟窿——眼光短，办法笨

蛤蟆坐轿子——不识抬举

六十五、蛐蟮

蛐蟮上墙——有劲无处使

蛐蟮不吃蚂蚱肉——一乡土上的人

蛐蟮剥了皮——不剩啥

蛐蟮翻地——悄无声息

蛐蟮游太湖——忒宽

蛐蟮跳舞——乱七八糟

土中的蛐蟮——满肚子泥

旱地的蛐蟮——钻不透

蛐蟮掉进糨糊里——好一糊涂虫

六十六、蛟龙

蛟龙造反——翻江倒海

蛟龙翻大海——四方要成灾

蛟龙困在沙滩上——威风扫地

蛟龙困在沙滩上——难翻身

六十七、鹿

公鹿去了角——非驴非马

电灯泡照鹿头——名(明)角

马头上长鹿角——四不像

打鹿取茸,杀鸡取蛋——不顾老本

六十八、跳蚤

跳蚤的脸——有多大面子

跳蚤脾气——一碰就跳

跳蚤钻进袜筒里——角色(脚虱)

跳蚤跳到火坑里——瞎蹦

跳蚤蹦到牛角上——啃不痛咬不痒

拳头打跳蚤——不来事

拳头打跳蚤——吃亏是自己

被窝里的跳蚤——顶不起来

花生堆里找跳蚤——没个着

撬杠打跳蚤——小题大做

十个指头按跳蚤——一个捉不住

一个跳蚤顶不起被子——独立难撑

六十九、喜鹊

喜鹊的羽毛——黑白分明
喜鹊的尾巴——老翘着
喜鹊落头上——红运当头
喜鹊登枝叫喳喳——无喜心里乐三分
喜鹊回窝凤还巢——安居乐业
喜鹊窝里掏凤凰——找错地方
喜鹊跟着蝙蝠飞——废寝忘食
喜鹊跟着蝙蝠飞——迟早要碰壁
喜鹊飞进洞房——喜上加喜
喜鹊乌鸦同枝叫——悲喜交加
听到喜鹊叫喳喳——红运将至
喜鹊落满枝,乌鸦飞满天——吉凶未卜
吃了喜鹊蛋——乐开怀

七十、猢狲

猢狲扫地——只顾眼前
猢狲种树——摇摇晃晃
猢狲画像——一副猴样
猢狲画像——一副猴相
猢狲耍把戏——老一套
猢狲戴帽子——想做人
猢狲穿衣服——像个人
猢狲入口袋——进了圈套
猢狲的屁股——坐不稳
叫花子笑猢狲——没有的事
叫花子丢猢狲——没得弄了
凤阳女子牵猢狲——随手扯去
猢狲耍把戏——有啥本事都使出来吧

七十一、鹅

鹅不吃草——肚里有病

鹅吃草,鸭吃谷——各人享各人福

鹅蛋换鸭蛋——不划算

鹅蛋石跌进刺蓬里——无牵无挂

鹅颈项再长——也有个下刀之处

鹅卵石垫床脚——不稳当

鹅卵石垫墙基——立场不稳、根基不稳、基础不牢

鹅卵石下油锅——扎(炸)实(石)

鹅毛落水——漂浮

鹅盆里不准鸭插嘴——独食独吞、无牵无挂

鹅上台阶——靠猛劲

鹅伸脖子——等着挨刀

鹅头装在鸭颈上——不像样

鹅吞鸡头——卡壳了

鹅行鸭步——磨磨蹭蹭、大摇大摆

鹅咬鸡——不认亲、六亲不认

鹅在水中寻食——尾巴翘上天

鹅走路——大摇大摆

七十二、黑瞎子

黑瞎子上轿——谁抬你呀

黑瞎子上房——熊到顶了

黑瞎子上戏台——出熊样

黑瞎子跳井——熊到底了

黑瞎子坐月子——吓(下)熊了

黑瞎子叫门——熊到家了

黑瞎子扭身——大反扑

黑瞎子打人——禁不住那一巴掌

黑瞎子放八叉——还想露一手

黑瞎子打立正——黑手遮天

黑瞎子照镜子——熊样
黑瞎子坐轿——没人抬举
黑瞎子要磨扇——人熊家伙硬
黑瞎子钻灶——难过
黑瞎子下棋——脑袋笨
黑瞎子下棋——瞧你那个笨样儿
黑瞎子遮太阳——手再大也捂不过天
黑瞎子穿婚纱——冒充新娘子
黑瞎子提包袱——走的哪门子亲戚
黑瞎子掰苞谷——扳一个丢一个
黑瞎子举重——身大力不亏
黑瞎子冬眠——做美梦
黑瞎子捉虱子——笨手笨脚
黑瞎子披大衣——不像人样
黑瞎子吃人参——不知贵贱
属黑瞎子的——光认吃
黑瞎子拜年——不敢受这个礼
黑瞎子卖豆腐——人熊货软
黑瞎子捧刺猬——碰到棘手事

七十三、雕

雕吃鸡毛——填满肚就算
雕戴皮帽子——假装鹰
雕变夜猫子——一代不如一代
猪八戒玩雕——各好一路

七十四、鹌鹑

鹌鹑的尾巴——长不了
鹌鹑蛋泄黄——小坏蛋
鹌鹑胃里寻绿豆——图财害命
鹌鹑想吃树上果——够不着
鹌鹑出笼——惯斗

打败的鹌鹑斗败的鸡——上不了阵

七十五、蜈蚣

蜈蚣逮公鸡——小命难保
蜈蚣见了眼镜蛇——一个比一个毒
蜈蚣吃了萤火虫——心里亮
蜈蚣吃了萤火虫——内里明

七十六、蜗牛

蜗牛的角——一触就回
蜗牛的房子——自带
蜗牛走路——慢慢腾腾
蜗牛耕地——收获不大
蜗牛赴宴——不速之客
蜗牛缩在壳里——无声无息
蜗牛爬到电杆顶——唯我独尊
蜗牛背房子——白受苦

七十七、鹦鹉

鹦鹉讲话——跟人学
鹦鹉唱戏——真巧
鹦鹉咬断铁索环——嘴真硬
鹦鹉遇上百灵鸟——会说的碰上会唱的
鹦鹉学舌——人云亦云
鹦鹉的嘴——会说不会做

七十八、蜘蛛

蜘蛛变的——吃自来食

蜘蛛网——捉不住大虫

蜘蛛烂屁股——没事（丝）了

蜘蛛摆下八卦阵——专捉飞来的将

蜘蛛拉网——七勾八扯

蜘蛛结网——吞吞吐吐

天上的蜘蛛网——高师（丝）

老蜘蛛——一肚子私（丝）

十五只蜘蛛结网——七勾八扯

不结网的蜘蛛——逮不住虫

墙上蜘蛛网，草原马脚印——蛛丝马迹

七十九、蝉

秋蝉落地——哑了

秋后的蝉——叫不了几天

蝉藏在脑袋里——头名（鸣）

八十、知了

叫唤的知了扑翅膀——自鸣得意

伏天的蝈蝈——叫得欢

八十一、蜻蜓

蜻蜓点水——浮在面上

蜻蜓点水——不深入

蜻蜓咬尾巴——一连串

蜻蜓吃尾巴——自吃自

蜻蜓断了尾——有头无尾

蜻蜓啃骨头——慢慢来

蜻蜓扑蛛网——送食上门

蜻蜓飞进蜘蛛网——活命难逃

蜻蜓摇石柱——休想

蜻蜓撼铁柱——毫不动摇
蜻蜓撞上蜘蛛网——有翅难飞
蜻蜓想吃红樱桃——眼都望绿了
蜻蜓点水鱼打花——都没用

八十二、骡子

骡子不生子——理所当然
骡子打滚——四脚朝天
骡子比赛——比劲大
骡子挠痒痒——全靠嘴
骡子吃石灰——白嘴
骡子尿血——没治
骡子和驴打架——不认亲
骡子驮重不驮轻——生得贱
骡子驮重不驮轻——生就的好脾气
三条腿的骡子——难找
土地爷的骡子——自在畜生烧了香的骡子——不行也得行
尖嘴骡子卖个驴价钱——坏在嘴上
出鼻骡子卖个驴价钱——吃了嘴上亏
贵州的骡子学马叫——不像
山西骡子学水牛叫——南腔北调

八十三、蜜蜂

蜜蜂窝——窟窿多
蜜蜂蜇人——逼急了
蜜蜂不张嘴——屁股伤人
蜜蜂采花——力不从心
蜜蜂酿蜜——不为自己
蜜蜂没了王——乱了巢
蜜蜂的屁股——有刺
蜜蜂叮在玻璃上——无出路
和蜜蜂结亲——不能蜇

野蜜蜂飞进渔网——专找空子钻

八十四、蝌蚪

蝌蚪变青蛙——面目全非
蝌蚪变蛤蟆——耍脱尾巴
蝌蚪的尾巴——寿命不长
蝌蚪的尾巴——总要脱身
蝌蚪撵鸭子——自己找死

八十五、蝙蝠

蝙蝠扑太阳——不知高低
蝙蝠看太阳——瞎了眼
蝙蝠看太阳——颠倒黑白
山洞里的蝙蝠——见不得阳光
家雀跟上蝙蝠飞——早晚要碰壁

八十六、蝴蝶

花园的蝴蝶——多姿多彩
蝴蝶落在鲜花上——恋恋不舍
做梦变蝴蝶——想入非非(飞飞)

八十七、鹞子

鹞子飞上天——骨头轻
鹞子充鸡——没有好心肠
鹞子放屁——想(响)得高
鹞子见了麻雀——冤家路窄
小鹞子抓刺猬——错睁了眼
老鹰抓住鹞子脚——难解难分

床底下放鹞子——飞不高

八十八、燕子

燕子造窝——嘴上的功夫

燕子做窝——嘴巴辛苦

燕子衔泥——口累

燕子的尾巴——两股叉

燕子下江南——不辞劳苦

燕口夺泥——无中生有

黄昏的燕子——不想高飞了

海南的燕子——选高门做窝

八十九、鲤鱼

鲤鱼的胡子——没几根

鲤鱼的尾巴——两分叉

鲤鱼进网——自取灭亡

鲤鱼的本领——专往软处钻

鲤鱼护窝——不会远走

鲤鱼脱钩——死里逃生

鲤鱼剖腹——开心

鲤鱼吞草粪——吃现成的

鲤鱼下油锅——死不瞑目

鲤鱼跳龙门——身价百倍

鲤鱼跳上船——不劳（捞）而获

鲤鱼蹦在灰堆里——越跳越糊涂

鲤鱼产卵——一撒一大片

鲤鱼吃水——吞吞吐吐

鲤鱼穿过千层网——越来越滑

鲤鱼的本领——专往软处钻

鲤鱼碰网——自取灭亡

鲤鱼跳船上——不劳（捞）而获

鲤鱼跳到渔船上——自己找死

鲤鱼咬钓钩——吞不下,吐不出
鲤鱼咬钩——在线
鲤鱼找鲤鱼,鲫鱼找鲫鱼——物以类聚
鲤鱼吃水——吞吞吐吐
鲤鱼吞秤砣——贴(铁)了心
鲤鱼戴斗笠——愚(渔)人
干塘里的鲤鱼——瞟眼看人
干塘里的鲤鱼——没蹦了
鲤鱼掉在灰堆里——越弄越糊涂

九十、鲫鱼

鲫鱼喂猫——舍不得

九十一、鲨鱼

鲨鱼学黄鳝——想滑头
鲨鱼吃蚂蚱——不够塞牙缝

九十二、墨鱼

墨鱼剖腹——心不死
墨鱼肠肚河豚肝——又黑又毒

九十三、癞蛤蟆

癞蛤蟆上花椒树——蹄爪都麻了
癞蛤蟆上墙——扶不上去
癞蛤蟆下蝎子——一窝比一窝毒
癞蛤蟆过河——一鼓作气
癞蛤蟆并腿——充蝉
癞蛤蟆咒天——越咒越晴

癞蛤蟆的肚子——鼓鼓囊囊

癞蛤蟆的肚皮——不值一驳(剥)

癞蛤蟆大张嘴——等吃自来食

癞蛤蟆打苍蝇——刚供嘴

癞蛤蟆打哈欠——好大的口气

癞蛤蟆打伞——怪事

癞蛤蟆瞪眼——又想蹦了

癞蛤蟆吞鱼钩——自作自受

癞蛤蟆吞大象——想头不低

癞蛤蟆吃青蛙——不识自家人

癞蛤蟆吃天——无从下口

癞蛤蟆吃苍蝇——供不应求

癞蛤蟆吃鸡子——难吞难咽

癞蛤蟆坐飞机——一步登天

癞蛤蟆跌粥锅——说它混蛋,它还一肚子气

癞蛤蟆蹲门口——装石狮子

癞蛤蟆遭牛踩——周身是伤

癞蛤蟆逮蛇——拼上老命了

癞蛤蟆剥了皮——活着讨厌死了恶心

癞蛤蟆请客——四眼相顾

癞蛤蟆哭大姐——两眼墨黑

癞蛤蟆爬门槛——内外一跳

癞蛤蟆爬烟筒——摸黑路

癞蛤蟆爬人脚面——不咬人也吓人

癞蛤蟆爬樱桃树上——尽想高味

癞蛤蟆爬香炉——碰一鼻子灰

癞蛤蟆爬鳖身上——遇缘(圆)了

癞蛤蟆跳水井——不懂(扑通)

癞蛤蟆跳门槛——又蹲屁股又伤脸

癞蛤蟆跳油锅——自找死

癞蛤蟆跳三跳——还得歇一歇

癞蛤蟆跳到鼓石上——充起虎来了

癞蛤蟆跳到热鏊上——欢乐一时是一时

癞蛤蟆挨石头打——鼓起劲来了

癞蛤蟆不长毛——天生这路货

癞蛤蟆坐金銮殿——登峰造极

癞蛤蟆过大江——自身难保

癞蛤蟆挎大刀——邋遢兵

癞蛤蟆穿铠甲——踢腾不开

癞蛤蟆装鞍子——奇怪

癞蛤蟆赶船——搭不上帮

癞蛤蟆遇田鸡——难兄难弟

癞蛤蟆想吃灵芝草——白日做梦

癞蛤蟆扒皮——心不死

癞蛤蟆拜天——心高妄想

癞蛤蟆吃骰子——一肚子点子

癞蛤蟆吃蚊虫——老张嘴

癞蛤蟆吃樱桃——想头不低、想得高

癞蛤蟆吃萤火虫——心知肚明

癞蛤蟆穿大红袍——只可远看,不能近瞧

癞蛤蟆穿铠甲——踢腾不开、蹬打不开

癞蛤蟆吹肚皮——装大气

癞蛤蟆吹唢呐——没人声、小气、有啥好听的

癞蛤蟆垫床角——死撑活挨、鼓起来的劲、吃不住、拼命

癞蛤蟆掉粪坑——不好开口、越搞越臭

癞蛤蟆掉进炕洞里——难以爬蹬

癞蛤蟆顶毛巾——怕露脸

癞蛤蟆顶石碌碡碌碌——抬不起头

癞蛤蟆躲端午节——躲得了初一,躲不了十五

癞蛤蟆箍蛇——拼命

癞蛤蟆鼓肚子——忍气吞声

癞蛤蟆鼓气——装相

癞蛤蟆过壕沟——白瞪眼

癞蛤蟆过江——自身难保

癞蛤蟆喝糨糊——张不开嘴

癞蛤蟆和牛比大小——胀破肚皮也没用

癞蛤蟆哭天——越哭越有情

癞蛤蟆挎腰刀——一副杀人相

癞蛤蟆拦车——挡不住

癞蛤蟆梦吃天鹅肉——痴心妄想

癞蛤蟆趴在鞭梢上——经不住甩打

癞蛤蟆爬脚面——恶心

癞蛤蟆爬履带板——找死

癞蛤蟆爬门槛——内外一跳、爬爬跌跌

癞蛤蟆爬上案板——硬装大块肉

癞蛤蟆爬上脚面——光吓人不咬人、踢不走

癞蛤蟆爬香炉——触一鼻子灰

癞蛤蟆爬樱桃树——净想高口味

癞蛤蟆爬在脚面上——不咬人，倒吓人

癞蛤蟆披鸡毛——充当漂亮鸟

癞蛤蟆牵在鳖腿上——跳不高，爬不快

癞蛤蟆敲大鼓——自吹自擂

癞蛤蟆上楼梯——连蹦带跳

癞蛤蟆上葡萄树——粗人吃细粮

癞蛤蟆上蒸笼——气鼓气胀

癞蛤蟆梳小辫——装大丫头

癞蛤蟆跳到热鏊(烙饼的器具。用铁做成，平面圆形，中心稍凸)上——蹦跶不了几下

癞蛤蟆跳戥盘——不知自己有多少斤两

癞蛤蟆跳进烟囱里——不死也要脱层皮

癞蛤蟆跳井——吓不倒谁

癞蛤蟆跳三跳——还要歇一歇

癞蛤蟆吞蒺藜——干吃哑巴亏

癞蛤蟆吞鱼钩——自作自受

癞蛤蟆吞月亮——痴心妄想

癞蛤蟆张口——专吃自来食

癞蛤蟆张嘴——口阔

癞蛤蟆装鞍子——奇(骑)怪

癞蛤蟆撞大树——干鼓肚

癞蛤蟆追兔子——步跟不上，步步跟不上、一步赶不上，步步都紧张

癞蛤蟆坐金銮殿——痴心妄想、妄想

癞蛤蟆带娃娃——只讲个数

癞蛤蟆拴在鳖腿上——跳不高也爬不快

癞蛤蟆的脊背——尽是点子

癞蛤蟆躲端午——躲过初五躲不过十五

九十四、蝎子

蝎子不咬人——这（蜇）就是了

蝎子的屁股——拍不得

蝎子的尾巴——歹毒

蝎子拉屎——独（毒）一份

蝎子放屁——毒气冲天

蝎子背仔——毒上加毒

蝎子夹鸡蛋——连滚带爬

蝎子驮马蜂——毒上加毒

蝎子驮蜈蚣——上下都够毒

蝎子当琵琶——谈（弹）不得

蝎子撒尿——毒汁四溅

蝎子炒辣椒——又毒又辣

蝎子摇尾巴——好毒的一招

蝎子战蜈蚣——以毒攻毒

蝎子蜇蝎子——一家人不认一家人

蝎子爬在嘴上——说不得也打不得

蝎子跑到刺猬上——看你怎么蜇

蝎子掉进裤裆里——由你折腾

蝎子掉进磨眼里——自蜇自磨

蝎子蜇胸口——钻心痛

蝎子蜇屁股——有苦不能说

蝎子翘尾巴——准备放毒

蝎子蜈蚣拜弟兄——一对毒货

蝎子钻进砒霜里——毒极了

蝎子戴礼帽——小毒人

蝎子的尾巴，后娘的心——最毒不过蝎子

蝎子钻进墙缝里——暗中伤人

蝎子钻在墙缝里——蜇人不显身

山后头的蝎子——恶蜇

哑巴吃蝎子——有痛说不出

水蝎子——不怎么蜇

谚语歇后语大全

动物类歇后语

九十五、蝎虎

蝎虎上墙——无孔不入
蝎虎断了尾巴——脱身之计
蝎虎掀门帘——露一小手
蝎虎打喷嚏——满嘴毒
蝎虎作揖——露两手

九十六、螃蟹

螃蟹上树——巴不得
螃蟹上壁——自叹自落
螃蟹的眼睛——活的
螃蟹走路——横爬
螃蟹拉车——不走正路
螃蟹过马路——横行霸道
螃蟹进山门——夹神
螃蟹吃高粱——顺杆爬
螃蟹过河——七手八脚
螃蟹过门槛——七手八脚
螃蟹的眼里——一切都是横的
螃蟹作揖——对上家(夹)啦
螃蟹夹鸡子——滚蛋蛋
螃蟹夹豌豆——连滚带爬
螃蟹包馄饨——从里截出
螃蟹吐唾沫——没完没了
螃蟹断爪——横行不了
螃蟹脱壳——肉嫩
螃蟹爬竹竿——过节儿见
螃蟹爬油篓——进来出不去
螃蟹娶亲——尽是王八
螃蟹到了秋天——顶盖肥
螃蟹造反——横冲直撞

螃蟹洞里打架——窝里横
螃蟹打洞老鼠住——劳而无功
飞机上吊螃蟹——悬空八只脚
一只螃蟹八只脚——没错
螃蟹后的肉——藏在肚里
螃蟹煮了一大锅——尽是滑头没肉
螃蟹落在芥菜上——不上不下
生吃螃蟹——搅坏了肚肠
生吞螃蟹——肚里横
冬天的螃蟹——横行不了几天
冷眼观螃蟹——看你横行到几时
串起来的螃蟹——横行不了
渔船上的螃蟹——串起来
热锅的螃蟹——爪子紧挠
海石秃上的螃蟹——明摆着吗
崖缝里抓螃蟹——十拿九稳
竹篓里捉螃蟹——稳拿
瞎子吃螃蟹——只只好
卖螃蟹的上戏台——脚(角)色不少能唱的不多
水缸里捉螃蟹——手到擒拿
搭起台子卖螃蟹——买卖不大架子不小

九十七、螳螂

螳螂身上擦白粉——自充大仙鹤
螳螂落油锅——全身都酥了
螳臂当车——不自量力

九十八、螺狮

螺狮的屁股——弯弯多
螺狮壳里做道场——打不开场面
螺狮壳里做道场——团团转
旱地的螺狮——有口难开

滩里的螺狮——只图嘴里含沙

桅杆上的螺狮——靠天吃饭

歪嘴和尚吃螺狮——以歪就不歪

歪嘴吃螺狮——歪对歪

螺狮壳里睡觉——摸不清方向

九十九、鹰

鹰抓小鸡——一点不留

鹰抓小鸟——一提就走

鹰抓麻雀——一抓一个准

鹰哭麻雀——假慈悲

鹰犬捕兽——上下夹攻

鹰嘴鸭子爪——能吃不能拿

鹰抓瘦驴——贪大受饿

鹰吃鸡毛——填满肚子算事

鹰上杠木——眼往前看

鹰嘴夺兔,猫嘴夺鱼——无法下手

鹰叼蛇,蛇吞象——一物降一物

鹰饱不抓兔,兔饱不出窝——懒对懒

胡萝卜叫鹰——越叫越远

狡兔撞鹰——以攻为守

雄鹰的翅膀——练出来的

一百、鲢鱼

鲢鱼的胡子——没几根

鲢鱼吃草粪——图现成

鲢鱼头上戴斗笠——愚(渔)人

一○一、鳄鱼

鳄鱼上岸——来者不善

鳄鱼吊孝——假慈悲真凶猛
鳄鱼挂念珠——装善人
鳄鱼的眼泪——假的
鳄鱼流眼泪——可怜不得

一○二、鹭鸶

鹭鸶捕鱼——得而复失
鹭鸶的脖子——空架一张嘴
鹭鸶穿草鞋——身轻脚重
鹭鸶飞到养鱼池——眼饱肚中饥
鹭鸶腿上挂蚂蚱——飞不了你也跑不了它
鹭鸶腿上劈精肉——没有多少回合
鹭鸶鸟吞鱼——难下喉

一○三、鳖

鳖甲取面——身子好
瓮中捉鳖——手到擒拿
坛子里养鳖——越来越油
坛子里捉鳖——稳捉稳拿
上山捉鳖——难上加难
水缸里的鳖——跑不了
酱罐里的鳖——闲(咸)员(圆)
老鳖喝碗醋——盖不由己

一○四、鳗鱼

属鳗鱼的——滑头
火筒里喂鳗鱼——死得值(直)
竹筒里喂鳗鱼——直到死
歪吃鳗鱼——弯弯顺团

一〇五、麒麟

麒麟角蛤蟆毛——天下难找

一脚踩死个麒麟——不知贵贱

第七章　植物类歇后语

一、人参

长白山的野人参——越老越好

二、山楂

醋泡山楂——酸上加酸
红绸子包山楂——里外红

三、乌拉草

乌拉草掺鸡毛——乱糟糟
乌拉草成名——称宝不在贵贱

四、玉米

玉米地里套豆子——一举两得
热锅爆玉米花——乱蹦乱跳
种下玉米不发芽——没有出头的日子
火爆玉米——开心
玉米大麦煮糊——糊里糊涂
玉米粥里落土鳖——糊涂虫

五、白菜

白菜帮子——中看不中吃

白菜烩豆腐——谁也不沾谁的光

白菜地里耍锄刀——散心

白菜叶子炒大葱——亲(青)上加亲(青)

十二月的白菜——动(冻)了

看油炒白菜,生盐火韭菜——各人所爱

六、石榴花

石榴花——老来红

石榴开花——红到底

石榴的脑袋——点子多

石榴剥了皮——尽是点子

石榴树上挂醋瓶——又涩又酸

石榴树做棺材——横竖不够料

鼓槌打石榴——敲到点子上了

捏着头吃石榴——瞧你那个酸相

五月的石榴——越开越红火

八月的石榴——合不拢嘴

八月的石榴——咧开了嘴

囫囵啃石榴——先苦后甜

吃了一堆烂石榴——满肚子坏点子

七、甘蔗

甘蔗出土——节节甜

甘蔗拔节——一节也不通

甘蔗的命——吃一节甜一节

甘蔗地里种黄连——又甜又苦

甘蔗地里种葱——矮了一大截子

甘蔗支危房——不起作用

甘蔗当吹火筒——不通

甘蔗皮编席子——甜

甘蔗地里种香瓜——从头甜到脚

甘蔗梢上挂苦胆——一头甜来一头苦

甘蔗地里套黄豆——短了一大截子

甘蔗皮编席子——甜蜜（篾）

甘蔗梢上挂苦胆——一头甜来一头苦

甘蔗蘸蜂蜜——甜上加甜

甘蔗地里种黄连——又甜又苦

九月的甘蔗——甜到心上

十月的甘蔗——节节甜

熟透的甘蔗——节节都甜

药蒲的甘蔗——离不开

甜瓜地里长甘蔗——从头甜到脚

夫妻俩种甘蔗——甜蜜的事业

倒吃甘蔗——一节更比一节甜

搂着甘蔗睡觉——尽想甜美事

嚼过的甘蔗——乏味

背着甘蔗上楼梯——步步高，节节甜

甘蔗当吹火筒——出不了这口气

八、生姜

生姜脱不了辣味——本性难改

生姜脱不了辣气——本性难移

喝凉水就生姜——乏味

喝凉水就生姜——不是味道

生姜炒蜈蚣——又辣又毒

生姜拌辣椒——老的辣

卖了生姜买蒜吃——换换口味

六月天的生姜——热辣

九、冬瓜

冬瓜下山——滚了

冬瓜上霜——两头光

冬瓜淌水——坏透了

冬瓜煮清汤——乏味

冬瓜敲木钟——响不起来

冬瓜皮做帽子——滑头滑脑

冬瓜皮做帽子——霉到顶了

冬瓜秧爬进茄子地——东攀西扯

冬瓜秧爬上葡萄架——难解难分

数冬瓜道茄子——唠唠叨叨

冬瓜躺在雪地里——僵死

冬瓜钱算到南瓜上——混账

冬瓜钱算到南瓜上——东南不分

冬瓜肚里生蛆——心肠坏了

冬瓜结到茄子地——走错了人家

清水煮冬瓜——没味道

房顶上的冬瓜——两边滚

秋天的嫩冬瓜——胎毛还没退

穿了心的烂冬瓜——坏透了

冬瓜敲钟——没多大响声

奈何不得冬瓜拿茄子出气——欺软怕硬

十、芝麻

芝麻开花——节节高

芝麻开花——节节上升

芝麻里头掺沙子——乱掺和

芝麻里头掺沙子——瞎掺

芝麻里头掺虱子——瞎掺和

芝麻做饼——点子多

芝麻拌豆腐——滑(花)稽(鸡)事(屎)

芝麻地里的黄豆——就数你大

芝麻地里的老鼠——吃香

芝麻说成绿豆大——信不得

芝麻擦屁股——尽棱儿

芝麻杆做木闩——经不起推敲

芝麻秆地里种西瓜——有小有大

芝麻地里种玉米——高低不齐

芝麻堆里藏西瓜——小中见大

粉球滚芝麻——多少粘点儿

阴雨天的芝麻——难开口

芝麻掉进针眼里——巧极了

雷公劈芝麻——专拣小的欺

吸铁石吸芝麻——有利就沾

芝麻豆子堆一场——主次不分

芝麻黄豆分不清——眼力差

芝麻地里种西瓜——有大有小

芝麻堆里芷西瓜——小中见大

芝麻粒掉进杏筐里——不显眼

芝麻脸——好大的面子

芝麻堆里的臭虫——显不着你

芝麻地里打锣——敲在点子上了

芝麻送到油坊里——等着挨锤

碳筛子筛芝麻——白费劲

米筛子筛芝麻——空劳神

针尖上落芝麻——难顶

囫囵吞芝麻——满肚子点子

大吊车吊芝麻——不值一提

针尖上粘芝麻——难办到

干手沾芝麻——不上手

吃芝麻饼掉芝麻——免不了

桌缝里舔芝麻——穷相毕露

挖耳勺里炒芝麻——扒拉不开

阎王爷做芝麻饼——尽是鬼点子

整筐丢西瓜满地捡芝麻——大处不计小处算

十一、灰菜

阴沟里的灰菜——死的死,烂的烂

十二、芋头

芋头叶上的水珠——滚了
芋头叶子当钹敲——不堪一击

十三、向日葵

向日葵的孩子——无数
向日葵结果——籽多

十四、竹子

竹子长权——节外生枝
竹子着火——一派光棍
竹子当鼓——敲竹杠
竹子开花——要败了
竹子做笛——受不完的气
竹子做箫——生就的材料
竹子榨油——不可思议
竹子拔节——步步高
竹子做篱笆——结缘(圆)
竹子上结南瓜——怪事
竹子扁担挑竹筐——碰到自己人了
竹子伸进鸡窝里——捣蛋
竹林耍大刀——打不开场面
竹子打月亮——挨不上边
风吹竹林——一边倒

竹林里跑马——施展不开

竹林试犁——寸步难行

竹林里放风筝——胡搅蛮缠

竹林里挂灯笼——高风亮节

竹林里栽松柏——亲(青)上加亲(青)

竹竿打锣——有节奏

竹竿赶鸭子——呱呱叫

竹竿顶天——差一大截子

竹竿测天——难办

竹竿搭桥——难过

竹竿打水平平过——不分高低

竹竿敲竹筒——空想(响)

竹竿撑舰艇——划不来

竹竿捅马蜂窝——乱了套

竹虫咬断竹竿——同归于尽

竹排上掉根竹——有你不多,没你不少

竹笼抬猪——露了蹄

竹笼里的泥鳅——没跑了

竹笼里的凤凰——有翅难飞

竹笋变竹子——一节增一节

竹笋冒尖顶翻石头——腰杆子硬

竹笋出土——节节高升

竹筒打水——直进直出

竹筒沉水——自满自足

竹筒倒豆子——干脆利索

竹筒吹火——只有一个心眼

竹筒看天——一孔之见

竹筒看棉花——空虚

竹筒里点灯——照管

竹筒里装灯草——一条心

竹筒里爬长虫——直来直去

竹筒里倒豆子——一干二净

竹筒当鼓打——敲竹杠

竹筛子兜水——漏洞百出

竹筛子当锅盖——漏气处太多

竹筛子做锅盖——心眼不少

竹笋出土

竹筐挑水——两头空

竹膜做面子——脸皮薄

竹膜做笛膜——吹得响

竹篓里数大鱼——一清二楚

竹篓里抓泥鳅——手到擒拿

竹篓里的泥鳅——跑不了

竹篮盛稀饭——露洞太多

竹篮子打水网挡风——全落空

竹篾绑竹子——自己捆自己

竹篾编的鸭子——少心没肺

破土的竹笋——拔尖

嫩竹子扁担——挑不起重担

毛竹筷条——没认真(针)

南竹当菜——硬吵(炒)

向阳坡的竹子——横生枝节

园子外的竹笋——外甥(生)

山间的竹笋——越嫩越尖

小坡的竹笋——就地取材

刚出土的竹笋——先遭难

火烧竹子——不变节

吃竹竿长大的——直性子

嘴巴上戴竹筒——说直话

拔节的竹笋——天天向上

笋子变竹——越来越高

肚脐眼长笋子——胸有成竹

牛吃笋子——胸有成竹

嫩笋拱土——冒尖

刀劈毛竹——迎刃而解

刀劈毛竹——一分为二

上山背毛竹——顾前不顾后

九曲桥上拖毛竹——拐弯抹角

砍了头的竹子——节外生枝

披着麻袋进竹林——东拉西扯

穿节的竹筒——灵通起来了

属竹子的——心虚

九曲桥上扛竹竿——转不过弯来

枕着竹筒睡觉——空头空脑
抱着竹筒睡觉——空想
冬天的竹笋——出不了头
石头缝里长竹笋——硬憋出来的
天井里竖竹竿——无依无靠
竹子做篱笆——结缘（圆）
实心竹子——一窍不通
横扛竹竿进家——不入门
砍断的竹子——接不上茬
三亩园子出棵笋——物以稀为贵
扛着竹竿过马路——霸道
吃上竹子拉出爪篱——满肚子瞎编
炕头上长出竹子——损（笋）到家了
高山间的老竹笋——嘴尖皮厚腹

十五、麦子

麦子不割砍高粱——专找硬茬
麦子未熟秧未插——青黄不接
下雨天打麦子——收不了场
麦苗韭菜分不清——不像个庄户人
麦苗当成韭菜卖——胡乱拉扯
麦田里的韭菜——难分色
麦田捉鳖——十拿九稳
麦田捉田鸡——手到擒拿
麦田种棉花——一举两得
麦秆吹火——小气
麦秆当秤——没斤没两
麦秆当称称人——把人看得太轻了
麦秆子上顶碌碡——头重脚轻
麦秆做电杆——不是这块料
麦秆里睡觉——细人
麦秆门闩玻璃鼓——经不起推敲
麦秸秆装枕头——草包
麦秸堆里放炸药——乱放炮

麦秸秆里看人——小瞧了

麦糠搓绳——接不上茬

麦糠擦屁股——自找麻烦

麦场上挂马灯——照常(场)

麦芒穿针眼——得之不易

麦芒掉进针眼里——真凑巧

麦芒戳进眼睛里——又刺又痛

风吹麦苗——一起倒

大麦芽做饴糖——好种子

百合田里种麦子——苦苣儿

墙上种麦——难耕

野麦子——不分垅儿

麻袋里装麦秸——大草包

割麦刮大风——一团糟

钝锄刀割麦——拉倒

大风吹翻麦草垛——乱糟糟

十六、灯草

灯草点灯——有一分热,发一分光

灯草点灯不用油——心(芯)好

灯草打锣——响不了

灯草打老牛——无关痛痒

灯草打人——不痛不痒

灯草织布——枉费心机

灯草吊脖子——吓唬人

灯草架桥——白搭

灯草架屋——白费力

灯草套牯牛——动不得

灯草拐杖——主(拄)不得

灯草搓绳——紧不起来

灯草栏杆——靠不住

灯草灰——轻狂

灯草吊颈——做作

灯草烧灰——飘飘然

灯草烧窑——不够本钱

灯草铺失火——没得救

灯草剖腹——开心

灯草灰过磅——没分量

灯草灰咽肚里——说话没分量

灯草做琴弦——不值一谈（弹）

独根灯草——一条心

独根灯草点灯——只有一个心眼

挑上灯草走路——干轻活

嘴里衔灯草——说得轻巧

灯草当秤砣——没分量

油干灯草尽——完结

灯草当拐棍——借不上力

丢秤砣捡灯草——避重就轻

大力士耍灯草——轻而易举

十七、西瓜

瓜子去了皮——心上人（仁）

瓜子待客——一点心

瓜田里绊一跤——遭殃（秧）了

瓜地里的草人——装模作样

瓜地里的草人——装样子

瓜子皮喂牲口——不是好料

瓜瓢里点灯——漂（瓢）亮

瓜藤绕到豆棚上——纠缠不清

瓜田里不纳鞋,李子树下不正冠——避人嫌疑

西瓜子拌豆腐——黑白分明

西瓜皮打鞋掌——不是正经料

西瓜皮做帽子——滑头

西瓜皮割鞋垫——狡（脚）猾（滑）

西瓜皮垫鞋垫——不是正经料

西瓜地里落冰雹——砸啦

西瓜地里散步——左右逢源

西瓜地里进野猪——一塌糊涂

西瓜皮擦屁股——一塌糊涂

西瓜碰上菜刀——瓜分

西瓜碰上菜刀——四分五裂

西瓜长瓜子——能滚能爬

西瓜里生蛆——坏透了

西瓜甜不甜——看心

西瓜掉进油桶里——滑头滑脑

西瓜拴在蹩脚上——连滚带爬

西瓜门墩——软胎子

西瓜搓澡——没完没了

大下巴吃西瓜——滴水不漏

有了西瓜不讲芝麻——尽拣大的说

割草捡到大西瓜——捞外快

拉屎吃西瓜——难开口

瞎子摸西瓜——不分红白

脚踩西瓜皮,手里抓把泥——一溜二抹

踩西瓜皮打排球——能推就推,能滑就滑

瓜地里挑瓜——挑得眼花

整筐丢西瓜,满地捡芝麻——弃大得小

满地丢西瓜,撅腚捡芝麻——不知轻重

十八、红薯

吃红薯蘸蒜汁——各对味

一口咬住烤红薯——热乎乎,甜蜜蜜

红薯落灶——自该煨

三月栽薯四月挖——急于求成

十九、红豆

剥开皮肉种红豆——入骨相思

二十、杏

不熟的杏——涩牙

不熟的杏——酸极了

土杏子——是个苦孩(核)儿

黄杏熬南瓜——一样的货色

吃了一筐烂杏——心酸得很

苦水中泡大的杏仁——苦人(仁)

二十一、芥末

芥末拌凉菜——各有所爱

瞎子吃芥末——白瞪眼

三月的芥末——起了心

十月的芥末——齐心

二十二、灵芝草

昆仑山上的灵芝草——无价之宝

二十三、花

花前月下散步——触景生情

花种在墙头上——高种

花骨朵碰在刀上——心碎

花瓶里的鲜花——一天不如一天

花架下养鸡鸭——有煞风景

眉毛上插鲜花——有眼色

捧着鲜花坐飞机——美上天了

鲜花插在牛粪上——太不相配

鲜花插在牛屎上——真可惜

离开枝的鲜花——活不久
石板上栽花——靠不上
石板上栽花——不可靠
镜子里的鲜花——空好看
镜子里的鲜花——好看不好拿
乱石滩上栽花——根底浅
乱石滩上栽花——扎不下根
鞋底上绣花——中看不中用
粪堆上开花——一阵香，一阵臭
吊死鬼栽花——死要面子
刺窝里栽花——难下手
牙缝里插花——嘴里漂亮
火盆里栽花——白费劲
王母娘娘戴花——老妖艳
土地奶奶戴花——老来俏
韩湘子的花盆——要啥有啥
戴大红花回朝——大功告成
沙漠里野花开——埋没英才
温室里的花朵——经不起风雨
万丈悬崖上的鲜花——无人采
高山有好水，平地有好花——各有所长
胸前戴花，头顶打灯——光彩照人

二十四、花椒

花椒水洗脸——麻痹(皮)
花椒水煮猪头——肉麻
花椒树下拉二胡——又麻又扯
花椒树下睡大觉——嘛(麻)人
花椒木雕孙猴——麻木不仁(人)
花椒炒生姜——又麻又辣
秋天的花椒——黑了心

二十五、花生

花生地里开花——落地生根

水田里种花生——怪哉(栽)

无仁的花生壳——肚里空

沙土里的花生——一串一串

肚饥了吃花生——生吞活剥

剥开的花生米——杀身成仁

花生壳里的臭虫——充好人(仁)

成熟的花生果——满人(仁)

阴雨天的花生——疲了

卖花生不用秤——乱抓

二十六、豆芽

豆芽菜不叫豆芽——歪脖货

豆芽的一生——受压一辈子

豆芽的一生——总受压

豆芽做拐杖——靠不住

豆芽做拐杖——嫩得很

豆芽包饺子——内中有弯

豆芽炒虾米——低头的低头,弯腰的弯腰

豆芽炒虾米——两不值(直)

豆芽菜纱藕片——尽钻空子

豆芽菜堆一堆——分不清也理不明

豆芽菜堆一堆——没空(捆)

丈二长的豆芽——还是嫩的

坛子里的豆芽——直不起腰来

豆芽长了一房高——还是菜

盘子里的豆芽——开不了花,也结不了果

盘子里生豆芽——根底浅

茶壶里的豆芽——受不完的勾头罪

豆芽熬豆腐——姓名户

豆腐炒豆芽——同根生
卖豆芽不拿秤——急抓
卖豆芽不拿秤——乱抓

二十七、芭蕉

芭蕉结果——一条心
芭蕉剥皮——见了心
芭蕉敲鼓——面面点到
芭蕉结果——紧相连
芭蕉插在古树上——粗枝大叶
芭蕉叶上垒鸟窝——好景不长

二十八、芦苇

芦苇叶子包粽子——正经材料
芦苇叶子包粽子——选才合适
芦苇秆做门闩——顶不住
芦苇塞进竹筒里——空对空
芦苇墙长上芦苇——根底浅
芦苇花弹棉絮——不是正胎子
芦苇墙上钉钉子——不牢靠
草甸上的苇子——不可靠
风吹芦苇——摇摆不定

二十九、芙蓉

出水的芙蓉——一尘不染
属含羞草的——碰不得

三十、谷子

谷子地里长高粱——出人头地
谷子地里长玉米——冒尖
六月六看谷穗——出了头
不出芽的谷子——坏种
成熟的谷穗——耷拉着脑袋
卖谷不带斗——存心不良(量)
月亮地里晒谷子——阴干
月亮地晒谷子——不顶用
大风吹谷穗——天花乱坠
沙滩上晒谷子——自找麻烦
陈年谷子烂芝麻——不是新鲜货
栽起秧就想打谷——哪有那么快
锅边上的谷米——熬出来的
锅边外的谷米——溢出来的

三十一、牡丹

花园里的牡丹——出类拔萃
洛阳的牡丹——名不虚传
心窝里栽牡丹——心花怒放
寺院里栽牡丹——美妙(庙)
绣球配牡丹——天生的一对
干河滩里栽牡丹——好景不长
洞宾戏牡丹——两相情愿
花绸料上绣牡丹——锦上添花
凤凰头上戴牡丹——美上加美
百灵鸟戏牡丹——鸟语花香

三十二、杨柳

风吹杨柳——左右摇摆

风吹杨柳——飘飘然

江边插杨柳——落地生根

春天的杨柳——分外亲(青)

老柳树拔新芽——回春

鲁智深倒拔垂杨柳——蛮劲十足

三十三、茄子

茄子开黄花——变种了

茄子炒南瓜——不分青红皂白

茄子经霜打——软不拉耷

茄子地里长蒺藜——坏种坏苗

茄子地里道黄瓜——爱说啥就说啥

茄子苗上结苦瓜——杂种

秋天的茄子——子(籽)多

数冬瓜道茄子——唠唠叨叨

胸脯上挂茄子——多心

吃了现炸的茄子——烧心

背后藏茄子——生了外心

脊梁上长茄子——有了外心

三十四、苹果

蜡制的苹果——中看不中吃

秋后的苹果——红得发紫

三十五、枣

煮熟的红枣——虚胖

东家瓜,西家枣——没话找话

酸菜缸里泡枣核——又尖又酸

枣核搭牌楼——针锋相对

枣核儿解板——没几句(锯)

吃枣子不吐核——囫囵吞

放羊娃打酸枣——捎带着干

三十六、松树

高山上的松树——饱经风霜

高山上的松柏——经得起狂风暴雨

三十七、茉莉花

茉莉花喂骆驼——无济于事

茉莉花喂马——舍不得

三十八、苦菜

苦菜开花——密密麻麻

挑苦菜挖出个白洋——喜出望外

三十九、板栗

剥皮的板栗——不进油盐

糖炒板栗——熟了就崩

棉花秆上结板栗——就数它硬

四十、南瓜

南瓜命——越老越甜
南瓜炒鸡蛋——一样的货色
南瓜就烙饼——两受屈
南瓜花爆鸡蛋——对色
南瓜秧苗掐头——尽出岔(杈)子
南瓜秧攀葫芦蔓——纠缠不清
南瓜秧牵上葡萄架——胡搅蛮缠
南瓜叶子擦屁股——两面不落好
南瓜叶子擦屁股——不干不净
南瓜地里栽山芋——扯来扯去
南瓜长在瓦盆里——没有出息
谢了花的南瓜——一天比一天大

四十一、韭菜

韭菜乱麻缠一起——不好收拾
韭菜拌茴香——一团糟
炒韭菜放葱——白搭
二月的韭菜——头茬
快刀割韭菜——一茬一茬来

四十二、香瓜

落蒂的香瓜——熟透了
受旱的香瓜——熟得早
香瓜地里套苦瓜——有苦有甜

四十三、牵牛花

牵牛花爬上树——胡搅蛮缠
牵牛花当喇叭吹——闹着

四十四、草

草人落水——不成（沉）
草上的露水——不长久
半天云里长满草——破天荒
草上露水瓦上霜——见不得阳光
草把撞钟——不想（响）
草把打仗——充好汉
草把做灯捻——粗心
草地上的蘑菇——单根独苗
草地里捉鸭子——干扑腾
草坪上丢针——无处寻
草帽破了顶——露头
草帽端水——一场空
草帽戴在膝盖上——不对头
草帽当锅盖——乱扣帽子
草帽当鲅鱼——没有音
草鞋无样——边打边相
草鞋上拴鸡毛——跑得快
草鞋上镶珍珠——不值得
草鞋里面长青草——慌（荒）了手脚
草袋换布袋——一代（袋）强似一代（袋）
草丛里的斑鸠——不知春秋
草丛里的鹌鹑——溜啦
草丛里的眼镜蛇——歹毒
草原上的天气——变化多端
草原上的天气——变化莫测
草原上点火——着慌（荒）

草原上放牧——无边际

草原上跑马——大有奔头

草原上的劲风——挡不住

草原上的百灵鸟——嘴巧

草原上的苇子——肚里空

草原上的疯骆驼——见人就撵

青草路边长——死里求生

青草地上跑马——不愁肚子圆

墙头上的草——随风倒

地皮上割草——不去根

盐碱地的草——奄奄一息

地上的野草——除不尽

高山上的草——根底深

穿草鞋跳芭蕾舞——土洋结合

大火烧草料场——没法救

干草点灯——十有九空

割草打兔子——捎带着干

草绳拔河——经不住拉

脚板上长草——慌(荒)丫子了

干草把上吊草绳——尽吓唬麻雀

干草盖珍珠——外贱内贵

胸口外面长杂草——心慌

割草捡到个南瓜——捡着大个的了

草窝里扒出个状元郎——埋没人才

推土机进茅草地——斩草除根

西湖边上搭草棚——大煞风景

四十五、荞麦

荞麦去了皮——没棱没角

荞麦皮挤油——死抠

荞麦皮装枕头——正经货

荞麦皮打浆糊——不粘板

荞麦皮打浆糊——两不沾(粘)

荞麦面擀饼——不沾板

荞麦面包饺子——一个比一个硬

荞麦粒——有棱有角

沙窝里种荞麦——不成

荞麦窝里扎锥子——奸(尖)对奸(尖)

荞麦窝里扎锥子——尖对棱

三十三颗荞麦,九十九道棱——一成不变

四十六、树

树高千丈——落叶归根

树上的叶子——冷落

树小荫凉小——照应(映)不到

树上挂布袋——直不起来

树上挂油瓶——险得很

上午栽树,下午取材——太性急

树梢上吹喇叭——趾(枝)高气扬

树林里放风筝——勾勾搭搭

树荫里拉弓——暗箭伤人

树荫底下使罗盘——阴不阴,阳不阳

树叶上的水珠——不长久

树叶子掉到河里——随波逐流

树叶落下怕打破头——胆小鬼

树叶掉下来捂脑袋——小心过分

树叶掉到树底下——叶落归根

树桩上的鸟——迟早要飞

树枝做拐杖——净出岔(杈)子

树倒猢狲散——彻底垮台

上树逮麻雀——连窝端

躺倒的枯树——腐朽

参天的大树——闲(咸)操心

驼背人上树——不贴心

风不摇树不动——事出有因

冬天的落叶树——一片萧条

树倒猢狲散——跑的跑,溜的溜

烟囱顶上长棵树——高不可攀

小花盆里种树——成不了材

大树枯了心——外强中干

歪脖子树——值(直)不得

虫蛀的大树——肚里空

老藤爬树——缠住不放

十亩地里一棵树——独苗

石板上栽树——扎不下根

大树林中一片叶——有你不多,无你不少

大树上吊个口袋——装疯(风)

大树底下的小草——见不得阳光

大树底下晒太阳——阴阳不分

大树底下等情人——急不可待

大树上挂灯笼——四方有名(明)

石板上植树——劳民伤财

提着饭盒上树——言(沿)之(枝)有理(礼)

拴树桩上的叫驴——尽绕圈子

拴树桩上的牛犊——身不由己

井里长出棵树来——根子深

百年的大树——根深蒂固

百年的歪脖树——定了型

千年的大树——盘根错节

大树底下晒太阳——阴阳不分

千年的大树——根深叶茂

千年铁树开了花——枯木逢春

千年槐树下乘凉——托前人的福

树上的乌鸦,圈里的肥猪——一样货色

巴掌砍树——快手

大风刮倒梧桐树——自有旁人说短长

棕树的一生——任人千刀万剐

枯树根上浇水——白费劲

歪脖子树——成不了才(材)

麻雀摇枫树——白费功

风不摇树不动——事出有因

青藤缠树——抱得紧

铁树开花——不结果

赶着绵羊上树——难上难

树梢上吹喇叭——趾(枝)高气扬

四十七、柳树

柳树开花——没结果

柳树出身——立场不稳

柳树抽芽——自发

柳树上打饼——高傲(鳌)

老柳树拔新芽——回春

柳树上落凤凰——早晚要飞

柳树墩雕的娃娃——木头人

柳树的屁股——坐下来就扎根

冲着柳树要枣子——故意刁难

新栽的杨柳树——光杆司令

四十八、柳条

柳条串王八——一溜黑货

柳条串鱼——串起来了

柳条串螃蟹——勾勾搭搭

柳条编篮子——正经料

柳条篮子摇元宵——滚蛋蛋

吃柳条拉笊篱——肚里编

天生的柳条子——成不了才(材)

四十九、柿子

八月的柿子——越老越红

烂柿子换核桃——吃硬不吃软

烂柿子上船——软货

老奶奶买柿子——尽挑软的

五十、浮萍

水上浮萍——根基不稳
水面浮萍——没生根
水面浮萍——无依无靠
无根的浮萍——漂浮不定
池塘里的浮萍——随风漂

五十一、胡椒

八宝饭里撒胡椒——又添一位(味)
千年胡椒,万年姜——越老越辣

五十二、胡萝卜

胡萝卜戴草帽——红人
胡萝卜刻娃娃——红人
胡萝卜打锣——去一半
胡萝卜掉进腌菜缸——泡着吧

五十三、桂花

桂花

八月十五桂花香——花好月圆
白蜡树上开桂花——根骨不正
中秋节下赏桂花——花好月圆
八月里桂花开——到处飘香
门口插桂花——里外香

五十四、桂树

吴刚砍桂树——没完没了
桂树旁修厕——香臭不分
茅厕栽桂树——香臭难分
月宫里的桂树——闲(咸)操心
月宫里的桂树——尽管闲(咸)事

五十五、荷花

荷花池里养鱼——一举两得
荷花池里的并蒂莲——不分上下
六月的荷花——众人共赏
七月的荷花——红不久
池塘里的荷花——出淤泥而不染
荷花灯里点蜡烛——心里明
荷塘里着火——偶然(藕燃)
荷叶包钉子——个个想出头
荷叶包鳝鱼——溜之大吉
荷叶包棱角——锋芒毕露
荷叶做雨伞——难挡驾荷叶做雨伞——遮盖不过来
荷叶裹鳖——包不住
荷叶上的水珠——不沾边
荷叶上的露珠——滚来滚去
荷叶上的露珠——长久不了
荷叶上的露珠——清清白白
抓住荷叶摸到藕——追根求源

五十六、菠菜

菠菜籽儿——小刺头
菠菜烩豆腐——一清(青)二白

菠菜煮虾米——真帅

五十七、桃花

三九天桃花开——罕见
正月里盼桃花开——不到时辰

五十八、仙桃

做梦吃仙桃——痴心妄想
做梦吃仙桃——尽想好事
哑巴吃仙桃——妙不可言
南极星吃仙桃——寿上加寿
讨饭的吃仙桃——个个都好
老太太吃桃子——专拣软的捏
不栽果树想吃桃——坐享其成
东园桃树西园柳——好不到一块去

五十九、高粱

高粱开花——红到顶了
高粱拔节——步步高
高粱苗着雨——噌噌往上蹿高
梁苗当柱子——撑不起
高粱苗挑水——担当不起
高粱苗拴骡子——拉倒
高粱苗戴凉帽——吓唬割草的
高粱秆剥掉皮——光棍
高粱秆上结茄子——弥天大谎
高粱秆支磨盘——不是吃力的
杆子
高粱秆擦屁股——干净不了
高粱秆推磨子——玩不转

高粱

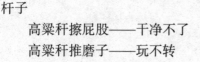

高粱秆做眼镜——空架子
高粱秆做房檐——不顶用
高粱秆做梯子——上不去
高粱秆做鞭杆——经不起挥打
高粱秆做磨把——有劲使不上
高粱秆打狼——两面怕
高粱秆上挂个破气球——垂头丧气
高粱地里种绿豆——高低不齐
高粱地里种玉米——秋后见高低
高粱地里栽葱——矮了半截子
高粱地里打阳伞——难顶难撑
三伏天的高粱——节节往上升
秋后的高粱——红到顶了
入伏的高粱——天天向上
秋后的高粱——从头到尾红透了

六十、核桃

核桃树旁种棉花——软硬兼施
井里长出棵核桃树——根子深
一颗核桃两个仁——一样货色
提着口袋倒核桃——一个不留

六十一、桑树

桑木扁担——宁折不弯
桑葚掉地上——熟透了
吃桑叶吐丝——肚里有货

六十二、梨树

风吹梨树——疙里疙瘩

六十三、桦木

桦木扁担——吃不住劲

六十四、铁树

铁树开花——好事难盼
铁树开花——千年等一回

六十五、雪莲

高山上的雪莲——不可多得
西藏的雪莲——一尘不染

六十六、麻花

炸麻花掉枯井里——坑人不浅
炸麻花碰上搓草绳的——较上劲了

六十七、黄连

黄连树下一根草——苦苗苗
黄连树下吃桂圆——苦中有甜
黄连树下唱大戏——苦中作乐
黄连树下弹琴——苦中求乐
黄连树下种苦瓜——苦上加苦
黄连树上雕字——刻苦
黄连树上的蛀虫——硬往苦里钻
黄连树上挂苦胆——一个更比一个苦
黄连水洗头——苦脑

黄连水洗脑门——苦到头了

黄连水泡竹笋——苦透了

黄连水里煮汤圆——又苦又甜

黄连水洗澡——从头苦到脚

黄连窝里生下的——苦出身

黄连汁里泡三年——苦极了

种黄连的和尚——苦师傅

铁钉钉黄连——硬往苦里钻

哑巴吃黄连——有苦说不出

背着黄连上山——又苦又累

一年四季刨黄连——专门挖苦人(仁)

口含黄连脚踩苦胆——从头苦到脚

口含黄连做事情——苦干

黄连拌苦瓜——苦上加苦

黄连木雕孩子——苦娃娃

黄连拌苦胆——苦到家了

黄连拌生姜——辛苦了

黄连木雕寿星——苦老头

黄连炖猪胆——苦不堪言

黄连炖猪头——苦了大嘴

黄连木做笛子——以苦为乐

黄连泡茶——自讨苦吃

黄连泡瓜子——苦人(仁)

黄连木做图章——刻苦

黄连树上结蜜桃——苦中有甜

小孩子啃黄连——从小就苦

半夜吃黄连——暗中吃苦

黄连拌白糖——同甘共苦

抱上黄连敲门——苦到家了

吃罢黄连劝儿媳——苦口婆心

床板上铺黄连——困苦

鼻尖上抹黄连——苦在眼前

吃过黄连喝蜂蜜——苦尽甜来

嚼着黄连登泰山——不怕苦,不怕累

猪八戒吃黄连——苦了大嘴的

黄连树

植物类歇后语

六十八、黄瓜

黄瓜的尾巴——苦的
黄瓜打狗——不见一截
黄瓜打驴——一打半截
黄瓜腌葱——邪(斜)岔儿
黄瓜敲锣——一锤子买卖
黄瓜拌蒜——各有所爱
苦黄瓜——犟(酱)上啦
半夜吃黄瓜——摸不着头尾
黄瓜攀上苦瓜架——苦命相连
黄瓜蒂头——苦味儿
黄瓜擦屁股——大凉棒
黄瓜打锣——一锤子买卖
三天卖了九根黄瓜——混日子

六十九、黄豆

黄豆切细丝——功夫到家了
热锅里的黄豆——熟就蹦
热锅上的黄豆——蹦得欢
阎王爷吃黄豆——鬼吵(炒)

七十、萝卜

萝卜长叉——多心
萝卜上坟——哄鬼
萝卜叫鹰——越叫越远
萝卜出水——蔫了
萝卜削须——没得讲(浆)
萝卜出须——肚子空
萝卜青菜——各有所爱

萝卜搬家——挪窝儿

萝卜黑了心——外白里黑

萝卜当人参——不识货

萝卜顶帐篷——不像个桩

萝卜敲铜锣——越敲越短

萝卜吹笛子——不是正经料

萝卜割口子——白问(纹)

萝卜就酒——图个干脆

绿皮萝卜——心里美

紫心萝卜——红透啦

花心萝卜充人参——冒牌货

三条腿萝卜——多心

白萝卜上扎刀子——不出血

出须的萝卜——心虚

春天的萝卜——心虚

四方萝卜——愣头青

粪桶里洗萝卜——反惹一身臭

打春的萝卜,立秋的瓜——变味了

一个萝卜一个坑——个顶个

沙地里拔萝卜——干净利索

红萝卜拌辣子——吃出来,看不出来

红萝卜放辣椒——没把你放眼里

红萝卜雕神仙——饮食菩萨

红萝卜顶上种小麦——不图打粮图好看

红萝卜开花长根葱——无中生有

萝卜烧肉——沾油水

萝卜炖猪肉——想沾油水

萝卜炖肉——肉没走味,萝卜也香

心灵美萝卜解板——里外红

水萝卜解板——没几句(锯)

满园的萝卜——个个想出头

跛子拔萝卜——歪扯

蔫萝卜缨子见水——挺拔起来了

萝卜

七十一、菜

菜园里的垄沟——四通八达

菜园里长狗尿苔——不是好苗头

菜园里的辘轳——任人摆布

菜园子的辘轳——由人摆布

菜园里的羊脚葱——越老越辣

菜园里的海椒——越老越红

菜锅里炒鹅卵石——油盐不进

菜帮子烩豆腐——谁也不沾谁的光

菜篮子围篱笆——没有不透风的墙

菜篮子装泥鳅——爬的爬,溜的溜

七十二、绿豆

绿豆换蘑菇——各有一喜

绿豆里掺珍珠卖——一样的价两样货

乱麻拧成绳——有了头绪

麻秆打狼——两家害怕

麻秆打狼——难以抵挡

麻秆顶门——经不住推敲

麻秆搭架子——难顶

麻秆搭桥——把人闪的好苦

麻秆做扁担——担当不起

麻秆做床腿——难撑

麻秆支毡房——不是材料

麻秆上刻人——不是正经料

七十三、梧桐

大风吹倒梧桐树——有的说短,有的说长

家有梧桐树——不愁凤凰来

梧桐树上长蒜苔——没人见过

七十四、梅花

腊月的梅花——傲霜斗雪

七十五、葡萄

不熟的葡萄——酸气十足
不搭棚的葡萄——不摆架子
吐鲁番的葡萄——甜透了
蜗牛爬上葡萄树——光想
吃高味

葡萄

七十六、棉花

棉花耳朵——爱听谗言
棉花耳朵——缺乏主见
棉花堆着火——没得救
棉花堆上散步——不踏实
棉花堆里藏针——软中有硬
棉花包里裹针——锋芒不露
棉花里裹针——暗伤人
棉花打驴——不痛不痒
棉花套上晒芝麻——自找麻烦
棉花塞嘴里——憋气
棉花铺失火——谈（弹）不得
棉花铺失火——无法谈（弹）
棉花堆里整人——软收拾
棉花堆里藏秤砣——不知轻重
棉花堆里藏珍珠——内里有宝
棉花槌打鼓——不响
棉花店失火——烧包

植物类歇后语

吃棉花长大的——心软

吃棉花拉线团——肚里有文章

胸口揣棉花——心软

怀揣棉花——心里暖

怀揣棉花弓——往心里谈（弹）

戴乌纱帽弹棉花——有功（弓）之臣

二两棉花做枕头——稀松

走路踩棉花——轻飘飘

棉花人救火——自身难保

棉花地里长辣椒——红人

棉花秧遭冰雹砸——光杆司令

七十七、葱

葱苗开花——不见花

小葱拌豆腐——一清（青）二白

墙头上栽葱——扎不下根

霜打的大葱——心不死

嘴里嚼大葱——说话带辣味

霜打的小葱——软不拉几

盲人剥葱——瞎扯皮

烧火剥葱——各管一工

海底栽葱——根底深

羊角葱靠南墙——越发辣

蒜地改葱地——离不开辣味

葱叶炒藕——空对空

阴沟里的洋葱——离不了辣味

拔了萝卜栽上葱——一茬更比一茬辣

七十八、葫芦

葫芦里看天——不知所以

葫芦里卖药——不知底细

葫芦里盛水——滴水不漏

葫芦锯了把——没嘴儿

葫芦掉井——不成(沉)

葫芦落塘——摇摇摆摆

葫芦壳挂颈上——自找麻烦

葫芦壳挂房梁上——上不着天,下不着地

葫芦架子齐倒——分不清,理不明

葫芦秧套南瓜秧——拉扯不清

葫芦藤上结南瓜——不可能的事

葫芦蔓爬上南瓜藤——难解难分

葫芦爬冬瓜上——胡搅蛮缠

老葫芦爬秧子——越拉越长

闭口葫芦——肚里空

冰糖葫芦——一串一串的

照着葫芦画瓢——死搬硬套

一个葫芦锯两瓣——没什么两样

一个葫芦锯两瓢——恰好一对

水里压葫芦——压下这头,冒起那头

水上漂葫芦——一点不成(沉)

抱着葫芦不开瓢——死脑筋

扳倒葫芦洒了油——一不做,二不休

阴阳先生的葫芦——满肚子尽鬼

葫芦

七十九、蒺藜

蒺藜果——小刺头

蒺藜拌草——不是好料

嘴上挂蒺藜——说话带刺

屁股上扎蒺藜——坐不住

蒺藜上弹棉花——越整越乱

蒺藜苗中野花开——英才埋没

蒺藜喂牲口——不是正经料

蒺藜窝里睡觉——浑身不自在

刮大风撒蒺藜——连讽(风)带刺

西北风刮蒺藜——连讽(风)带刺

光脚丫走进蒺藜窝——进退两难

满把手握蒺藜——不怕扎手

蒺藜头顶上长蒺藜——不是好剃头匠

八十、葵花

葵花杆当柱子——难顶难撑

葵花的孩子——无数

八十一、蒜

大蒜发芽——多心

大蒜结籽——抱成团

大蒜剥皮——层层深入

大蒜调冻豆腐——难办（拌）

敌敌畏拌大蒜——又毒又辣

猴子吃大蒜——翻白眼

茶壶里栽蒜——单根独苗

大蒜

蒜苗做拐杖——混帐（杖）

蒜苗装枕头——昏（荤）头昏（荤）脑

蒜苔炒豆渣——光棍落难

蒜苔炒豌豆——光棍遇上滚子客

蒜苔拌藕——对上眼了

蒜苔发权——二杆子

筷子夹蒜苔——全是光棍

蒜地里栽辣椒——一茬比一茬辣

鼻子里插蒜苗——装象

吃粽子蘸蒜泥——各对口味

出了芽的蒜——多心

起蒜吃洋芋——又辣又绵（面）
墙头上栽大蒜——混（荤）上去了
墙头上种大蒜——无缘（园）

八十二、楠木

楠木搭桥——走的空路
楠木当柴烧——不识货
楠木做马桶——用才（材）不当

八十三、榆木

榆木疙瘩——劈不开
榆木扁担——宁折不弯
榆木疙瘩刻玉玺——不是那块料
榆木脑袋——不开窍
榆木青石包饺子——又光又顽
榆木疙瘩做房梁——不是正经材料

八十四、槐树

槐树上要枣吃——强人所难
槐树上竖电灯——四方有名（明）
槐树下弹琴——苦中取乐
虫蛀的老槐树——肚里空
槐木枯了心——外强中干
槐木做象棋——都是老兵将
千年槐树下乘凉——托前人的福

八十五、橄榄

橄榄的屁股——坐不稳

橄榄头上扎针——尖上加尖
橄榄核卡喉咙——不上不下
橄榄核卡喉咙——上不上，下不下
橄榄核垫台脚——横竖不好
秃子头上顶橄榄——不牢靠
橄榄核垫台脚——横也不是，竖也不是
头顶橄榄核，脚踩西瓜皮——又奸(尖)又猾(滑)

八十六、豌豆

豌豆和胡豆——大不大，细不细
豌豆入锅炒——溅不出来
五月的豌豆——炸开了
冰水泡豌豆——冷处理
筷子夹豌豆——不可多得

八十七、樱桃

四月的樱桃——红火一片
蛤蟆上樱桃树——想吃高味

八十八、水稻

稻子去了皮——白人(仁)
稻苗点灯——十有九空
稻草秆打人——软弱无力
稻草弹棉絮——不是正经胚子
稻草绳子拔河——经不住拉
稻草包老头——丢大人
稻草盖珍珠——内贵外贱
稻草绳担石灰——两头断
稻草烧火——自烧自
稻草灰——随人摆

稻草包黄鳝——溜啦
稻草人救火——引火烧身
稻草人放火——害人先害己
稻草人过河——不成(沉)
稻草人跌跤——腰杆不硬
稻草做裤带——尴尬
稻草肚子棉花心——虚透了
稻草秆敲鼓——打不响
稻田里拉犁耙——拖泥带水
稻田里盖猪圈——肥水不落外人田
稻田里的稗草——你算哪根苗
稻田里拔稗子——干的就是拖泥带水的活
成熟的稻穗——垂着头

八十九、橡胶

橡胶树的一生——任人千刀万剐
园里的橡胶树——任人千刀万剐

九十、檀木

檀木扁担——宁折不弯
檀木做锅盖——用材不当
檀木做犁辕——不知贵贱
檀木旋棒槌——不够成本
檀木盖茅坑——香臭不分
檀木做烧柴——大材小用
檀木雕菩萨——稳当倒是稳当,就是不灵

九十一、藕

藕眼里的泥——洗不清
藕丝炒黄豆——尽钻空子

藕丝炒韭菜——清清（青青）白白

藕丝炒豆芽——内外勾结

藕丝炒胡萝卜——白里透红

藕断丝不断——离不开

池塘里的莲藕——嫩得很

熟透的莲藕——心眼儿多

莲藕吹气——似通非通

一根筷子吃莲藕——尽挑眼儿

一根筷子吃藕片——专挑眼儿

豆腐渣炒藕片——迷（弥）了眼

第八章　天文类歇后语

一画

一天一场雨——无情(晴)(比喻没有感情,或不留情)、少情(晴)

一天三次刮胡——我不露脸,你也别想出头

一天讲四节课——占(站)得多

一天讲六节课——占(站)得多,做(坐)得少

一天一宿变两回——朝令夕改

一天下了三次雨——骚(少)情(晴)

一天下了八次雨——少情(晴)

一天下了三场雨——少情(晴)、缺少情(晴)意

一天下了八场雨——无情(晴)

一天拉十次肚子——泄(泻)密了

一天三刮络腮胡——你不叫我露面,我不叫你露头、他(它)不叫我露脸,我也不叫他(它)出头

一天刮三次胡子——你不叫我露脸,我也不让你出头

一天到头总下雨——不开情(晴)

一天到晚淡茶饭——不吃香

一天卖三根黄瓜——发不了大财

一天加工百片钥匙——错(锉)得多

当一天和尚撞一天钟——得过且过、敷衍了事、勉强应付

做一天和尚撞一天钟——混日子

一日千丈——发展迅速

一日之计——在于晨

一日万里——行动迅速、进展极快

一日不见——担(旦)心

一日为师——终身为父

一日遭蛇咬——三年怕井绳、十年怕井绳

一日三，三日九——逐日积累、聚少成多

一日三餐吃红薯——闷气难消

一日吃一个李子——谁还不清楚你的底子

一日纵敌，数世之患——长期祸患

一月穿三十双鞋——日日新

一百天不拉屎——坚持不懈(泻)

一百天没见水——渴望

一年之计——在于春

一朝被蛇咬——十年怕井绳、十年怕草索

一年十三个月——闰出来的

一年收两季秋——隔脉(麦)

一年土，二年洋——三年不认爹和娘

一年没有对过表——老准

一年四季百花开——长春

一年四季刨黄连——挖苦

一滴雨一点湿——实实在在

一雷天下响——人人皆知、处处皆知